U0518545

中华传统文化核心读本

余秋雨 题

传承中华文化精髓

建构国人精神家园

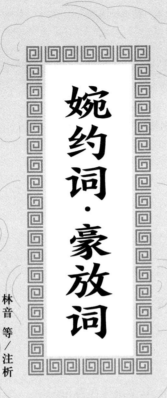

婉约词·豪放词

林音 等/注析

天地出版社 | TIANDI PRESS

图书在版编目（CIP）数据

婉约词·豪放词 / 林音等注析. —成都：天地出版社，
2019.9

（中华传统文化核心读本：精选插图版）

ISBN 978-7-5455-4843-3

Ⅰ.①婉… Ⅱ.①林… Ⅲ.①婉约派—词（文学）—作品
集—中国—古代②豪放派—词（文学）—作品集—中国—
古代 Ⅳ.①I222.82

中国版本图书馆CIP数据核字（2019）第076147号

WANYUE CI · HAOFANG CI

婉约词·豪放词

出 品 人	杨　政	
注　析	林 音 等	
责任编辑	陈文龙　沈海霞	
封面设计	思想工社	
内文排版	麦莫瑞	
责任印制	葛红梅	

出版发行　天地出版社

（成都市槐树街2号　邮政编码：610014）

（北京市方庄芳群园3区3号　邮政编码：100078）

网　址	http://www.tiandiph.com	
电子邮箱	tianditg@163.com	
经　销	新华文轩出版传媒股份有限公司	

印　刷	河北鹏润印刷有限公司	
版　次	2019年9月第1版	
印　次	2019年9月第1次印刷	
开　本	710mm×1000mm　1/16	
印　张	21	
字　数	498千字	
定　价	39.80元	
书　号	ISBN 978-7-5455-4843-3	

中华文明历史悠久，源远流长。五千年的中华文明光辉灿烂，硕果累累，对后世产生了积极而深远的影响。作为华夏儿女，这是值得我们每一个人骄傲和自豪的地方。

中华传统文化，是中华文明在五千年的发展历程中诞生的成果之一，它以儒、道文化为主体，包含政治、经济、思想、艺术等各类物质和非物质文化。具体而言，中华传统文化包括诗、词、曲、赋、古文、书法、对联、灯谜、成语、中医、国画、传统节日、民族音乐等等，可谓博大精深，形式多样。

习近平总书记指出，中华优秀传统文化是我们最深厚的文化软实力，也是中国特色社会主义植根的文化沃土。中华优秀传统文化，滋养了中华民族的民族精神，赋予了中华民族伟大的生命力和凝聚力，是中华文明成果的创造力源泉。继承和发展中华优秀传统文化，学习、掌握其中的各种思想精华，不仅对我们树立正确的世界观、人生观、价值观大有裨益，而且也能为我们处理各种社会事务提供有益的启发和指导。

为弘扬中华优秀传统文化，满足广大读者对优秀传统文化的阅读需求，我们遴选了这套"中华传统文化核心读本·精选插图版"丛书。本丛书分"贤哲经典""历史民俗""文学菁华"三个系列，每个系列精选代表性的书目若干，基本涵盖了传统文化的各个类别。

为便于广大读者对传统经典的学习和吸收，本丛书对涉及古文的品种基本采用了注译和白话两种处理方式，以消除读者阅读的障碍。另外，本丛书每个品种都配有大量精美的古画插图，这些插图与内容互为补充，相得益彰，让读者在阅读中获得艺术的享受。

　　婉约词是一种配乐歌唱的新体诗，虽说最初产生于民间，但其得以风行却是因为晚唐那些"绮筵公子，绣幌佳人，递叶叶之花笺，文抽丽锦；举纤纤之玉指，拍按香檀"，在花间、筵前将那些男欢女爱、相思别离之情曼声低唱的缘故。因此，词中洋溢的是青春和爱情，充满的是柔情蜜意，它所具有的"婉约""香艳"之艺术特质成为其特征与代表风格也是很自然的了。两宋时期，婉约词空前繁荣，风靡全国。在此之后虽然出现了以苏轼、辛弃疾为代表词人的豪放词，并以其杰出的文学成就与婉约词平分秋色，但在人们的心目中，婉约词的正宗地位始终没有改变。明代徐师曾在《文体明辨序论》中说："至论其词，则有婉约者，有豪放者。婉约者欲其词情蕴藉，豪放者欲其气象恢宏。盖虽各因其质，而词贵感人，要当以婉约为正。"此语颇有代表性。

　　婉约词是指以温庭筠、柳永、李清照、周邦彦等词人为代表的词派，他们的词表情达意一般崇尚含蓄婉转，充分发挥了词专主情致的特点。婉约词在取材方面，多写儿女之情，离别之绪，在表现方法上多用含蓄蕴藉之方法将情绪予以表达，其风格是绮丽的。婉约词出现较早，从唐五代以温庭筠为代表的"花间派"开始，继有宋初的欧阳修、晏殊、晏几道。与欧、晏同时的柳永，虽在词的表现方法上大有改进，但仍未脱离婉约风格。之后，又有秦观、贺铸、李清照。

　　言情，是婉约词的传统主题，也是婉约词的主要特点。

它以情动人，道尽人间的悲欢离合，喜怒哀乐。五代词人韦庄善于运用各种抒情手法，成功地抒写自己对生活的感受。晏殊的《珠玉词》抒情委婉，如明珠美玉，光艳照人。欧阳修是一位领袖儒林、肩负文统道统的中心人物。在他的诗文里，能看到他严肃的护道面孔，而他的抒情小词，却写得婉媚轻柔，情致缠绵……作家们把肺腑中的真情，通过抒情的婉约词，委婉细腻地流露出来，赢得古今无数读者的共鸣。

婉约词的另一特点是"以美取胜"。它以美的语言、美的形象、美的意境，展现自然美与生活美，歌颂人物的心灵美。作家们把美的语言、美的形象、美的意境，和谐地统一起来，创作出大量具有诗情画意的绝妙好词。"问君能有几多愁？恰似一江春水向东流"（李煜《虞美人》）、"车如流水马如龙，花月正春风"（李煜《望江南》）、"帘外雨潺潺，春意阑珊"（李煜《浪淘沙令》）、"舞低杨柳楼心月，歌尽桃花扇底风"（晏几道《鹧鸪天》）、"醉别西楼醒不记。春梦秋云，聚散真容易"（晏几道《蝶恋花》），还有李清照的"莫道不销魂，帘卷西风，人比黄花瘦"（《醉花阴》）、"雁字回时，月满西楼""一种相思，两处闲愁""才下眉头，却上心头"（《一剪梅》）、"梧桐更兼细雨，到黄昏点点滴滴"（《声声慢》）等，皆美妙动人，绚丽多彩。

总之，婉约词是按照美的法则来反映生活的。词人们用精练的语言、真挚的感情、美丽动人的艺术形象，反映具有一定典型意义的社会生活，创作了大量的优秀作品，华彩纷呈，千姿百态，丰富多彩，世代传诵，历久不衰。

豪放词派是指以苏轼和辛弃疾等爱国词人为代表的词

派。以"豪放"论词，始于苏轼。真正确立豪放词风并对词史产生深远影响的是辛弃疾。他的词皆写得境界壮阔，气势非凡，充满豪迈激情，一洗晚唐五代以来绮靡柔弱的词风，给宋代词坛带来一股刚健雄风和阳刚之气。

豪放词的作者多是爱国者，是英雄豪杰、仁人志士，积极有为，经世济用，关注现实政治，忧国忧民，洞察人生。他们多胸襟坦荡，光明磊落，忠肝义胆，守气节，重风骨，有大丈夫气概。豪放词在题材上，多写时事，议时政，写国家兴衰、民族存亡、朝代更迭，或描写雄、奇、大的景物，或登临怀古、咏史伤今，突破了男欢女爱、离愁别恨、流连光景、伤春悲秋等婉约词常表现的题材的限制。豪放词的主题常常是抒发远大的政治理想和乐观豪迈、积极向上的精神；表现以身许国的英雄主义精神；评论时政利弊、历史功过，表达远见卓识；反对侵略，反对投降，维护民族尊严；或表现壮志难酬、报国无门的悲愤，或抒发对雄奇壮美的大自然的赞叹，反映时代的风云变化，是时代的主旋律、最强音。在抒情方式上，豪放词多直抒胸臆，强烈的感情直泻而下，一吐为快。在语言上，豪放词善于以诗入词、以文入词，提高了词的品位，丰富了词的表现力。

豪放派的形成与发展约分为四个阶段。范仲淹写《渔家傲·塞下秋来风景异》，发豪放词之先声，可称预备阶段。苏轼大力提倡写壮词，欲与柳永分庭抗礼，豪放派由此进入第二阶段，即奠基阶段。苏轼之后，经贺铸，加上靖康事变的引发，豪放词派获得迅猛发展，集为大成。这是第三阶段，即顶峰阶段。这一时期除产生了豪放词派领袖辛弃疾外，还有李纲、张元幹、张孝祥、陆游、陈亮、刘过等一大批杰出的词人。第四阶段为延续阶段，代表词人有刘克庄、黄机、戴复古等。

　　宋词浩如烟海，但分量最重的还是那些婉约缠绵之作。这其实与词的起源和发展直接相关。词本来就是用来让歌女们吟唱的，而歌女们最爱唱的，当然是能够打动人心的缠绵悱恻之句了。因而在苏轼作词之前，宋词的词风自然非婉约莫属了。当苏轼作词之时，柳词早已如日中天了，有市井处便有柳词。缠绵婉约已不只是柳词的特点，而是当时宋词的总体风格了。作为宋代最伟大的文学家的苏轼，却没有使自己的作品落入传统的牢笼。于是，宋词也从此踏上了革新的道路。总之，豪放飘逸之词使苏轼被人们尊为豪放词的开山鼻祖，虽其豪放词不足他全部词的十分之一，然而苏轼慷慨豪迈的气质，扩大了词的歌咏范围，以诗为词的创作技法，使词获得新的飞跃发展，也使词不再是只可吟唱的曲词，还成了一种以长短句抒写广泛内容的新体诗。这也许正是苏轼对宋词最大的贡献吧！

　　本书编排严谨，校点精当，并配以精美的插图，以达到图文并茂、生动形象的效果。此外，本书版式新颖，设计考究，双色印刷，装帧精美，除供广大读者阅读欣赏外，更具有极高的研究、收藏价值。

目 录

婉约词

豪放词

婉约词

好时光

李隆基

宝髻偏宜宫样，莲脸嫩，体红香。眉黛不须张敞画[1]，天教入鬓长。

莫倚倾国貌，嫁取个，有情郎。彼此当年少，莫负好时光。

【注释】

〔1〕张敞：字子高，早年任太仆丞，汉宣帝时为太中大夫、京兆尹、冀州刺史等。他常为妻子画眉，当时长安有"张京兆眉忓"之说，后用来形容夫妻恩爱。

【赏析】

在词的发展初期，词牌与词的内容是统一的，唐玄宗的这首词即如此。上阕描绘了一位正值青春年华的美人的姣好体貌，细写其锦衣宫装、高髻云鬟、面如莲花、遍体红香。辞藻华丽，极言美人之青春艳丽。

下阕以劝说口吻，劝美人不要辜负了大好时光。《金缕衣》曰："劝君莫惜金缕衣，劝君惜取少年时。花开堪折直须折，莫待无花空折枝。"二者词旨一致，均是劝人珍惜宝贵时光，莫将青春虚度之意。

词最早始于民间，内容广泛，语言朴素。至花间词派兴起，则渐失民间文学特色，词风趋于典雅艳丽，更注重炼字琢句。此词则兼有二者之长，虽为帝王之词，却有民间词曲的痕迹。上阕描写香软典雅，下阕语言率直朴素，是词由民间曲子词向文人曲子词过渡的一个表现。

菩萨蛮

李 白

平林漠漠烟如织，寒山一带伤心碧。暝色入高楼，有人楼上愁。

玉阶空伫立，宿鸟归飞急。何处是回程？长亭更短亭[1]。

【注释】

〔1〕长亭、短亭：古代设在路边的亭舍，每隔十里设一长亭，五里设一短亭。

【赏析】

这是首望远怀人之词。

起句写景以衬情：平原上广袤的树林上空笼罩着暮霭，轻飘迷蒙，如烟如纱；连绵起伏的山脉犹如一条丝带，呈现出碧绿的颜色。写林，词人状之以"漠漠"，已有苍茫萧瑟之感；写山，词人状之以"伤心"，悲痛之情见诸笔端。暮山自绿，何言伤心？"暝色入高楼，有人楼上愁"，原来以上景色均为愁人眼中所见，因此让无情的山水也蒙上了愁惨的色彩。白居易《长恨歌》中有"行宫见月伤心色"，与此同一道理。

下阕由楼上转到楼下，写伫立在玉阶所见及主人公内心忧愁的原因。主人公孤单一人久久伫立在玉阶之上，眺望着暮色中急急飞回巢中去的鸟儿，以宿鸟归林反衬远行之人未归，构成富于联想的意象，主人公久立远望的原因令人一目了然。"何处是归程？长亭更短亭"，写主人公伫立玉阶之际的内心活动，她那绵长的情思早已飞往那漫长的归途，"更"字道出了她因山重水隔、路途遥远而生的叹息。

此词婉转写来，由景及人，虚实结合，层次渐进，脉络井然；且用字极工，如"暝色入高楼"的"入"字，把日暮时分、时光慢慢推移、暝色冉冉而至的情景表现得非常准确、生动。再如"宿鸟归飞急"的"急"字，既写出了鸟飞之疾，又道出了女子盼归的急切之心。

盛唐时期，词刚刚兴起。此词词风之玲珑圆熟，音律之和谐圆满，艺术成就之高，堪为后世楷模。宋人黄升说："《菩萨蛮》《忆秦娥》二词，为百代词曲之祖。"

章台柳

寄柳氏

韩翃

章台柳[1]，章台柳，昔日依依今在否？纵使长条似旧垂，也应攀折他人手。

【注释】

〔1〕章台：宫名。战国时建，以宫内有章台而名。在今西安市西北西汉长安城故址西南隅。台下有街名章台街。

【赏析】

据《太平广记》载，韩翃有友李生，每将妙妓柳氏携至韩所，柳羡其才，日久生情。李生知其意，乃请韩翃饮酒，席间将柳氏赠予韩翃。后安史之乱中两人离散，柳氏为番将沙叱利所劫。长安收复后，韩翃遣人寻访柳氏，并赠有《章台柳》一词。

《章台柳》一词以柳喻柳氏，起句重复两遍"章台柳"，如呼其名，足见其情深意切。下面两句不仅写对往日的怀念，更写对她现在遭遇的关切以及对她安危的挂念。其爱恋情深尽在不言之中，可谓纸短情长。

杨柳枝

柳氏

杨柳枝，芳菲节，所恨年年赠离别。一叶随风忽报秋，纵使君来岂堪折！

【赏析】

《杨柳枝》是柳氏为答和韩翃词《章台柳》所作，也是以柳自喻，叙写离情别恨。"芳菲"的"柳枝"象征着青春年华，然而不能趁着青春美丽与丈夫厮守，却令人平添恨意，故云："所恨年年赠离别。"古人有折柳赠别的习俗，这里以此切合自己与丈夫离别的不幸遭遇。结尾两句写从春到秋，杨柳由盛而衰，人也经历了久别相思的苦痛，现在已经憔悴不堪了，故有"纵使君来岂堪折"之说，同时也是诉说相思之苦、含情带怨的情语。

调笑令

王　建

　　团扇，团扇，美人病来遮面。玉颜憔悴三年，谁复商量管弦。弦管，弦管，春草昭阳路断[1]。

【注释】

　　〔1〕昭阳：西汉宫殿名，汉成帝时皇后赵飞燕的居所。后世小说、戏剧多以"昭阳"代指皇后的居所。

【赏析】

　　此调又名《宫中调笑》，亦即《转应曲》。这首词写的是宫怨，主人公是宫中后妃，叙写其由承恩到失宠的不幸经历。

　　本词以"团扇"起兴。团扇又名合欢扇，《文选》载汉代班婕妤有《怨歌行》："裁为合欢扇，团团似明月。"可见团扇常为两情恩好的象征。此意与下面词情的发展成为反衬与对照，用意深长。当美人病中以团扇遮面之时，那圆圆的团扇令她怅然回想起往日承恩受宠时的欢乐情景。"玉颜憔悴三年，谁复商量管弦"，"谁复"即不再有人与她商量丝竹弦乐之意，今昔对比，凄凉幽怨之情顿生。物我同情，秋扇即收，人亦见弃，词人以团扇起兴之深意至此立见。"弦管，弦管，春草昭阳路断"，在这"且将团扇共徘徊"的寂寞深宫里，听到远远地从昭阳宫殿里传来的丝竹弦乐声。那边热闹，这里凄凉，命运对这不幸的后妃来说，不仅无情，简直太残酷了。陈廷焯说："结语凄怨，胜似宫词百首。"

　　词人将深宫中众多后妃的不幸命运描写得形象生动，并且给予了深深的同情，与其他那些颂扬天子悠闲享乐生活和宫掖承平气象的应制之作相比，具有一定的进步性和现实意义。

竹 枝

刘禹锡

杨柳青青江水平，闻郎江上踏歌声[1]。东边日出西边雨，道是无晴却有晴。

【注释】

〔1〕踏歌：手拉手而歌，以脚踏地（船板）打拍子为节奏。

【赏析】

《竹枝》词始于巴蜀，又名《巴渝词》，本为民间俚唱，赋写风土人情。刘禹锡在沅湘，因俚歌鄙俗，故作新词教之，广为流传。

此词首句以杨柳、江水起兴，为人物的出场设置了风光绮丽的环境。次句以悠悠歌声，引出男女主角，闻歌、踏歌，唱者有心，听者有意，"无非情之所流注"。"东边日出西边雨，道是无晴却有晴"，"晴"与"情"同音，借景言情，妙在一语双关。此句双关与古诗《子夜》"雾露隐芙蓉（夫容），见莲（怜）不分明"异曲同工。

此词风格轻快流丽，妙语天成，表现了恋爱中的男女有趣而微妙的心理。

长相思

白居易

汴水流[1]，泗水流[2]，流到瓜洲古渡头[3]，吴山点点愁[4]。思悠悠，恨悠悠，恨到归时方始休，月明人倚楼。

【注释】

〔1〕汴水：古河名。
〔2〕泗（sì）水：古河名，发源于山东。
〔3〕瓜洲：镇名，位于长江北岸、扬州市南面。
〔4〕吴山：泛指江南群山。

【赏析】

此词写的是思妇怀远之情。

上阕"汴水流，泗水流，流到瓜洲古渡头"，看似纯粹写景，与人无关，实则以流水比人的远行，也是以水的蜿蜒曲折，喻人的千愁万恨绵长不绝；"吴山点点愁"，以山比拟思妇之愁，极言其愁的深重。山和水都是思妇情的寄托。

下阕"思悠悠，恨悠悠"与上阕"汴水流，泗水流"两两相对，词脉相连，言情之无限。"恨到归时方始休"，是说这绵长的离恨，只有当所思念的人从远方归来，才会烟消云散。北宋晏几道所作《长相思》中："长相思，长相思，若问相思甚了期，除非相见时"一句，即扩展此句之意而成。结句"月明人倚楼"，明月当空，独自倚楼远望，意蕴深远。

白居易词风如其诗风，以白描见长，平易流畅，语真情更切。

梦江南

皇甫松

楼上寝，残月下帘旌。梦见秣陵惆怅事[1]，桃花柳絮满江城，双髻坐吹笙。

【注释】

〔1〕秣陵：今江苏南京。

【赏析】

此词借梦言情。"残月"暗示着与恋人分离。"惆怅事"代指情事，因那段美好的恋情已成往事，令人惆怅。"桃花"两句写梦境，以艳丽热烈的桃花和轻盈洁白的柳絮作为人物的背景，如置宝珠于金绒之上，愈见其美。词人爱恋的那位少女梳着整齐的双髻，吹奏着悠扬的乐曲，令人心醉神迷。

此词所描写的梦境优美如画，表达了词人对那段生活、那份恋情的无比留恋和往事难追的怅惘之情。

忆仙姿

李存勖

曾宴桃源深洞[1]，一曲清歌舞凤。长记欲别时，和泪出门相送。如梦，如梦，残月落花烟重。

【注释】

〔1〕桃源：晋陶渊明《桃花源记》中虚构的与世隔绝的乐土，其间人人丰衣足食，怡然自乐。后来称这种理想境界为世外桃源。

【赏析】

这首词抒写了词人对旧事的深深怀恋之情。前四句是回忆。"桃源深洞"形容宴席环境的深幽优美，"清歌舞凤"写人的歌声婉转清亮，且舞姿翩若凤翔。景与人皆这般赏心悦目，令人如在仙境，疑见仙人。"和泪出门相送"写美人对他一往情深，在分离之际难分难舍的情形。"如梦，如梦"，重复两遍，词人深深陷入回忆之中，恍惚的神态如在眼前，叹息之声如在耳旁。"残月落花烟重"写眼前之景，状之以"残""落""重"等含有萧瑟衰败、凄迷之意的字眼，与之前回忆中的情景形成鲜明对比，使"如梦"之叹落于实处，见于细物。

此词篇幅短小，结构浑然一体。整首词情景交融，情感深挚沉郁。

江城子（二首）

和 凝

（一）

初夜含娇入洞房，理残妆，柳眉长。翡翠屏中，亲爇玉炉香[1]。整顿金钿呼小玉[2]，排红烛，待潘郎[3]。

（二）

竹里风生月上门，理秦筝[4]，对云屏。轻拨朱弦，恐乱马嘶声。含恨含娇独自语，今夜约，太迟生[5]！

【注释】

〔1〕蓺（ruò）：点燃，焚烧。

〔2〕金钿（diàn）：金花钗，妇女首饰。

〔3〕潘郎：指晋代潘岳。潘岳以姿容仪态美好著称，他乘车从街上过，沿途妇女们纷纷把花和果子扔到车上，有"掷果盈车"的典故。后常借以代指妇女爱慕的男子。

〔4〕秦筝：一种弦乐器，传说是秦朝将军蒙恬所造。《文选》晋潘岳《笙赋》："晋野悚而投琴，况齐瑟与秦筝。"

〔5〕太迟生："生"为助词，如太瘦生、可怜生之类，是唐宋人常用语。

【赏析】

和凝擅长写短歌艳曲。这组《江城子》共有五首，以艳丽、香软的笔触描写了一位女子等待情郎到来及到来后卿卿我我，直至分别的全过程，其间感情波澜起伏，表现细腻，将恋爱中女子的温柔、多情表现得淋漓尽致，是花间词的典范作品。这里选取两首加以赏析。

第一首写女子梳妆打扮，焚香燃烛，等候情郎的到来。这首词的特点是以华丽的辞藻来描写美人之美和居室的华丽，如"柳眉""翡翠屏""玉炉香""金钿""红烛"等。

第二首转入对女子等待情郎到来过程中的心理描写。"竹里风生月上门"写时间已经很晚，能清晰地听见风吹过竹林的声音，读者可以想象到四周的安静，是以动衬静的手法。接下来着重通过对女子一系列动作的描写来表达她殷切期盼的心情，"理秦筝，对云屏"，因为情郎迟迟未到，百无聊赖中以弹拨秦筝来打发时间。"轻拨朱弦，恐乱马嘶声"，然而弹奏是很轻柔的，怕盖过载着情郎的马的鸣叫之声。况周颐在《餐樱庑词话》中赞这两句道："熨帖入微，似乎人人意中所有，却未经前人道过，写出柔情蜜意，真质而不涉尖纤。"结句以独白方式传达了女子因等得太久而娇嗔含怨的心情，使人如闻其声、如见其态。

蝶恋花 [1]

冯延巳

庭院深深深几许？杨柳堆烟，帘幕无重数。玉勒雕鞍游冶处[2]，楼高不见章台路。

雨横风狂三月暮，门掩黄昏，无计留春住。泪眼问花花不语，乱红飞过秋千去。

【注释】

〔1〕蝶恋花：《蝶恋花》原名《鹊踏枝》，此词一称为欧阳修所作，实误于李清照，应为冯延巳《鹊踏枝》十四首中的一首。

〔2〕"玉勒"句：玉勒，镶玉的马笼头。雕，饰画。雕鞍，用彩画装饰的马鞍。游冶，出游寻乐。李白《采莲曲》："岸上谁家游冶郎，三三五五映垂杨。"后特指流连歌楼妓馆。

【赏析】

这是一首闺中少妇伤春词。

上阕主要写少妇所处的环境，下阕则着力渲染深闺中少妇的伤春之情。

词的开头描绘了一幅深宅大院的景象。一座幽深的庭院，房屋众多，雕梁画栋，珠帘低垂，寂静无人。只有青青的杨柳，柳丝长垂，浓绿喜人，远远望去如一片翠色的云烟。首句一连三个"深"字的连用，渲染出整个宅院幽深静寂的气氛，词中的主人公，就在这与世隔绝的深深庭院中思念着自己的丈夫，在寂寞孤独中送走春光。

下阕在时间上紧承上阕，由春光正好转入春天即将逝去的暮春，而少妇的心情也由寂寞的等待变为伤心绝望和满腔的哀怨。暮春三月，雨骤风狂。风雨中，花儿凋零，红消香逝。"泪眼问花花不语，乱红飞过秋千去"，这两句景中有情，情中有景，情景交融，将花拟人，以花喻人，于"物"之上"著我之色彩"。王国维《人间词话》评曰："'泪眼问花花不语，乱红飞过秋千去'，有我之境也。"浅显平易的两句词，构成了一个

色彩浓烈、饱含感情的意境，于浓艳中见凄郁，景深情亦深。毛先舒评这两句词云："此可谓层深而浑成。……语愈浅而意愈入，又绝无刻画费力之迹。"

此词含蓄蕴藉，婉曲雅致，用字极工而又自然流畅。词人用精湛的笔法，只寥寥数句，通过对环境的渲染和景物的衬托，巧妙运用拟人、象征手法，刻画出了一位在寂寞深闺中凄凉度日，于泪眼迷蒙中青春悄然逝去的少妇形象，揭示出她内心深处无以言表的深沉悲哀和不幸命运，具有强烈的艺术感染力。

谒金门

冯延巳

风乍起，吹皱一池春水。闲引鸳鸯芳径里，手挼红杏蕊[1]。

斗鸭阑干独倚[2]，碧玉搔头斜坠[3]。终日望君君不至，举头闻鹊喜。

【注释】

〔1〕挼（ruó）：揉搓。

〔2〕斗鸭阑干：圈养斗鸭的栏杆。阑干，同"栏杆"。

〔3〕碧玉搔头：即玉搔头，玉簪的别称。《西京杂记》卷二："（汉）武帝过李夫人，就取玉簪搔头；自此后宫人搔头皆用玉。"

【赏析】

这是一首描写闺怨的词。

"风乍起，吹皱一池春水"，是被后世盛传的名句。马令《南唐书》有一段记载："延巳有'风乍起，吹皱一池春水'之句，皆为警策。元宗李璟尝戏延巳曰：'吹皱一池春水'，干卿何事？延巳曰：未如陛下'小楼吹彻玉笙寒'。"可见此词在南唐时就已广为传诵。寥寥数字，不但交代了季节、环境，描绘了自然景色，而且以象征手法暗示了女主人公不平静的心境，如被春风吹皱的池水一样泛起阵阵涟漪，引发千丝万缕的情思。随后两句撷取女主人公的生活片段，通过她无聊地引逗鸳鸯和心不在焉地揉搓花瓣的举动，表现出了她寂寞空虚的心境。

下阕过渡自然，与上阕首尾相衔，继续描写女主人公的日常情事。她独自一人斜倚着栏杆，看斗鸭相斗，因长时间低头的缘故，发髻上

的碧玉簪子斜斜欲坠，而她却浑然不觉，极力刻画出了她痴痴出神的神态。是什么原因使她如此闷闷不乐呢？"终日望君君不至"，是因为天天思念着心上人，却一直不见他来。结拍句"举头闻鹊喜"转抑为扬，使文情起伏有致。古时人们认为"喜鹊叫，好事到"，《西京杂记》中即有"干鹊噪而行人至"的说法，故此女主人公听见枝头上喜鹊的喳喳叫声，即欣喜万分，将女子盼望心上人到来的心情表现得生动自然。

鹊踏枝

冯延巳

谁道闲情抛掷久？每到春来，惆怅还依旧。日日花前常病酒[1]，不辞镜里朱颜瘦。

河畔青芜堤上柳[2]，为问新愁，何事年年有？独立小桥风满袖，平林新月人归后。

【注释】

〔1〕病酒：因喝酒过量而引起身体的不适。

〔2〕青芜：青草。

【赏析】

起句以顿入手法，反诘的语气，道出这份"闲情"的困扰和郁结，无以摆脱，由来已久。这份闲情，并不是因为具体的人或事而起，而是一种无以名状的惆怅若失的情绪。随着春天的到来，这种情绪在词人心头愈发深切，如影随形，啮咬着敏感的心灵。悲切、落寞、苦闷的情绪使词人日日耽于饮酒，已经到了不顾惜身体的地步。"瘦"字写出了词人伤情之至，足见其苦闷之深，唯有在酒醉神迷的虚幻之境中，才能暂时忘却盘结在心中的痛苦。

下阕转入平和，词人暂时从强烈的"自我"中摆脱出来，从旁观者的角度，对不能自拔的自我微加嘲讽。词人将春时的青草和杨柳拟人化，借以发问，为何年年忧愁不曾断绝？细揣词义，又似在说，为什么在这风和日丽的大好春光中长吁短叹，不能自已？茵茵的、丛生的青草和枝条柔软的杨柳营造出一种柔和的情调，殷勤询问，温柔备至，抚慰着词人的心灵。宁静、美丽的大自然使人久久不愿归去，独自伫立直至月上梢头。"独立小桥风满袖"，清风灌满了宽大的袍袖，欲飘然而举的词人，颇有忘却浊世，遗世独立的味道。唯有此时此刻，才暂得把新愁旧愁一起淡忘的宁静和安详。这一心境进一步在"平林新月人归后"这一意象中表现出来。人归之后，没有了尘嚣的扰攘，一钩新月挂于林梢，清辉幽幽，默默无言，却似在诉说着自然、人生永恒的道理，把它的静穆祥和，传送到词人心中。

冯延巳虽身居高位，然南唐国势越危，党争越烈，俯仰身世，"危苦烦乱"。此词中所反映的对现实人生的无以解脱的无名惆怅，具有一定的社会普遍性，往往能引起后世人的共鸣，有较高的艺术欣赏价值。

 # 鹊踏枝

冯延巳

烦恼韶光能几许，肠断魂销，看却春还去。只喜墙头灵鹊语，不知青鸟全相误[1]。

心若垂杨千万缕，水阔花飞，梦断巫山路[2]。开眼新愁无问处，珠帘锦帐相思否？

【注释】

〔1〕青鸟：传说中的神鸟。唐李商隐《无题》："蓬山此去无多路，青鸟殷勤为探看。"

〔2〕巫山：山名，在重庆市巫山县东。宋玉《高唐赋》中记载楚怀王曾在梦中与巫山神女相会，后以此代指男女幽会。

【赏析】

清刘熙载论词说："大抵起句非渐引即顿入，其妙在笔未到而气已吞。"此词起句用顿入手法，以事物的矛盾性吸引住读者，韶光原指春光，或泛指美好时光，词人却加上"烦恼"二字，将自然的美好与人的心情的烦恼相联系、相对立，使二者之色彩差异更加鲜明。"能几许"是说道不清有几许留恋、又有几许恨意；"肠断魂销，看却春还去"，就在愁苦的心境中一天天把大好的春光送走。其惜春之情、伤己之意表现得至深至真。"只喜墙头灵鹊语，不知青鸟全相误"，此两句写女子在漫长的等待中，将全部希望都寄托在鸟雀的身上，忽喜忽悲，令人可悲可叹。

"心若垂杨千万缕"，以纷扬的垂柳喻女子心绪的烦乱，"水阔花飞"写残春之景，纷飞的花瓣飘落于宽阔的水面，随波逐流，杳然无踪，这一令人无限怅惘的景象暗寓美人迟暮。"梦断巫山路"，写即使在梦中也无以相会的痛苦。"开眼新愁无问处，珠帘锦帐

相思否"，写梦醒之后悲哀不已，却无人与诉，幽怨至极，由己推人，猜想对方是否也和自己一样在苦苦相思。

冯延巳的词擅长描写人物内心世界，尤长于刻画女性心态。这首词将侧面用笔和直接抒情相结合，景情相生，将思妇心态描写得极有层次，抑扬跌宕，内涵丰富。

南乡子

冯延巳

细雨湿流光，芳草年年与恨长。烟锁凤楼无限事，茫茫。鸾镜鸳衾两断肠[1]。

魂梦任悠扬，睡起杨花满绣床。薄幸不来门半掩，斜阳。负你残春泪几行。

【注释】

〔1〕鸾镜：饰有鸾鸟图案的妆镜。鸳衾：绣有鸳鸯图案的被子，亦指夫妻共寝用的被子。

【赏析】

这是一首描写女子思念丈夫的词。起句状物细腻入微，又不显尖纤，将雨湿芳草、流光闪烁的情形逼真地描摹出来，王国维评曰："能摄春草之魂。"且景中寓情，以被细雨润泽而茂盛生长的春草比拟离恨，说草长恨亦长。"烟锁"喻雨雾朦胧如烟的景象，"锁"字暗示出女子孤身独处的寂寞，如关在笼中的鸟。"茫茫"与上句为倒置句式，同时描写雨景及心境，二者俱是苍茫迷离，恍惚凄恻。以上写室外之景，可以揣想乃是女子枯坐房中向外眺望所见。再写室内，那绣有鸳鸯戏水图案的被子和饰有鸾鸟图案的妆镜，

无不令她睹物思人，黯然伤情。现实中的生活沉闷而压抑，唯有在梦中她的灵魂和躯体才能自由自在、无所拘束，得到暂时的欢乐。然而梦醒之后只见杨花纷坠，斜阳半掩，那最后的光芒是那般微弱，就像她即将逝去的青春年华。梦境与现实，一欢一悲，鲜明的对比使梦醒之后的人儿凄凉无比，不禁珠泪成行。"负你残春"字字泣血，如怨如诉，表达了女子悲伤绝望的心情。"泪几行"则与"细雨湿流光，芳草

年年与恨长"句遥相呼应，那茵茵芳草似不是为雨水灌溉，而是用不幸的女子的眼泪来浇灌的。

全词结构回环往复，景与情达到了高度的和谐，具有极大的艺术感染力，是闺怨词中言情至深、至浓、至悲之作。

浣溪沙

李　璟

菡萏香销翠叶残[1]，西风愁起绿波间。还与韶光共憔悴，不堪看。
细雨梦回鸡塞远[2]，小楼吹彻玉笙寒。多少泪珠无限恨，倚阑干。

【注释】

[1] 菡萏（hàn dàn）：荷花的别名。
[2] 鸡塞：汉时边塞名，这里泛指边塞。

【赏析】

此词写女子怀远之情。

上阕起句写景，西风起，花残叶凋，"愁"字写花亦写人，花因风起而生悲惧之感，人因花亡而生悲哀之情。随着韶光流逝，人与花共愁，亦共憔悴。"不堪看"写人亦写花，与首句"菡萏香销"遥相呼应。上阕以写景为主，景中隐然有人，但如隔雾看花，迷离朦胧。人与花其形、其情，交织融合，浑然莫辨，造成一种深郁惆怅的艺术意境。

下阕转入对人的内心世界的深层描写。因白天所见所感，夜来成梦，去那荒凉遥远的边塞寻找自己的亲人。梦醒之时，窗外正是细雨潇潇，寒意渐透，再难成眠。于是独倚楼头，吹笙以寄恨。"吹彻玉笙寒"，写楼外风又雨，吹笙既久，以致玉笙冰寒彻骨。这两句从塞外写到小楼，从梦境写到梦醒，空间之辽阔，真幻之交叠，造成意境之迷离空灵，幽怨凄美，深沉隽永。继以夜深人独倚栏，珠泪泫流的画面作结，含蓄不尽，使情意婉转回旋，余韵悠远。

相见欢

李　煜

林花谢了春红，太匆匆。无奈朝来寒雨晚来风。

胭脂泪，留人醉，几时重？自是人生长恨水长东。

【赏析】

此词借咏春花之凋亡，进而引发人生憾恨之叹，叙景言情，暗寓亡国之恨。

首句写春花已经凋谢，"太匆匆"三字如沉重的叹息，饱含着无限的留恋和遗憾。"无奈"句，则将词人无力自主自身命运的哀感，融于花朵遭受风雨摧残的描写中。"胭脂泪"形容风雨飘摇中雨水顺着殷红的花瓣淌落而下，宛如花儿哭泣的眼泪。其情其景，凄艳无比，令人心碎。花如此，而人又如何能免于不幸的折磨、衰亡的命运？词人长叹道："自是人生长恨水长东"。人生在世，总有无尽的憾恨相伴随，如水之滚滚东去，永无休止。结句低回抑叹，沉郁悲切，催人泪下。此词以白描的手法，凝练明净的语言，传达出深哀婉曲之情愫，洗尽铅华，毫无雕饰，却耐人寻味，具有不朽的艺术魅力。

相见欢

李　煜

无言独上西楼，月如钩。寂寞梧桐深院锁清秋。

剪不断，理还乱，是离愁。别是一般滋味在心头。

【赏析】

此词写李煜被封"违命侯"，幽居开封时的心境。

盖情至深处，便非言语所能表述。词人身历亡国之痛，成为阶下之囚，其内心之沉痛非他人能够了解，更无法向他人倾诉，因此只能默默无言。所谓此处无声胜有声，"无言"之痛，更胜于痛哭流涕之痛。

词人登上高楼，眼前是一幅凄清无比的画面：月如一弯银钩，幽幽清辉洒梧桐，重门深院，悄寂无人。置身其中，孤独之感如大山般向人压来，令人窒息。想当年"春殿嫔娥鱼贯列""车如流水马如龙"，而"一旦归为臣虏"，便像深锁重院之中的寂寞梧桐，身心俱不得自由，尝尽了凄苦。愁思如乱麻一样，"剪不断，理还乱"，苦涩的滋味难以道得清，故只说"别是一般滋味在心头"。明代沈际心赞赏此句道："七情所至，浅尝者说破，深尝者说不破。破之浅，不破之深。"宋代黄升《花庵词选》评说："此词最凄婉，所谓'亡国之音哀以思'也。"

捣练子令

李 煜

深院静，小庭空，断续寒砧断续风[1]。无奈夜长人不寐，数声和月到帘栊。

【注释】

〔1〕砧（zhēn）：捣衣石。此指捣帛，即把生丝织成的绢放在石上用木杵捣捶，制成熟绢。

【赏析】

此词写李煜幽囚于汴（开封），长夜难眠，夜闻砧声时的孤独凄苦的心境。

"深院静，小庭空"，从听觉和视觉两方面来写词人所处的寂静的环境，心情之孤苦于写景中悄漾而出。因为四周异常安静，所以才能隐约听到随风送来的断断续续的捣衣（帛）之声。在古时，捣衣为妇女的一种家务事，古诗词中常有描写妻子为远行在外的亲人捣制寒衣的情节，后来捣衣即与羁人之旅愁和思妇之离愁联系起来，成为离情的象征。蔡绦《西清诗话》中说，李煜归宋后，"每怀故国，且念嫔妾散落，郁郁不自聊"。在这夜深人静之时，闻寒砧之声，更唤起他对故国、故人的思念，心潮起伏，难以成眠。"数声和月到帘栊"，寒砧之声，冷月之色，俱是凄清无比，令人不忍卒读。

全词虽无一字言及离愁，但词人对故国的怀念之情尽在不言中，含蓄蕴藉。

浪淘沙

李 煜

往事只堪哀，对景难排。秋风庭院藓侵阶。一任珠帘闲不卷，终日谁来？

金锁已沉埋，壮气蒿莱[1]。晚凉天净月华开。想得玉楼瑶殿影，空照秦淮。

【注释】

〔1〕壮气：代指王气，指象征帝王运数的祥瑞之气。

【赏析】

首句直抒哀思，说过去的美好生活如烟而逝，无论是回忆，或是赏景，都难以排除心中的哀痛。"秋风"句写庭中苔藓斑驳，已经侵延到了台阶之上，可见人迹罕至。据《默

记》卷上载，李煜归宋后，"有旨不得与人接"，过着幽囚的生活，与当年臣妃环侍、车辇相从的盛况相比，真是一个天上、一个地下。

"金锁已沉埋"引用的是三国时吴国以铁链封锁长江，企图阻止西晋的进攻而不成的典故；"壮气蒿莱"指象征着帝王运数的祥瑞之气已湮没于野草丛中。"晚凉"句写眼前之景，天上月亮大放光彩，令词人联想到故国宫阙在月辉映照下的情景。"空照"言其寂寞荒凉。结句意象清疏，意境阔大，笔触苍凉。

王国维说："词至李后主而眼界始大，感慨遂深。"

 ## 木兰花

韩偓

绝代佳人何寂寞，梨花未发梅花落。东风吹雨入西园，银线千条度虚阁。

脸粉难匀蜀酒浓，口脂易印吴绫薄。娇饶意态不胜羞，顾倚郎肩永相著。

【赏析】

此词将花与人共拟，花人难辨，娇姿共相辉映。"绝代佳人"喻木兰花，上阕前两句写木兰花花开之时，梅花已经凋落而梨花还没开放，无以为伴，因此寂寞异常。"东风"两句写实景，在东风吹拂下，斜雨如千条银线，由天飘落。"虚阁"形容亭台楼阁在雨中让人看不清，似虚似幻。

下阕写佳人风采，因饮酒微醉而脸飞红霞如抹上了胭脂，更增娇媚。轻纱罩体，风姿绰约，体态婀娜。结句点明佳人对爱情的幻想，对美好未来的憧憬。

此词以花之美衬托人之美，以花之寂寞影射人之寂寞，为人物情感的起伏作铺垫。全词表现了封建时代深处闺阁之中的少女对美好爱情的向往和追求，情调健康，具有一定的积极意义。

江城子

韦　庄

　　恩重娇多情易伤，漏更长，解鸳鸯。朱唇未动，先觉口脂香。缓揭绣衾抽皓腕[1]，移凤枕，枕潘郎[2]。

【注释】

〔1〕绣衾：绣花被。
〔2〕潘郎：晋朝潘岳仪容秀美，后人因以"潘郎"代指美男子。

【赏析】

　　以传统的文学批评眼光来看，该词属于所谓的"艳情词"。"情深语秀"如韦庄者，尚脱不了香软秾丽、温柔缱绻，"词为艳科"之说由此可见一斑。

　　首句"恩重娇多情易伤"是一句极洞晓世相、善解人意之语，况周颐对此有评："非于情中极有阅历者不能道。"恩爱深重、娇憨无忌的情人在感情上往往更容易受到伤害，这里写出了一种"双向"的情感：男子对女子的宠爱和女子对男子的痴恋。只这一句，全词的情感基调便大不同于一般意义上的艳情词，流露出一种阅尽世间情爱奥妙后的知解与感慨。接下来的几句以白描手法，极简约地描述了异性相悦、同衾共枕的几个片段。词中写人未作全面细致的画像，而只点"朱唇"，采用"通感"手法，将视觉形象转化为嗅觉表现；写态未作过多渲染、过细刻画，只以一连串的动词"解""揭""抽"等，直接而有分寸地作了交代；最后一句，将情人间的恣情任性写得淋漓尽致。情态本身很放肆，但描写的笔墨却极收敛。

思帝乡

韦 庄

春日游，杏花吹满头。陌上谁家年少^[1]足风流^[2]？
妾拟将身嫁与一生休^[3]。纵被无情弃，不能羞^[4]！

【注释】

〔1〕陌上：小路上。

〔2〕足：够，十足。

〔3〕妾：古时妇女的自谦之称。

〔4〕不能羞：不以此为羞。

【赏析】

韦庄的这首《思帝乡》有着民歌般的热烈、坦率，爱情在这首词里被赋予非凡的勇气，含蓄的期待让位于大胆的宣言；女性的形象不再伤于病弱幽怨，扑面而来的是天真烂漫、开朗爽快、激情洋溢。

上阕以清丽的笔调，为男女主人公的相遇提供了一个非常优美的环境氛围。这是爱情萌发的契机。"春日游，杏花吹满头"，正是春天，杏花飘坠如雨，纷然落满游人的发际。这是一幅充满诗情画意的动人景致，虽只是写景，但人物的活动已隐含其间，从这句词里不难读出那掩映于杏花簇中的"她"。由此，接下来的两句就有了落笔的前提。从女性的眼光看过去，引出了"陌上"的翩翩美少年。一个"谁家"，表明进入视线的少年已经引起了女子的注意和猜测；而"足风流"则表露出女子对他的欣赏与爱慕。

下阕通过女主人公"决绝"的语气，表现她对"陌上少年"情有独钟、"死心塌地"的态度，这是爱情的高潮。游春时的偶然相遇，竟触动了少女久闲的芳心，一句"妾拟将身嫁与一生休"表明了她急切的企盼；而"纵被无情弃，不能羞"的誓愿又表露出少女赤诚、纯朴的情怀和冲决礼俗的勇气。整个下阕可以说是坦率的爱情心理独白。虽然只有两句，但一句一层，一层一转，前一句尚在写女子为能够将一生与"陌上少年"相连而喜悦，紧接着的一句却又写她想到了可能会发

生的被无情抛弃和自己的无怨无悔。满怀欣喜又不无隐忧却依然执着于爱，这是一种多么复杂的感情！尤其是，整首词俱是从女子的眼光、女子的心理写起，反映的是一种极其强烈的"单恋"，其热烈与痴情令人动容。男子的心态如何，始终不得而知。

《思帝乡》这首词看起来平缓如春水，却是尺水兴澜，一波三折。从春日出游时愉快而平和的心情，到幸遇陌上美少年的感情冲击，这是第一次冲突——人与环境的冲突，内心平衡被破坏；女子对男子由慕而爱、爱极而忧，这是第二次冲突——自我的内心冲突；最后，女子对自己若被抛弃的精神准备和她对爱情的回答将这种冲突推向高潮。全词感情虽回环曲折，语言却直白坦率，在五代文人词典丽绵密的作风中，令人耳目一新。

菩萨蛮

牛 峤

玉炉冰簟鸳鸯锦[1]，粉融香汗流山枕[2]。帘外辘轳声，敛眉含笑惊。柳阴烟漠漠[3]，低鬓蝉钗落[4]。甘作一生拼，尽君今日欢。

【注释】

〔1〕冰簟：竹编的凉席。鸳鸯锦：绣有鸳鸯的锦缎被。

〔2〕山枕：两头较高、中间凹陷的枕头，因形态像山，故名山枕。

〔3〕漠漠：迷蒙不清的样子。

〔4〕蝉钗：古代妇女别在发髻上的一种蝉形的头饰。

【赏析】

这是一首描写男女欢情的词。

五代文人词"艳品"很多，在一片莺莺燕燕、红香翠软中，各人又自有各人的路数。牛峤这首《菩萨蛮》的内容虽然平常，但在浅近平直中暗波迭起。

上阕开头两句为一般性描述，撷取几种精致的意象加以组合，意在表现闺阁特有的情调。这样的写法在"花间"词人中并不鲜见，如温庭筠"水精帘里颇黎枕，暖香惹梦鸳鸯锦"等。但这平淡的两句往往是由接下来的后两句赋予它特殊意义的，境界的大小也全在这前后一转。上述温庭筠词紧接"江上柳如烟，雁飞残月天"由闺阁而至羁旅，境界一下扩大了许多，前面所写的闺中人自然也就成了"思妇"的形象。而牛峤的这首词接下来的两句是"帘外辘轳声，敛眉含笑惊"，境界虽不及温词，却使前面两句自有深意：女主人公的"粉融香汗流山枕"恐怕不仅仅是由于天气的炎热，还在于内心的骚动而引起的浑身燥热。这人物自然也就成了"怀春少女"的形象。从深闺绣阁的孤衾独卧到帘外传来的辘轳声是一大转折，它将女主人公由内心深层的某种憧憬推至骤然的情绪冲动，一句

"敛眉含笑惊"有三层含意："敛眉"是凝神聆听的专注，是对摇辘轳的究为何人的猜疑；"含笑"则是对某种熟稔的"暗号"的会意与兴奋；这"惊"的又是什么呢？可能是将要见面的惊喜，也可能是将赴密约的惊惧。

下阕紧承上阕，"柳阴烟漠漠"是一句过渡，自然巧妙，富有深意。柳色如烟，迷迷蒙蒙，这既是闺门外的自然景象，也暗示出女子的心情交织着惊喜与不安、兴奋与迷惘，深带着迷离恍惚之感。随后的"低鬓蝉钗落"，细致生动地写出了女子的羞怯与慌乱。这是对男女相悦的进一步描写。至"甘作一生拼，尽君今日欢"，写女主人公的自我表白，极为恣肆狂放，前人评此是"尽头语"，"作艳词者，无以复加"。全篇情绪至此达到高潮。

王国维《人间词话》论曰："词家多以景寓情，其专作情语而绝妙者，如牛峤之'甘作一生拼，尽君今日欢……'"清人贺裳也曾将牛峤的这句"尽头语"与韦庄"妾拟将身嫁与、一生休。纵被无情弃，不能羞"等相提并论。其实，"情语"也有多种，别的不说，就从韦庄词中所表现的这种决绝的态度看，也包含着与牛峤词截然不同的情愫，如果说韦词尚含有女性对男性一种大胆的情爱，那么牛峤这首词则是赤裸裸地对男女肉体之爱的礼赞，带有明显的齐梁宫体诗遗风。

江城子

张　泌

窄罗衫子薄罗裙，小腰身，晚妆新。每到花时[1]，长是不宜春。蚤是自家无气力[2]，更被伊[3]，恶怜人[4]。

【注释】

〔1〕花时：花开时节，指春天。

〔2〕蚤：通"早"，本来之意。

〔3〕伊：第二人称之辞，犹云君或你。

〔4〕恶怜：尽情怜爱之意。恶，副词，甚，很，常用于诗词曲中。怜：爱。

【赏析】

这首词写的是一位青年女子在繁花似锦的春天感伤幽怨的情绪，以及她对所爱男子矫情嗔怪的憨态。

首句以清丽简淡的笔墨，描画出一位风姿绰约、窈窕媚人的女子形象。"晚妆"二字既点明了具体时间（傍晚），又为下面感情的触发设下环境氛围：暮云渐合，花影婆娑，寂寞闺阁最易令芳龄女子自叹自怜，黯然神伤。由此自然而然地引出下面两句："每到花时，长是不宜春。"花开时节，本是万物萌生之际，年轻女子却觉身体慵倦，心情郁闷。这种幽怨感伤的情绪既是中国传统诗歌里不厌其烦加以表现的题材，又是封建社会女性普遍的心理现象。但在这首词中，这种"伤春"情绪不是笼罩全篇的基调，而只是一瞬间短暂的浮现，因为紧接着的两句，使读者明白了前面所写的"晚妆新"对这位女子而言并非毫无目的的举动，她的伤感与幽怨也不是漫长无望的期待。"蚤是自家无气力，更被伊，恶怜人"正说明这位女子的感情已经有了寄托的对象。结句以女主人公的口吻，将她半羞半恼、又喜又怨的心情描写得极为生动。比起其他描写男欢女爱的词作中那些以"决绝"态、"尽头语"放纵自我的女性形象来，张泌笔下的这位女子表现得似乎更含蓄、更传统。

这首词最大的艺术特点就是语言的俚俗化（民歌化），词的最后一句尤为显著。陈廷焯曾批评张泌另两首《江城子》词"惜语近俚"。其实，这种将文人词的曲丽还原为民间词的俚俗的作词之法，正表明了张泌可贵的创作精神。

生查子

牛希济

新月曲如眉，未有团圞意[1]。红豆不堪看，满眼相思泪。
终日劈桃穰[2]，人在心儿里。两朵隔墙花，早晚成连理[3]。

【注释】

〔1〕团圞：团圆。又有团聚之意。

〔2〕桃穰（ráng）：指桃核里面的仁儿。"穰"同"瓤"。

〔3〕连理：异根草木，枝干连生，古人认为是吉祥之兆。比喻相爱的夫妻。

【赏析】

这首词通篇借物寓意，设喻抒情，写爱人间的相思苦恋之情。拣尽《花间》诸作，如牛希济《生查子》之情真语挚、深诉心曲者，殊不多见。

上阕以"传情入景"之笔，表达男女间的相思之苦。作者借"移情"笔法，赋予视野中的客观景象以强烈的主观情感，使天边新月、枝上红豆都染上别离相思的情愫。"新月曲如眉，未有团圆意"，明为写月，实则喻人，作者以眉比月，正暗示出相思人儿因不见团聚而双眉紧蹙，郁闷不欢的愁苦之态。"红豆"本是相思的信物，但在离人的眼里却是贮满了忧伤，令人见之落泪。一弯新月，数枝红豆，词人撷取传统的寄寓人间悲欢离合、别离思念之情的两种意象，表达出了对爱人的无限深情和思之不得的痛切缺憾。

就内容而言，下阕为上阕之顺延；就感情的"走向"而言，二者又有着微妙的差异。如果说上阕中写相思还只是借助于意象的寄托，情感的附着还比较虚幻，词中的情绪基调也是一种充满残缺感的低沉，那么下阕中的情感就相对地落到了实处，词中流露着的是充满希冀的向上的基调。"终日劈桃穰，人在心儿里"，一语双关，看似百无聊赖的行为，正寄托着主人公对心上人丝丝缕缕的情爱和日复一日的期盼。"两朵隔墙花，早晚成连理"更表明了对爱情一定有结果的信心。尽管花开两朵，一"墙"相隔，但相爱的人终将冲破阻碍，喜结连理。整首词写得情致深长，"淋漓沉至"。

这首词在艺术上的一个显著特色，就是极其自然地运用了南北朝民歌中的吴歌"子夜体"，以下句释上句，托物抒情，论词家评曰：妍词妙喻，深得六朝短歌遗意。五代词中希见之品。

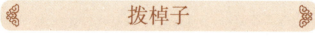

拨棹子

尹　鹗

风切切[1]，深秋月，十朵芙蓉繁艳歇[2]。小槛细腰无力[3]，空赢得[4]，目断魂飞何处说[5]。

寸心恰似丁香结[6]，看看瘦尽胸前雪。偏挂恨，少年抛掷。羞觑见[7]，绣被堆红闲不彻[8]。

【注释】

〔1〕切切：象声词，形容风声萧瑟。

〔2〕繁艳歇：指花朵凋零。

〔3〕槛：栏杆。

〔4〕赢得：落得。

〔5〕目断：目光所及的尽头。

〔6〕寸心：指心。心位于胸中方寸之地，故称寸心。丁香结：丁香的花苞，诗词家多用来比喻愁思固结不解。

〔7〕觑（qù）：看，瞧。

〔8〕彻：遍，透，通。

【赏析】

这首词写的是一位闺中女子秋日思念远行爱人而萌发的幽怨、憾恨之情。

上阕以景带情，由对环境气氛的渲染，引出人物的形态描写，结以内心情感的触发。首句写秋风萧瑟，冷月无声，芙蓉凋零，满目凄凉。这既是景语，也是情语。深秋本萧疏，况离人愁苦，女子眼中的景象自然越发多了几分凋散残败。这就为全词的展开创造了一个特有的环境氛围。接下来为一过渡句，它既是由环境到人物的过渡，也是由写景向抒情的过渡。一句"小槛细腰无力"，将一位斜倚栏杆、翘盼情人的纤弱女子形象刻画得极为传神，大有"相去日已远，衣带日已缓"之意味。末句是一纯粹的抒情句，诉说女子对远方情人望穿秋水、苦心期盼的无尽忧伤。这一句既是前边郁结情感的自然触发，也为下阕的进一步抒情作了铺垫。整个上阕由外及内，人物与环境以情感为媒介融为一体。

下阕以更加婉曲的笔致，在上阕所构筑的"情感空间"上细加刻镂，工笔描摹，在忧伤中融入自怜，在哀怨中透出憾恨。首句以"丁香结"作比，喻示女子郁结于心，难以排解的离愁别恨，极具象征意味和审美意义。接下来词笔一转，描写女子的自怜、幽怨等复杂情感。相思的愁情和盼归的苦本已使女子郁闷、憔悴，情人的"无情"和自己的早早"被弃"，又不由得引起她的怨恨。这一转既使感情的表达显得深曲，又使词在章法上避免平直，形成峰回路转之势。

这首词写情叙情分明如画，不避详琐，与专以写小令见长的其他五代文人词相比，可谓开柳永风气之先。

 中兴乐

李 珣

后庭寂寂日初长[1]，翩翩蝶舞红芳[2]。绣帘垂地，金鸭无香[3]，谁知春思如狂。忆萧郎[4]，等闲一去[5]，程遥信断，五岭三湘[6]。

休开鸾镜学宫妆[7]，可能更理笙簧[8]。倚屏凝睇[9]，泪落成行，手

寻裙带鸳鸯[10]。暗思量，忍孤前约[11]，教人花貌，虚老风光。

【注释】

〔1〕寂寂：清静无声、冷落寂寞的样子。

〔2〕红芳：鲜花。

〔3〕金鸭：金属制的鸭形香炉。

〔4〕萧郎：本指梁武帝萧衍。后泛指女子所恋的男子。

〔5〕等闲：随便。

〔6〕五岭三湘：形容远隔千山万水。五岭：山名，所指说法不一，如大庾、骑田、都庞、萌诸、越城五岭。这里泛指南方的山脉。三湘：亦说法不一，古代诗文中的三湘，多泛指今洞庭湖南北、湘江流域一带。此处泛指南方之水。

〔7〕鸾镜：饰有鸾鸟图案的梳妆镜。宫妆：宫女的装束。

〔8〕可能：岂能，怎能。理：演奏。

〔9〕凝睇（dì）：注视。

〔10〕裙带鸳鸯：即鸳鸯裙带。

〔11〕孤：在这里用如"辜"。

【赏析】

这是一首描写闺中少妇春日思夫的词。

上阕写男子的远别。开关两句摹写春景：正是白天开始变长的早春时节，寂静空落的庭院，群芳吐艳，蝴蝶翻飞，追花逐蕊。庭院的冷清与花、蝶的繁闹形成反差，为下面触景生情、睹物思人的感伤情绪埋下了伏笔。随后三句写闺中情境：绣帘未卷，香炉不燃。散漫的生活方式折射出女主人公情绪的消沉，一句"谁知春思如狂"，揭示出了这位少妇内心的情感波澜，也是对前属所写的"蝶恋花"景象的内心回应。最后几句写男子的远别，"等闲"二字既写出了男子抛家远行的轻率，也含蓄地表达了少妇的幽怨。"程遥信断，五岭三湘"，极写离人的远不可及和思盼夫君的少妇伤心无望，情致深长。整个上阕写景抒情水乳交融，词笔回旋，跳跃很大。

下阕写少妇的愁情。首写少妇百无聊赖的情状，以无心装扮，不理笙簧带出"悦己者安在""知音者不赏"的悲哀心情，投以曲笔，寓以深情。次写少妇思君的悲伤，起于"倚屏凝睇"，结以"裙带鸳鸯"，孤单无依的境况与双宿双飞的鸳鸯两相对照，怎能不令少妇愁情难禁，伤心落泪？结句写少妇对男子不归的幽怨和对自己韶华渐逝的无奈，有"思君令人老，岁月忽已晚"之叹。整个下阕虽纯为抒情笔致，但一波三折，起伏有致。

更漏子

毛文锡

春夜阑[1]，春恨切，花外子规啼月[2]。人不见，梦难凭，红纱一点灯。
偏怨别，是芳节[3]，庭下丁香千结。宵雾散，晓霞晖，梁间双燕飞。

【注释】

〔1〕夜阑：夜深之意。阑：将尽。

〔2〕子规：鸟名，即杜鹃，传说为古时蜀望帝杜宇死后所化，叫声凄厉。

〔3〕芳节：美好的时节。这里指春天。

【赏析】

这首词写的是"春宵怨别"。

上阕写孤况。起首以深婉凄恻之笔，描写闺人春夜独居的情境：夜深人静，孤衾独卧，幽恨绵绵，难以成眠，写出了女子的愁苦辗转之况。词人以一句"花外子规啼月"，渲染出孤独凄清的气氛。子规鸟传说为蜀望帝杜宇死后精魂所化，叫声哀绝凄厉，常用作唤归的象征。寂静长夜，深闺孤守，听子规月下哀啼，声声泣血，真是"相思相见知何日？此时此夜难为情"。接下来的三句为一层，描写主人公孤独无依的苦况：长夜漫漫，情恨绵绵；人已杳杳，纵是梦里相见，又何足依！伤心之情，无以复加矣。"红纱一点灯"不仅意象凄艳，而且情感衰颓之至，将闺人的无限情思凝结为暗夜中的一盏红纱灯，给寂寞以希望之光，却又给希望以飘摇之感，让人体味到一种深切的感动和忧伤，同时也创造出一种幽深的意境，诗人陈廷焯读之甚至"瞠目呆望"，"失声一哭"，谓"五字五点血"，足见其艺术震撼力。

下阕写怨别。首以回环之笔，追忆别时情景，三句两层含意，一层一写法："芳节"既点明了分别的时间，又是一种反写的笔法，用美好的春景反衬情人的分别，愈感忧伤难禁，此所谓"乐景写哀"之法；至"庭下丁香千结"，则为正属烘托，明为写影，暗是抒情，以丁香花蕾的繁盛密集比喻情人相别时心情的悒郁不开，同时也把写目前愁情的难以排遣；作为下面句子的过渡，巧妙自然，天衣无缝。紧接着的三句，通过时空转换，由追忆别时情节回叙春宵之怨，但词人这时不写"夜景"，而写"晓霞"，这种时间上的"断层"实际上体现了一种极为凝练、容量丰富的表达方法，已见曙色正说明一夜未眠，虽不说愁而愁情自见。结句"梁间双燕飞"，既写实景，又含祈愿，也借以反衬自己的形影相吊，孤寂独立。

·027·

《栩庄漫记》对这首词给予很高评价，云："文锡词质直寡味，如此首之婉而多愁，绝不概见，应为其压卷之作。"

玉楼春

魏承班

寂寂画堂梁上燕[1]，高卷翠帘横数扇。一庭春色恼人来，满地落花红几片。

愁倚锦屏低雪面[2]，泪滴绣罗金缕线[3]。好天凉月尽伤心，为是玉郎长不见[4]。

【注释】

〔1〕寂寂：清寂、冷落之意。画堂：堂名，本在西汉未央宫中，后泛指有画饰的厅堂。

〔2〕锦屏：用丝织品制作的屏风。

〔3〕金缕线：金丝线。

〔4〕玉郎：古时对青年男子的美称。也作女子对丈夫或情人的爱称。

【赏析】

这是一首描写春日闺愁之作。

上阕总写春景。前两句先描写"内景"：画堂寂静，梁燕呢喃；翠帘高卷，数扇横陈。词人将闺中景致写得有动有静，声画相偕，意态娴雅。后两句写"外景"："一庭春色恼人来，满地落花红几片"，对庭院春色进行了具体的描写，与前两句纯客观的写景不同，景中寓情，自然地引出女子的心理活动，为下阕抒发愁情作了铺垫。"恼人"二字以拟人手法，将不谙人事的春色写得多情而又无情：春去春来，年年如此，这本是自然规律，但在伤离怨别的闺中女子的眼中，这"自作多情"光顾庭院的春色就是无情的嘲弄：春色虽好，谁人共赏？如此春色，怎能令人不恼？

下阕写愁情。前两句描写女子悲愁之状：低头伫立，泪湿衣襟，摹形状态，真切动人。然此时尚有"但见泪痕湿，不知心恨谁"之

意，最后两句则点明女主人公之所以烦恼忧愁、伤心落泪的原因："为是玉郎长不见。"既照应上阕的"春色恼人"，又为全词作结。

陈廷焯评此词"凄警"，"语言爽朗"，然毕竟有些浅直，尤其是结句，正如《栩庄漫记》所云："说到尽头，了无余味。"

浣溪沙

顾 夐

春色迷人恨正赊[1]，可堪荡子不还家，细风轻露著梨花。
帘外有情双燕扬，槛前无力绿杨斜，小屏狂梦极天涯[2]。

【注释】

〔1〕赊：诗词中用"赊"有相反二义，一为有余，一为不足。这里为前义。

〔2〕极：到，达。

【赏析】

这首词描写的是一位妇人对久出不归的爱人又恼又恨又思念的复杂感情。

上阕写春景媚人，触动闺人情思。首句点明情思萌发的季节和闺中妇人的心情。同样是写春色，但与魏承班"春色恼人"句相比，顾词又是另一种笔法，加以"迷人"二字，正说明女主人公对春天的热爱之情；缀以"恨正赊"，则表明她内心的矛盾与憾恨：春光虽美，人事堪恼。这就为读者设下了悬念：所"恨"者何也？下一句"可堪荡子不还家"紧承上句之意，既回答了"恨"的原因在于爱人的久出不归，而"可堪"二字又加强了语气，在感情的表达上更进了一步。"荡子"之谓有爱有恨，有嗔怨有无奈，感情复杂，很有意味。"细风轻露著梨花"，则以清丽明快的笔调，写出早春特有的风光，为闺人情思的触动创造了形象生动的空间背景，前人评其"巧做可咏"。

下阕顺承上阕末句之笔法，接写归前景况，借以表达闺人对爱人的幽怨。前两句看似写景，实则抒情；明为状物，暗中喻人。前写燕子尚能成双成对，是为有情，人们自会读出它的潜台词："荡子"出行，妇人独居，可谓无情！后写门前绿杨，无力倾斜，又使人联想到愁思带给闺中人的憔悴消瘦，闺

人念远的苦思可以想见。结句以"梦极天涯"抒写少妇对爱人的魂牵梦绕，情致深长，意蕴无穷。整个下阕在章法上从疏到密，与上阕的由密至疏形成回旋之势，颇具错落之致。

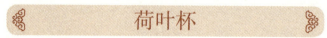

荷叶杯

顾 敻

记得那时相见，胆战，鬓乱四肢柔。泥人无语不抬头[1]，羞么羞，羞么羞？

【注释】

〔1〕泥人：形容人的呆状。

【赏析】

这首词描写的是一位年轻女子与情郎初次见面时的娇羞情状。

开篇以"记得"二字领起，是以追忆方式叙述相见情景。随后两句以极细腻柔婉的笔触，刻画出女子与情郎相见时又胆怯又慌乱的神情。"胆战"从内心体验写出，将一位久居深闺的女子初赴密约时的紧张心理写得极为生动逼真。"鬓乱"是从外部形态暗示出约会时的狂热；"四肢柔"则又从身体感觉入笔，写女子约会时的娇软无力；一个"柔"字入木三分。寥寥数字，词意密丽，描写细致入微。词写至此，是从女子角度着笔。随后词笔一转，通过男子眼光来表现女子情态："泥人无语不抬头"，形容女子当时含羞带怯、手足无措、低头不语的神态，极尽其妙。结句尤其来得别致："羞么羞，羞么羞？"表现男子对女子的逗趣，以重叠手法连用两个通俗化口语的问句，活泼生动，颇为风趣。正如况周颐所评，顾敻词即便是描写艳情，亦"多质朴语"。

这首词在语言上具有民间词质朴爽朗的风格；在写法上虽纯为白描，但极尽曲折之妙，刻画小儿女情态尤为真切动人。

荷叶杯

顾 敻

我忆君诗最苦，知否？字字尽关心，红笺写寄表情深[1]。吟么吟，吟么吟？

【注释】

〔1〕红笺：一种精美的小幅红纸。多作名片、请柬或题诗词用。

【赏析】

这首词通过一位女性的口吻，抒发情人间的思恋之情。词的题材很平常，但表现的角度却很有新意。

首句"我忆君诗最苦，知否？"开门见山，直抒胸臆，写女子对自己的爱人倾诉心曲：我回忆您的诗时最为苦心，知道吗？这里词人采用第一人称的叙事方式，将抒情主人公置于突出位置，缩短了读词时的"距离感"，使人仿佛在面对面倾听女主人公吐露心声。一个"苦"字，足见这位女子对爱人的一往情深，同时也引人思索："苦"者缘何？词人在这里为女主人公"设计"了一条别致新颖的抒情途径：通过对诗的追忆来寄托对人的思念，一者读诗如读人，二者这"忆诗"的过程也能使女主人公自己的情感渴望得到宣泄和满足。所以，下一句的"字字尽关心"，自会使人明白前面的女主人公何以有"忆诗之苦"，原来是这位男子的诗字字句句关乎他对女子的深爱之心。

自"红笺写寄表情深"句起，转写女子以"红笺题诗"寄给爱人，以表一片爱恋之心，既表达了男女间感情的深长，在词笔上又富有转折深入之妙，使短小的词章荷载了较大的艺术容量。结句是两个重叠问句："吟么吟，吟么吟？"是女子对爱人的探询，也是情感抒发的余韵，读来情韵绵延，意味深长。

 虞美人

阎 选

楚腰蛴领团香玉[1]，鬟叠深深绿。月娥星眼笑微嚬[2]，柳妖桃艳不胜春，晚妆匀。

水纹簟映青纱帐，雾罩秋波上。一枝娇卧醉芙蓉，良宵不得与君同，恨忡忡[3]。

【注释】

〔1〕楚腰：战国时楚灵王好细腰，宫女竞相迎合。后泛指女子的细腰。蛴领：形容女

子脖颈修长、洁白、细腻。《诗经·卫风·硕人》有"领如蝤蛴，齿如瓠犀"，蝤蛴为天牛、桑牛的幼虫，色白，丰润细长，古时用以比喻女子之颈。香玉：比喻女子身体。

〔2〕月娥：月中仙女，代指美貌女子。星眼：形容眼睛清澈明亮。

〔3〕忡忡：心事郁结的样子。

【赏析】

这首词是题咏美人之作。

上阕描写女子形容状貌。首句"楚腰蛴领团香玉"，描写美女身材婀娜，颈项修长白皙。次一句形容女子头发的乌黑浓密，着一"绿"字，极言发质之佳，杜牧《阿房宫赋》有"绿云扰扰"之比，是为同属。后三句描写美人晚妆后的明艳照人，风情万种；"星眼""微嚬"是"点睛"之笔，为前面工笔描画的美人形象增添了灵气和魅力。而一句"柳妖桃艳不胜春"，则以柳枝之摇曳生姿、桃花之妖艳动人，衬写美人的纤柔明丽，飘逸妖媚，不仅描摹贴切，而且饶有风韵。

下阕抒写女子的闺怨之情。前两句由写闺阁陈设到写闺中人物：水纹图案的凉席倒映着春色的纱帐，深居此中的女子心潮暗起，泪蒙双眼，不由得一阵阵感伤。"雾罩秋波"是写女子眼中泪水迷蒙、视线不清之状。接下来的"一枝娇卧醉芙蓉"，描写女子睡姿。结句"良宵不得与君同，恨忡忡"，点出了女子的闺怨之情，是全词唯一的一句"情语"。

这首词辞藻典丽，描摹精工，为"花间词派"的典型作品。

玉楼春

孟 昶

冰肌玉骨清无汗[1]，水殿风来暗香满[2]。绣帘一点月窥人，欹枕钗横云鬓乱[3]。

起来琼户启无声[4]，时见疏星渡河汉[5]。屈指西风几时来，只恐流年暗中换。

【注释】

〔1〕冰肌玉骨：形容女性肌肤莹润光洁。

〔2〕水殿：水边的宫殿。

〔3〕欹：倾斜。云鬓：形容女子头发浓密。

〔4〕琼户：玉饰的门户。形容居室之美。

〔5〕河汉：银河。

【赏析】

这首词为后蜀后主孟昶与花蕊夫人夏夜纳凉摩诃池上所作。全词描写避暑佳境，抒发迟暮之感。

上阕描写夏夜避暑之境况。首句写相与纳凉之良伴。用"冰肌玉骨"形容女性，可谓超脱尘俗之笔；炎炎酷暑，身边伴有这么一位清雅宜人的女性，真让人望之爽然，心旷神怡。次两句"水殿风来暗香满。绣帘一点月窥人"描写周围环境的清幽宜人。水风轻拂，暗香絮绕，绣帘半卷，明月照人，一派清凉幽静、赏心悦目之境。历历佳境，层层道来，使人如同亲见。此不脱"写境"之笔。

末句"敲枕钗横云鬓乱"，连用三个动词，将花蕊夫人乘凉时恣意、慵散的情态写得极为自然、细致。

下阕描写惜时伤逝之感。前两句"起来琼户启无声，时见疏星渡河汉"，紧承上阕写景之笔，继续渲染夏夜深静之景：琼户无声，疏星几点，唯见河汉横天，一片幽茫。由室内的静谧到夜空的杳静，以"起来""启"两个动词领起带过，完成了场景的转换和抒情氛围的过渡。因而，接下来的"屈指西风几时来，只恐流年暗中换"，便转为抒情笔致，表现主人公的思绪与感慨：酷暑难耐，不知西风何日来消此苦热，然西风既来，则已至凉秋，又不觉感叹时光流逝，涌起迟暮之感。

全词层次分明，音节谐婉，尤能道实，一任自然，诚为词家之大手笔。

 凤楼春

欧阳炯

凤髻绿云丛[1]，深掩房栊[2]。锦书通[3]，梦中相见觉来慵。匀面泪，脸珠融。因想玉郎何处去，对淑景谁同[4]？

小楼中，春思无穷。倚阑凝望，暗牵愁绪，柳花飞起东风。斜日照帘，罗幌香冷粉屏空[5]。海棠零落，莺语残红。

【注释】

〔1〕凤髻绿云：指妇女头发。凤髻，古代妇女发式的一种，发髻似凤形。绿云，形容女子头发多而黑。

〔2〕房栊：房子的门户。

〔3〕锦书：前秦苏蕙织锦为回文诗寄给流徙的丈夫窦滔，后因此代指情书。

〔4〕淑景：良辰美景。

〔5〕罗幌：丝绸帷幔。

【赏析】

这首词是写一位女子在她的情人离开之后，独处深闺的情态。

上阕以描写闺人幽居之情境开始，以抒写怀想离人之思致结，过以怅然相见之梦境，转承自然，层层衔接。首句"凤髻绿云丛，深掩房栊"，半为拟容，半为状景，前者以状发代替为人物画像，是为粗笔勾勒之法；后者以"深掩"二字突出人物深居简出之生活形态，是为渲染情景之笔。两者对比，独出一种索寞情境。接下来的"锦书通，梦中相见觉来慵"为一过渡句，既是对前述落寞境况之所由的注解，也是词笔转换（由写境至抒情）、词意深化（由外部情形至内心感触）之桥梁：情人一去，形影相吊，唯鸿雁传书，聊寄深情，虽时或梦中相见，然好梦难凭，醒来更觉怅然若失，伤心落泪。末句"因想玉郎何处去，对淑景谁同"，抒写闺人幽恨，陈廷焯评曰："因想者，因梦而有想也。泪痕血点。"凄恻难抑，怅恨难平。此句结上阕之怀想，启下阕之情思，若片云之拢合，暗示"风雨"之将至。

下阕抒写闺人的春思与幽恨，委婉深曲，情韵悠长。首句接上阕怀人思致，为后面一诉衷曲作铺垫。接下来描写女子对情人的相思苦盼："倚阑凝望，暗牵愁绪，柳花飞起东风"，以情入景，情景交融，从人物的"身体语言"写到内心情感，继而落笔于自然景象，将女子盼归的情境写得极其深婉动人。尤其是末句，既是描写眼前风吹柳絮，

翻卷迷乱之景，同时更带出女主人公此时的心境：愁肠百结，思绪茫然。如果说前一句表现了女子愁思萌发之初时一种纷乱与迷茫的意境，那么接下来的"斜日照帘，罗幌香冷粉屏空"则又是一番境界。夕阳西斜，香冷屏空，今日的期待也随落日沉去，一切重归生活的常态。这种环境氛围的落寞与冷寂，蕴含了女子心境怎样的悲凉与绝望呵！至"海棠零落，莺语残红"，更是写出了一种冷艳凄绝的意境：花凋声歇，繁华消逝，女子由伤人转为自伤：红颜易老，韶华渐去，而情人归期无期，自己日日幽居，如此况味，怎生禁得！无限忧愁，令人回味无穷。

浣溪沙

欧阳炯

相见休言有泪珠，酒阑重得叙欢娱[1]，凤屏鸳枕宿金铺[2]。
兰麝细香闻喘息[3]，绮罗纤缕见肌肤[4]，此时还恨薄情无？

【注释】

〔1〕酒阑：酒将喝完的时候。

〔2〕凤屏：绣有凤凰图案的屏风。鸳枕：绣有鸳鸯图案的枕头。金铺：本指门上兽形铜制环钮，用以衔环。这里形容铺设华丽的床铺。

〔3〕兰麝：兰与麝香，皆香料。

〔4〕纤缕：指丝绸衣服上细密的纹理。

【赏析】

这是一首描写男女欢情的"艳词"。

上阕写儿女情态："相见休言有泪珠，酒阑重得叙欢娱"，写曾有过龃龉、不欢而散的一对情人重见时的欢快之情和互解之心。前一句是说闹别扭时男子的负气一去，定惹得伤心人儿独坐垂泪；此番重又相见，女子欢喜自不用说，或许心里还有些未解开的小疙瘩，而一句"休言有泪珠"，也许是男子对女子的温存劝慰，也许是轻松调侃；后一句则见出女子的转怨为喜，破涕一笑，前嫌尽释。语言浅显而诙谐，描写真切动人，疏疏几笔，小儿女情态毕现。

下阕写男女欢情。前两句描写男欢女爱之情景，词笔细致，结句"此时还恨薄情无？"由精细的描述变而为询问的语气，在作法上有曲折之妙，在情致上有回想之味。

前人对此词评论不一，况周颐谓"自有艳词以来，殆莫艳于此矣"（《蕙风词话》卷

二）。《栩庄漫记》则云："叙事层次井然，叙情淋漓尽态。而着语尚有分寸，以视柳七黄九之粗俗不堪……"

孙光宪

翠凝仙艳非凡有[1]，窈窕年华方十九[2]。鬓如云，腰似柳，妙对绮筵新醁酒[3]。

醉瑶台[4]，携玉手，共宴此宵相偶。魂断晚窗分首[5]，泪沾金缕袖。

【注释】

〔1〕非凡有：不是人间所有。

〔2〕窈窕：形容女子文静而美好。

〔3〕绮筵：形容华贵、丰盛的筵席。醁（lù）酒：一种美酒。

〔4〕瑶台：美玉砌成之台。本为传说中神仙所居，用以比喻楼台之华丽。

〔5〕分首：别离。

【赏析】

这首词描写的是一对相互钟情的男女乍遇即别的情景。

上阕写"初遇"。先写歌妓容貌的美丽和体态的婀娜，次写她在宴会上的轻歌曼舞，点出这对情人相识的特殊场合。首两句"翠凝仙艳非凡有，窈窕年华方十九"，总写歌女的明艳照人，超凡脱俗和妙龄年华，这是概括的笔法。接下来的"鬓如云，腰似柳"转为细致地刻画，突出描写歌女头发黑亮浓密，若乌云堆聚；腰肢纤细柔软，似风摆弱柳，这是从"微观"角度入笔。末句"妙对绮筵新醁酒"，又转为"全景式"描述：侍筵盛宴，宾客满座；美酒交杯，妙曲仙音。整个上阕词笔转换自如，描写疏密相间，各尽其致。

如果说上阕写的是爱恋之"序曲"，那么下阕就该写这种情感的"发展"与"高潮"了。"醉瑶台"既与上阕语脉相属，又为下阕的抒情作了铺垫："醉"者既在酒，其意更在人，所谓"酒不醉人人自醉"，处喧闹之境而情有独钟，虽身在凡间而其神已似飞入仙境。这是情感的"升温"。至"携玉手，共宴此宵相偶"笔致又深了一层，将感情逐渐推向高潮：以心相许，其情炽热。孰料下面笔锋陡然一转，欢愉之情尚未尽兴，"晚窗分首"却已在即，其情其境怎不令人魂销肠断，泪飞如雨！既写出了情感的波澜，也造成了句式的起伏。前面所写一派欢情洋溢，末句却宕开作结，转写别离之悲情，与前面形成落差，给人心灵上造成一种强烈的遗憾与惋惜，具有深刻的艺术感染力。

撷芳词

无名氏

风摇荡，雨濛茸[1]。翠条柔弱花头重[2]。春衫窄，香肌湿，记得年时，共伊曾摘。

都如梦，何曾共？可怜孤似钗头凤[3]。关山隔[4]，晚云碧，燕儿来也，又无消息。

【注释】

〔1〕茸：柔细的毛。这里指毛毛雨。

〔2〕翠：青绿色。

〔3〕钗头凤：古代妇女的一种首饰，由两股装饰有凤凰的钗合成。

〔4〕关山：关塞和山岳。

【赏析】

据《古今词话》记载："政和间，京师妓之姥曾嫁伶官，常入内教舞，传禁中《撷芳词》以教其妓。人皆爱其声，又爱其词……蜀中传此词竟唱之。"全词是唐人所作，唐时已在京城传唱，又传入蜀地流行。这首词音韵谐美，用形象比喻抒发离愁相思。"翠条柔弱花头重"是说伊人远去，想念之苦不言而喻，这痛苦难以忍受，就像那纤细的枝干挂着沉甸甸的花朵，风吹雨打，花枝摇荡，柔嫩细弱的枝干快承受不住了，"都如梦。何曾共？可怜孤似钗头凤"。记得那年同在一起摘花的情景，过去的事都如梦寐，如今只有钗头凤放在那里。燕子飞来却没有带任何消息，留下的只有无限的惆怅。

菩萨蛮

敦煌曲子词

枕前发尽千般愿[1]，要休且待青山烂[2]，水面上秤锤浮，直待黄河彻底枯。

白日参辰现[3]，北斗回南面。休即未能休，且待三更见日头。

【注释】

〔1〕愿：盟誓。

〔2〕休：罢休，断绝。

〔3〕参辰：二星名。参星属参宿，居西方，辰星属心宿，居东方，此出彼没，互不相见。

【赏析】

这首词约作于唐玄宗开元（713—741）年间。在敦煌曲子词中，它是年代较早的作品。写一对爱人相偎相依时，一位恋人向其所爱者的陈词。爱情的力量之强，使他的词语充满了掷地有声的誓言，为了表示自己的坚贞不移，永不变心，他"发尽千般愿"的誓言，"尽"字用得有声有色。词中叠用六种自然界绝不可能发生的事情作为盟誓：如果我绝情断爱，除非青山烂掉，水上漂浮秤锤，黄河水枯断，居西方的参星和居东方的辰星（本是此出彼没，互不相见）在白天一齐出现在天空，北斗星转到南面去，夜半三更太阳出来，六种比喻的手法叠用，一气呵成，是这首词的显著特点，也是不可多得的写作奇巧技艺，成为被后世仿效的一首好词。此外，这首词具有敦煌曲子民间词的特点：语言通俗易懂，抒情坦率自然，风格清新爽朗，不受格律所束缚，如词中的"上""直待""且待"等都是衬字，使那种急切的口吻和炽烈的爱情得到了更充分的表达。

南歌子

敦煌曲子词

斜影朱帘立，情事共谁亲？分明面上指痕新。罗带同心谁绾[1]？甚人踏破裙？蝉鬓因何乱[2]？金钗为甚分？红妆垂泪忆何君[3]？分明殿前实说，莫沉吟。

自从君去后，无心恋别人。梦中面上指痕新，罗带同心自绾，被狲儿踏破裙。蝉鬓朱帘乱，金钗旧股分。红妆垂泪哭郎君。信是南山松柏，无心恋别人。

【注释】

〔1〕绾（wǎn）：结扎盘绕。

〔2〕蝉鬓：古代妇女的一种发式。

〔3〕红妆：指女子浓妆，这里代指美人。

【赏析】

此《南歌子》形式上是两首词，实为一首，前一首问，后一首答。表现了远行归来的丈夫，对妻子是否贞洁起了疑心，这是古今生活中常发生的事。词中采用的手法独特、新颖、活泼，如对山歌一般，一问一答。丈夫从妻子身上细微的变化诘问她，问与答以戏谑口吻和真诚坦白的口吻相对照，可见封建社会中从一而终的礼教对妇女的束缚。丈夫问：太阳要落山了，你站在门前张望，你和谁有私情？是不是盼他来？脸上的指痕是谁留下的呢？身上的同心结是谁结的呢？什么人踏破了你衣裙？……妻子面对丈夫的这一连串疑问，心中有无限委屈但不敢直说，只有用一片真心来解除丈夫的怀疑。从回答中可以看出一个忍辱负重、忠于丈夫的中国古代妇女的形象：我天天盼你归来，夜里梦中抓出了脸上的指痕，是自己打的同心结，是小猴儿扯破了衣裙，是帘子扰乱了自己的头发，金钗的旧裂痕使它脱开，我因思念你而哭得伤心。你不要乱猜疑，我像南山松柏一样清白，更没有恋别人。一个旁敲侧击，一个委婉解答。这段话把久别重逢的夫妻间的复杂心情表现得微妙细致。在词中采用民间对歌的形式实在少见，这是这首词的宝贵之处。

临江山[1]

敦煌曲子词

岸阔临江底见沙，东风吹柳向西斜。春光催绽后园花。莺啼燕语撩乱，争忍不思家。

每恨经年离别苦，等闲抛弃生涯[2]。如今时世已参差。不如归去。归去也，沉醉卧烟霞。

【注释】

〔1〕临江山：唐教坊曲名，后用作词牌。

〔2〕生涯：指财产，唐代民间俗语。

【赏析】

一位身在异乡为异客的人，伫立在江畔，远眺烟波浩渺，滔滔江水匆匆流向远方，带去了他一颗思念故乡和亲人的心。江水清澈见底，他哀叹自己如沉在水底的石子，身不得归，无可奈何。风吹柳摇，夕阳照着他孤单的身影。院内花又开了，燕子又飞回了，没有捎来家乡的信息。莺啼燕语，春色撩人，但他只觉得烦人。于是，从他心底喊出了积蓄已久的话："争忍不思家！"下阕用"恨"字承上启下，叙述年复一年的思念故乡和亲人。可以设想这位漂泊者为了事业的志向或是为了差事和生意等所迫而不能回归。不能丢弃事业，就不能顾及家庭和亲人。"如今时世已参差"一句，写明他深感世道乖逆，不如人意，不如早些回家去。"归去也"重复归去，加重渲染漂泊者归心似箭的心情。"沉醉卧烟霞"，是他向往的温暖的家。

"向""撩乱"当属衬字，"归去也"则为衬句，这都是敦煌曲子词所特有的。叠一句"归去也"使这位漂泊者感叹时世、怅然归去的神态越发突出，是这首词的特点。

御街行

秋日怀旧

范仲淹

纷纷坠叶飘香砌[1]，夜寂静，寒声碎。真珠帘卷玉楼空，天淡银河垂地。年年今夜，月华如练[2]，长是人千里。

愁肠已断无由醉，酒未到，先成泪。残灯明灭枕头欹[3]，谙尽孤眠滋味[4]。都来此事，眉间心上，无计相回避。

【注释】

〔1〕砌（qì）：台阶。

〔2〕练：洁白的绢。

〔3〕欹（qī）：倾斜。

〔4〕谙（ān）：熟悉。

【赏析】

这是一首抒发离别之情的词。

春花秋月，最容易引发人的情思。在这深秋之时，黄叶纷纷飘坠，天河横空，月华如水，思念起远在千里之外的亲人，愁肠已碎，无可奈何，借酒浇愁。残灯明灭，孤眠难寐，在眉间，在心头，总难消除这愁滋味。词中由秋声、秋色引出秋思，由秋思写出秋愁，最后归结为"都来此事，眉间心上，无计相回避"。一层一层，层层深入，情意深切，余味无穷。

 # 贺圣朝

留 别

叶清臣

满斟绿醑留君住[1]，莫匆匆归去。三分春色二分愁，更一分风雨。

花开花谢，都来几许。且高歌休诉。不知来岁牡丹时，再相逢何处。

【注释】

〔1〕绿醑（xǔ）：绿色的美酒。

【赏析】

这是一首送别友人之词。好友在春天即将离去，难舍难分。词中用"三分春色二分愁，更一分风雨"的形象比喻，使依依惜别之情跃然纸上，花开又花谢，有几度春风？且高歌一曲，不知明年牡丹花开时，人又在何处相逢？全词曲折细致，婉丽清新。"三分春色"之语用数量作比喻，想象奇特，对后世颇有影响。

玉楼春

宋　祁

东城渐觉风光好，縠皱波纹迎客棹[1]。绿杨烟外晓云轻，红杏枝头春意闹。

浮生长恨欢娱少，肯爱千金轻一笑。为君持酒劝斜阳，且向花间留晚照。

【注释】

〔1〕縠（hú）：有皱纹的纱。棹（zhào）：摇船的用具，代指船。

【赏析】

这是一首被广为传诵的词。上阕描绘春天的大好风光，"红杏枝头春意闹"堪称绝妙之笔。其中"闹"字用得神灵活现，它把红杏似火，如蒸云霞，芳香浓郁，蜂蝶闹闹嚷嚷，盘旋飞舞在花丛之中的春天景象，表现得淋漓尽致，给人以无尽的想象，是诗家所谓的"诗眼"。王国维《人间词话》评论道："着一'闹'字，而境界全出。"下阕词人触景生情，觉得人应及时行乐，千金买笑，在花间游宴饮酒，浅斟低唱，实是赏心乐事。

绵缠道

春　游

宋　祁

燕子呢喃[1]，景色乍长春昼。睹园林、万花如绣，海棠经雨胭脂透。柳展宫眉，翠拂行人首。

向郊原踏青[2]，恣歌携手。醉醺醺[3]、尚寻芳酒。问牧童、遥指孤村，道："杏花深处，那里人家有。"

【注释】

〔1〕呢喃：燕子鸣叫声。

〔2〕踏青：春天到郊野游玩。

〔3〕醉醺（xūn）醺：形容醉态盎然。

【赏析】

这是一首游春词。它描绘了一幅阳光明媚、春意盎然的图画。燕语莺歌，花团锦簇，雨后的海棠花润似胭脂，柳叶如女子细眉，嫩丝长垂，轻拂人面，园林中的春景被描绘得惟妙惟肖。接下来记述春游郊外处，"问牧童、遥指孤村，道：'杏花深处，那里人家有。'"一句，借用晚唐杜牧的诗，用得新奇有趣。

阮郎归

欧阳修

南园春半踏青时，风和闻马嘶。青梅如豆柳如眉，日长蝴蝶飞。

花露重，草烟低，人家帘幕垂。秋千慵困解罗衣，画堂双燕归。

【赏析】

这是一首游春词。

上阕写踏青时候，风和日丽，游人如云。宝马香车，马嘶人欢，彩蝶飞舞，春意盎然。"青梅如豆柳如眉"一句，形象生动，既实写春景，又暗喻游春的佳人，颇得后世赞赏。下阕转入闺中描写，荡秋千的佳人娇态盈盈，春困慵慵，罗衣半解，画堂上双燕归来，俨然是一幅图画。

临江仙

欧阳修

柳外轻雷池上雨，雨声滴碎荷声。小楼西角断虹明。阑干倚处，待得月华生。

燕子飞来窥画栋，玉钩垂下帘旌[1]。凉波不动簟纹平[2]。水精双枕，傍有堕钗横[3]。

【注释】

〔1〕帘旌（jīng）：即帘子、帘幕。

〔2〕簟（diàn）：竹席。

〔3〕水精：即水晶。

【赏析】

据《野客丛书》记载：欧阳修为河南府推官（郡守幕僚）时，郡守一日举行宴会，宴会上欧阳修与一官妓甚为亲密。郡守知道后，令官妓求欧阳修作词，以免责罚。欧阳修遂作了这首词以记此事，博得满座赞赏。

上阕描写初夏景色：垂柳依依，轻雷阵阵，细雨滴荷。"阑干倚处"，一对情人在亲密私语，明月渐渐升起，月华似水，似闻喁喁情话。下阕写珠帘低垂，竹席生凉，"水精双枕"旁，玉钗横斜，正是"梨花一枝春带雨"的形象。

天仙子

张　先

水调数声持酒听，午醉醒来愁未醒。送春春去几时回？临晚镜，伤流景，往事后期空记省。

沙上并禽池上暝，云破月来花弄影。重重帘幕密遮灯。风不定，人初静，明日落红应满径。

【赏析】

这是一首伤春词。九十日春光易过春归去，春归何处？送春时总有一些伤感，把酒细听那几曲《水调》，更添几分忧愁。夜晚，对对禽鸟已经入睡，云破月来，花影扶疏，画堂中帘幕重重，灯光映掩。微风吹拂，夜阑悄声，料想明日该是落红满径吧。

据《古今诗话》记载："有客谓子野（张先）曰：'人皆谓公张三中：即心中事、眼中泪、意中人也。'公曰：'何不曰之为张三影？'客不晓。公曰：'云破月来花弄影'，'娇柔懒起，帘押残花影'，'柳径无人，堕絮飞无影'。此余平生所得意也。'"影"字含蓄精深，溢于言表，正是后人学习之处。

剪牡丹

舟中闻双琵琶

张　先

野绿连空，天青垂水，素色溶漾都净。柳径无人，堕絮飞无影。汀洲日落人归[1]，修巾薄袂[2]，撷香拾翠相竞[3]。如解凌波[4]，泊烟渚春暝。

彩绦朱索新整。宿绣屏，画船风定。金凤响双槽[5]，弹出今古幽思谁省。玉盘大小乱珠迸。酒上妆面，花艳眉相并。重听。尽汉妃一曲[6]，江空月静。

【注释】

〔1〕汀：水中或水边的平地。洲：水中由泥沙淤积而成的陆地。居留的地方。

〔2〕修巾：长巾。修，长。袂（mèi）：衣袖。

〔3〕撷（xié）：采摘。

〔4〕凌波：在水面上踩水而行。

〔5〕金凤：琵琶的代称。响双槽：槽，琵琶上支弦的木格。响双槽表明有两把琵琶在演奏。

〔6〕汉妃一曲：指琴曲《昭君怨》。

【赏析】

这是一首意境非常优美的词。绿草绵绵，水天相接，远远望去有一群美丽的少女们裙袖飘动，彩巾飞舞，她们结伴采摘香草，捡拾鸟羽。

她们的身影倒映在水面上，随着水波上下荡漾，情景动人。下阕更为精彩，但见江面上烟波画船，酒肴罗列。两个美女弹起琵琶，仙乐悠悠，如诉似怨，这里的"玉盘大小乱珠迸"，套用了白居易《琵琶行》中的名句。一曲终了，重奏一曲《昭君怨》，人们沉浸在乐声之中。这时只见江天一色，皓月千里，令人回味不尽。

千秋岁

张　先

数声鶗鴂[1]，又报芳菲歇。惜春更把残红折。雨轻风色暴，梅子青时节。永丰柳，无人尽日花飞雪。

莫把么弦拨[2]，怨极弦能说。天不老，情难绝。心似双丝网，中有千千结。夜过也，东窗未白孤灯灭。

【注释】

〔1〕鶗（tí）鴂（jué）：即杜鹃鸟。

〔2〕么弦：琵琶的第四弦。

【赏析】

这是一首抒发幽怨情怀的词。上阕写鸟鸣、花落、雨打、柳絮飞，满目凄凉，愈添伤感，伤春更怀念情人。满怀情思无处诉说，寄托于音乐之中。下阕写忧郁产生的原因，借用弹琵琶来倾诉情中意、心中事、意中人，恰似"天若有情天亦老，此情绵绵无绝期"！这里"心似双丝网，中有千千结"一句，"丝"谐音"思"，此双关语比喻极为巧妙。"千千结"比喻解不开心中的纠缠烦忧，如乱麻有千万个结。结尾的"东窗未白凝残月"一句，言尽而味永。

更漏子

张　先

锦筵红，罗幕翠。侍宴美人姝丽。十五六，解怜才。劝人深酒杯。

黛眉长[1]，檀口小。耳畔向人轻道：柳阴曲[2]，是儿家。门前红杏花。

【注释】

〔1〕黛：青黑色的颜料。古代女子用来画眉。

〔2〕阴：通"荫"。

【赏析】

这首词描写的是一位歌女。她是个美丽的姑娘：黑黑的柳叶弯眉，红艳艳的樱桃小口，玉容花貌，楚楚动人。又描述了她的动作：轻盈穿梭斟酒。再写出了她的声音：细声轻言。她对词人表示爱慕并发出了大胆的邀请："柳阴曲，是儿家，门前红杏花。"结尾这三句将环境、时间、描述、话语、情感串联得紧凑传神，写得异常活泼而生动灵巧。能用平直明白的话语捕捉人物内心的情感，是这首词的特点。

诉衷情

张　先

花前月下暂相逢，苦恨阻从容。何况酒醒梦断，花谢月朦胧。
花不尽，月无穷。两心同。此时愿作，杨柳千丝，伴惹东风。

【赏析】

这首词描写邂逅的一对男女产生了爱情，可是种种原因阻碍了他们不能再相会。词中的相思愁恨用了酒浇、梦缠、花谢、月淡来形容。下阕转愁苦为希望，寄托了美好的祝愿。虽然不能见面，两颗心永相连，思念之情是一样的。他俩相信："花不尽，月无穷"，愿此生化作千万丝杨柳，永远伴随着春风。全词抒情出神入化，境界高远，是词人抒情词中的上品。

浣溪沙

晏　殊

玉碗冰寒滴露华，粉融香雪透轻纱。晚来妆面胜荷花。
鬓嚲欲迎眉际月[1]，酒红初上脸边霞。一场春梦日西斜。

【注释】

〔1〕鬓髻（duǒ）："髻"同"朵"，指面颊两旁近耳的下垂头发。眉际月：古代女子以黄粉涂在额上两眉之间，为圆形，是一种面饰，称眉际月。

【赏析】

这是一首描写富贵女子的艳词。上阕写夏日丽人的闺房中，一片静谧，白玉碗中盛着冰块，碗边凝滴着晶莹的水珠。盛夏酷暑，丽人香汗沁出，雪白的肌肤透出轻纱，粉光融滑，格外美丽。黄昏时候，丽人妆罢，只见芙蓉（荷花）如面，柳叶如眉，娇艳动人。下阕再进一步描写丽人的体态：鬓发低垂，掠近眉间的面饰，由于午间微微醉酒，脸如朝霞一样现出红晕。结句"一场春梦日西斜"贯连全词，表明以上都是描写丽人夏眠的如画情景，妙不可言。

秋夜月

柳 永

当初聚散，便唤作、无由再逢伊面。近日来、不期而会重欢宴。向尊前、闲暇里，敛着眉儿长叹。惹起旧愁无限。

盈盈泪眼，漫向我耳边，作万般幽怨。奈你自家心下，有事难见。待信真个，恁别无萦绊。不免收心，共伊长远。

【赏析】

风流才子柳永仕途失意后，终日冶游，过着偎红倚翠的放浪生活，这首词可谓他当时生活的写照。年轻时在汴京的一次宴会上，他与一个已经分手的歌妓不期而遇，重逢交谈终于达成谅解。写的虽然只是宴会上这一场面，却将词人和她的恩恩怨怨写得细腻逼真。上阕先写彼此分别后，突然相遇的神态。他认为没有缘由再与她合好，又见她席上强装笑颜，不时皱眉长叹，那楚楚动人的神态勾起他对旧日恩爱的缕缕情思。只见她双眼泪盈，不顾约束，在他的耳边倾吐着隐藏在内心的肺腑之言。而且她对他的情感始终如一。他表示要她"待信真个"，即割断了一切羁绊，他才"收心"，"共伊长远"对前番误会表示谅解后长远相爱。

柳永的俚词特色多方言口语，既通俗妥帖而又曲尽其意，这是他在接触市民口语中获得的。也因为他对市民观察入微，才能如此传神地摹写人物的情态、语气及心理变化。

鹤冲天

柳 永

黄金榜上[1]，偶失龙头望[2]。明代暂遗贤，如何向。未遂风云便，争不恣狂荡。何须论得丧？才子词人，自是白衣卿相[3]。

烟花巷陌[4]，依约丹青屏障[5]。幸有意中人，堪寻访。且恁偎红倚翠[6]，风流事，平生畅。青春都一饷[7]。忍把浮名，换了浅斟低唱。

【注释】

〔1〕黄金榜：指考试录取题名的榜。

〔2〕龙头：指状元。

〔3〕白衣：古代没有做官的人穿白衣。

〔4〕烟花巷陌：指妓女住的地方。

〔5〕丹青屏障：画有图画的屏风。

〔6〕恁：如此。

〔7〕一饷：一餐饭的时间。

【赏析】

柳永在考进士落第后，写了这首《鹤冲天》词，坦率陈述自己的怨恨和意愿。据吴曾《能改斋漫录》记载，这首词曾经引起宋仁宗皇帝的愤怒和斥责。旨曰："且去浅斟低唱，何要浮名！"柳永因此失去了仕途上进的机会。

作者在前三句自慰说：落榜是偶然，暂时的失意不必论得失，青春易过，还是到青楼中去及时行乐。这里不难看出作者怀才不遇的情绪，所言皆是替自己解嘲。受到打击后，他心灰意丧，一任自己放荡，做个"才子词人"（也就是"白衣卿相"），何必要那些

"浮名"呢？不如沉湎于"烟花巷陌"。他把沦落烟花为妓的女子当知己，她们唱他的词曲，也把他当知己。有"幸有意中人，堪寻访。且恁偎红倚翠，风流事，平生畅"。"忍把浮名"一句是无可奈何的决绝语，"忍"字中有辛酸，有蔑视功名利禄，也有对当时朝执政的显贵们的不满。

斗百花
柳 永

煦色韶光明媚[1]，轻霭低笼芳树，池塘浅蘸烟芜，帘幕闲垂风絮。春困厌厌，抛掷斗草工夫，冷落踏青心绪，终日扃朱户[2]。

远恨绵绵，淑景迟迟难度。年少傅粉，依前醉眠何处？深院无人，黄昏乍拆秋千，空锁满庭花雨。

【注释】

〔1〕煦：温暖。韶光：美丽的春光。

〔2〕扃（jiōng）：关门。

【赏析】

这首词上阕写一位年轻女子被抛弃后，面对无限春光而伤感的寂寞情景。眼前是令人迷醉的景色：红白花树被轻轻笼罩上白纱般的云雾，碧水旁长着嫩绿的青草，池塘也笼罩着薄雾，塘边小楼帘幕遮垂，杨花柳絮随风飘舞。楼中的她对这样的大好春景却感到困烦"厌厌"，这种苦闷忧郁的心情使她无心游戏，也无心去郊外踏青，大门终日紧闭着。下阕写思念情人而不得见的怅怨心情。"远恨绵绵，淑景迟迟难度"，她面对美好的景色反而感到时间缓慢难熬，是因有怨悔的绵长苦情。"年少"二句点明"远恨"原因，原先和她共眠的少年到何处去寻欢作乐了呢？她回顾往日的恩爱，又怨恨少年的薄情。无奈深院孤影一人，只有借打秋千排遣寂寞失望的愁绪，"空锁满庭花雨"，正是她被抛弃后飘零的写照。柳永善于层层铺叙借景抒情，本词是这种手法的代表作品。

迷仙引
柳 永

才过笄年[1]，初绾云鬟[2]，便学歌舞。席上尊前，玉孙随分相许。算等闲、酬一笑，便千金慵觑[3]。常只恐、容易蕣华偷换[4]，光阴虚度。

已受君恩顾，好与花为主。万里丹霄，何妨携手同归去？永弃却、烟花伴侣。免教人见妾、朝云暮雨。

【注释】

〔1〕笄（jī）年：笄，是古代用来束发的簪子，古代"女十五而笄"。

〔2〕绾（wǎn）：把头发盘绕起来打成结。

〔3〕慵觑（qù）：慵，懒。觑，看。即懒得一看。

〔4〕蕣（shùn）华：指朝开暮落的木槿花。这里指青春年华短暂。

【赏析】

这首词写的是一位歌妓的自白。柳永结识过不少歌妓，写下了许多关于这类题材的"艳词"。由于他深深地了解歌妓内心的悲伤，非常同情歌妓的不幸遭遇，将满腔的激愤凝于笔尖，为被蹂躏又被人鄙视的歌妓写下了一篇篇饱含血泪的申诉。

这位歌妓"才过笄年"便被迫梳妇人发束，开始卖笑生涯。酒席间任人戏弄凌辱，身子还要为王孙公子"随分相许"。她只希望珍惜情意的报答"一笑"，可是没有，只有被轻浮无情地玩弄，因而内心有无限的屈辱和辛酸。"常只恐"担心"蕣华"即青春年华像木槿花一样短暂，多么想寻找一位知音，得到理想的归宿。下阕"已受"句，指明她遇到了这位有情的"君"，心中泛起了波澜，把希望寄托在"君"身上。只要你带我走出火坑，我跟你到天涯海角。这是她的渴求和希望，这里我们仿佛听到深受迫害蹂躏的歌妓的哀求声。"永弃却、烟花伴侣"句，正是她的决心和誓言。

 阮郎归

晏几道

旧香残粉似当初，人情恨不如。一春犹有数行书，秋来书更疏。

衾凤冷，枕鸳孤，愁肠待酒舒。梦魂纵有也成虚，那堪和梦无！

【赏析】

这首词抒写思忆，但写作技巧上有独特之处：以几件事的对比，层层深入，把一个痴情男子的一片痴心，从有一线希望一步步到绝望，从而展示了恋情中的一种不可解脱的痛苦。"旧香"两句写留下的东西依然如旧，只是"人情"却不如当初了。人不如物，但他怨而不怒。"一春"两句，写终于盼到一封信来了，寥寥数语不过是敷衍几句，关系已经冷淡。"衾凤冷""枕鸳孤""愁肠待酒舒"几句描写自己独处的孤冷，只有以酒浇愁，"梦魂"两句是说梦中的她已对自己冷冰冰，"我"已心死魂断，陷入了完全绝望的境界。

卜算子

李之仪

我住长江头，君住长江尾。日日思君不见君，共饮长江水。
此水几时休，此恨何时已。只愿君心似我心，定不负相思意。

【赏析】

这首词在当时曾广为传唱，几乎家喻户晓。词中以通俗的民歌语言写情，极易演唱。和艳词相比，它自然清新；和多数缠绵含蓄的相思词相比，它以坦率、质朴的笔调表现出痴情女子的相思之情。自始至终用"水"联结"我"与"君"的感情长线。"我住长江头，君住长江尾"，"共饮长江水"喻隔离千山万水，相思是同样的。"共饮"一句使相思更不能自禁。转到"此水几时休"一句，大有"此恨绵绵无绝期"的余音。借江水悠悠不断，写有情人相思绵绵无期，只希望"君心似我心"，表明自己对爱情的忠贞不渝。毛晋云："姑溪词多次韵，小令更长于淡语、景语、情语……'我住长江头'，直是古乐府俊语矣。"

柳梢青

 吴 中

仲 殊

岸草平沙。吴王故苑，柳袅烟斜。雨后寒轻，风前香软，春在梨花。
行人一棹天涯。酒醒处，残阳乱鸦。门外秋千，墙头红粉，深院谁家？

【赏析】

春暖花开，水平如镜，词人驾一叶小舟飘游。他欣喜地看到沿江如画的美景：两岸芳草如茵，沙滩远伸。船到吴王故苑，屋在人空。一阵春雨过后，寒气袭人。正在这时，小舟迎来一树树明丽似雪、怒放飘香的梨花，他欢心呼出："春在梨花"。一桨划远，小舟似箭，把酒畅饮。酒醒之后，夕阳余晖斜射，群鸦聒吵。在惆怅之中，恍惚迷离，小舟已近一处。只听得笑声朗朗，看围墙处荡秋千的姑娘，引得词人发出痴问："深院谁家？"

千秋岁

孔平仲

春风湖外，红杏花初褪[1]。孤馆静，愁肠碎。泪余痕在枕。别久香销带。新睡起，小园戏蝶飞成对。

惆怅人谁会，随处聊倾盖[2]。情暂遣，心何在？锦书消息断，玉漏花阴改[3]。迟日暮，仙山杳杳空云海[4]。

【注释】

〔1〕褪：此指花瓣掉落。

〔2〕倾盖：停车交盖，伞盖稍稍倾斜，可以交谈。

〔3〕漏：更漏声，古时计时的一种方法。

〔4〕杳杳：无影无声。

【赏析】

这首词上阕写女子对游子的思念：春风轻拂，湖边杏花纷纷飘落，孤单一人在馆阁，有无尽的相思之苦，睡醒泪水湿透了枕头，望院中双蝶飞舞，有无限感触。下阕写游子对女子的思念：旅途中想起与你的情思缠绵，无奈只能同旁人交谈聊以排遣，可是你的影子总在我的眼前，朝思暮想盼封家书。夜静人难眠，黄昏中眺望远方，只见茫茫云海。这首词的特点在于同一首词中，既写我忆人，又写他人忆我，词的容量较大。

薄 幸

贺 铸

淡妆多态，更的的[1]、频回眄睐[2]。便认得、琴心先许[3]，与绾合欢双带。记画堂、同月逢迎，轻颦浅笑娇无奈[4]，向睡鸭炉边，翔鸳屏里，羞把香罗偷解。

自过了、烧灯后[5]，都不见、踏青挑菜。几回凭双燕，丁宁深意，往来翻恨重帘碍。约何时再，正春浓酒暖，人闲昼永无聊赖。恹恹睡起，犹有花梢日在。

【注释】

〔1〕的的：明媚貌。

〔2〕眄睐（miǎn lài）：顾盼。

〔3〕琴心：是汉司马相如琴挑卓文君的故事，本词示以琴声达意。

〔4〕颦（pín）：皱眉。

〔5〕烧灯后：元宵节后。

【赏析】

以"薄幸"为词牌名，始见于贺铸这首词。在词的发展史上，历代的词评家和选词者也都很重视此词，它咏叹了男女恋情。在风和日丽的游春踏青的时光，他遇见了一位姿态娴雅的女子，还向他频频送来秋波，使他心猿意马。他判断是"以琴达意"，于是两人一见钟情。他结了同心结在她衣上，情意绵绵。他们在画堂相互依偎，感到无限的欢欣，在热恋中定情。很久之后，她那妩媚的浅笑，香罗偷解时的姿态还历历在目，但自从元宵节后，就再也找不到她了。踏青时节，他在挑菜人群中一遍遍寻过，以为有见面的机会，可是"都不见"。那女子家里门深帘重，连燕子捎封信都不能够，眷恋之情向谁吐？"约何时再"这句至结尾，把他痴情的焦灼，眷恋的相思情绪溢于言表，又以"犹有花梢日在"的丽景反衬收来。处处言情，而又处处写景，以景代情，把那种坐卧不安、百无聊赖的形象呈现出来。《宋四家词选》评："言情中布景。"

黄金缕

司马槱

家在钱塘江上住。花落花开,不管年华度。燕子又将春色去,纱窗一阵黄昏雨。

斜插犀梳云半吐[1]。檀板清歌[2],唱彻黄金缕[3]。望断云行无去处,梦回明月生春浦。

【注释】

〔1〕犀梳:犀牛角做成的梳子。

〔2〕檀板:拍板,用檀木制成。

〔3〕黄金缕:一种曲调。

【赏析】

一位没有家的歌妓,只好漂泊在钱塘江上,"家"字把她的凄苦身世糅进词中。"花开花落,不管年华度",作者同情她,又好像是她自己倾诉,说明她并不想任花开落、青春逝去、凭命运摆布。"燕子又将春色去,纱窗一阵黄昏雨",用纱窗、黄昏、雨,将歌妓的忧郁、惆怅的复杂心绪揭露出来。此处用笔如行云流水,勾画出一幅清秀的图画。上阕写景,下阕写歌妓的容貌、姿态、歌喉。她犀梳斜插于发髻,挽髻半垂在耳侧,一个活泼可爱的歌妓呈现在眼前。这里没有艳词丽句,只用了"斜插犀梳云半吐"七个字便出神入化。一曲《黄金缕》,歌喉纯净悦耳,恰似清歌绕飞梁,博得满堂喝彩。结尾"望断云行无去处"二句用字精辟,望断那天上飘浮的云,自叹将来何处是归宿?只乞求做个好梦,梦中现出期望的明月,很耐人寻味。表现了全词的内涵美。

长相思

林 逋

吴山青[1]，越山青[2]，两岸青山相送迎。谁知离别情？

君泪盈，妾泪盈，罗带同心结未成[3]。江头潮已平[4]。

【注释】

〔1〕吴山：在浙江杭州市钱塘江北岸，春秋时为吴国之地。

〔2〕越山：指钱塘江南岸的山。

〔3〕罗带：丝织成的带子。同心结：把罗带打成结，象征定情。

〔4〕潮已平：江潮已经涨满。这句写离别时所见。

【赏析】

词人用《长相思》作词牌，写的主题正是离别相思。《长相思》又名《双红豆》《相思令》，林逋是一独身隐士，居钱塘江二十多年，经常看见少男少女难舍难分，洒泪惜别，从而反映到自己的作品中。在词中，他向一水相隔的吴山、越山发出呼喊："多少悲欢离合、生死离别，两岸青山可以作证。可是谁又知我的离别恨，相思苦？"和情人分别时压抑不住的痛苦，只有向天呼喊、向青山问话来发泄了，这种移情寄怨的手法十分高妙。"君泪盈，妾泪盈"用了两个"泪盈"，因为"同心结未成"，就被粗暴地阻隔，而且将长相别。"江头潮已平"中的"潮"字蓄意极深，也许就是阻挡他们相爱的巨大势力。本词含蓄深沉，用语流畅婉丽，民歌风味很浓。

永遇乐

春情

解昉

风暖莺娇，露浓花重，天气和煦。院落烟收，垂杨舞困，无奈堆金缕[1]。谁家巧纵，青楼弦管[2]？惹起梦云情绪。忆当时，纹衾粲枕[3]，未尝暂孤鸳侣。

芳菲易老[4]，故人难聚，到此翻成轻误。阆苑仙遥[5]，蛮笺纵写，何计传深诉？青山绿水，古今长在，惟有旧欢何处？空赢得，斜阳暮草，淡烟细雨。

【注释】

〔1〕堆金缕：无力地低垂着黄金般的丝缕。这里指杨柳。

〔2〕青楼：妓院。

〔3〕纹衾粲枕：同盖锦被，并睡花枕。

〔4〕芳菲：芳香的草，这里比喻青春。

〔5〕阆苑：神仙居住的地方。

【赏析】

"春情"为本词的题目，描写伤春的思绪。可以说写离愁，也可以理解为隐射词人对理想抱负未能实现的一种怨情。开头描写春天的美好。"风暖莺娇"三句，视野广阔。"院落烟收"几句，为后文铺垫，也是描写自己家里的春景。用"惹"来转折主人公的忧伤。从谁家传出撩人的乐曲，激起主人公对逝去的青春幸福的回忆，接着"忆当时"三句回忆从前的恩爱。"芳菲易老"三句，写伤悲"难聚"，感叹"误"了大好时光，旨在渲染并点明主题。现在能否弥补误了的时光？要实现愿望难如登天。"青山绿水"三句写希望落空，此处借青山绿水而移情寄怨。用"空赢得"三句形容现在，所赢得的只有将要枯萎的小草，或细雨中飘升的一缕轻烟，凄婉惆怅、沉闷的情怀在此处倾诉无遗。本词结构严谨，层次分明，用词清丽。

卜算子

送鲍浩然之浙东[1]

王 观

水是眼波横[2]，山是眉峰聚[3]。欲问行人去那边？眉眼盈盈处[4]。
才始送春归，又送君归去。若到江南赶上春，千万和春住。

【注释】

〔1〕鲍浩然：王观的一位友人。

〔2〕眼波：将美人的眼比成水波，所以称眼波。

〔3〕眉峰：把美人的眉毛比成山峰，所以说眉峰。

〔4〕"眉眼"句：此处指山水秀丽的浙江一带。盈盈：美好的样子。

【赏析】

　　送别之诗词多是悲悲凄凄，但是这首词却写得轻松、愉快风趣。前者是被迫分离，后者是送别友人归家团聚。王观不仅未因仕途遭遇不公而颓废，反自号"逐客"，是个洒脱不羁的人物。词风风趣幽默、别具一格。词中比拟情人的眼波像水波一样清明透亮，用山峰比喻女子的眉头。"欲问行人去那边？眉眼盈盈处"两句，描写游子归心似箭的思乡之情，以及妻子倚门而望的盼归心情，手法高超。下阕写作者送春刚去，心情本是忧郁的，现在又要送别朋友，但是看到朋友归心似箭，想到其亲人殷切盼望，又为朋友团聚在即感到高兴。结句"千万和春住"中的"春"字实指朋友家中的"春"意，用意十分深长。

浣溪沙

王安石

百亩中庭半是苔，门前白道水萦回。爱闲能有几人来。
小院回廊春寂寂，山桃溪杏两三栽。为谁零落为谁开。

【赏析】

词人把我们的视线引到一座深宅大院之前，门前一条小河弯曲流过，院内宅地上多半长着青苔，久未住人的荒芜景象呈现在读者眼前。"爱闲能有几人来？"这种空寂荒凉的地方又有几人想来啊。走过小院回廊，有两三株桃杏，虽然春天来了，却这般冷冷清清，花儿开落无人知晓。全词字数虽少，包含内容却多，表面上写景，其实是写人。意在言外的是这里曾是个大户人家居住的地方（占地百亩、花院回廊），为何家道败落？空院寂寂，花儿究竟为谁零落为谁开？实写留居之人的寂寞、凄苦情愫。本词语言清新，感慨深沉，别具一格。

水龙吟

章楶

燕忙莺懒花残，正堤上、柳花飘坠。轻飞点画青林，谁道全无才思。闲趁游丝，静临深院，日长门闭。傍珠帘散漫，垂垂欲下，依前被，风扶起。

兰帐玉人睡觉，怪春衣，雪沾琼缀。绣床旋满，香毬无数，才圆欲碎。时见蜂儿，仰粘轻粉，鱼吹池水。望章台路杳，金鞍游荡，有盈盈泪。

【赏析】

这篇咏物词看似写人，实写柳絮。章楶善于捕捉物象，刻画形象栩栩如生。这篇词用拟人化手法描绘柳絮的飘动。

在春残的景色中，河堤柳絮被风吹得漫天飞舞，"闲趁游丝，静临深院，日长门闭"，词人有意让物象更多地染上人的主观色彩，更多地显示人的性格，于是柳花同人感情更贴近了。"傍珠帘"二句将柳花形容得淋漓尽致，为后人所赞赏。"兰帐玉人睡觉"到"鱼吹池水"，进一步描述柳花的轻扬。"望章台"三句不提柳花，而写离人眼中盈盈泪，实写离人似柳絮飘游四方的伤感，寓意悠长。

满庭芳

夏日溧水无想山作

周邦彦

风老莺雏[1]，雨肥梅子[2]，午阴嘉树清圆[3]。地卑山近，衣润费炉烟[4]。人静乌鸢自乐[5]，小桥外、新绿溅溅[6]。凭阑久，黄芦苦竹，疑泛九江船[7]。

年年，如社燕[8]，飘流瀚海[9]，来寄修椽[10]。且莫思身外[11]，长近尊前。憔悴江南倦客[12]。不堪听、急管繁弦[13]。歌筵畔，先安簟枕[14]，容我睡时眠。

【注释】

〔1〕风老莺雏：小莺儿在暖风里成长。

〔2〕雨肥梅子：被雨水滋润、肥大起来的梅子。

〔3〕"午阴"句：中午，阳光下园林的树影显得清晰。

〔4〕炉烟：用香炉来熏除衣服湿气。

〔5〕乌鸢（yuān）：即乌鸦。

〔6〕溅溅：水流声。

〔7〕"黄芦苦竹"两句：白居易《琵琶行》诗："住近湓江地低湿，黄芦苦竹绕宅生。"

〔8〕社燕：燕子春社时来，秋社时去，故称社燕。

〔9〕瀚海：沙漠地区。这里泛指边远荒僻地区。

〔10〕修椽：承屋瓦的长椽（燕子筑巢处）。

〔11〕身外：指世俗的名利功业等。杜甫《绝句漫兴》："莫思身外无穷事，且尽生前有限杯。"

〔12〕江南倦客：词人自称。倦客，倦于做客、做官。

〔13〕急管繁弦：急促的管（箫、笛类）弦（琵琶、胡琴类）乐声。

〔14〕簟：席子。

【赏析】

周邦彦自元祐二年离开汴京，先后流宦于庐州、荆南、溧水等僻远之地，这首词是在溧水时所作。上阕写江南初夏景色，写得极细密；下阕抒漂流之哀，极婉转。"风老"三句写出一幅明丽夏日的图景。"地卑"二句承上，用一"费"字写出地卑山近，地势低洼，而导致衣服常湿润需要炉火烘烤，此处流露出极不适意的情绪，为下面抒情伏笔。"人静"二字用得精辟，正因为山空人寂，才领略鸟鸢逍遥，"静"和"自"特别传神。小桥流水鸣声溅溅，引起无限思绪。"黄芦苦竹"两句，用白居易《琵琶行》中"住近湓江地低湿，黄芦苦竹绕宅生"之句，点出自己的处境与被贬谪的白居易相似，含有仕途不畅之意。写景寓情，蕴藉含蓄。

下阕抒情，开头"年年"为句中韵，自叹身世，文笔曲折。"如社燕"三句写自己多年来好像社燕一般，从漠北瀚海漂流来此，寄人檐下栖身，暗示出他宦情如逆旅的苦衷，比喻入微。"且莫思"句，劝人把功名富贵抛在脑后，且开怀痛饮。"憔悴"两句又文笔一转，"倦客"虽然强抑悲哀，不思种种"身外"事，但在盛宴上听到丝竹之声，顿时就觉得刺耳。作者此处落笔凝重深沉，描写内心活动隐微，缜密，委婉。

玉楼春

周邦彦

桃溪不作从容住[1]，秋藕绝来无续处。当时相候赤阑桥，今日独寻黄叶路。

烟中列岫青无数[2]，雁背夕阳红欲暮。人如风后入江云，情似雨余粘地絮。

【注释】

〔1〕"桃溪"句：相传东汉时刘晨、阮肇入天台山，看见山上有桃树，下有溪流。二人在水边遇到两个仙女，他们相爱成婚。半年以后，二人思家求归。及出山，才知道已经过去三百多年了（见《幽明录》）。这种由于轻易和情人分别而产生的追悔之情，在古典诗歌中常常用天台山桃溪的故事来作比拟。

〔2〕岫：山。

【赏析】

这首词描写作者和情人分别之后，旧地重游，触景生情引起的怅惘之情，也许是他寄

寓自己生活中一段真实的经历。上阕"桃溪不作从容住"，藕断丝连之情虽有，可是藕断了就连不起来了。"当时"二句追忆过去，旧地又重游，原在赤桥上等候相会的欢欣，今日却独自一人在秋风扫落叶的地方苦苦回想。"烟中"二句写雾中的青山，夕阳中的归雁，以"烟"比喻过去如云烟飘去，无可挽回。"人如风后入江云"二句，比喻人像吹散后映在江上的流云，情像雨后粘在泥中的柳絮，无法解脱"粘絮"，就像无法排解心中的郁闷一样。结尾二句描写细腻，广被后人传诵。全词多用对句，对得极为工巧。

解语花

上 元[1]

周邦彦

风消绛蜡[2]，露浥红莲[3]，灯市光相射。桂华流瓦[4]，纤云散、耿耿素娥欲下[5]。衣裳淡雅，看楚女纤腰一把[6]。箫鼓喧、人影参差[7]，满路飘香麝[8]。

因念都城放夜[9]，望千门如昼[10]，嬉笑游冶。钿车罗帕[11]，相逢处、自有暗尘随马[12]。年光是也[13]，惟只见、旧情衰谢。清漏移[14]、飞盖归来[15]，从舞休歌罢。

【注释】

〔1〕上元：旧时称农历正月十五日为上元节。

〔2〕绛蜡：红烛。

〔3〕露浥（yì）：露水浸湿。浥，湿润。红莲：荷花灯。

〔4〕桂华：月光。

〔5〕耿耿：光明貌。素娥：月中仙女嫦娥。

〔6〕楚女纤腰一把：《韩非子》："楚灵王好细腰，而国中多饿人。"

〔7〕参差：不齐，杂乱的样子。

〔8〕香麝：即麝香，香料。

〔9〕放夜：开放夜禁。

〔10〕千门：皇宫里的千门万户。

〔11〕钿车：以金装饰的华丽车子。罗帕：妇女用的香罗手帕。

〔12〕暗尘随马：车马走过去尘土飞扬。这里指车马经过的地方聚拢了很多游人。

〔13〕是也：还是一样。

〔14〕清漏移：夜深了。漏，古代用水来计时的用具。

〔15〕飞盖：飞驰的车子。盖，车顶。

【赏析】

周邦彦这首《解语花》是写上元节题材的代表作品。地方上过上元节，到处都是灯火辉煌，张灯结彩，喜气洋洋，皎洁的月亮与彩灯相辉映，月中嫦娥都想下来一同游玩，箫声鼓乐喧天。在这良辰佳节的夜晚，观灯的人流中，万头攒动，几位窈窕美女留下了一路香气。下阕用"因念"二字承上启下，回忆京城的上元节气派更大，灯火万家，照得全城如同白昼。年华老去，眼前的一切使词人深感"旧情衰谢"，转入了自嗟自叹之中，以前那种嬉笑游冶的生活不复返了，再也无心赏灯，不如归去。写景构思新巧，措辞精粹，是本词的特色。

兰陵王

柳

周邦彦

柳阴直[1]，烟里丝丝弄碧[2]。隋堤上[3]、曾见几番，拂水飘绵送行色。登临望故国[4]，谁识京华倦客？长亭路，年去岁来，应折柔条过千尺。

闲寻旧踪迹[5]，又酒趁哀弦，灯照离席。梨花榆火催寒食[6]。愁一箭风快，半篙波暖，回头迢递便数驿[7]，望人在天北。

凄恻[8]，恨堆积！渐别浦萦回[9]，津堠岑寂[10]，斜阳冉冉春无极。念月榭携手[11]，露桥闻笛。沉思前事，似梦里，泪暗滴。

【注释】

〔1〕柳阴直：长堤上柳树齐整，阴影连成一条直线。

〔2〕烟：指雾气。

〔3〕隋堤：汴水之堤，隋炀帝时所建。

〔4〕故国：这里指故乡。

〔5〕旧踪迹：指昔日在汴京常去的地方。

〔6〕"梨花榆火"句：送别正是梨花开了，快到寒食节的时候。古代习俗以清明前一日为寒食节，禁火三天。

〔7〕迢递：遥远。驿：驿站。

〔8〕凄恻：悲伤。

〔9〕别浦：江河的支流入海口。

〔10〕堠（hòu）：古代瞭望敌情的土堡。岑寂：寂静。

〔11〕月榭：月下的楼台。

【赏析】

宋毛开《樵隐笔录》说这首词在南宋绍兴年间颇为流行，常用作送别时的唱曲，因它分三阕，故称《渭城三叠》。题为柳，实不咏柳，而是抒别愁。《宋四家词选》说这首词是"客中送客"。上阕写景：写柳阴、柳丝，借柳树将那离愁别绪渲染一番。"拂水飘绵"四字用得精练，柳条轻拂流水、春意绵绵的景象跃然眼前，将送别缠绵依依不舍的情感尽致吐露。中阕写别情，从"闲寻"起写送客时自己抒别情，以柳说人，以物似情，"愁一箭风快"，将自己"京华倦客"的失意复杂心情更添一层哀愁。下阕写别后追忆，其中"斜阳冉冉春无极"是周词的名句。梁启超评这七字："绮丽中带悲壮，全首精神提起。"结尾"沉思前事，似梦里，泪暗滴"又是一名句。追思多少欢乐往事，全如在梦里，往事不堪回首，如今满怀凄恻，唯有暗洒泪珠而已。全词委婉曲折，抑郁情积，伤别念旧之痛苦在回旋往复的叙述中得到深刻的表述。这首词代表了周邦彦词的绵密曲折、委婉入情、富艳精工的艺术特色。

苏幕遮

周邦彦

燎沉香[1]，消溽暑[2]。鸟雀呼晴，侵晓窥檐语[3]。叶上初阳干宿雨[4]，水面清圆[5]，一一风荷举。

故乡遥，何日去。家住吴门[6]，久作长安旅[7]。五月渔郎相忆否，小楫轻舟[8]，梦入芙蓉浦[9]。

【注释】

〔1〕燎：烧。沉香：一种气味浓烈的香料。

〔2〕溽暑：潮湿闷热的暑气。

〔3〕侵晓：天刚亮。窥檐语：鸟儿把头伸出屋檐下边窥伺并鸣叫。

〔4〕干：晒干。宿雨：夜间的雨。

〔5〕清圆：指清润的圆圆的新生莲叶。

〔6〕吴门：苏州的别称。

〔7〕长安：今西安市。这里借指汴京。

〔8〕楫：划船的桨板。

〔9〕芙蓉浦：开满荷花的浦港。

【赏析】

这首词上阕写雨后初晴的仲夏景色，下阕抒久客异乡的思乡情绪。"叶上初阳干宿雨，水面清圆，一一风荷举"三句写出了金色阳光，渐渐晒干了又清又圆的荷叶上的雨珠，风吹荷叶亭亭出水，迎风一团团舞动的姿态，恰似一幅清新而美丽的画。"举"字使荷叶站起来，用得不同凡响。写荷塘得如此清新典雅，正应了王国维所说"真能得荷之神理"。因见荷，而牵引出梦魂中故乡的荷港。结尾三句写梦回故乡，用清美的笔调写出思忆中的江南风光。

这首词不但写出了荷塘风景清爽、美伦雅致，而且在思想境界上有不得志、不安做旅人的乡关之思。

 六 丑

落 花

周邦彦

正单衣试酒，恨客里、光阴虚掷。愿春暂留，春归如过翼[1]，一去无迹。为问花何在？夜来风雨，葬楚宫倾国[2]。钗钿堕处遗香泽[3]，乱点桃蹊，轻翻柳陌。多情为谁追惜？但蜂媒蝶使，时叩窗槅。

东园岑寂[4]，渐蒙笼暗碧[5]。静绕珍丛底[6]，成叹息。长条故惹行客，似牵衣待话，别情无极。残英小、强簪巾帻[7]，终不似、一朵钗头颤袅，向人欹侧[8]。漂流处、莫趁潮汐[9]。恐断红、尚有相思字[10]，何由见得？

【注释】

〔1〕"春归"句：春天过去得像鸟飞那样快。

〔2〕"夜来"两句：因楚王爱细腰，楚宫中多细腰美女，有宫女因此而饿死，以落花暗喻。

〔3〕"钗钿"句：钗钿是形状像花朵的女人头饰。香泽：女人头发的香气，这里用来比落花的香气。

〔4〕岑寂：本有高而静的意思，这里意为寂寞。

〔5〕蒙笼暗碧：指绿叶成荫。

〔6〕珍丛：花枝。

〔7〕巾帻（zé）：头巾。

〔8〕欹（qī）：倾斜。

〔9〕潮：早潮。汐：晚潮。

〔10〕"恐断红"两句：范摅《云溪友议》卷下："（唐）卢渥舍人应举之岁，偶临御沟，见一红叶，命仆搴来。叶上乃有一绝句。……诗云：'水流何太急，深宫尽日闲。殷勤谢红叶，好去到人间。'"断红，落花。

【赏析】

宋词发展到鼎盛时期，周邦彦创制了《六丑》新调。

这首词在《疆村丛书·片玉集》题作"落花"，众多书籍又题为"蔷薇谢后作"。写悼惜落花、惜春、伤春怀人之感。描绘细节生动，把花拟人化，构思别致。从春归花谢、花飞写起，不写人如何惜花，而写花如何恋人；不写已簪在头巾上的残英带给人的欣慰，却把花瓣比喻"红叶题字"。借花起兴，从落花到花瓣，再到红叶，而由此想到潮水，想到情人，奇情四溢，是词人运用腾挪跌宕的艺术写作技巧。"愿春暂留，春归如过翼，一去无迹"。十三个字写春留不住，《宋四家词选》中周止庵评道："千回百折、千锤百炼。""问"字振起全篇，"夜来"二句承上回答，写风雨扫葬倾国（美人和花），"钗钿"三句写落花狼藉状，词人禁不住徘徊叹息。下阕"长条故惹行客"三句，写花枝扯衣恋人，将残留小花簪在头巾上，可见人与花感情之深，缠绵婉转，耐人寻味。

浪淘沙慢

周邦彦

晓阴重，霜凋岸草，雾隐城堞[1]。南陌脂车待发，东门帐饮乍阕。正拂面、垂杨堪揽结，掩红泪、玉手亲折。念汉浦、离鸿去何许[2]？经时信音绝。

情切，望中地远天阔。向露冷、风清无人处，耿耿寒漏咽。嗟万事难忘，惟是轻别。翠尊未竭，凭断云、留取西楼残月。

罗带光消纹衾叠，连环解、旧香顿歇；怨歌永、琼壶敲尽缺。恨春去、不与人期，弄夜色、空余满地梨花雪。

【注释】

〔1〕堞（dié）：城上如齿状的矮墙。

〔2〕浦：水滨。

【赏析】

这是一首写别离相思的词，共分为三阕。上阕写相别的时间和地点。在一个秋天雾重迷蒙的早晨，在"城堞""东门帐"饯行。女子掩泪，亲手折柳，送走了情人。中阕写分离时依依情怀，望天嫌高，看太遥远，而情人却要到那"露冷风清"的地方去。哀叹"万事难忘"，特别难忘"轻别"。此后只有"断云""残月"陪伴我度过寒夜了。下阕写别后怀念和相思苦衷。蓄势在所谓"光消""衾叠""香歇""壶缺"之中，这些景象一件件呈现在眼前，如风雨急至，把难眠、难咽"恨春去"的情思倾泻出来。"弄夜色"两句写又见吹落满地白梨花，更添怅惘。这里用了旋动而忽静的写法，似一舞女急速旋转后，戛然静立，姿态横生，令人叫绝。全篇变化曲折回环，转换顿挫有致，是一首完整而统一的艺术佳作。周邦彦善于驾驭长调，结构长篇词妙不可言。

少年游

周邦彦

并刀如水[1]，吴盐胜雪[2]，纤手破新橙。锦幄初温，兽烟不断，相对坐调笙[3]。

低声问：向谁行宿？城上已三更。马滑霜浓，不如休去，直是少人行！

【注释】

〔1〕并刀：并州出产的刀子，以锋利著称。

〔2〕吴盐：吴地出产的盐。

〔3〕"锦幄初温"三句：室内是暖烘烘的帷幕，刻着兽头的香炉轻轻升起缕缕香烟，两人对坐调弹笙乐。

【赏析】

据张端义《贵耳录》记载：宋徽宗幸临李师师家，偶有周邦彦在先。知皇帝至，周藏于床下。后来周邦彦即以此事写了这首词。

狎妓这类词一般情趣低下，为人所鄙弃。但周邦彦这一首之所以受到词家注意，历代评论家认为其高明之处在于写作技巧，写出了一个典型人物李师师特有的心理状态。让人看到了她的神态，听到了她的口吻，可谓呼之欲出，活灵活现。"纤手破新橙"是她刻意讨好他的细微动作。"相对坐调笙"把他们之间的亲密关系和神态写出。"向谁行宿"在留他、在愿留不留上打探口气。"城上已三更"一松一紧，提醒该走了。又借"马滑霜浓"关心，放心不下而挽留。每说一句话都要看看对方的反应，把李师师的特定身份在特定环境中所特有的心理活动刻画得入木三分。结句一转折，说出了早就要说的话"不如休去"，这一收一放更把她逼真神态显映出来。

 ## 行香子

王诜

金井先秋[1]，梧叶飘黄。几回惊觉梦初长。雨微烟淡，疏雨池塘。渐蓼花明[2]，菱花冷，藕花凉。

幽人已惯，枕单衾冷，任商飙、催换年光[3]。问谁相伴，终日清狂。有竹间风，尊中酒，水边床。

【注释】

〔1〕金井：水井。

〔2〕蓼：一种植物。

〔3〕飙（biāo）：暴风。

【赏析】

王诜曾做过驸马都尉，因受苏轼贬职之事牵连，被贬谪均州。流落异地的坎坷遭遇，使他愤懑，此词即抒发了他的寥落情怀。上阕写景，眼前是秋风扫梧桐叶的凋零景象，"金井先秋"之"井"字用意曲折：井锁住了秋天的景色，均州幽居的深院像井一般束缚了人的自由。"几回"一句写惊梦，多少次梦回到故居，那般情景，却被眼前的现实给打断了。"雨微烟淡"三句，写秋雨绵绵，蒙蒙细雨落打池塘，蓼花衰败，菱藕清冷，这样的景象使人深感凄凉。压抑的气氛，为下阕烘托词人的心境作了铺垫。"幽人已惯"的"惯"字有几层含意：住久了，实际住不惯，又无可奈何要住下去。"任"字转折到悲愤的感慨，写出词人对宦海险恶的厌弃，以及他的苦恼和忧郁。"问谁相伴"一句写解脱不能，无可奈何，只有饮酒消愁，唯有冷风和冰床与他相伴，"终日清狂"中的"狂"字写出了贯穿全词中的"冷凉"，是如何长期积郁在心上，孤独、寂寞之感何时了？哀哀欲绝的倾吐，使读者备感辛酸。

 ## 水龙吟

次韵章质夫杨花词[1]

苏 轼

似花还似非花，也无人惜从教坠[2]。抛家傍路，思量却是，无情有思。萦损柔肠，困酣娇眼，欲开还闭。梦随风万里，寻郎去处，又还被莺呼起。

不恨此花飞尽，恨西园、落红难缀[3]。晓来雨过，遗踪何在？一池萍碎[4]。春色三分，二分尘土，一分流水。细看来，不是杨花，点点是离人泪。

【注释】

〔1〕次韵章质夫杨花词：章楶即章质夫。章楶原作词《水龙吟·杨花》，苏轼在其后作了这首次韵词。

〔2〕从教坠：让它自己坠落。

〔3〕缀：连接。

〔4〕萍碎：苏轼《再和曾仲锡荔支》诗自注："飞絮落水中，经宿即化为萍。"

【赏析】

苏轼这首词，题目是"次韵章质夫杨花词"。次韵受原作的很多限制，不但要用原作的韵，而且次序也不能变。这就比和韵更难，一般诗、词人都不大作。而苏轼这篇次韵之作，掌握得极好，有独到高明之处。章楶、苏轼两篇杨花词，似高手对弈，各有路数。苏轼以夸张的拟人法捕捉物象，把杨花神化为女子，又对她注入了浓挚的情感。人们唤柳絮为杨花，但并没真正看成花加以爱惜，而这首词贯穿了"惜"意。上阕的"萦损柔肠"二句刻画了一位栩栩如生的少妇形象，她虽然目困心悲，但仍想千里寻郎。随风飘时而疲坠，入梦再寻，却被莺啼惊醒。下阕写人对她的怜惜：不恨柳絮飞尽，而恨柳尽花残，春剩无几。"晓来雨过"三句写漫天飞舞的杨花，只经了一场雨，便一下子消失干净，到底到哪去了呢？只见满池碎浮萍。三分春色，二分为泥土，一分为流水。"细看来，不是杨花，点点是离人泪"，只有相思泪才是如此情深意切。

 蝶恋花

苏 轼

花褪残红青杏小[1]，燕子飞时，绿水人家绕。枝上柳绵吹又少，天涯何处无芳草[2]！

墙里秋千墙外道，墙外行人，墙里佳人笑。笑渐不闻声渐悄，多情却被无情恼[3]。

【注释】

〔1〕花褪残红：花瓣落了。

〔2〕"天涯"句：芳草长到天边，表示春天快完了，另一层意思是用来安慰、鼓励失意的人不必太伤心，芳草到处有，天涯多可寻。

〔3〕"多情"句：行人多情，佳人无情。

【赏析】

这是一首感叹春光易逝、佳人难见的词。上阕写伤春，花瓣飘落满地，青杏初结，燕子飞过，溪水绕舍，柳絮飘落殆尽，这确是春将逝去的景色。"天涯何处无芳草"一句，用以安慰、鼓励失意的人，芳草遍天涯，何必伤感。此句脍炙人口，千古传诵。下阕写伤情，墙外的人听得到墙里佳人的笑声，墙里佳人却一无所知，只有自怨"多情却被无情恼"了。结句用移情寄怨的手法，含蓄地写出政治上的失意和自己的愁苦重重。

 ## 水调歌头

苏 轼

丙辰中秋，欢饮达旦，作此篇兼怀子由。

明月几时有[1]？把酒问青天[2]。不知天上宫阙[3]，今夕是何年。我欲乘风归去，又恐琼楼玉宇[4]，高处不胜寒。起舞弄清影[5]，何似在人间。

转朱阁，低绮户，照无眠。不应有恨，何事长向别时圆？人有悲欢离合，月有阴晴圆缺，此事古难全。但愿人长久，千里共婵娟[6]。

【注释】

〔1〕几时：何时。
〔2〕把：持，握。
〔3〕阙：皇宫大门两旁供瞭望的楼，可借指帝王的住所。
〔4〕琼楼玉宇：指月中的宫殿。
〔5〕弄清影：月光下和自己的影子一起嬉戏。
〔6〕共：指共赏。婵娟：月亮的美称。

【赏析】

苏轼这首《水调歌头》，是中秋词中最著名的一首，他以精湛的笔触，刻画了一个完美的意境；以宽阔的胸襟、丰富的感情抒发了人生的哲理，使读者面对现实，热爱生活。

苏轼因政治失意、遭贬，逢到中秋佳节，更加思念兄弟苏辙。上阕对月饮酒，糅进了词人的政治感慨，显示了他旷达的胸襟，丰富的想象和奇妙的艺术构思。"明月几时有"是词人内心对人生沉痛的感叹。面对茫茫长空，有"我欲乘风归去"的出世思想，然而"高处不胜寒"，容易遭受打击。"起舞"两句表示还是人间生活美好。下阕"不应有恨""人有悲欢离合"几句，表明人生在世，有悲、欢、离、合，就像月亮有阴、晴、圆、缺一样，是自古无法周全圆满的。这几句常被人们用来感慨人生的不幸和世事的缺憾，这是作者洞悉人生之后的旷达潇洒与自慰。"但愿人长久，千里共婵娟"，人隔千里，共赏明月，既是无奈中的安慰，又是对远方亲人的怀念，也是词人对"古难全"的世事的一种豁达的态度。

行香子

过七里滩[1]

苏 轼

一叶舟轻，双桨鸿惊。水天清，影湛波平。鱼翻藻鉴[2]，鹭点烟汀[3]。过沙溪急，霜溪冷，月溪明。

重重似画，曲曲如屏。算当年，虚老严陵[4]。君臣一梦，今古虚名，但远山长，云山乱，晓山青。

【注释】

〔1〕七里滩：苏轼任杭州通判，二月在桐庐西边严陵山下，泛舟过此处七里滩所作。

〔2〕藻：水草。鉴：铜镜，这里喻水如明镜。

〔3〕烟汀：水雾迷蒙中的汀。汀，水边平地。

〔4〕虚老严陵：严陵曾帮过刘秀的忙，待到刘秀做了东汉皇帝，他这"有功之臣"却躲到富春江钓鱼去了。

【赏析】

苏轼以写豪放词而流芳百世，然这首婉约词《行香子》也写得相当精彩，他把人们引到了一个朦胧、美轮美奂的诗情画意的境界中去。一叶小舟在江中划行，惊起栖鸿飞动，鱼儿在碧绿如镜的水中游动。过"三溪"用字精练，将不同时间和情状的差别都落于"沙溪急""霜溪冷""月溪明"中。下阕"重重"句，将那山峦重叠、清水弯曲的一幅幅图画呈现在读者眼前。借古喻今，"算当年"几句，将东汉皇帝刘秀与严陵之事与自己相比，当年皇帝与功臣严陵都像梦一样消失了，再衡量自己虽政治上失意遭贬，那又算得了什么？君臣关系如一场梦，所以今古徒有"虚名"而已，历事沧桑，人事易变，江山永在。

 蓦山溪

别意[1]

黄庭坚

鸳鸯翡翠[2]，小小思珍偶。眉黛敛秋波[3]，尽湖南、山明水秀。娉娉袅袅[4]，恰近十三余。春未透，花枝瘦，正是愁时候。

寻芳载酒，肯落谁人后。只恐远归来，绿成荫、青梅如豆。心期得处，每自不由人。长亭柳，君知否？千里犹回首！

【注释】

〔1〕别意：别本作"赠衡阳妓陈湘"。

〔2〕鸳鸯：偶居不离的雌雄鸟。

〔3〕秋波：形容美人的眼睛清澈如秋水。

〔4〕娉娉：美貌。袅袅：纤长柔美的样子。

【赏析】

这是词人赠衡阳妓陈湘之作。起首用了五句来比喻形容，赞美他所钟爱的陈湘：像鸳鸯、翡翠鸟那样珍贵、美丽又多情，像湘山般清秀的双眉，像湘水般透明、灵秀、柔情的眼睛。"娉娉袅袅"五句，将陈湘的年轻貌美描述出来：十三岁就有春花般的美貌，恰似"春未透，花枝瘦，正是愁时候"。这里用了"透""瘦""愁"三字，极工致纤巧。她又像春寒未尽时，长在纤弱枝头上含苞欲放的花蕾，被霜雨淋冻；惹得狂蜂浪蝶来摧残，怎能不令人愁？下阕"只恐远归来"三句，借用晚唐诗人杜牧"自是

寻春去太迟，不须惆怅怨芳时。狂风吹尽深红色，绿叶成荫子满枝"诗意。接着"心期得处"五句，描写眷恋之情，表示虽远隔千里仍一往情深。

这首词用语婉丽，含意深长，字字锤炼，足见词人功力。

菩萨蛮

陈师道

晓来误入桃源洞[1]，恰见佳人春睡重。玉腕枕香腮，荷花藕上开。

一扇俄惊起，敛黛凝秋水[2]。笑倩整金衣[3]，问郎来几时。

【注释】

〔1〕桃源洞：地名。这里指世外桃源，比喻理想中生活安乐的、与世隔绝的神仙居住的地方。

〔2〕敛：收拢。

〔3〕倩：美好。

【赏析】

拂晓离人从远方归来，走进房中，好像到了桃源仙境，迷蒙中，只见眼前一位美艳绝伦的佳人，沉沉睡着。白嫩似玉的手托着娇艳的脸，如荷花在白藕上开放。他疑惑是在梦中，忙揉揉眼，袖子一扇，佳人惊起，眉轻蹙，眼露疑，转为满面笑容，亲热地问夫君何时回还。词人用一支生花妙笔描绘出佳人的卧态，把一位宛如天仙的睡美人呈现在读者眼前，令人难以忘怀。

减字木兰花

秦 观

天涯旧恨，独自凄凉人不问。欲见回肠[1]，断尽金炉小篆香[2]。

黛蛾长敛[3]，任是东风吹不展。困倚危楼，过尽飞鸿字字愁。

【注释】

〔1〕回肠：形容内心焦虑不安。

〔2〕篆香：指制成篆文形的盘香。

〔3〕"黛蛾"句：指思妇愁眉不展。

【赏析】

这首词上阕描写的是在穷乡僻壤，离人在房中闭门焚香，香烟袅袅，把他的思绪带到家乡妻子的身旁。天涯各一方，欲爱不能见，旧恨新愁涌阻，怎能不绞心回肠？孤独一个人，凄凉有谁知？何日是尽头？恰是"断尽金炉小篆香"。望穿眼，痛断肠，"断尽"二字用得极好，篆香盘旋着，喻回肠的痛楚。全词上阕写词人，下阕写思妇，前者恨满"回肠"，后者"黛蛾长敛"。他思念远方的妻子，眼前仿佛看见妻子蛾眉不展，在呼唤他，为他担心，为他痛苦地眉头紧锁，所以"任是东风吹不展"，从而"困倚危楼"。"过尽飞鸿字字愁"用叠字突出了离人黯然销魂的情怀。从人物、空间和时间等多方面展现离愁，可谓尺幅纳百忧。

千秋岁

秦　观

水边沙外，城郭春寒退。花影乱，莺声碎。飘零疏酒盏，离别宽衣带。人不见，碧云暮合空相对。

忆昔西池会[1]，鹓鹭同飞盖[2]。携手处，今谁在？日边清梦断[3]，镜里朱颜改。春去也，飞红万点愁如海。

【注释】

〔1〕西池：故址在丹阳（今南京市）。这里借指北宋京都开封西郑门西北之金明池。秦观于元祐间居京时，与诸同僚有金明池之游会。

〔2〕鹓鹭：两种鸟，飞行有序，比喻班行有序的朝官。

〔3〕"日边"句：慨叹还朝无望。见《世说新语·夙惠》："晋明帝数岁，坐元帝膝上。有人从长安来，元帝问洛下消息，潸然流涕。明帝问何以致泣？具以东渡意告之。因问明帝：'汝意谓长安何如日远？'答曰：'日远，不闻"人从日边来"？居然可知。'元帝异之。明日集群臣宴会，告以此意。更重问之，乃答曰：'日近。'元帝失色，曰：'尔何故异昨日之言邪？'答曰：'举目见日，不见长安。'"后以日边喻京都帝王左右。

【赏析】

这首词是秦观逝世前几年所作，由于北宋新旧党之争，他的导师苏轼被贬，秦观受到牵连，屡遭贬谪，甚至被惩处"编管"，剥夺了人身自由。曾季狸《艇斋诗话》云："方少游作此词（指《千秋岁》）时，传至余家丞相，丞相曰：'秦七必不久于世，岂有"愁如海"而可存乎？'已而少游果下世。少游第七，故云秦七。"这位北宋婉约词的"正

宗"人物，誉称"国士无双秦少游"，成为政治事件的牺牲品。

秦观这首《千秋岁》充满了"愁如海"的感慨。眼前的"绿水""花影""莺声"和昔日一样，可是如今人在异乡飘零，憔悴落拓，顾影自怜，只有凄清的暮色伴随。下阕"忆昔西池会"二句，回忆昔日和朋友们在汴京的欢乐情景，怡然自得，豪情奔放。"携手处"三句慨叹还朝无望。"镜里朱颜改"，明示蹉跎岁月已将朋友们的红颜改变了，痛心疾首，使他呼出："春去也，飞红万点愁如海。"本词写得如此凄厉，有高山流水之悲，千载而下之感。

蓦山溪

曹 组

　　洗妆真态，不作铅华御[1]。竹外一枝斜，想佳人、天寒日暮。黄昏院落，无处著清香，风细细，雪垂垂，何况江头路。

　　月边疏影，梦到消魂处。结子欲黄时，又须作、廉纤细雨。孤芳一世，供断有情愁，消瘦损，东阳也[2]，试问花知否？

【注释】

〔1〕铅华御：指妆饰，粉饰。

〔2〕东阳：指南朝文学家沈约，曾为东阳太守。因不得志，忧郁而死。

【赏析】

　　这是一首咏梅词，词人以一幅风雪梅竹图，抒发了自己抑郁的情怀。上阕首先写出了梅花的高洁妍丽、天然雕饰。接着以"竹外一枝斜，想佳人，天寒日暮"刻画出梅花不畏严寒、傲然独放的形象，再以"风细细，雪垂垂"展示出一幅风雪梅景。下阕用明月下"疏影""细雨"渲染气氛，营造出一种抑郁的氛围。最后将自己与沈约相比，高洁孤傲，不与世俗为伍，看来只有花相知了。

凤凰台上忆吹箫

李清照

香冷金猊[1]，被翻红浪[2]，起来慵自梳头。任宝奁尘满[3]，日上帘钩。生怕离怀别苦[4]，多少事、欲说还休。新来瘦[5]，非干病酒[6]，不是悲秋[7]。

休休，者回去也。千万遍阳关[8]，也则难留。念武陵人远[9]，烟锁秦楼[10]。惟有楼前流水，应念我、终日凝眸[11]。凝眸处，从今又添，一段新愁。

【注释】

〔1〕金猊：狻猊（suān ní）形的铜香炉。狻猊，古代传说中的一种狮形怪兽。

〔2〕被翻红浪：红色的锦缎被子乱摊在床上，犹如红浪翻滚。

〔3〕宝奁（lián）：精美华贵的梳妆匣。

〔4〕生怕：最怕。

〔5〕瘦：消瘦。

〔6〕病酒：饮酒过度，沉醉如病。

〔7〕悲秋：为秋天的萧条而悲伤。

〔8〕阳关：指《阳关曲》，古送别曲名。

〔9〕武陵人远：代指爱人远行在外。王之涣《惆怅诗》有"晨肇重来路已迷，碧桃花谢武陵溪"的诗句，北宋韩琦的《点绛唇》词云："武陵凝睇，人远波空翠。"

〔10〕烟锁秦楼：锁，笼罩。此句指千里云烟将自己与丈夫分开。

〔11〕凝眸（móu）：目不转睛地注视。眸，眼珠。

【赏析】

这是一首写离情的词。它以委婉、细腻、含蓄的风格，抒发了作者别离时的哀愁。在上阕里，词人开始即描绘了一幅闺阁慵惰场景，进而展开倾诉无限忧愁的情怀。"生怕离怀别苦，多少事、欲说还休"，原来是要与心爱的人离别，一语道破题旨。在这离别的时刻，她有万种愁情。一腔哀怨本想在丈夫面前尽情倾吐，可是话到嘴边，又咽了下去。这就使词又多了一道波折，表面的克制，造成心头更为严重的愁苦，而下句交代这"愁"不是由于饮酒和苍凉秋色所引起的，而是因为词人宁愿折磨自己，也不肯给临行前的丈夫增加烦恼。在下阕里，词人说明愁的原因是丈夫就要远行，写出了因为词人的失望与难以割舍的一缕痴情。"千万遍阳关，也则难留"，离别的《阳关曲》唱上千万遍，终是难留，一腔离愁，跃然纸上。随后用"武陵人"的典故与妆楼云烟，既写她对丈夫的思念，也希望心爱的人能像自己眷恋他一样眷恋自己。结尾"凝眸处，从今又添，一段新愁"三句，写在天涯归路上，词人满腔的离愁别恨，何时才能结束呢？长长的余音，让人回味不已。

如梦令

李清照

常记溪亭日暮[1]，沉醉不知归路。兴尽晚回舟，误入藕花深处。争渡，争渡，惊起一滩鸥鹭[2]。

【注释】

〔1〕溪亭：地名。
〔2〕鸥鹭：两种水上生活的禽鸟。

【赏析】

这是一首记游之作，描写词人在溪亭饮酒后晚归的情景。开头以"常记"二字娓娓道来，自然、朴实，接着以"日暮""沉醉"，透露出词人心底的欢愉，是同情人缱绻，还是亲朋的畅游，留给了读者去想象。"兴尽晚回舟"和"误入"一语，用笔自然，和前文的"沉醉"相互照应，毫无故意雕饰之痕。"争渡，争渡"重叠使用，反映了词人急于回家的心境。"惊起一滩鸥鹭"，构思精巧，使人看到一幅荷花深处、一叶扁舟、鸥鹭群飞的优美画面。

如梦令

李清照

昨夜雨疏风骤[1]，浓睡不消残酒[2]。试问卷帘人[3]，却道海棠依旧。知否？知否[4]？应是绿肥红瘦[5]。

【注释】

〔1〕雨疏风骤：雨疏疏落落地下个不停，风刮得很紧。

〔2〕"浓睡"句：夜里睡得很好，可是酒意还没有全消掉。

〔3〕卷帘人：站在窗口卷帘子的侍女。

〔4〕知否：知道吗？

〔5〕绿肥红瘦：这句话的意思是绿叶更肥大，红花更稀少。肥，肥大。瘦，稀少。

【赏析】

这首词将词人一夜的经历和对话糅合在一起，构成了一幅优美的图画。昨夜雨下得稀疏，风刮得很大，一夜睡得很好但没有消尽酒意。下文的"卷帘人"点明东方破晓，接着以她和卷帘人的对话，描写了侍女的粗心大意和作者惜花的心情。"绿肥红瘦"把春末夏初、风雨过后的景色，刻画得深刻形象。特别是用"肥""瘦"来形容花卉，更是词人惊人的妙思。

一剪梅

李清照

红藕香残玉簟秋[1]。轻解罗裳[2]，独上兰舟[3]。云中谁寄锦书来[4]？雁字回时[5]，月满西楼。

花自飘零水自流[6]。一种相思[7]，两处闲愁[8]。此情无计可消除，才下眉头[9]，却上心头[10]。

【注释】

〔1〕红藕：荷花。玉簟：精美的席子。

〔2〕罗裳：丝绸做的裙子。

〔3〕兰舟：船的美称。

〔4〕锦书：锦字回文书，情书。

〔5〕雁字：雁儿成群结队的飞行，有时像"一"字，有时像"人"字。

〔6〕自流：独自地流。

〔7〕一种相思：双方都是思念、牵挂的样子。

〔8〕两处闲愁：两边都在为相思发愁。

〔9〕"才下"句：皱着的眉头刚刚展开。

〔10〕"却上"句：心里头又惦记上了。

【赏析】

　　这首词是李清照与丈夫分别后因思念丈夫而作的。上阕首先以荷花香残点明秋日节令，以玉簟已凉说明室内人的感受，既有自然界的苍凉景色，又有肌肤间的触感。而下句的"轻解罗裳，独上兰舟"，把词人凄凉独处的境地暗示出来。"云中谁寄锦书来？雁字回时，月满西楼"，将一个少妇在月满天之时独上西楼，看见雁儿飞回，而期望丈夫能够给自己寄一封书信来的情景展现在读者面前。这望断天涯的思念，无时无刻不缠绕在词人的心头。下阕"一种相思"三句，既写出了词人对丈夫的思念，同时词人仿佛也感觉到了丈夫对自己的思念，正因为两人异地相处，才有深深的愁思无法排遣。结尾"才下眉头，却上心头"是脍炙人口的名句，笔法精巧，感情真挚，把词人思念之情刻画得细致入微，因而在艺术上有极大的吸引力。

 蝶恋花

李清照

　　暖日晴风初破冻。柳眼梅腮[1]，已觉春心动[2]。酒意诗情谁与共？泪融残粉花钿重[3]。

　　乍试夹衫金缕缝[4]。山枕斜欹[5]，枕损钗头凤[6]。独抱浓愁无好梦[7]，夜阑犹剪灯花弄[8]。

【注释】

　　〔1〕柳眼：指早春杨柳初开的叶芽，如同人的睡眼初展。梅腮：指淡红色的梅花如同美人粉红色的面颊。

　　〔2〕春心：指男女之间相思爱慕的情怀。

　　〔3〕花钿：用金玉翡翠制成的花朵形首饰。

　　〔4〕夹衫金缕缝：指用金线缝制成的夹衣。

　　〔5〕山枕：古代两端凸起中间凹下的枕头，因像山一样，故有山枕之称。斜欹：斜倚之意。

〔6〕钗头凤：刻镂有凤形的金钗。

〔7〕独抱浓愁：心里怀有无限的忧愁。

〔8〕"夜阑"句：在深夜里，词人还在剪弄灯花，难以入睡。夜阑，深夜。灯花，灯芯燃尽结成的花形。弄，摆弄。

【赏析】

杨柳依依，细雨蒙蒙。在这严冬刚刚过后的春天里，一个情意绵绵的少妇，已经强烈地感到了春天的气息，内心荡漾着无限的情思。面对大好春光，没有亲人陪伴，只得独自伤心。往日夫妻二人踏青访古，共赏春色的情景又映入脑海，如今"酒意诗情谁与共"？心事沉沉，似乎头上的花钿比平时也重了许多。在下阕里，词人以动作写起，说是试试夹衣是否合身，其实是借试衣排遣忧愁，可恼人的愁绪依然萦绕在心间。晚上，词人也没有心思卸妆解衣，头枕凹形的枕头，由于心事重重，辗转反侧，任凭头上的凤钗被损坏。这一段写得真挚细腻，形象生动，准确地表达了词人对亲人的深切怀念。结尾"独抱浓愁无好梦，夜阑犹剪灯花弄"，含蓄传神，极富感染力，形象地表现了主人公愁苦不堪的样子。全词从白天写到晚上，写得蕴藉而不绮靡，将婉约词发展到了极高的程度。

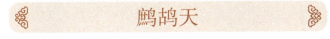

鹧鸪天

李清照

暗淡轻黄体性柔，情疏迹远只香留[1]。何须浅碧深红色[2]，自是花中第一流。

梅定妒[3]，菊应羞。画阑开处冠中秋[4]。骚人可煞无情思[5]，何事当年不见收[6]。

【注释】

〔1〕情疏迹远：性情疏放，踪迹隐逸。在此比喻桂花的情操高尚。

〔2〕何须：何必，有什么必要。

〔3〕妒：忌妒。

〔4〕画阑：饰有彩绘的栏杆，此指彩栏护卫的花园。冠：第一。中秋：农历八月。

〔5〕骚人：指屈原。可煞：可是。情思：想念。

〔6〕何事：是说为什么事儿。不见收：没有收入在《离骚》中。

【赏析】

这是一首咏赞桂花的词，以为桂花鸣不平来抒发自己的幽怨与情思。在词中，词人十分推崇桂花的色淡味香，体性温雅，所以有"何须浅碧深红色，自是花中第一流"之语。而下文的"梅定妒，菊应羞"是说，在桂花面前，仪态万千、姿容秀丽的梅花为之生妒，清雅秀美、幽香袭人的菊花也不能不掩羞愧之容，其真正的原因在于没有桂花那浓郁的芳香。最后词人以艺术家非凡的才气与胆量，大胆批评屈原没有将桂花入收《离骚》是"情思"不足的缘故，同时也抒发了自己的一缕幽情，反映了词人洁身自好、德馨永驻的品性情操和不被世人理解的遗憾。

 永遇乐

李清照

落日熔金[1]，暮云和璧[2]，人在何处[3]？染柳烟浓[4]，吹梅笛怨[5]，春意知几许[6]？元宵佳节，融和天气，次第岂无风雨[7]？来相召[8]，香车宝马，谢他酒朋诗侣。

中州盛日[9]，闺门多暇[10]，记得偏重三五[11]。铺翠冠儿[12]，捻金雪柳[13]，簇带争济楚[14]。如今憔悴，风鬟雾鬓[15]，怕见夜间出去[16]。不如向，帘儿底下，听人笑语。

【注释】

〔1〕"落日"句：夕阳如熔化的黄金，灿烂绚丽。

〔2〕"暮云"句：傍晚的云彩聚和在一起，似美丽的璧玉。合璧，两个半圆形的璧玉合在一起。

〔3〕"人在"句：意即我这是在哪里呢。人，指李清照自己。

〔4〕"染柳"句：暮色下的柳色愈见浓烈。

〔5〕"吹梅"句：笛子吹出《梅花落》曲调。

〔6〕几许：多少，几分。

〔7〕次第：转眼之间。

〔8〕召：邀请。

〔9〕中州：旧时称河南省一带为中州。

〔10〕闺门：贵族妇女。

〔11〕三五：即正月十五。

〔12〕铺翠冠儿：饰有翡翠羽毛的帽子。

〔13〕捻金：金线捻丝。雪柳：即绢花制成的饰物。

〔14〕济楚：整洁、漂亮的样子。

〔15〕风鬟雾鬓：苏轼《题毛女真》诗："雾鬓风鬟木叶衣。"

〔16〕怕见：懒得见。

【赏析】

在南宋小朝廷偏安一隅，国破家亡的历史时期，临安城内的元宵节却大肆铺陈。在这种情况下，词人写下了这首情辞凄婉、感情哀艳的名作。全词以一幅色彩绚烂的晚情图渲染节日的气氛，而心情却是另一幅山河破碎、人在何处的悲凉图景。绿柳葱郁的春色与幽怨的笛声，反映着词人内心的矛盾与痛苦。上阕的起笔两句着力描绘元宵节夕阳的绚丽，对仗工整，辞采艳丽，而下文的"人在何处"却来了个时空大转换，是一声充满迷惘与痛苦的长叹，紧接着的"次第岂无风雨"和对盛会的推却就顺理成章了。下阕以回忆东京元宵节的繁华、热闹，反映当时人们心情愉快与无拘无束。"铺翠冠儿，捻金雪柳，簇带争济楚"几句，写词人在元宵节的晚上，同闺中女伴戴上嵌插有翠鸟羽毛的帽子和金线丝制成的雪柳，无忧无虑。可"如今"二字将幸福的回忆折断，"如今憔悴，风鬟雾鬓，怕见夜间出去"。经历国破家亡，夫亡亲逝，词人已是蓬头的老妪，晚景凄惨悲凉，哪还有游玩和赏灯的兴致，只有独坐帘下，孤灯孑影，听着那醉生梦死者的欢歌笑语。这里以乐景衬悲哀，看来国破家亡的苦涩只有自己慢慢咀嚼了。全词情真意切，字字血，声声泪，难怪在词人去世一百余年以后，南宋爱国词人刘辰翁在读此词时尚"为之涕下"。

 浣溪沙

李清照

绣面芙蓉一笑开[1]，斜飞宝鸭衬香腮[2]，眼波才动被人猜[3]。
一面风情深有韵[4]，半笺娇恨寄幽怀[5]，月移花影约重来[6]。

【注释】

〔1〕绣面：妆饰面庞，此指美丽的面庞。芙蓉：荷花。

〔2〕斜飞宝鸭：展翅欲飞的鸭形香炉。

〔3〕眼波：目送秋波，眉目传情。猜：看的意思。

〔4〕一面：满脸。风情：男女之间的爱情。韵：风韵。

〔5〕半笺：短信。幽怀：隐藏在内心深处的情怀。

〔6〕"月移"句：全句化用元稹《莺莺传》"待月西厢下，迎风户半开。拂墙花影动，疑是玉人来"的诗句，为约会之词。

【赏析】

这首词是写一个热恋中的少女与情人不期而遇所流露出的无法掩饰的欢悦。上阕将一个亭亭玉立、绣面芙蓉的少女跃然纸上，而其莞尔一笑，娇柔妩媚，流眸顾盼，更是传神之笔。下阕侧重描写了少女相约与情人幽会，在一封短笺中既抒"娇恨"又寄"幽怀"。结尾以崔莺莺的故事点缀全词，自然恰切。全词语言明快，毫无雕饰，将少女复杂的内心世界全部展现了出来。

 苍梧谣

蔡 伸

天，休使圆蟾照客眠[1]。人何在？桂影自婵娟[2]。

【注释】

〔1〕休使：停止、罢休之意。圆蟾：圆月。蟾即蟾蜍。典出《后汉书·天文志》刘昭注引张衡《灵宪浑仪》："羿请无死之药于西王母，姮娥窃之以奔月……是为蟾蜍。"古代诗文里常用蟾来指月亮。

〔2〕桂影：月影。传说月中有一棵五百丈的桂树，故古人将月影称为桂影。自：空自。婵娟：美好的样子。

【赏析】

在这首小令中，词人一开始就采用了汉乐府的形式，一个"天"字，既是口语，又具有民谣色彩，把一声长叹留给了读者。在前人诗词中，明月会助人哀乐。李白有"我歌月徘徊，我舞影零乱"；冯延巳有"明月，明月，照得离人愁绝"。在这里，月光如水，沦落异乡的词人怎么能睡得着呢？月圆之夜，本应亲人团聚，可现在有家不能归，只能仰天长叹。"人何在"一句既有我在哪里之意，又是在问所思念的人儿你在哪里。作者期望月亮能像一面宝镜，照出思念的人的芳姿倩影，但凝望明月，只有桂影扶疏，空自婆娑。全词以短短十六个字，将心事无限的客居，思念故乡、思念情人的感情跃然纸上。立意十分新奇清新，语言简练。

卜算子

送 春

如 晦

有意送春归，无计留春住。毕竟年年用著来，何似休归去。

目断楚天遥，不见春归路。风急桃花也似愁，点点飞红雨。

【赏析】

　　这是一首惜春词。词人以自己的内心感受描写对春天的眷恋和不愿春归去的惋惜之情。上阕"有意送春"，却"无计留春"，词人淡淡的忧愁跃然纸上。下阕词人寻找春归何处而不见，把桃花拟人化，以桃花在春风里飘扬为伤春，抒发了词人对春日归去的惋惜。全词用语浅显、明快，但细细品味起来，别有一番滋味。

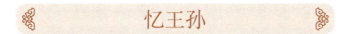

忆王孙

春 词

李重元

萋萋芳草忆王孙[1]，柳外楼高空断魂，杜宇声声不忍闻[2]。欲黄昏，雨打梨花深闭门。

【注释】

　　〔1〕"萋萋"句：《楚辞·招隐士》："王孙游兮不归，春草生兮萋萋。"萋萋，草木茂盛的样子。王孙，这里指游子。

　　〔2〕杜宇：子规鸟，即杜鹃鸟。

【赏析】

　　李重元作《忆王孙》词有四首，包括春词、夏词、秋词、冬词，此为春词。这首词采用了宋词中常见的"柳外高楼""芳草斜阳""梨花带雨""黄昏杜鹃"等为景，以写景表达伤春怀人的情绪，那一份情思是通过景物的转换而逐步加深的，开始是千里碧色，萋萋芳草，极目古道，人在何处？接下来是陌头杨柳，柳外高楼，是一种景物的收缩；之后是杜鹃声声，黄昏小院，雨打梨花，闺门紧闭，将古代妇女思念远行在外的丈夫那种内向型的心态表现得淋漓尽致。全词以人去楼空来表达伤春之情，字字沉痛，使人联想无限。

 ## 长相思令

邓 肃

红花飞，白花飞。郎与春风同别离，春归郎不归。

雨霏霏，雪霏霏[1]，又是黄昏独掩扉[2]，孤灯隔翠帷。

【注释】

〔1〕雨霏霏，雪霏霏：指雨、雪多盛的样子。

〔2〕扉：门扇。

【赏析】

这是一首闺怨词，将一个思念远行在外丈夫的妇女的情爱、情怨，写得入木三分。一开始以回忆的手法写出了主人公的丈夫在春天离她而去，可一个又一个春天来了，她思念的人却不归来！紧接着写秋雨淫淫，雨雪纷纷，年复一年，到如今还是她一个人在孤寂的黄昏之夜，孤灯相伴，泪眼盈盈。全词语言平直，词意明畅，近于白描。

惜分钗

吕滨老

春将半，莺声乱，柳丝拂马花迎面。小堂风，暮楼钟。草色连云，暝色连空，重重。

秋千畔，何人见，宝钗斜照春妆浅。酒霞红[1]，与谁同？试问别来，近日情悰[2]，忡忡[3]。

【注释】

〔1〕酒霞红：指少女的面颊泛红。

〔2〕情悰：心情，情怀。

〔3〕忡忡：忧虑不安的样子。《诗经·召南·草虫》："未见君子，忧心忡忡。"

【赏析】

全词主要写春天的景色和由此而引起的思念之情。上阕写春色正浓，春意无限。起句即点明时节，用莺啼鸟鸣、柳丝依依、繁花扑面、小堂清风、钟楼暮鼓、芳芳萋萋点明季节，造成浓郁的气氛。下阕"秋千畔"笔锋一转，将词人看到少妇欢畅地在荡秋千，面颊绯红而引起的思念情绪，用"忡忡"二字道来，言简意长。

 ## 齐天乐

和周美成韵

杨无咎

后堂芳树阴阴见，疏蝉又还催晚。燕守朱门，萤粘翠幕，纹蜡啼红慵剪。纱帏半卷，记云髻瑶山[1]，粉融珍簟[2]。睡起援毫，戏题新句漫盈卷。

睽离鳞雁顿阻[3]，似闻频念我，愁绪无限。瑞鸭香消[4]，铜壶漏永[5]，谁惜无眠展转。蓬山恨远[6]，想月好风清，酒登琴荐。一曲高歌，为谁眉黛敛。

【注释】

〔1〕云鬌（duǒ）瑶山：此句意为美发如云，散落在枕头上。鬌，下垂。瑶山，枕头。

〔2〕珍簟：指精美的席子。簟，凉席。

〔3〕暌离：阔别之意。韩愈有"与子昔暌离，嗟余苦屯剥"之句。鳞雁：鱼雁，指书信。

〔4〕瑞鸭：宝鸭形的熏香炉。香消：香已燃尽。

〔5〕铜壶漏永：指古代一种计时用的器具。温庭筠有《鸡鸣埭歌》："铜壶漏断梦初觉，宝马尘高人未知。"

〔6〕蓬山：即蓬莱山，传说中神仙居住的地方。

【赏析】

这是一首情词。上阕一开头即描写出空寂的环境和一个慵懒的主人公。第二句的"又"透露出主人公的孤单与寂寞。"睡起援毫，戏题新句谩盈卷"，一个"戏"字将主人公百无聊赖的思念之情化成了淡淡的忧愁，融入词的行间。下阕写鳞雁顿阻，似是情人传书，引起思念无限。到了晚上夜香消尽，静听铜壶漏声，辗转反侧，难以成眠。"想月好风清，酒登琴荐"两句，将主人公的思念之情推向高潮：我多么期望在一个月好风清的日子里，你我二人饮酒抚琴，共度良宵。"一曲高歌，为谁眉黛敛"两句长叹一声，留下思绪绵绵。全词构思缜密，语言富丽华美，凝句炼字，其写景之语，富有画意。

念奴娇

席上赋林檎花

曾觌

群花渐老，向晓来微雨，芳心初拆[1]。拂掠娇红香旖旎[2]，浑欲不胜春色。淡月梨花，新晴繁杏，装点成标格，风光都在，半开深院人寂。

刚要买断东风[3]，袅栾枝低映，舞茵歌席。记得当时曾共赏，玉人纤手轻摘。醉里妖娆，醒时风韵，比并堪端的[4]。谁知憔悴，对花空凭思忆。

【注释】

〔1〕芳心初拆：这里是说林檎花刚刚开放。拆，放开。

〔2〕旖旎（yǐ nǐ）：柔美、繁盛的样子。

〔3〕买断东风：希望东风停止，不要再刮了。

〔4〕端的：究竟。

【赏析】

咏物言志，是中国传统文学的一大特点，而此词正是借赋林檎而描写男女之间的思念之情和对过去的追忆。

上阕描写林檎花，其开放的时间是"群花渐老"的暮春，其体娇红、妍丽，婀娜多姿；其味清香，正像淡月之下的梨花，乍晴之后的繁杏，装点春色，独成一格。虽然"群花渐老"，但春色无限，"风光都在"。下阕描写人物的心情，愿买断东风，使鸟恋枝头，花儿低映。下文一个"记"字将时空断开，想当年你我二人共赏林檎花，玉人纤手轻摘，与花儿相映的神态又映入眼底，而"妖娆"和"风韵"用"醉"和"醒"反写，将玉人的娇美与柔情写得如痴如醉，令人叹为观止。结尾一句"谁知憔悴，对花空凭思忆"，留下的是无尽的忧愁，语言婉丽动人。

生查子

朱淑真

寒食不多时，几日东风恶[1]。无绪倦寻芳，闲却秋千索。
玉减翠裙交[2]，病怯罗衣薄。不忍卷帘看，寂寞梨花落。

【注释】

〔1〕恶：厉害。

〔2〕玉减：玉，指女子的身体洁白如玉。减，减去，消瘦。

【赏析】

这首词以明白淡显的语言，描写词人在暮春时分的伤感与哀愁。寒食节过后不久，东风刮得很厉害，使人心烦意乱，懒得去寻找春天的芳菲，秋千也不愿去荡了。下阕以"翠裙交""罗衣薄"来形容自己因春愁无限，病恹恹而消瘦的情形。而结句中的"不忍看"与"梨花落"，流露出词人对长期幽独生活的怨恨和无可奈何的怅然心情。

江城子

赏 春

朱淑真

斜风细雨作春寒，对尊前，忆前欢。曾把梨花，寂寞泪阑干[1]。芳草断烟南浦路[2]，和别泪，看青山。

昨宵结得梦夤缘[3]，水云间，悄无言。争奈醒来，愁恨又依然。辗转衾裯空懊恼，天易见，见伊难。

【注释】

〔1〕"曾把"两句：出自白居易《长恨歌》"玉容寂寞泪阑干，梨花一枝春带雨"，描述悲伤痛哭的情景。曾把，指手把梨花。

〔2〕"芳草"句：典出江淹《别赋》："春草碧色，春水绿波，送君南浦，伤如之何？"描述送别时的情景。

〔3〕夤缘：攀附之意。

【赏析】

这首词题曰"赏春"，其实是在伤春。词人用极其深沉的语调，在上阕中描写了斜风细雨、雨打梨花、送君南浦、泪看青山的情景，衬托出自己对当年恋情的追忆与送别恋人时伤心的情景。下阕以梦中相会、喜悦欢快来开端，可醒来依然是凄寂愁恨和难以忍受的苦楚，在绣衾之中辗转反侧，懊恼惆怅，发出了"天易见，见伊难"的绝望心声。全词寥寥数语，即将自己少年时恋情的始末概述出来，将在封建礼教压抑下的弱女子追求自由恋爱的呼声倾在笔端，跃然纸上。

鹧鸪天

朱淑真

独倚阑干昼日长，纷纷蜂蝶斗轻狂。一天飞絮东风恶，满路桃花春水香。

当此际，意偏长，萋萋芳草傍池塘。千钟尚欲偕春醉[1]，幸有荼蘼与海棠[2]。

【注释】

〔1〕钟：古代器皿，用于盛酒或其他东西。

〔2〕荼蘼：一种花。

【赏析】

这首词写词人在一个春日里独自倚栏，百无聊赖，看蜂蝶戏花，花絮飘扬，满路桃花，春水溢香。池塘边，萋萋芳草，葱绿茂盛。而这无限美景不仅没有使她产生一点欢情，反而勾起她无限春愁，正所谓"当此际，意偏长"。孤单寂寞的日日夜夜，多少次借酒消愁，可醒来，愁恨依然，幸亏还有春日开放的荼蘼与海棠能与之为伴。试想，以荼蘼和海棠花儿来做伴的生活是多么的空虚与寂寞啊！全词以景立意，在欢悦与快乐中表露出词人忧愁的心思。

 蝶恋花

朱淑真

楼外垂杨千万缕，欲系青春[1]，少住春还去。犹自风前飘柳絮，随春且看归何处。

绿满山川闻杜宇，便做无情，莫也愁人苦。把酒送春春不语，黄昏却下潇潇雨。

【注释】

〔1〕系：留住、系住之意。

【赏析】

南宋一代惜春之词很多，大多是作者看到春天将去，由此而引发的惋惜之情，景物也不外乎纷飞的柳絮、哀鸣的杜鹃和沥沥的春雨。而在女词人的笔下，通过丰富的想象和拟人化的手法，却显得别具特色。上阕一开始即以柳条留春留不住，柳絮随风飘扬，寻找春归何处的拟人化形象，把春天描写得生动活泼，暗示光阴易去，人生短暂。下阕以景写人，杜鹃泣血，鸟儿无情，可也知道人的愁苦，叫出了人的悲痛心声。"把酒送春不语"两句，看起来若无其事，其实"潇潇雨"在黄昏降下，三个字已道出了作者凄凄然、茫茫然的满腔心事。全词将春拟人，借以抒发自己的情怀，借垂杨系春，飞絮随春，到主人公最后送春，通过有层次的心理变化揭示主题，带有凄婉的情味。

菩萨蛮

咏 梅

朱淑真

湿云不渡溪桥冷[1]，娥寒初破东风影[2]。溪下水声长，一枝和月香。人怜花似旧，花不知人瘦。独自倚阑干，夜深花正寒。

【注释】

〔1〕"湿云"句：此句是说几朵带雨的云笼罩在溪流的桥上，十分清冷。湿云，带雨的云。

〔2〕娥：娥眉，用以比喻弯月。东风影：指东风吹拂的梅树摇曳的影子。

【赏析】

这首词题曰"咏梅"，实际上是以梅花的高洁来比拟词人不甘流俗，满腔哀愁无处可诉的情怀。上阕以晚上词人立足在小桥上看到的景物——"湿云""桥冷""娥寒初破"，烘托出一种孤寂、冷艳的气氛。梅树枝头绽开淡淡的梅朵，吐出缕缕的幽香。下阕以拟人的手法写花，一年一度，花开花落，但不知我青春已逝，憔悴消瘦，满腔哀愁无处可诉，在这寒气逼人的夜晚，独倚栏杆。"夜深花正寒"一句，由花及人，看得出词人心底充满了哀愁。全词以环境渲染气氛，情真景浓，风格秀婉，楚楚动人。

浣溪沙

朱淑真

玉体金钗一样娇[1]，背灯初解绣裙腰。衾寒枕冷夜香消。

深院重关春寂寂[2]，落花和雨夜迢迢[3]。恨情和梦更无聊。

【注释】

〔1〕娇：娇美。

〔2〕寂寂：冷清、落寞。左思《咏史》诗有："寂寂杨子宅，门无卿相舆。"

〔3〕迢迢：久长，形容雨夜很长。

【赏析】

这首词是词人孤独、寂寞生活的真实写照。上阕写自己在春夜里背灯解衣，准备就寝。被冷枕寒，熏炉香消，一举一动，一情一景描写得十分传神。看得出词人独自伤神，心烦意乱，满腔幽愁，无法排遣。下阕以深深庭院，寂寞无聊，流水落花，夜雨迢迢来渲染气氛，孤独寂寞之悲愤，使人寸断愁肠。一个"恨"字，将"情"和"梦"给词人带来的烦扰刻画得淋漓尽致。全词构思巧妙，结构谨严，用语婉丽清新。

阿那曲

朱淑真

梦回酒醒春愁怯[1]，宝鸭烟消香未歇。薄衾无奈五更寒[2]，杜鹃叫落西楼月。

【注释】

〔1〕梦回：梦醒之意。怯：害怕，担心。

〔2〕"薄衾"句:出自南唐李煜:"罗衾不耐五更寒。"

【赏析】

这是一首写春愁的词。用"梦回""酒醒""香未歇""薄衾"等写主人公春愁无限,借酒消愁,酒醒后更是愁上加愁,孤单,寂寞,无聊,长恨难眠。结句"杜鹃叫落西楼月"中的"叫落"二字十分工巧,将杜鹃的叫声与月落作为因果关系提示出来,别致独创,真是妙语传神。

 # 小重山

吴淑姬

谢了荼蘼春事休[1]。无多花片子,缀枝头。庭槐影碎被风揉[2]。莺虽老,声尚带娇羞。

独自倚妆楼。一川烟草浪[3],衬云浮。不如归去下帘钩。心儿小,难着许多愁。

【注释】

〔1〕荼蘼:花名,初夏开花。

〔2〕揉:来回揉搓,此处意为揉碎。

〔3〕草浪:修饰词,与"麦浪""竹浪"等意义相近,是词人的独创。

【赏析】

这首《小重山》写的是一个独守空房的女子对远方情人的思念。其谋篇构思,与前人有许多的不同,别出心裁,富有新意。上阕写暮春初夏之景:不写花落满地,而写枝头花残;不写风雨摧花,而写风揉槐影;不写杜宇声碎,而写莺声依然娇羞。把一个独守空房的少妇的身份与思想感情结合了起来。这里既有对自己容颜渐老、青春空逝的叹惜,同时也有告诉心上人我青春将逝,但尚有美丽的面容和娇羞的神志。下阕"独自倚妆楼"紧承上文,将自己在孤寂、落寞中的所见,用"一川烟草浪,衬云浮"几句道来,词人究竟看到了什么?思念的人儿,你究竟在何处?收入我眼底的是一川草浪,衬托着飘浮的白云。"一川烟草"是静物,"浪"则是动景,用此来比喻思绪如草浪滚滚,连天而来。下文的"不如"二字,是对忧愁无法抑制的一种无可奈何的表示。"心儿小,难着许多愁",愁思之大、之深,使少妇的心已无法容下,结句强烈,意境悠长。全词从少妇立足楼上,远望生情,以移动的景点反映出一种深深的愁苦。

蝶恋花

河中作

赵 鼎

尽日东风吹绿树。向晚轻寒，数点催花雨[1]。年少凄凉天付与，更堪春思萦离绪[2]。

临水高楼携酒处。曾倚哀弦[3]，歌断黄金缕[4]。楼下水流何处去[5]，凭阑目送苍烟暮。

【注释】

〔1〕催花雨：宋词中有两种用法。一种是用于初春催花开放的雨，晏几道有"催花雨小，著柳风柔，都似去年时候好"。另一种是用于暮春催花落的雨，李清照有"惜春春去，几点催花雨"。在此词中当为后一种用法。

〔2〕春思：情思。

〔3〕曾倚哀弦：指以丝竹伴唱。倚，指以声合曲。

〔4〕黄金缕：用来形容鹅黄色的柳条。

〔5〕"楼下"句：唐人杜牧诗《题安州浮云寺楼寄湖州张郎中》："去夏疏雨余，同倚朱栏语。当时楼下水，今日到何处？"宋时将此诗谱曲传唱，赵鼎用此句以"水流"比喻人去。

【赏析】

这首词是词人故地重游，忆起当年情思的怀人之作。上阕指出时令和当时所处的环境，"向晚轻寒，数点催花雨"，表明春尽花落，孤独寂寞。"年少凄凉天付与，更堪春思萦离绪。"年少本是青春和欢乐的，但词人将"年少"与"凄凉"连在一起，就使人有些伤感了。究竟是为什么？下文点明了是因为"春思"和"离绪"，而"天付与"三字则纯粹是为自己解嘲的。下阕写当时与情人分别是在"临水高楼携酒处"，分别时是合着丝竹，唱着送别曲，折柳相赠。"哀弦"和"歌断"，道出了分别的痛苦与伤感。如今故地重游，凭栏远眺，暮烟四合，一种怀念旧情的绵绵思绪让词人久久挥之不去。

点绛唇

春 愁

赵 鼎

香冷金炉[1]，梦回鸳帐余香嫩[2]。更无人问，一枕江南恨。

消瘦休文[3]，顿觉春衫褪[4]。清明近，杏花吹尽，薄暮东风紧。

【注释】

〔1〕金炉：金黄色的熏香炉。

〔2〕嫩：娇嫩。在此用来形容余香之幽微。

〔3〕休文：指南朝沈约，他是一个多愁多病的才子。

〔4〕春衫褪：指人儿消瘦，衣服觉宽。褪，宽。

【赏析】

这是一首伤春词，抒发了词人一腔无法排遣的忧愁。上阕写词人梦醒后独自忧愁。金炉香消，但绣着鸳鸯的帐帷之间依然暗香浮动，若有若无，一切都是那么静谧，那么温馨。"更无人问，一枕江南恨"，午梦醒来，欲说梦中故事，可对谁去说。在此，词人以"一枕"来修饰"恨"，犹如李清照用"舟"来装载"愁"一样，化抽象为具体，把词人满腔的愁怨化在"一枕"之间。至此，始觉词人"伤春"是表面之意，而感叹人生，忧虑世事，才是真谛。下阕词人以南朝时文人沈约自比，以夸张的手法说明自己消瘦的程度，春衫渐宽，人儿憔悴。一个"顿"字说明消瘦之快、时间之短，把词人浓烈的惜春之情表现得淋漓尽致。"清明近，杏花吹尽，薄暮东风紧"，清明即将到来，杏花已经全吹落了，清明时节多风雨。若再有几场风来，春色还能留下几分呢？一个"紧"字既道出了清明时东风的力度，又写出了词人不愿春去的忧愁心情。全词语言通俗，却耐人寻味。

如梦令

王之道

一饷[1]凝情无语，手捻梅花何处[2]。倚竹不胜愁，暗想江头归路。东去，东去，短艇淡烟疏雨。

【注释】

〔1〕饷：同"晌"。

〔2〕捻（niǎn）：用手指持物。

【赏析】

这是一首闺怨词，描写一个女子盼望心上人从远方归来的殷切情怀。"一饷凝情无语，手捻梅花何处"，一晌都无言，原来攀折梅花，使人浮想万千。古人有折梅怀人的习惯，所以触景生情。女子思念何人？"倚竹不胜愁，暗想江头归路"，这里是用杜甫诗句"天寒翠袖薄，日暮倚修竹"的原意，表达了女子对丈夫的思念和自己的孤独忧伤之情。"江头"是丈夫扬帆远去的地方，如今多么期望丈夫能从江头归来。"东去，东去，短艇淡烟疏雨"，那时丈夫在一片烟暮迷蒙之中乘舟东去，如今女子对此依然记忆犹新，难以忘怀。词人在此采用倒叙的方法，既增加了词的内蕴与意境，又将女子思念丈夫却不见其归来的悲凉心境表达出来。

 临江仙

佳　人

李　石

烟柳疏疏人悄悄，画楼风外吹笙[1]。倚栏低唤小红声：熏香临欲睡[2]，玉漏已三更。

坐待不来来又去，一方明月中庭[3]。粉墙东畔小桥横。起来花影下，扇子扑飞萤[4]。

【注释】

〔1〕笙：一种簧管乐器。

〔2〕熏香：古代富贵人家在晚上睡觉前多用香料熏被子。

〔3〕"一方"句：指明月如水，映照中庭。唐人刘禹锡《生公讲学》有诗句"一方明月可中庭"。

〔4〕"扇子"句：用轻罗小扇扑捉流萤。唐人杜牧《秋夕》一诗描写一位宫女排遣忧愁，有"轻罗小扇扑流萤"的诗句。

【赏析】

　　这首词描写的是一个少妇在月明之后的情态。词人一落笔就描绘出一幅少妇夏夜吹笙图：柳丝低垂，疏疏落落，在淡淡的月光下随风轻摇，夜幕已深，四周寂寂，只有一个多情的妇人在画楼上独自吹笙，其乐凄婉，似从"风外"传来。"倚栏低唤小红声：熏香临欲睡，玉漏已三更"，夜已深，女主人低唤"小红"："给我熏好被子，我要睡觉了，时间已过三更了。"下阕词人紧接上文，"坐待不来来又去"，女主人等心上人已经等到三更，可见所等之晚和欲见心上人的心意是多么迫切。可心上人来了又很快走了，这下睡意全无。

　　"一方明月中庭"，看着明月如水，照射中庭，连同闺楼外的小桥也看得一清二楚。"起来花影下，扇子扑飞萤"，既然睡不着，这满腔心事只好以扑捉流萤来排遣了。全词虽写恋情，但着笔清淡、自然，描绘了少妇的忧愁，大有呼之欲出之感。

 鹧鸪天

陆　游

　　懒向青门学种瓜[1]，只将渔钓送年华。双双新燕飞春岸，片片轻鸥落晚沙。

　　歌缥缈，舻呕哑，酒如清露鲊如花[2]。逢人问道归何处，笑指船儿此是家。

【注释】

　　〔1〕青门：西汉长安东城墙自南而北第二门为青城门，亦称青门。种瓜：指秦东陵侯邵平，秦亡后沦为平民，在长安东门外种瓜为生，其瓜甜美，人称东陵瓜。

　　〔2〕鲊（zhǎ）：经过加工的鱼类食品。

【赏析】

　　词的上阕一开始就表明了词人的心志：自己不愿像邵平那样在繁闹的都城外种瓜，以图东山再起，而只想在清静的湖边垂钓，以度过自己的晚年。"青门"代指都城。当时词人卜居筑室于镜湖北边的三山之下，因备受主和派打击，恢复中原的心志难以实现，只得投向大自然的怀抱。此时面对三百里镜湖的大好风光，不禁心旷神怡。"双双新燕飞春岸，片片轻鸥落晚沙"，清词丽景之中，体现了词人的这种心情。下阕继续描写自己安逸闲适的生活。远处有缥缈的渔歌，近处有小船前进的吱呀声，而自己身处这"菱歌泛

夜"的尘世之外，又有清酒做伴，多么自由自在啊。若要问我到什么地方去，这小小的船儿漂到哪里，哪里就是我的家。

词人在此一再强调自己以"渔钓"为生，以船儿为家，表面上显得自己确实对政事已心灰意懒，决计安逸度日，但实际上他那匡复中原的信念至死也没有忘怀。在他的名作《示儿》诗中，就沉痛地要求儿子"王师北定中原日，家祭无忘告乃翁"。而此词中，词人所表现的只不过是一种受压抑的感情，是对自己心志的一种掩饰。只要仔细思索，就不难发现，"送年华"表露的是词人无可奈何的心境，而"笑指船儿此是家"也是一种苦涩的"笑"。只是词人有意举重若轻，以眼前景物反衬内心感情，清新自然而又正反兼顾，耐人寻味，引人深思。

 临江仙

离果州作

陆　游

　　鸠雨催成新绿[1]，燕泥收尽残红[2]。春光还与美人同。论心空眷眷，分袂却匆匆[3]。

　　只道真情易写，那知怨句难工。水流云散各西东。半廊花院月，一帽柳桥风。

【注释】

　　〔1〕鸠雨：古谓鸠鸣是雨将到来的征候。陆游的《喜晴》中有"正厌鸠呼雨，俄闻鹊噪晴"的诗句。

　　〔2〕燕泥：燕子筑巢所衔的泥土。

〔3〕分袂（mèi）：意指分手，离别。袂，衣袖。

【赏析】

乾道八年（1172）正月，陆游任夔州通判期满，应四川宣抚使王炎之邀，到兴元（今陕西汉中）入其幕府，二月，途经果州（今四川南充）而作此词。

这是一首伤春惜别的词。上阕写春。晚春时节，鸠鸟鸣叫呼唤来的春雨，把山川田野催成了绿色，燕子衔净了满地的落英垒成了燕巢。姹紫嫣红的春光就要消逝了，如同美人匆匆离人而去一样，给人留下的只是无限的眷恋之情。明是怨春，实是惜别，表现了词人对果州朋友难分难舍的感情。下阕开始反用韩愈《荆潭唱和诗序》中的"欢愉之辞难工，而穷苦之言易好也"之意，言离别的痛苦之深，以至于让人写不出来了。从此之后，朋友之间犹如水流云散，各自东西，不知什么时候才能相见。结句却笔力一振："半廊花院月，一帽柳桥风。"天上的明月照进花院的廊下，阵阵可人的清风把我送上柳桥。当时陆游北上入王炎幕府，心中充满了协助王炎北伐以实现统一国家的美好心愿，因此，虽是离别之境，却冲淡不了自己想有所作为的心志。故以此轻快流丽之句结尾，更显得自然和必然了。

全词以惜春起笔，中间感叹离别，最后以清新明快的景物描写结束，把与朋友依依不舍的离别之情和力图北上复国的壮志都表现了出来。情景交融，转接自然，体现了陆游词作的艺术风格和思想倾向。

乌夜啼

陆　游

纨扇婵娟素月[1]，纱巾缥缈轻烟。高槐叶长阴初合，清润雨余天。
弄笔斜行小草[2]，钩帘浅醉闲眠。更无一点尘埃到，枕上听新蝉。

【注释】

〔1〕纨扇：细绢制成的团扇，此比作月亮。婵娟：美好的样子。
〔2〕弄笔：指执笔写字。

【赏析】

宋孝宗淳熙七年（1180），陆游辞官回家，居于山阴（今绍兴）镜湖之北、三山之下的西村。西村依山傍水，风景优美，陆游闲居其间，自号渔隐，前后达五年之久，直到知严州军事为止。这首词即写于这一时期。

词一开篇就给人以轻松愉快的感受：手持洁白如满月的团扇，头戴薄如浮烟的纱巾，置身于"高槐叶长阴初合"的梅雨乍晴的初夏之夜。月朗星稀，清爽宜人。寥寥数笔，就把词人隐逸闲适的生活情调一下子显现出来。景物显得清新，人物形象也十分突出。下阕紧接着写在这种闲适情调下自己的日常生活。信手在纸上斜写草字之余，又搭起钩帘，浅斟小饮，倒卧床上休憩。夏雨初晴，空气新鲜无比，没有一丝儿尘埃，耳边只听见阵阵清亮的蝉声。

这的确似一首轻快优美、通篇写景的闲适之作。但从"更无一点尘埃到"依然能看出陆游那隐隐作痛、耿耿于怀的匡复之志。"尘埃"一词，既是自然界的尘埃，又可喻人世间的尘事，一语双关，越是没有一点尘埃到，就越是不能忘怀尘事。恢复中原的心志始终贯穿于陆游的作品中，这首描写景物的词也不例外。

鹊桥仙

陆 游

一竿风月，一蓑烟雨，家在钓台西住[1]。卖鱼生怕近城门，况肯到红尘深处？

潮生理棹[2]，潮平系缆[3]，潮落浩歌归去。时人错把比严光[4]，我自是无名渔父。

【注释】

〔1〕钓台：指东汉严光隐居钓鱼的地方。

〔2〕棹：划船拨水的用具，状如桨。

〔3〕缆：系船的绳索。

〔4〕严光：字子陵，东汉会稽余姚（今属浙江）人，年少时曾与光武帝刘秀一同游学。刘秀称帝后，严光变名隐姓，刘秀派人寻得，授谏议大夫之职，不受，隐居于富春江。后人称他隐居之地为严陵山、严陵濑、严陵钓坛等。

【赏析】

这是一首描写词人隐居时生活情调的词，作于被免职后在山阴故乡闲居之时。上阕写陆游当时的生活环境及心理感受。身披蓑衣，手持钓竿，就像东汉的严光一样，心无所求。"卖鱼生怕近城门，况肯到红尘深处",是作者的愤世之语。词人一心有志于雪国家民族之耻,但屡遭议和派的打击排挤,以致被免职归家。心里积愤难平之余,又想自己此时虽居家无事,难伸心志,但总比那些投机钻营,置国家民族利益于不顾的人要高尚得多。因此,不肯到尘世中去,不肯和那些人同流合污。

下阕写词人平日的家居生活,也显得恬淡自安,并进一层表明,严光虽然遁世隐居,不应光武帝之召,但还有名利之心,而自己则甘愿做一个"无名渔父",以永远避开尘世。

宋人有一首咏严光的诗:"一着羊裘便有心,虚名留得到如今。当时若着衮衣去,烟水茫茫何处寻。"陆游这首词从一开头"一竿风月,一蓑烟雨"到结尾"时人错把比严光,我自是无名渔父",紧紧切合这首诗意,所表明的却不尽是自己要清静无为、安度残生的心态,更有对朝廷君臣不思复国,一味议和苟安,因此不愿与他们同流合污的激愤之情。这种激愤之情以平淡清静的语言表现出来,更反映了陆游此时内心的悲凉之感。

鹊桥仙

夜闻杜鹃

陆 游

茅檐人静,蓬窗灯暗,春晚连江风雨。林莺巢燕总无声,但月夜常啼杜宇。

催成清泪,惊残孤梦,又拣深枝飞去。故山犹自不堪听,况半世飘然羁旅[1]。

【注释】

〔1〕羁(jī)旅:客居异地。

【赏析】

这是词人居蜀时的作品。1169年底,陆游接到任夔州通判的通知,第二年年初即走马上任,当时四十六岁。四十八岁时,又在王炎幕府任职,由于参与军事,陆游还是想有一番作为的,但不久随王炎又驻节成都,远离前线。其后陆游在四川各地辗转任职,直到五十四岁时,孝宗念其在外日久,召其东归,他居蜀地达九年之久。在欲战不能、欲回不得,长期辗转在外的情况下,又遇如此"连江风雨"、杜鹃哀鸣的暮春夜晚,陆游那种凄凉的心境可想而知。

这首词通篇围绕杜鹃而写。上阕以夜闻杜鹃烘托悲凉的气氛。在幽暗凄清的晚春之夜,一点也听不到闹春的黄莺、燕子那美好动听的叫声,听到的只是杜鹃的哀鸣。这里以"燕懒莺残",悄然无声,衬托杜鹃的叫声,对比强烈,更让人心灰意冷。下阕紧接着写在那种凄凉的风雨之夜，自己内心的愁苦情状。孤独而寂静的夜晚，本就难以入睡，更被杜鹃那一声声"不如归去"的哀鸣惊醒。这种凄惨的哀鸣，即使在自己的家乡听到，也叫人难以接受，更何况是"半世飘然羁旅"的孤客。词人在蜀滞留期间，已五十岁左右，故此处点出"半世"。自己年已半百，仍然在外地做于心志无益的一般官吏，怎能不叫人痛伤呢？

词论家说陆游的词多带有悲凉之气，这是与其所处的时代和个人的境遇心态密切相关的。就这首词来说，词中所显现出来的，不仅是作者旅居在外的归乡之思，更能看出其壮志难酬的悲愤心绪。

月照梨花

闺 思

陆 游

霁景风软[1]，烟江春涨。小阁无人，绣帘半上。花外姊妹相呼，约樗蒲[2]。

修蛾忘了章台样[3]。细思一饷[4]，感事添惆怅。胸酥臂玉消减，拟觅双鱼，倩传书[5]。

【注释】

〔1〕霁景：指雨后天气晴和、万里无云的景象。

〔2〕樗（chū）蒲：古代的一种赌博游戏。

〔3〕修蛾：修饰眉毛。蛾，比喻女子长而美的眉毛。章台样：《汉书·张敞传》载，汉宣帝时，京兆尹张敞"无威仪，时罢朝会，过走马章台街……又为妇（妻子）画眉，长安中传'张京兆眉怃'（张敞画的眉模样美好。怃，通'妩'，美好）"。此用其典。

〔4〕一饷：一会儿。饷，通"晌"。

〔5〕"拟觅"两句：古乐府《饮马长城窟行》："客从远方来，遗我双鲤鱼。呼儿烹鲤鱼，中有尺素书。"倩，借助。倩传书，指使鲤鱼替自己传信。

【赏析】

这是一首描写闺中少妇春天思念在外的丈夫的词。开头写景：小雨过后，天气晴朗，春风和暖，迷蒙如烟的江水渐渐上涨。以"风软"描摹春天的微风，既妥帖，又细腻。在这种迷人的春景中，思妇的楼阁映在眼前。只见绣帘半卷，除了思妇再无他人，正在百无聊赖之际，院外传来了伙伴们请她去玩樗蒲游戏的呼唤声。

下阕紧承上文，因应姐妹之约，临走前自然要去修饰打扮一番，这也是少妇爱美的习惯，可是急切之间忘了张敞给其妻所画的那种美好的眉样了。对镜细思之间，心头忽生一种惆怅之情：心上的人儿并不在身边，眉画得再好，让谁欣赏呢？怅惘之余，又觉得自己如花的年华白白流逝，犹如自己因思念丈夫而消瘦的身体一样。还是赶快写封信，让心上的人儿早点回来吧。

这首词以美好的春景衬托妇女思念丈夫的真情，写得真切动人，自然如画。有的词论家把陆游词归于"苏辛"豪放一派，但并不能因此而把其词都当作豪放词来看，事实上陆游的许多词作都写得细腻真切，婉转动人。

钗头凤

陆 游

红酥手[1]，黄縢酒[2]，满城春色宫墙柳[3]。东风恶[4]，欢情薄[5]。一怀愁绪，几年离索[6]。错！错！错！

春如旧，人空瘦，泪痕红浥鲛绡透[7]。桃花落，闲池阁。山盟虽在[8]，锦书难托[9]。莫[10]！莫！莫！

【注释】

〔1〕红酥手：红润而白嫩的手。

〔2〕黄縢酒：即黄封酒。一种官酒，以黄纸或黄罗绢封住瓶口而得名。

〔3〕宫墙柳：指陆游的原配夫人唐婉。绍兴原为古越王官殿所在，宋高宗建炎四年（1130年）至绍兴元年（1131年）曾将绍兴作为行宫，故此处有"官墙"之称。

〔4〕东风：春风，春色，可比作慈母，此处暗指陆游之母。

〔5〕欢情：指陆游与唐氏的恩爱感情。

〔6〕离索：离散。

〔7〕红浥：指泪水和着脸上的胭脂流下。浥，湿润。鲛绡：传说中鲛人（人鱼）织的丝绢，此指丝绸一类的手帕。

〔8〕山盟：如山一样不可改移的誓言。

〔9〕锦书：锦字回文书。此指书信。

〔10〕莫：罢了。指无可奈何的感叹。

【赏析】

据记载：陆游先娶表妹唐琬为妻，二人青梅竹马，伉俪相得，婚后感情一直很好。但陆游的母亲却不喜欢唐琬，逼迫陆游休掉唐氏。陆游只好在外为唐氏置别馆，并时时探望，陆母得知后又封了别馆。后唐琬改嫁赵士程，陆游也另娶妻子。一次，陆游春日游绍兴城内的沈园，恰遇唐琬。唐琬便让丈夫赵士程给陆游送来酒菜，并殷勤招待。陆游非常伤感，便在沈园的墙壁上写下了这首传世之作。

词的上阕从沈园与唐琬相见开始写起，追忆与唐琬被迫分离的痛苦心情。仍是这双熟悉而红润白嫩的手，送来了这么美好的酒，但此时，你已成了他人之妻，在这大好的春色里，犹如那皇宫里面伸出墙外的柳枝，可望而不可即，使我不能像以前那样亲近你了。而造成这种悲惨局面的是我那无情的母亲，是她拆散了我们之间恩爱美好的姻缘，使得我们几年来相互离散。"错！错！错！"三个字正是这种激愤之情的流露。

词的下阕则由眼前情景写以后再难见面的痛苦之情。春天的景色依然美好如旧，但你却变得瘦多了。这里的"瘦"，是词人眼中因几年离异、感情伤痛的"瘦"，是与景物相对应的"瘦"。"桃花落，闲池阁"喻唐琬将离己而去，以后自己将更加寂寞了。"山盟虽在，锦书难托"是说自己对唐氏的感情犹如山石，永远不会改变，但这种感情去向谁诉说呢？想爱而不能，不爱却又割舍不断，这种复杂感情交织在一起，难以自解，无可奈何之余，只得发出"罢了！罢了！罢了！"的感慨。

这首词写得感情真挚，声情并茂，是陆词的代表作之一。"东风恶，欢情薄"是对封建包办婚姻制度的强烈抗议；而"错！错！错！""莫！莫！莫！"则淋漓尽致地抒发了词人与唐琬爱情关系中，既怨恨愁苦又无可奈何的复杂感情。有人说在陆游的作品中，对生母没有一个"好"字，对后妻没有一个"爱"字，平生寄情于唐琬，这正是对这首词思想内容的高度概括。

 钗头凤

唐 琬

世情薄，人情恶，雨送黄昏花易落。晓风干，泪痕残。欲笺心事[1]，独语斜阑[2]。难！难！难！

人成各，今非昨，病魂常似秋千索。角声寒，夜阑珊[3]。怕人寻问，咽泪装欢。瞒！瞒！瞒！

【注释】

〔1〕欲笺心事：想把心事写在纸上。笺，精美的纸张，代指书信。

〔2〕斜阑：斜靠在栏杆上。阑，同"栏"。

〔3〕阑珊：将尽。

【赏析】

陆游与唐琬沈园相会后，在沈园墙壁上写下了著名的《钗头凤》，唐琬悲不自胜，随即和写了这首词。这两首《钗头凤》珠联璧合，广为流传，打动了无数读者的心。

词一起笔便开门见山，紧承陆词"东风恶，欢情薄"两句，言明自己是"世情薄，人情恶"的直接受害者，也是对封建婚姻制度及封建礼教的强烈控诉。陆母根据《礼记·内则》中"子甚宜其妻，父母不悦，出"的话，强迫陆游休掉唐琬，唐琬对此十分愤慨。"雨送黄昏花易落"暗喻自己被迫与陆游离异，被陆母赶出家门，从那时起，自己就生活在愁苦之中，"晓风"虽然吹干了花草上的露珠，但却吹不干自己那不枯的泪水。唐琬常常内心悲泣，整夜难眠。而要把这种"心事"写下来寄给陆游，却难以完成，只有斜靠栏杆，把"心事"藏在肚子里。这"心事"便是与陆游难舍难分的爱情关系。唐琬既已改嫁，按封建礼法，就只有一心一意侍奉新夫，想要表明自己改嫁后还在爱恋着陆游的这种复杂感情，又怎么能够呢？真是难！难！难！

下阕进一步写自己与陆游离异后愁苦的凄凉境况。人已分离，再不能像从前那样你欢我笑、夫妻恩爱了。但灵魂还常常像秋千架上的绳索一样，在你我之间飘来荡去。这里以"病魂"比喻自己两地相思的执着与痛苦，更为深沉哀痛，令人不忍卒读。这种凄凉的相思之情，白天还稍稍平淡，可到了晚上，如无形的绳索，赶不走、砍不断，萦绕眼前。"角声寒，夜阑珊"就是对这种苦情的真切描摹。"怕人寻问，咽泪装欢"则更进一层，"人"当指新夫，自己深夜无以成眠，又怕新夫询问，只得强装笑脸。既有如此执着之苦情，还得强言装欢，还得瞒！瞒！瞒！此情此景，悲何以堪！

这是一曲咏唱爱情的悲歌，在对封建婚姻制度的无情控诉与揭露声中，真切地表露了自己缠绵执着的相思苦情，具有强烈的艺术感染力。

关于这首词的真伪问题，学者多有争议。南宋陈鹄《耆旧续闻》只记载唐琬见陆游《钗头凤》之作后，和了一首词，其中有"世情薄，人情恶"之句，"惜不得其全阕"，到明代时则被收录于《古今词统》之中。可以认为这首词是后人所补。陆游《钗头凤》一词问世后，影响很大，后人多有附会之作。不管此词是真是伪，词中所描述的那种真切而执着的相思苦情，确实引起了人们的共鸣，其艺术感染力自不待言，应从这个角度来欣赏这首《钗头凤》。

 # 西江月

题溧阳三塔寺[1]

张孝祥

问讯湖边春色，重来又是三年，东风吹我过湖船，杨柳丝丝拂面。

世路如今已惯，此心到处悠然。寒光亭下水如天[2]，飞起沙鸥一片。

【注释】

〔1〕溧阳：县名，今属江苏省。县西的三塔湖旁有三塔寺。

〔2〕寒光亭：为三塔寺中亭阁。

【赏析】

这是一首抒发作者因政治上不得志而内心悲凉慨叹的词。上阕描绘三塔湖的大好景色。分别已经三年了，三塔湖及其周围的景色是个什么样子呢？词人三年前曾游览过溧阳湖，写有《过三塔寺》七绝二首，其一是："湖光潋滟接天浮，风卷银涛未肯休。夜岸系舟来古塔，不妨踪迹更迟留。"可见那时的秋天风光很让词人留恋。而此时的春色依然秀美，春风和暖，杨柳拂面，可以看出词人的心情仍是很愉快的。

下阕却突然一转："世路如今已惯，此心到处悠然"，与上阕情致颇不相合。这是什么原因呢？作者以北伐复国为己任，在任建康留守时曾极力赞助张浚北伐，亦曾得高宗嘉许，但屡次遭主和派打击，三年间两次罢职，这对当时意气风发、年仅三十一岁的张孝祥来说是多么大的打击啊！如此坎坷的世路更增加了词人深沉的忧患意识。此虽值大好春景，但忽然回想起失意的往事，不堪回首，因而发出了"此心到处悠然"的慨叹。而此时的景色也变成"寒光亭下水如天，飞起沙鸥一片"了。三年前作者在此迷恋景色，是"不妨踪迹更迟留"，而此时写春景如此悲凉，可以看出词人失意而迷茫的心境。

木兰花慢

张孝祥

送归云去雁，淡寒采满溪楼。正佩解湘腰，钗孤楚鬓[1]，鸾鉴分收[2]。凝情望行处路，但疏烟远树织离忧。只有楼前流水，伴人清泪长流。

霜华夜永逼衾裯[3]，唤谁护衣篝[4]？念粉馆重来，芳尘未扫，争见嬉游[5]。情知闷来殢酒[6]，奈回肠不醉只添愁。脉脉无言竟日，断魂双凫南州[7]。

【注释】

〔1〕钗：两股笄并为一起，首饰的一种。

〔2〕鸾鉴：饰有鸾鸟图案的梳妆镜。

〔3〕衾裯：寝时覆体之具。衾，大被。裯，帐。

〔4〕衣篝（gōu）：薰衣用的竹薰笼。篝，竹笼。

〔5〕争：犹"怎"。

〔6〕殢（tì）酒：病酒，困酒。此指借酒消愁。

〔7〕凫（wù）：鸭。

【赏析】

根据今人考证，张孝祥的两首《木兰花慢》，均为怀念其子张同之的生母李氏之作。金兵南侵时，张孝祥一家南逃，途中与李氏相识，两情依依，同居一处，于高宗绍兴十七年（1140年）生下张同。后张孝祥不得已与李氏分手，李氏携九岁的儿子回其故乡安徽桐城的浮山学道。不久，张孝祥即作此《木兰花慢》词，寄托情思，怀念李氏。

上阕写与李氏不忍分离的情景。首两句点出时间，"归云""去雁"比喻即将离别的李氏，"淡寒"表明是八月清秋季节，同时烘托气氛，全词的格调由此显得深沉哀婉，不胜悲凉。"正佩解"三句，写惜别时互赠信物的场景：本是两情相依，无奈被迫分手，从此后金钗成单，宝镜分持，再难有相见之日了。李氏含泪而去，而自己的泪水，亦如眼前的流水一般，流个不停。

下阕写对李氏的怀恋。在此霜洒露浓、寒气袭人的夜晚，谁来替自己收拾洗换衣服呢？言下之意，李氏当初对自己关怀备至。走进李氏原来住过的楼馆，依然是李氏在时的样子，依稀可以看到她的音容笑貌，可当时那种无忧无虑的景况今后怎么能再出现呢？回首往事，使人心情沉郁，只能借酒消愁，但酒愈饮愁愈深。"回肠不醉"写出词人对李氏的深切眷恋之情，最能动人的感情，非置身其间，不能写出。在这种情况下，自己难以吐出胸中块垒，只能"脉脉无言竟日"，把一切都化为情思，寄给远方的李氏。"双凫"化用东汉明帝时叶县令王乔每月初一、十五从叶县上朝，不乘车骑，而乘双凫自东南而至的典故。这里以"鹜"代"凫"。"南州"泛指南部各州。李氏所在的浮山在长江之北，南宋的都城临安（今杭州）及二人分手之处建康（今南京）在其东南，故称。

词人把对李氏深深的眷恋写得隐晦含蓄而情韵绵密，文辞优美，颇受词论家的好评。明代杨慎《词品》评张孝祥词说："清丽之句，如'佩解湘腰，钗孤楚鬓'，不可胜载。"

浣溪沙

张孝祥

绝代佳人淑且真[1]，雪为肌骨月为神，烛前花底不胜春。
倚竹袖长寒卷翠，凌波袜小暗生尘[2]，十分京洛旧家人[3]。

【注释】

〔1〕淑且真：姿容美好而心地善良纯真。真，正，与"邪"相对。
〔2〕凌波：形容女子步履轻盈。
〔3〕京洛：泛指京城。旧家：此指世家大族。

【赏析】

张孝祥是南宋爱国主义词人，写下了《六州歌头》（长淮望断）、《水调歌头》（雪洗虏尘静）等一些有历史意义的名篇，后人称其词有"凌云之气"，豪放超迈是其词的主要特点。张孝祥也写有一些清新小词，这首《浣溪沙》即是其一。

这首词是对一歌女的描摹。上阕写佳人之美好。"淑且真"是说她不但姿容美好，而且一言一行都显得心地纯真善良。"雪为肌骨月为神"描写佳人神态，肌肤白腻如雪，神态安详自然犹如满月。如此美好之女子，在春夜烛下或花丛之前，更显得姿容妙曼而令人怜爱叹惋。

下阕写佳人的舞姿。长袖曼舞，步履轻盈，身材美好，又擅长舞技，一定是从京城世家大族出来的女子。"十分"表示肯定的语气，又含有由衷的赞叹之意。

这首小词写得清新婉丽，采用白描的手法，对歌女的描摹出神入化，简洁之中透出明快。

阮郎归

客中见梅

赵长卿

年年为客遍天涯，梦迟归路赊[1]。无端星月浸窗纱，一枝寒影斜。

肠未断，鬓先华，新来瘦转加。角声吹彻小梅花，夜长人忆家。

【注释】

〔1〕赊（shē）：遥远。

【赏析】

这是一首抒怀词。首句开宗明义，说自己久居在外，到处漂泊，无以为家。赵长卿为宋宗室，在北南宋交际之时，也自然陷于流落丧乱之中。而他的丧乱之感又比常人要深刻得多。以前优游自如，颐指气使，金兵入侵，使他突然间降至社会底层，狼狈不堪。因此，对赵长卿来说，感受最深的就是"年年为客"，到处流落，过去那种花天酒地的生活则在梦里也难得再出现了。一个"赊"字，道出了词人这种孤苦伶仃、凄恻难耐的可怜境况。在百无聊赖的心境下，就连星月之光照进宿处窗前这一自然景致，也觉得莫名其妙，"无端"一词贴合流落之人的心境。这"无端"照进之星光，使得一枝梅花映入眼帘。点出"客中见梅"，而且这梅也是"寒"梅，烘托出一种凄寒的气氛。

下阕写客居之苦。"肠未断，鬓先华"。词人经年漂泊，心中凄苦，自不待言，连两鬓之发也变得苍白了。且"新来瘦转加"，人也变得更加瘦弱了。想到奔波之苦难得有个尽头，不由得吹起了《小梅花》的曲子。作者因漂泊流浪而见"寒"梅，因见"寒"梅而感叹鬓华，"瘦转加"凄苦之中又吹梅曲，最后又归之于"夜长人忆家"，把怀念过去的豪华生活、感叹目前客居漂泊之苦的心情全都表露了出来。

从南唐后主李煜的词中，能感觉到那"恰似一江春水向东流"的亡国愁情；而从赵长卿的词中，感觉到的则是丧家流落的悲苦之音。

摸鱼儿

暮 春

辛弃疾

淳熙己亥，自湖北漕移湖南，同官王正之置酒小山亭，为赋[1]。

更能消几番风雨[2]，匆匆春又归去。惜春长怕花开早，何况落红无数。春且住，见说道、天涯芳草无归路。怨春不语。算只有殷勤，画檐蛛网，尽日惹飞絮。

长门事，准拟佳期又误。蛾眉曾有人妒。千金纵买相如赋，脉脉此情谁诉[3]？君莫舞！君不见、玉环飞燕皆尘土[4]。闲愁最苦。休去倚危阑，斜阳正在，烟柳断肠处。

【注释】

〔1〕淳熙己亥：宋孝宗淳熙六年（1179年）。漕：漕司，掌管钱粮。宋人称转运使为漕司。当时辛弃疾由湖北转运副使调任湖南转运副使。王正之：名特起，辛弃疾的老朋友，此时接替辛弃疾的职位，故曰"同官"。小山亭：在湖北转运副使（府所在今武汉市）署衙内。

〔2〕消：经受得住。

〔3〕"长门事"五句：《昭明文选·长门赋序》："孝武皇帝陈皇后，时得幸，颇妒，别在长门宫，愁闷悲思。闻蜀郡成都司马相如天下工为文，奉黄金百斤，为相如、文君取酒，因于解悲愁之辞。而相如为文以悟主上，陈皇后复得亲幸。"根据史书记载，陈皇后被贬长门宫之后，便没有再被宠幸过，而司马相如《长门赋》之序，也只是后人加上去的。词人在此是说陈皇后本可以重新得幸，只由于"有人妒"，才使得"准拟佳期又误"。蛾眉，形容貌美，借指陈皇后。

〔4〕玉环：杨玉环，唐玄宗的宠妃，被赐死于马嵬坡。飞燕：赵飞燕，汉成帝皇后，后被废自杀。二人皆以善妒著名。

【赏析】

这首词作于孝宗淳熙六年（1179年）。辛弃疾怀抱复国之志，然而朝廷非但没有委以重任，给他施展才能的机会，只让他担任一般地方官吏，并且频繁调任，十七年间竟改职十二次。报国之志难以实现，而此时又从湖北转运副使调任湖南转运副使，离前线更远，其悲愤之情，终于如决堤之水，奔泻而出。

"更能消几番风雨，"首句中词人以暮春时惜春花的美人自喻，在暮春之际，花儿已

渐凋零，还能经受得了几次疾风劲雨的侵袭？难道春天就要如此匆匆归去了吗？"风雨"隐指朝廷里摧残打击爱国志士的主和派。投奔南宋时词人仅十七岁，到此时已经四十岁了，还没有建功立业，没能实现匡复之志，再如此消磨下去怎么得了呢？悲愤之情，溢于言表。"惜春长怕花开早，何况落红无数"，花开得早也谢得早，所以"怕花开早"，而此时佳人已眼见"落红无数"，其惜春之心弦已绷得很紧了，因此，情急间发语："春且住"，但由于"惜春"，词人便想尽自己最大的努力挽回，而春还是去了，所以"怨春不语"。只有那画檐上悬织的蛛网，枉自粘几片花絮，企图留住那美好的春色。而眼前的蛛网与那摧残春花的风雨相比，显得多么软弱无力。由此可以看出佳人对春归去的无可奈何之情。上阕写佳人惜春，下阕则抒写佳人对忌妒之人的怨恨。作者设想陈皇后让司马相如写的《长门赋》已打动了汉武帝的心，但只因"曾有人妒"，使得她未能再被宠幸，这种痛苦之情能找谁去诉说呢？"君莫舞"三句，讽刺朝廷的主和派，他们排挤爱国志士，自然会像善妒的赵飞燕、杨玉环那样，化为历史的尘土。"闲愁最苦"指美人被打入冷宫的愁苦情状。"休去倚危阑"喻国事衰微，"斜阳正在，烟柳断肠处"，以美人哀伤春暮比喻词人面对日益衰落的国事，不能去挽救而只能闲居村野的深沉悲哀之情。"断肠"是说哀痛之深切。

在屈原、杜甫的作品中，"美人"常作为对君上的喻称，在这首词中，词人却用以自喻，而将摧春归去的风雨喻作朝中主和派的君臣。通篇以比兴的手法，极写春意将尽的哀怨之情，寄托自己不受重用、难以报国的忧愤情怀。无怪孝宗"见此词颇不悦"，这也是辛弃疾长期不被重用的原因之一。

祝英台近

晚　春

辛弃疾

宝钗分[1]，桃叶渡[2]，烟柳暗南浦[3]。怕上层楼[4]，十日九风雨。断肠片片飞红，都无人管。更谁劝、啼莺声住[5]？

鬓边觑[6]，试把花卜归期，才簪又重数。罗帐灯昏，哽咽梦中语：是他春带愁来，春归何处？却不解、带将愁去[7]。

【注释】

〔1〕宝钗分：临别分钗相赠。

〔2〕桃叶渡：晋王献之与妾桃叶离别的地方，在今南京秦淮河与青溪合流处。

〔3〕南浦：古时送别的地方。《楚辞·九歌·河伯》："送美人兮南浦。"江淹《别赋》："送君南浦，伤如之何？"

〔4〕层楼：高楼。

〔5〕更谁劝、啼莺声住：唐金昌绪《春怨》："打起黄莺儿，莫教枝上啼。啼时惊妾梦，不得到辽西。"此句化用其诗意。

〔6〕觑：窥视，斜视。

〔7〕带将愁去：一本作"和愁将去"。

【赏析】

辛弃疾词的特点之一就是"融会百家，为我所用"。这首闺怨词也是如此，信手拈来，用典不露痕迹。

上阕由伤别到伤春。前三句连用典故，都是古人离别时的物事，写思妇与人别离的苦恨。"怕上层楼"是因为登上高楼，就会看见晚春时节，"十日九风雨"使得落红片片。而莺啼不住，预示着春将归去（古人以"莺残""莺啼残春"作为晚春的标志），谁又劝阻得住呢？此时由伤别到伤春，充满了思妇思人不得、留春不住的惜别伤春之情。

下阕抒写思妇的怀人之情。春将去而人未归，愁苦之际，偶尔看见了鬓边所插的花枝，灵机一动，便想用花瓣的数目来占卜情人的归期，更细腻的是"才簪又重数"，数过一遍把花插在头上后又取下来再数一遍。这里化用晏几道《归田乐》"试把花期数，便早有感春情绪"词意，妙在词人更深化了一步，把思妇思念情人的痴态和急切之情，描摹得真切感人。这是白天的情景。晚上则用"罗帐灯昏"喻夜之深，影之孤；"哽咽梦中语"，形容情之苦，情之急。末尾写"春带愁来"，但春归在何处？又怎样把愁带去呢？

这首词写得缠绵悱恻，在辛词中别具一格，受到词论家注目。沈谦《填词杂说》评说："稼轩词以激扬奋厉为工，至'宝钗分，桃叶渡'一曲，昵狎温柔，魂销意尽。才人伎俩，真不可测。"辛词多样化的风格由此可见一斑。

鹧鸪天

代人赋

辛弃疾

晚日寒鸦一片愁，柳塘新绿却温柔。若教眼底无离恨，不信人间有白头。

肠已断，泪难收，相思重上小红楼。情知已被山遮断，频倚阑干不自由。

【赏析】

这首词题为"代人赋"，至于所代之人是谁，已不得而知了。词的主人公当是早春伤别的思妇。

上阕抒写离恨。在早春的傍晚，寒鸦归栖双居，引发思妇一片愁思，而门前池塘边的柳条也丝丝垂挂，绽发出温情脉脉的绿意。既有如此之春景，自己却要孤清一人，苦守春夜，连那尚能双居的寒鸦也不如。一正一反，对比强烈，思妇怎能不愁怨伤恨呢？思妇怨恨之余，不由得发出"若教眼底无离恨，不信人间有白头"的感慨。自己之所以"白头"，是因为思念离去的情人所致。

下阕写相思。"肠已断，泪难收"写相思之苦、之深，以至于只能清泪长流了。"相思重上小红楼"有两层含意：其一，"小红楼"是昔日与情人相聚的地方，而现在"重上"这里，是想睹物思人，追怀以往的缠绵情思，以解相思之苦；其二是登高望远，以眺望情人所去的地方。而"情知"情人所去之地非常遥远，已被青山"遮断"，但还是要"频倚阑干"去望、去想，使得词意更为深长、哀婉。

"代人赋"一类的名称，在文学作品中并不少见，辛弃疾之前的李商隐有《代赠》、苏轼有《少年游·润州代人寄远》等，名义上是"代"，实际上抒发的是作者自己的思想感情。辛弃疾这首《代人赋》也许是在表达他那种壮志难酬的政治情怀吧。

青玉案

元 夕[1]

辛弃疾

东风夜放花千树[2]，更吹落、星如雨[3]。宝马雕车香满路。凤箫声动[4]，玉壶光转[5]，一夜鱼龙舞[6]。

蛾儿雪柳黄金缕[7]，笑语盈盈暗香去。众里寻他千百度，蓦然回首[8]，那人却在，灯火阑珊处[9]。

【注释】

〔1〕元夕：旧时称农历正月十五为上元，上元之夜为元夕，即元宵。

〔2〕花千树：形容灯火之多，如千树花开。或指在树上安置灯花，犹如花开的样子。

〔3〕星如雨：形容燃放的焰火之多。

〔4〕凤箫：装饰成凤样的箫。此指民间社火、歌舞。

〔5〕玉壶：比喻月亮。一说指装饰精美的华灯。

〔6〕鱼龙舞：指耍狮子、耍鲤鱼、舞龙灯一类的节日游艺。

〔7〕蛾儿雪柳：指妇人头上戴的饰物。黄金缕：黄金抽成的丝线，指蛾儿、雪柳为金丝饰成。

〔8〕蓦然：忽然。

〔9〕阑珊：零落，将尽。

【赏析】

这首词上阕写元宵之夜的热闹场景。元宵之夜，从古到今都是张灯结彩，布置花树，施放焰火，这本是人为之景，而词人却借入"东风"一词，使之变得自然化了，形象地描绘出花树、焰火的场面之热闹广大。街市上装饰精美的车马不断，而各种各样的民间社火、歌舞，也在这灯光、月光交相辉映的元宵之夜此起彼伏。"一夜鱼龙舞"形容热闹酣畅之情景。

下阕写寻人。在这熙熙攘攘、热烈酣畅的元宵之夜，自己所要找的心上人在哪

里呢？只见满街市的年轻女子，插戴着饰有金丝的蛾儿、雪柳，欢欢喜喜，来来去去。"盈盈"形容年轻女子的仪态美好，"暗香"指花香，借称众年轻漂亮的女子。而如此之多的，在花灯下穿梭往来的女子，都不是自己的心上人，因此，不惜千百遍地寻找。突然间无意回头一看，自己心目中的佳人却在那灯火稀疏的地方。"众里寻他千百度，蓦然回首，那人却在，灯火阑珊处。"这几句看上去是在写自己心目中的佳人之幽寂、冷落，实际上是词人高洁品格的自我写照。《艺蘅馆词选》引梁启超语："自怜幽独，伤心人别有怀抱。"但这首词的影响却不完全在此，王国维在《人间词话》中论及古今之成大事业大学问者，必须经历的三个境界时，将这几句作为了第三境界，即最高境界。这第三境界的意思是，只有经过艰苦的努力奋进、顽强拼搏之后，才能"得来全不费功夫""无心插柳柳成荫"。

清平乐

村　居

辛弃疾

茅檐低小，溪上青青草。醉里吴音相媚好，白发谁家翁媪[1]。大儿锄豆溪东，中儿正织鸡笼。最喜小儿亡赖[2]，溪头卧剥莲蓬[3]。

【注释】

〔1〕媪（ǎo）：老年妇女。

〔2〕亡赖：方言，江（江西）、湘（湖南）一带将小孩多诈而狡猾称作无赖。亡，通"无"。

〔3〕莲蓬：即莲房，莲子果实的外苞。

【赏析】

辛弃疾曾长期闲居于江西上饶带湖一带，有时日间无聊，便去周围农家散步。这天，正走在铺满青草的小溪旁，忽然听到从前边低矮的茅草房里传出一阵阵用当地方言说的亲热情话，还以为是青年男女在那儿嬉戏。走近一看，原来是一对白头夫妻喝醉了酒在谈笑取乐。农家人好客，便邀相坐。谈说间知道这家大儿子在小溪东边的豆田里锄草，二儿子正在屋后织着鸡笼，而那个小儿子最是调皮可爱，正卧在小溪前头，蛮有兴致地剥着莲蓬。

这首词以寥寥数语，便把醉中情话的老夫妇的神态，以及溪头无忧无虑卧剥莲蓬的小儿的无赖形象刻画得生动真切，给我们展现出一幅农家田园生活的天然图画。辛弃疾平生忧国忧民，其词作往往豪放悲壮，抒发着其心中的悲愤之气，似这种和平安然、自得其乐的小词并不多见，这当是词人热爱和向往宁静生活真情的自然流露。

西江月

夜行黄沙道中[1]

辛弃疾

明月别枝惊鹊[2]，清风半夜鸣蝉。稻花香里说丰年，听取蛙声一片。
七八个星天外，两三点雨山前。旧时茅店社林边[3]，路转溪桥忽见[4]。

【注释】

〔1〕黄沙道中：黄沙岭，在上饶之西，有山泉之胜，词人当时经常往来其间。

〔2〕"明月"句：苏轼有诗曰："月明惊鹊未安枝，一棹飘然影自随。"别枝，意指乌鹊选枝栖息。

〔3〕社林：土地庙的树林。社，土地庙。

〔4〕见：通"现"。

【赏析】

这首词是词人闲居上饶带湖一带时所作。既是闲居，时间又长（前后长达二十年），因此总要和当地居民或多或少地进行接触。一个夏夜，词人又过黄沙道间，沿途的和乐景象一下子使他陶醉了。

词的上阕简洁明了，词人描写了一路所闻所见的几处景致：明月下的惊鹊、半夜随风而来的阵阵蝉鸣及稻香、池塘水田的蛙声。字里行间透出词人祝愿农民粮食获得丰收的思想感情。下阕继续写景。天上的乌云飘到头顶，只能偶然从云缝间看见七八个忽隐忽现的星星；随着云脚，又飘下两三滴清凉的雨点。"天外"言星星在云层之外，方见其高；"山前"是说云脚扫过山头之处，自然落下几滴地形雨。从这犹如夏夜阵雨一样叫人倍感清新的句子当中，让人感受到词人细腻的笔触。也正因词人沉浸在这夏夜的美好情景之中，所以已走过了平时常经过的"社林"之边才感到熟悉；转过了山路，溪桥已到了眼前才说"忽见"。平时熟识的地理标志，本来未到之前早已心中有数，可词人却连用"旧时""忽见"等几个词，仿佛恍然大悟的样子，把词人流连田园景色的情致细微地刻画出来。

这首词勾画出了农村的田园风光，表现了词人陶醉其间的思想感情，让人感受到一种扑面而来的清新气息。其中"稻花香里说丰年，听取蛙声一片"，在写景之中，又以"蛙声一片"来形容稻花香所预示的丰年时节的那种热闹场面，构想奇特，为传神之笔。

一剪梅

辛弃疾

记得同烧此夜香，人在回廊，月在回廊。而今独自睚昏黄[1]。行也思量，坐也思量。

锦字都来三两行[2]，千断人肠，万断人肠。雁儿何处是仙乡？来也恓惶[3]，去也恓惶。

【注释】

〔1〕睚（yá）：犹"捱"，苦度时光。

〔2〕锦字：前秦秦州刺史窦滔被徙流沙，其妻苏惠在锦帛上织回文璇玑图诗相赠，以表思念之情。其词缠绵哀婉，可回转循环而读，后称妻子寄给丈夫的信为锦字。

〔3〕恓惶：烦恼不安的样子。

【赏析】

词的上阕忆写自己当初与美人同度良宵的美好时刻及当今的思念之情：在那如今夜之美好的夜晚，我曾与美人在圆月下同烧香枝，祝愿以后彼此恩爱，白头偕老。直到深夜，二人还依偎一起，靠着回廊之栏说着脉脉情话；清亮的月光也显得特别多情，从天边斜射下来，照在我们身上，仿佛来为我们做证。但是现在我却独自一个人消磨着难熬的黄昏时光，我"行也思量，坐也思量"，那时的美妙时刻只能成为现在的追忆。

下阕写再难相见的愁苦。美人离去后，也曾来信叙说她的情况，可那简单的字句非但不能消解我的相思之情，反而叫我越发思念。"千断人肠，万断人肠"写出词人的相思之苦与一片痴情。那善解人意的雁儿的落脚之处在哪里呢？怎么都没给我带个佳人回归的确信，而空增我的悲苦愁思之情？这里词人以大雁在天空高来低去，比喻自己与美人重聚的遥遥无期，甚为贴切。

作者生于已被金人占领的历城（今山东济南），本怀着一腔热血投奔南宋，以实现收复故土、统一国家的心愿。但南归后却事与愿违，其忧愤之情可想而知。这首词可能是借思念美人，而表现对仍被异族侵占的家乡的深沉眷恋之情吧！

鹧鸪天

代人赋

辛弃疾

陌上柔条初破芽[1]，东邻蚕种已生些。平冈细草鸣黄犊[2]，斜日寒林点暮鸦。

山远近，路横斜，青旗沽酒有人家[3]。城中桃李愁风雨，春在溪头荠菜花[4]。

【注释】

〔1〕"陌上"句：一本作"陌上柔桑破嫩芽"。

〔2〕平冈：低平的小山坡。

〔3〕青旗：酒店招牌以青布做成，此代酒店。沽：卖。

〔4〕荠菜花：一本作"野荠花"。荠，荠菜。春天开小白花，性喜温和，耐寒力强。野生于田间地头，可入药。

【赏析】

这首词当为词人免官闲居时所作。题为"代人赋"，抒写的却是自己对生活的真切感受。

上阕描绘初春时节农村的生活图画。田野路旁的桑枝刚绽出嫩芽，农舍人家已将蚕种孵化出了一些小蚕。"破"字最为传神，它与三、四两句的"鸣"和"点"，共同把初春时节桑枝的嫩芽"破"苞而出，山坡上的小牛犊啃着细草的欢快情状及夕阳西下、鸦归寒林的农村田园风光点染出来，富有诗情画意。

下阕抒写情怀。四周环绕着群山，而其景致却远近高低各不相同，小路曲折横斜伸向远方，还有那插着青旗的卖酒的山村人家，这一切多么地富有生气。辛弃疾十分关心民间疾苦，热爱农村的山山水水，此时面对富有生机的农村大好春光，词人在由衷地赞赏之余，忽然悟出一种很有情味的哲理：城市里的桃李之花整日忧惧风雨的摧残，哪里比得上溪水边生命力极强的荠菜花呢？欣欣向荣的春意，就在这广袤的农村田间溪头啊！

这首词抓住最有特色的景致，将桑枝破芽、幼蚕孵化、黄犊、暮鸦、山路横斜、酒店青旗、荠菜花连缀一起，构成了一幅生动活泼、纯朴可爱的农村田园风俗画。"城中桃李愁风雨，春在溪头荠菜花"富有哲理性，它包含着词人半世以来对人生的深刻体验，抒发了词人爱憎分明的思想感情。

临江仙

辛弃疾

金谷无烟宫树绿[1]，嫩寒生怕春风。博山微透暖薰笼[2]。小楼春色里，幽梦雨色中。

别浦鲤鱼何日到[3]，锦书封恨重重。海棠花下去年逢。也应随分瘦[4]，忍泪觅残红。

【注释】

〔1〕金谷：也称金谷涧，在河南洛阳西北。西晋石崇曾筑园于此，名金谷园。此指词人所居之山园。

〔2〕博山：器物表面雕刻作重叠山形的装饰。薰笼：同"熏笼"。罩在熏炉上的笼子，作熏香及烘干之用。

〔3〕别浦：在南浦告别。

〔4〕随分：照例。此为"相应"之意。

【赏析】

这是一首春日闺怨词。上阕写少妇寂寞冷清的孤独生活。山园中的树因无烟显得更青绿了，"嫩寒生怕春风"，一个"怕"字，写出花蕾待放之势，衬托思妇的孤独：若花儿开放，情人未归，自己一个人有什么情趣呢？第三句写思妇晚上的寂寞，冬春之交，夜寒

尚存，周围一片寂静，思妇对着透出丝丝温热的博山暖炉发呆。夜深了，闺楼被春意静静地围裹着，思妇正做着与情人相会的美梦。虽然怕春到来，可春色还是围笼到她的身边。由此引出下阕伤春思人的主题。

"别浦"指相别分手之后，"鲤鱼何日到"是说一直没收到书信。"锦书封恨重重"是怨书信不来，怨书信即是怨人。分手之后就一直没有音信，不由得叫人怨恨重重了。海棠花又开了，自己只能流连树下，追忆去年这个时候与情人在此相会的情景。"也应随分瘦"，自己此时也衣带渐宽、日渐消瘦了。也许此时只能含着

泪独自寻找那片片残红。

这首词怨春怀人，却不直说，而说"小楼春色里，幽梦雨声中"，而说"嫩寒生怕春风""忍泪觅残红"，婉转细腻，深沉含蓄，其怨春怀人之情愈为深切。辛弃疾是豪放派大家，而该词通篇以婉丽词句写出，体现了这位"豪气"与"柔情"并于一身的大词人多样化的艺术风格。

贺新郎

刘 过

老去相如倦，向文君说似，而今怎生消遣？衣袂京尘曾染处，空有香红尚软。料彼此、魂消肠断。一枕新凉眠客舍，听梧桐疏雨秋风颤。灯晕冷，记初见。

楼低不放珠帘卷，晚妆残、翠钿狼藉，泪痕凝面。人道愁来须殢酒[1]，无奈愁深酒浅。但寄兴、焦琴纨扇[2]。莫鼓琵琶江上曲，怕荻花枫叶俱凄怨[3]。云万叠，寸心远。

【注释】

〔1〕殢酒：病酒，困酒，指沉溺于酒中。

〔2〕焦琴：即焦尾琴。《后汉书·蔡邕传》："吴人有烧桐以爨（烧火做饭）者，邕闻火烈之声，知其良木，因请而裁为琴，果有美音。而其尾犹焦，故时人名曰焦尾琴焉。"代指质地优良的琴。纨扇：细绢制成的团扇。古人常在扇上题诗，此处代称写诗赋词。

〔3〕"莫鼓"二句：白居易《琵琶行》有"枫叶荻花秋瑟瑟"之句，此化用其意。

【赏析】

这首词一题作"怀旧"，词下有跋："壬子春，余试牒四明，赋赠老娼，至今天下与禁中皆歌之。江西人来，以为邓南秀词，非也。"当时词人未能考中，落魄之际，遇一半老妓女，同病而怜，甚为相得。后作此词相赠。

词一开始就写自己落第后的烦闷心绪。词人曾多次参加选拔举人的考试，都没考中，这次依然落选，其失意消沉之情可想而知。上阕第一句"老去相如倦"，"倦"字道出了词人的困顿失意之情。"怎生消遣"是词人倾吐胸中烦闷愁苦的呜咽之语，最为伤情。词人回忆起当初曾上都城临安向皇帝进恢复北方之方略的情景，希望会有所作为，谁知竟没有被当政者录用，作者只得到酒馆妓院，消解心中之愁，"空有香红尚软"即指此事。"料彼此、魂消肠断"是自指，也设想老妓感伤自己人老珠黄，穷困清寒，不比当年红极之时一掷千金的境况了，凄凉伤感，又面对窗外秋风秋雨吹打梧桐的萧条秋景，二人相对无言，望着泛着冷晕的灯盏，不由得心中发"颤"。此情此景，人何以堪！

下阕承上，写初见面时老妓的情状。"楼低"是说居处之不好，"不放珠帘卷"是不想见外人（不放，不让的意思）。"晚妆残"三句，写老妓的凄惨景况，词人同病相怜，便与其借酒消愁，怎奈"愁深酒浅"，愈饮愈愁，因而寄意于抚琴和赋诗。"莫鼓"二句，借白居易《琵琶行》的意境而反用之，喻其愁怨凄苦之深沉，以至于不忍听忧怨之曲了！同时作者以"同为天涯沦落人"喻比自己与老妓，也非常贴切。结句"云万叠，寸心远"则抒写词人的胸臆，不同凡响。

唐多令[1]

刘 过

安远楼小集[2]，侑觞歌板之姬黄其姓者[3]，乞词于龙洲道人，为赋此《唐多令》。同柳阜之、刘去非、石民瞻、周嘉仲、陈孟参、孟容。时八月五日也。

芦叶满汀洲[4]，寒沙带浅流。二十年重过南楼。柳下系船犹未稳，能几日、又中秋。

黄鹤断矶头[5]，故人曾到否[6]？旧江山浑是新愁。欲买桂花同载酒，终不似、少年游。

【注释】

〔1〕此词一题作"重过武昌"。

〔2〕安远楼：即词中之"南楼"，亦即黄鹤楼，在武昌黄鹤山西北的黄鹤矶上。古时为文人骚客云集游赏的胜地。

〔3〕侑觞（shāng）：劝酒。觞，古代称酒杯为觞。

〔4〕汀洲：指长江中的沙洲。

〔5〕矶：水边突出的岩石。

〔6〕故人曾到否：一作"故人今在不"。

【赏析】

这是一首感伤国事不堪回首的抒怀之作，问世之后就被传唱一时，也是宋词中的佳作之一。

上阕头两句写词人重登南楼的整体感受：芦叶落"满"了江中的沙洲，江水携带着"寒沙"东流而去。"浅流"形容江水从沙洲边漫流而去的情形。"满"字抒作者愁思之

大，"寒"字写词人心情之悲凉。"二十年重过南楼"点明背景，承上启下。二十年前，词人曾在此游赏过，而今由于朝廷主和派当政，武昌已沦为对金作战的前线，因此词人再次登临时，心中就填满愁思，眼中全都是悲凉了。"过"字既写时间流转之快，也指战事进展迅速，自己可能只在这里暂停，就要继续迁移他方了。"柳下系船犹未稳，能几日、又中秋"，写时间飞逝，饱含着词人虚度年华、壮志未酬，面对这国事日衰的局面却无可奈何的感慨。

下阕抒写词人"重过南楼"的凄凉哀伤之感。"黄鹤断矶头，故人曾到否？"起首突兀，"断"是写黄鹤楼建于江边突出的黄鹤矶上，令人有"横断"之感；同时，又是国事衰败、江山残破的真实写照。词人之凄凉伤感已不堪言，而"故人曾到否"一句则更深入一层：自古以来，到过黄鹤楼的名人贤士难以计数，他们若是现在到了这里，心情会是什么样呢？"旧江山浑是新愁"一句，扑面而来，新旧对比强烈，让人不寒而栗。"欲买桂花同载酒，终不似、少年游"，写自己欲买桂花和朋友们载酒同乐，但像二十年前那样纵情游赏的兴致，再也激发不起来了。满目苍凉，百事成衰。

"二十年重过南楼"和"旧江山浑是新愁"两句，提起全词，将词人站在黄鹤楼上那种满目疮痍、不忍直视的今昔之感宣露无遗，表现了词人强烈的爱国主义情操。这首词融情于景，含蓄哀婉，章法严密，浑然天成。清刘熙载《艺概》说："刘过之词，狂逸之中，自饶俊致。"

临江仙

刘　过

长短驿亭南北路[1]，蒙茸醉拥驼裘[2]。雪天行计欠人留。严风催酒醒，微雨替梅愁。

自作小词呵冻写，冷金淡衬银钩[3]。此恨知得几时休？寒云迷洛浦[4]，残梦绕秦楼[5]。

【注释】

〔1〕长短驿亭：指距离远近不等、供行人休息或饯别的驿站。

〔2〕蒙茸：同"蒙戎"，蓬松散乱的样子。

〔3〕冷金：硾制在纸上的金片，这种纸叫作冷金纸。陆游《秋晴》诗："锟玉砚凹宜墨色，冷金笺滑助诗情。"

〔4〕洛浦：洛水之滨。

〔5〕秦楼：旧指城市中吃喝玩乐的地方。

【赏析】

这首词抒写了词人流落江湖的悲凉之感。上阕写流落的凄苦之情。一出驿站就是南北通行的大路，自己带着醉意，穿着驼绒制成的大衣，孤身而行，一路上跌跌撞撞，显得有些落拓。"长短驿亭"是说自己如此落拓已非一日，长长短短的旅途都是这样。"雪天行计欠人留"强调孤身，因所到之处举目无亲，即使在这大雪天行路也没有人挽留。雪天寒风刺骨，自然吹人酒醒，而醒后的第一个念头是什么呢？是"微雨替梅愁"！江南一带腊月的天气，常是雨雪交加，又值蜡梅初开之时，因此词人担心初开的梅花是否经受得住这雨雪交加的侵袭，以替梅发愁，暗喻自己流落江湖之凄苦。

下阕写自己对前途的迷茫之感。用口中的热气呵化已冻结了的墨，写"自作"之"小词"，写什么呢？还是写愁思。"冷金淡衬银钩"，冷金纸在灯下泛出的光映在了银钩上，使得屋中的色调更加冷淡。"此情知得几时休"道出自己对前途难以预测的苦闷心情。"洛浦"指洛水之滨，旧时以为洛水女神常出没其间。此处当代指词人怀抱的复国之志。"寒云"阻塞了去路，词人难以实现报国之志，只得混迹"秦楼"，苦挨时光。

 # 小重山令

赋潭州红梅[1]

姜　夔

人绕湘皋月坠时[2]。斜横花树小、浸愁漪。一春幽事有谁知？东风冷，香远茜裙归[3]。

鸥去昔游非。遥怜花可可[4]、梦依依。九疑云杳断魂啼[5]。相思血，都沁绿筠枝[6]。

【注释】

〔1〕潭州：今湖南长沙、株洲、湘潭一带。

〔2〕湘皋：湘江岸边。湘江流经长沙。

〔3〕茜裙：绛色裙。

〔4〕可可：模糊，隐约。

〔5〕九疑：山名。也叫九嶷，在湖南宁远县南。

〔6〕"相思血"二句：相传舜死于苍梧，二妃娥皇、女英追至，哭帝极哀。泪染于竹，斑斑如血。筠，竹。

【赏析】

这首词是词人见潭州红梅而作。上阕首句"人绕湘皋月坠时"，"人"即是词人自己，时在"月坠时"。历代咏梅诗作可谓纷繁，但以宋人林和靖的"疏影横斜水清浅，暗香浮动月黄昏"最为人传诵。白石（姜夔，号白石道人）有自制曲《暗香》《疏影》，可以看出他对林诗之倾倒。词人眼中所见梅花是"斜横花树小、浸愁漪"。这是对林氏"疏影"一句诗的改写，同时又将词人的感情色彩通过"愁"字贯注进去。他为什么会愁呢？是因为自己的"一春幽事有谁知？"这表明了他在怀人，那么他又在怀念何人？"东风冷，香远茜裙归"，原来是一位女子，她可能是他的情人。

下阕承接上文，表达自己刻骨铭心的思念。"鸥去昔游非"，鸥是水边常见的鸟，由眼前所见想到伊人也像鸥鸟一样翩然飞逝，词人心中该有多么沉痛。"遥怜花可可"既是月坠时花枝隐约，又是上阕结句"香远茜裙归"印象的逐渐朦胧，但词人仍然爱怜不止，他的情感像梦一样依依缠绵。他想起了那个著名的传说来："九疑云杳断魂啼。相思血，都沁绿筠枝。"自己的相思不也如此强烈吗？运用这个典故，由娥皇、女英泪洒于竹，斑斑如血转换到红梅，在词人看来，红梅不也是自己相思血染成的吗？

 点绛唇

丁未冬过吴淞作[1]

姜 夔

燕雁无心[2]，太湖西畔随云去。数峰清苦，商略黄昏雨[3]。
第四桥边[4]，拟共天随住[5]。今何许？凭阑怀古，残柳参差舞。

【注释】

〔1〕丁未冬过吴淞作：宋孝宗淳熙十四年（1187年），姜夔自湖州往苏州见范成大，道经吴淞作此词。吴淞，又叫松江、松陵，即今吴江。

〔2〕燕雁：自北地飞来之雁。燕，燕地。

〔3〕商略：犹言商量，商讨。

〔4〕第四桥：甘泉桥。《苏州府志》："甘泉桥一名第四桥，以泉品居第四也。"

〔5〕天随：唐代诗人陆龟蒙，号天随子，苏州人，隐居松江甫里。

【赏析】

词人从眼前所见景物起笔。燕雁随着云向太湖西畔飞去，这是下雨前的景象。又由"云"字引出下文中的"黄昏雨"。季节已是冬天，大雁南飞，本能使然。"燕雁无心"，貌似超脱，其实也是不得已，词人用以比喻自己飘零江湖的生活。"数峰清苦，商略黄昏雨"未免太有情，太执着。"苦"是一种味觉，词人用来写岁暮天寒的萧瑟山谷，形象极为逼真，而且富有意味。"清苦"二字，词人把自己心底的凄凉客思贯注进去，让山峰也带上了人的情感色彩。"商略"二字，以想象奇绝的拟人手法，把景物写活了。

下阕转而写情。"第四桥边，拟共天随住"不仅点出词题"过吴淞"的意思，而且直抒胸臆，提出"拟共天随住"的想法。天随子终老布衣，自号"江湖散人"。姜夔一生不曾仕宦，漂泊江湖，身世遭遇与天随子很相似，因此他对天随非常钦敬。

"今何许？"陡然一转。"凭阑"即是远眺，结合上阕数句。"怀古"即是伤今，这一句气象阔大。柳舞本来是柔婉的，而"柳"上着"残"字，"舞"上加"参差"，便让人觉得悲壮苍凉。著名词评家陈廷焯非常欣赏结尾三句，他说："白石长调之妙，冠绝南宋。短章亦有不可及者，如《点绛唇》一阕，通首只写眼前景物，至结处云：'今何许？凭阑怀古，残柳参差舞。'感时伤事，只用'今何许'三字提倡，'凭阑怀古'下，仅以'残柳'五字咏叹了之，无穷哀感，都在虚处，令读者吊古伤今，不能自止，洵推绝调。"

长亭怨慢

姜 夔

予颇喜自制曲，初率意为长短句，然后协以律，故前后阕多不同。桓大司马云："昔年种柳，依依汉南，今看摇落，凄怆江潭；树犹如此，人何以堪[1]？"此语余深爱之。

渐吹尽，枝头香絮，是处人家，绿深门户。远浦萦回，暮帆零乱，向何许？阅人多矣，谁得似、长亭树？树若有情时，不会得青青如此！

日暮，望高城不见[2]，只见乱山无数。韦郎去也，怎忘得玉环分付[3]？第一是早早归来，怕红萼无人为主。算空有并刀[4]，难剪离愁千缕。

【注释】

〔1〕"桓大司马云"几句：见庾信《枯树赋》。《世说新语·言语篇》："桓公北征，经金城，见前为琅琊时种柳，皆已十围。慨然曰：'木犹如此，人何以堪！'攀枝折条，泫然流泪。"赋即把此语改为韵文。

〔2〕望高城：唐欧阳詹有诗云："驱马渐觉远，回头长路尘。高城已不见，况复城中人。"

〔3〕"韦郎"二句：《方云溪友议》载：韦皋少游江夏，止于姜使君之馆，与小青衣玉箫有情。后韦皋归觐，遂与玉箫约，少则五载，多则七年来娶。因留玉指环并诗遗之。至八年春不至，玉箫叹曰："韦家郎君一别七年，是不来矣。"遂绝食而殁。

〔4〕并刀：产于山西的剪刀，以锋利著称。杜甫诗云："焉得并州快剪刀，剪取吴淞半江水。"

【赏析】

这首词是由桓温的几句感慨话而引发，抒写词人的伤情。

"渐吹尽，枝头香絮"，点出时间正是春暮。"是处人家，绿深门户"表明地点。"远浦萦回，暮帆零乱，向何许"写景，其中又融入词人的惆怅。"阅人多矣，谁得似、长亭树"是典故翻新。《左传》中文姜云"妾阅人多矣，未有如公子者"是赞许，而词人却是抱怨："树若有情时，不会得青青如此！"人正伤情至极，树却依然自绿，而且在风中自在摇曳，这就难怪词人要指责它无情了。

下阕一开始即以"日暮"写天色，同时暗喻心情，一语多用。"望高城不见，只见乱山无数"，是说关山迢递，相会无由，自己只好遥望高城，聊寄离恨。这已是非常可悲了。然而高城却不可见，更不用说城中之人了。眼前但见无数乱山锁在暮霭之中，则词人心中的忧伤不言自可知晓。明明是乱山遮望眼，为什么他还要固执地伫望，直至日暮也不罢休呢？词人解释道："韦郎去也，怎忘得玉环分付？"韦郎是词人自指。原来临别时，情人与他有约誓，刻骨铭心，难以忘怀；但自己天涯漂泊，山长水远，实难践约，便只有日日怅望不已。他耳畔回响起那熟悉而深情的叮咛："第一是早早归来，怕红萼无人为主。"情蕴藉而语分明，让人没齿难忘。越蕴藉越缠绵，越分明越凄苦。因此，词人"算空有并刀，难剪离愁千缕"，"千缕"极

言离愁之繁乱，所以并刀虽然锋利，却也是"剪不断，理还乱"，这意味着在词人心中将是"天长地久有时尽，此恨绵绵无绝期"。这首词写情极为深挚，非常动人。

暗　香

姜　夔

辛亥之冬[1]，予载雪诣石湖[2]。止既月，授简索句，且征新声。作此两曲，石湖把玩不已，使二妓肄习之，音节谐婉，乃名之曰《暗香》《疏影》。

旧时月色，算几番照我，梅边吹笛？唤起玉人，不管清寒与攀摘。何逊而今渐老，都忘却，春风词笔[3]。但怪得、竹外疏花，香冷入瑶席。

江国，正寂寂，叹寄与路遥，夜雪初积。翠尊易泣，红萼无言耿相忆。长记曾携手处，千树压，西湖寒碧。又片片吹尽也，几时见得？

【注释】

〔1〕辛亥：宋光宗绍熙二年（1191年）。

〔2〕石湖：在苏州西南，与太湖相通。当时诗人范成大居此，号石湖居士。

〔3〕"何逊"三句：杜甫云："东阁官梅动诗兴，还如何逊在扬州。"此处词人把自己比作何逊，谓而今逐渐变老，忘却用词笔来歌咏梅花。何逊，南朝梁诗人，作有《咏早梅》一诗。

【赏析】

在咏梅的词中，《暗香》和《疏影》两首作品历来备受推崇。张炎誉之为"前无古人，后无来者，自立新意，真为绝唱"。

"旧时月色，算几番照我，梅边吹笛"，这是回忆往事。月光底下，梅花开放，词人在梅边吹笛，这情景是多么美好。笛声"唤起玉人，不管清寒与攀摘"，笛声花影，月色衣香，构成了一个极美极幽的境界。往昔如此，现在又怎样呢？词到此一转："何逊而今渐老，都忘却，春风词笔。"词人以何逊自指，说自己年华老大，才情渐减，吟兴也渐衰。在今昔对比中，词人满怀惆怅，物是人非，因此他"但怪得、竹外疏花，香冷入瑶席"。花依旧，香依旧，自己却"渐老，都忘却，春风词笔"。在自然与自我的巨大反差中，透出他无限愁伤！

下阕由梅花转而怀人。古诗云："折梅逢驿使，寄与陇头人。江南无所有，聊赠一枝春。"在上阕中，词人已暗示了他是在思念情人。"江国，正寂寂"，透出一股凄凉。词人欲折梅寄远，但"路遥"，而且"夜雪初积"，愿望无法实现。虽说男儿有泪不轻弹，但相思太苦。举杯消愁愁更愁，终于忍不住流下泪来。"翠尊易泣，红萼无言耿相忆"，是已到了无可言说之境地，却仍是耿耿于心，难以忘怀。其情至深，其音凄厉。下面又转向回忆："长记曾携手处，千树压，西湖寒碧。"初看是为下阕的凄切情绪着了一点欢乐，但因是思往事，却倍增了现在的孤凄。西湖边梅花曾是多么繁盛："千树压，西湖寒碧。"现在"又片片吹尽也，几时见得？"一片一片，吹之不已，终至于尽，让人如在目前，看着梅花落尽，这情景令人哀叹，西湖梅花的命运不也如此吗？

这首词以盛衰为脉络，以今昔为开合，到下阕又插入怀人的主题，使词意丰富，耐人品味。周济云："前半阕言盛时如此，衰时如此。后半阕想其盛时，想其衰时。"

疏 影

姜 夔

　　苔枝缀玉，有翠禽小小，枝上同宿[1]。客里相逢，篱角黄昏，无言自倚修竹。昭君不惯胡沙远，但暗忆、江南江北。想佩环月夜归来，化作此花幽独。

　　犹记深宫旧事，那人正睡里，飞近蛾绿[2]。莫似春风，不管盈盈，早与安排金屋[3]。还教一片随波去，又却怨玉龙哀曲[4]。等恁时、重觅幽香，已入小窗横幅。

【注释】

〔1〕"有翠禽"二句：据《龙城录》，赵师雄迁罗浮，日暮于松林中，遇一美人，与之对酌，又有绿衣童歌舞助兴。赵师雄醉酒醒来后，发现自己躺在一株大梅树下，树上有翠鸟欢鸣，见"月落参横，惆怅不已"。

〔2〕"犹记深宫旧事"三句：《太平御览》载："宋武帝女寿阳公主人日卧于含章殿檐下，梅花落公主额上，成五出花，拂之不去。"蛾绿，女子翠眉。

〔3〕安排金屋：《汉武故事》载，汉武帝小时候对姑母说："若得阿娇作妇，当作金屋贮之也。"

〔4〕玉龙哀曲：指笛曲《梅花落》。李白诗云："黄鹤楼中吹玉笛，江城五月落

梅花。"

【赏析】

这首词仍是咏梅花，与《暗香》不同之处，在于用了较多的典故，为梅花赋形，词人的身世伤感较少。

开头一句"苔枝缀玉"写梅花姿态。"苔枝"是说枝条上面长着苔藓，可见其沧桑。"缀玉"是说梅花开在枝头。"有翠禽小小，枝上同宿"，运用典故，使梅花有了英英仙气。"客里相逢，篱角黄昏，无言自倚修竹"写梅花神韵，词人是在范成大家做客，在此处见梅花，所以说"客里相逢"。梅花横枝篱角，无言倚竹，暗用了杜甫《佳人》诗句"天寒翠袖薄，日暮倚修竹"，使人觉得清寒太甚而生伶娉怜惜之意。"昭君不惯胡沙远，但暗忆、江南江北"，承接上文，用一个具体的美人来比拟梅花。因为梅花在严冬绽放，使人很容易把它想象成一个在寒冷的北方仍然丰姿不减的美人；而王昭君远嫁匈奴，生活在塞外，是最合适的比拟对象。南方的蜡梅和北地的美人怎样合为一体呢？词人进一步发挥想象力，说："想佩环月夜归来，化作此花幽独。"这个想象是奇特而又合理的，因为王昭君是南方人，而思念故乡又是人之常情。

下阕开头几句又用了典故："犹记深宫旧事，那人正睡里，飞近蛾绿"，写出了梅花的可亲可爱。"莫似春风，不管盈盈"，梅花开在寒冬，春风不管，词人便说我们不要像春风那样，那么如何爱惜呢？"早与安排金屋"，即要像爱惜自己钟情的女子那样对待梅花，可见词人爱梅之情的深挚。落花在寿阳公主额上成为美谈，也可能随水飘逝让人叹惋。词人耳旁回响起了那首感伤的笛子曲《梅花落》的熟悉的音调，一种凄清之情顿然涌上心头。作为情绪的缓和，作为安慰，他想道："等恁时、重觅幽香，已入小窗横幅。"也就是可用画图来长存梅的逸姿倩影，并可以细细欣赏。

这首词写梅花，联想丰富，而且联想之间衔接紧密。最后结尾又有柳暗花明的效果。

角　招

姜　夔

甲寅春[1]，予与俞商卿燕游西湖，观梅于孤山之西村[2]，玉雪照映，吹香薄人。已而商卿归吴兴，予独来，则山横春烟，新柳被水，游人容与飞花中，怅然有怀，作此寄之。商卿善歌声，稍以儒雅缘饰；予每自度曲，吹洞箫，商卿辄歌而和之，极有山林缥缈之思，今予离忧，商卿一行作吏[3]，殆无复此乐矣。

为春瘦，何堪更绕西湖，尽是垂柳。自看烟外岫，记得与君，湖上携手。君归未久，早乱落、香红千亩。一叶凌波缥缈。过三十六离宫[4]，遣游人回首。

犹有、画船障袖，青楼倚扇[5]，相映人争秀。翠翘光欲溜[6]，爱著宫黄[7]，而今时候，伤春似旧。荡一点、春心如酒，写入吴丝自奏[8]。问谁识，典中心，花前友？

【注释】

〔1〕甲寅：宋光宗绍熙五年（1194年）。

〔2〕孤山：在杭州西湖中。西村：《武陵旧事》："西陵桥又名西泠桥，又名西村。"

〔3〕一行作吏：出来做官。

〔4〕三十六离宫：指南宋都城临安宫殿。南宋偏安江左，称临安为行都。临安之宫殿为离宫。

〔5〕青楼：古代显贵之家亦称青楼。梁刘邈诗云："倡女不胜愁，结束下青楼。"后专指妓院。

〔6〕翠翘：古代妇女首饰。翡翠鸟尾上长毛曰翘，美人首饰像此，因名翠翘。

〔7〕宫黄：官人服装颜色。

〔8〕吴丝：指琴弦。

【赏析】

这首词写的是词人对朋友的怀念。

上阕一开始，词人就说自己心绪不佳："为春瘦"，是词人因为好友俞商卿远去而伤春。"何堪更绕西湖，尽是垂柳"，垂柳依依，使人想起依依难忘的朋友，更增添了词人的惆怅。西湖景美，朋友却不在眼前，他只好"自看烟外岫"，也就是序中所云："予独来，则山横春烟，新柳被水。"他不由得陷入回忆："记得与君，湖上携手。"当时，自己吹箫，朋友唱歌，是多么快乐。接下来又转入现实，他告诉朋友："君归未久，早乱落、香红千亩。"其中蕴含着词人的叹惜和遗憾之情。"归来"是词义偏指，偏重在"归"。千亩红落，可见梅花已是无可挽回的衰败了，也说明时间流逝有多么迅速。这时，在他的视野里，出现了"一叶凌波缥缈"，该不是朋友驾舟来了吧？他不禁涌起一种期望，因此虽然他"过三十六离宫"，这种隐约期望还是使他频频回首，可见他的怀念是多么强烈。

赏春之人，除了词人，"犹有、画船障袖，青楼倚扇"，她们"相映人争秀"，前者是乘画船游赏的女子，后者是伫立楼上眺望的女子。接下来描写她们的打扮："翠翘光欲溜，爱著宫黄，而今时候"，如此华贵时髦。可是她们并未将词人的愁伤冲淡，他说自己"伤春似旧"。积郁在心中的苦闷总需要宣泄出来。他"荡一点、春心如酒，写入吴丝自奏"，可是朋友不在，谁又能明白曲中表达的情感。谁知道我在怀念那个花前同赏的朋友呢？

蓦山溪

咏 柳

姜 夔

青青官柳[1]，飞过双双燕。楼上对春寒，卷珠帘，瞥然一见[2]。如今春去，香絮乱因风，沾径草，惹墙花，——教谁管？

阳关去也[3]，方表人肠断。几度拂行轩[4]，念衣冠，尊前易散。翠眉织锦，红叶浪题诗。烟渡口，水亭边，长是心先乱。

【注释】

〔1〕官柳：官府种植之柳树。

〔2〕瞥然：短暂过目。

〔3〕阳关：地址在今甘肃敦煌西南，为唐时往西域要道，因在玉门关之南，故称阳关。王维诗："劝君更尽一杯酒，西出阳关无故人。"

〔4〕行轩：行进之车。

【赏析】

这是一首咏物词。上阕一开始，即推出所咏之物——"青青官柳"，古代官府往往在驿路两旁种植柳树作为行道树。第一句是静景，第二句便有了动感："飞过双双燕。"这两句表明季节是初春。接着出现了人："楼上对春寒，卷珠帘，瞥然一见。"此句或从唐代王昌龄的《闺怨》化来，王诗云："闺中少妇不知愁，春日凝妆上翠楼。忽见陌头杨柳色，悔教夫婿觅封侯。"词人没有像王昌龄那样写出闺妇的心理活动。因为她既看到柳色青青，又看到燕子双飞，其内心所受到的触动自然可以想见。光阴如箭，转瞬又到了春末。"如今春去，香絮乱因风，沾径草，惹墙花"，在景物的变化中寓含了青春难再的惆怅。因此词人感叹道："这样纷乱而衰败的情景，——教谁管？"上阕选择了初春和暮春两个方面来写柳以及它对人心理的影响。

下阕说："阳关去也，方表人肠断。"转而写朋友之离别。阳关之所以出现在这里，与王维的诗《送元二使安西》有关："渭城朝雨浥轻尘，客舍青青柳色新。劝君更尽一杯酒，西出阳关无故人。"友人远去，路旁垂柳"几度拂行轩"，似乎依依不舍，这就不禁使人要"念衣冠，尊前易散"，生发一番感慨了。看着柳叶，词人想象着"翠眉织锦，红叶浪题诗"。人常说柳叶如眉，词人却以翠眉代指美人。又说柳叶可以题情诗，把它与优美的爱情故事联系起来。柳树被广泛种植，"烟渡口，水亭边"，到处都有，每看到柳，游子们"长是心先乱"，这是对上阕闺妇"楼上对春寒，卷珠帘，瞥然一见"的照应，游子知道闺人望柳青而怨己不回，不免也产生了归思。

这首词咏物却时时带着词人的感情色彩，并且融入了与柳有关的诗、典故，使词意婉转丰富。

 # 杏花天

清 明

史达祖

软波拖碧蒲芽短。画桥外、花晴柳暖。今年自是清明晚，便觉芳情较懒。

春衫瘦，东风翦翦，过花坞，香吹醉面。归来立马斜阳岸，隔岸歌声一片。

【赏析】

清明在春分后十五日，是古代人上坟祭祖的日子，也是人们去郊外踏青赏春的日子。江南一向春早，到清明正是春光无限。词人站在画桥畔向下看：春水泛起柔波，如同一条碧绿的长带，河岸蒲草也萌出嫩芽。"软波"是从水之形状写春，"拖碧"则与冬日之灰黑作比，从水之颜色写春。凭栏远眺，只见花色鲜丽，杨柳温润。词人用"晴""暖"二字形容花、柳，直接表达出词人的感受："今年自是清明晚"，词人寻芳的兴趣也就不那么强烈了。但词人终究还是去了。他脱掉臃肿的冬衣，换上轻便的春衫。杨柳风吹过，好不惬意。行过一片花坞时，扑面而来的花香使他沉醉。词人驻马河边，望着夕阳西下的河对岸，烟柳画桥中，只听得歌声一片。

这首词用笔极为巧妙。上阕先说自己寻芳之情较淡，下阕全用白描，但喜悦之情溢于言表。

双双燕

咏 燕

史达祖

过春社了，度帘幕中间[1]，去年尘冷。差池欲住[2]，试入旧巢相并[3]。还相雕梁藻井[4]，又软语，商量不定。飘然快拂花梢，翠尾分开红影。

芳径，芹泥雨润[5]。爱贴地争飞，竞夸轻俊。红楼归晚，看足柳昏花暝。应自栖香正稳，便忘了天涯芳信。愁损翠黛双蛾，日日画阑独凭。

【注释】

〔1〕度（duó）：推测，估计。

〔2〕差池：形容燕子摆动双翼和尾羽的样子。

〔3〕相（xiàng）：观察，看。

〔4〕藻井：绘着花纹的天花板。古时有些建筑，在天花板当中开个方形或圆形的口，似井，加彩绘图案，故称。

〔5〕芹泥：带草的泥。

【赏析】

这首词是史达祖的咏物名篇。

上阕写燕子初归。时光到了春天社日，词人揣想着燕子又该归来，结果燕子真的飞回了。它们先是有些迟疑地徘徊了一阵儿，然后在旧巢上停下来，双双紧靠在一起。"欲住"二字写出了燕子初回旧地的生怯。燕子打量着天花板，"又软语，商量不定"写得极为传神，词人赋予燕子以人性，也就是灵性；既是鸟通人情，更是人知鸟性。一转眼，却见燕子飞出去，极为轻捷地掠过花树枝头，深绿色的尾翼把枝头红影蓦地剪开。燕子飞行本领之高超于此可见。

下阕写燕子之乐与思妇之愁。花间小径上，春草初生，泥土沁润。快活的燕子贴地飞行，你追我赶，相互比谁最轻灵。词人用"芹泥"二字暗示着燕子既玩耍也衔泥补巢。它们玩了一整天，繁花绿柳看了个够，直到黄昏降临。"柳昏花暝"极为精练，"看足"极富动感，简练地写出天色正晚，又暗示燕子玩了一整天。一归巢，燕子就沉沉睡去，完全忘却了天涯游子托的书信。结句则写托书人的妻子，双眉都愁敛了，她天天倚栏，痴痴地等待着"天涯芳信"。表面似在怨燕子，事实上是表达了思妇春草又绿而王孙不归的幽怨。由燕到人，转换得自然而巧妙。

临江仙

闺 思

史达祖

愁与西风应有约，年年同赴清秋。旧游帘幕记扬州。一灯人著梦，双燕月当楼。

罗带鸳鸯尘暗淡，更须整顿风流。天涯万一见温柔。瘦应因此瘦，羞亦为郎羞。

【赏析】

上阕一开头，词人就肯定地说"愁与西风应有约"，要不然它们为什么会"年年同赴清秋"呢？人在情绪低落的时候最容易忆起往事，词人想起了当年游历扬州时所结识的女子，他想象着在静寂的深夜，孤灯独明，她正在做着团圆梦，而窗外却一轮满月，燕子双栖。词人以自然界的圆满反衬人的孤单，凄楚之情虽未明说却感人至深。

下阕词人继续想象着：尘土使她罗带上绣的鸳鸯图案变得暗淡无光了，可见她很久就无心修饰自己了。古语说"女为悦己者容"，因此从"鸳鸯尘暗淡"可以看出她对他的痴情。虽然杳无音信，她心中还是抱有一线希望：说不定哪一天他会突然回来。正是这种万里盼将归的急切渴望使她消瘦，同时也替久不归来的游子感到羞愧：他是男子，却忍心丢下她一个人孤单单地苦熬日子！

此词写得较为工巧。"一灯人著梦"及"瘦应因此瘦"两句看似平常却经过锤炼，不是信口可说出者。表现思妇之愁苦也没有直说，而是通过人缺月圆燕成双以及尘暗鸳鸯带，从侧面暗示烘托，含蓄蕴藉。

玲珑四犯

史达祖

雨入愁边，翠树晚，无人风叶如翦。竹尾通凉，却怕小帘低卷。孤坐便怯诗悭，念后赏、旧曾题遍。更暗尘，偷锁鸾影，心事屡羞团扇。

卖花门馆生秋草，怅弓弯，几时重见。前欢尽属风流梦，天共朱楼远。闻道秀骨病多，难自任、从来恩怨。料也和、前度金笼鹦鹉，说人情浅。

【赏析】

这首词写别后情人的凄苦与无奈。

上阕开头便交代时间和环境：盛夏的一个傍晚，一阵急雨使本来就忧愁的女主人公更加愁闷，静悄悄的，没有人陪伴，只有枝头的绿叶在风中自在摇曳。下雨时，屋中反倒郁闷，她明知屋前的一片竹子能产生凉气，却不敢卷起小帘。因为竹子生机正盛，翠色欲滴，而自己却红颜愁损，两相对照该多么难堪！一人枯坐，诗情也悭吝得不来光顾，而当年，他们在一起时，题了多少诗！更难堪的是，细尘不知不觉地把当年象征夫妻永聚的鸾凤图案遮掩住了。从这里可以看出夫妻分别是多么长久，而女主人公的思念又多么执着。她想象着夫妻重聚时的情景，想到热烈处不禁满面飞红，虽然旁边无人，还是赶紧用团扇遮住自己的脸。

上阕细致地写出了闺妇的孤苦思恋，那么天涯游子的心又该如何呢？"卖花门馆生秋草"，可见一年韶光又将尽。望着天边一弯月亮，他满心惆怅。何时再能相见，他也没有把握。从前的欢爱好像一场梦，而现在那女子住的彩楼远在天边，他什么时候才能回到她身边呢？有消息说她经常生病，他确实清楚她生病的原因就是他们之间的恩恩怨怨。他推测，她一定在对鹦鹉诉说他的感情太浅。是他感情太浅吗？当然不是的。可他又怎么能将自己的苦衷跟她讲清楚呢？结句饱含着无尽的凄楚与无可奈何！

夜行船

正月十八日闻卖杏花有感

史达祖

不剪春衫愁意态，过收灯[1]、有些寒在。小雨空帘，无人深巷，已早杏花先卖[2]。

　　白发潘郎宽沈带[3]，怕看山、忆他眉黛。草色拖裙，烟光惹鬓，常记故园挑菜[4]。

【注释】

　　〔1〕收灯：古代在农历正月十五夜放花灯，常通宵达旦，明如白昼。开元二十八年唐玄宗令改至二月十五夜，以避雪。又叫烧灯，燃灯。

　　〔2〕杏花先卖：杏花开于初春，人们往往把它看作报春使者。高观国《杏花天·杏花》"玉坛消息春寒浅"，即一例。陆游七律《临安春雨初霁》中有"小楼一夜听春雨，深巷明朝卖杏花"的诗句。

　　〔3〕"白发潘郎"句：晋代诗人潘岳《秋兴赋·序》中说"余春秋三十有二，始见二毛"，后人便以潘鬓为中年鬓发初白的代指。南朝诗人沈约在《与徐勉书》中说自己因为多病而腰围减损，后人因以沈腰为身体瘦损的代称。

　　〔4〕挑菜：唐代风俗，农历二月初二日曲江拾菜，士民游观其间，谓之挑菜节。

【赏析】

　　烧灯节已过，虽说江南春早，现在却仍是春寒料峭，词人也就没有去剪裁轻便的春衫。上阕一开始，就写出了居住在都市中的人们对春天的反应迟钝。细雨使空气变得湿冷，砭人肌骨，因此人们都蜷缩在屋内，城市笼罩在一片静寂之中。但就在这无人的深巷，却一清早就传来了卖杏花人的吆喝声！这分明是报告着春天的来临。词人的惊喜之情从他不动声色的描述中透露出来。

　　词人的心情是复杂的。他虽然为春来而欣喜，却又怕看到山色又绿的景象。这岂不矛盾？他解释说自己人到中年，白发两鬓，又因多病多愁而衣带渐宽，因此那如少女眉黛一般的青山只会增添自己的伤感。

词人既说他"怕看山"，下句却又讲山坡上的青草像少女拖曳在地上的绿罗裙，淡烟雾霭像少女的云鬓惹人怜爱，这岂不又是一重矛盾？但"常记故园挑菜"一句，却让人恍然大悟：词人是在回忆自己少年时在故乡初春的情景。上了年纪的人喜欢回忆小时候的事，以此来逃避今日的衰颓，但对青春的回味恐怕使人更加伤感。

杏花天

杏 花

高观国

玉坛消息春寒浅，露红玉、娇生靓艳。小怜鬟湿胭脂染，只隔粉墙相见。

花阴外、故国梦远。想未识、莺莺燕燕。飘零翠径红千点，桃李春风已晚。

【赏析】

二月杏花开时，寒气渐退，因此词人开头便说"玉坛消息春寒浅"，好像杏花是传达春信的使者。在他眼里，杏花简直就是一个妖艳的女子，她卸掉冬日的层层包裹，露出了红玉般的双靥，美丽极了，似乎刚抹了胭脂，因为两鬟还有点湿润。词人用比拟的修辞方法，以杏花比美女，又描写了美女的艳丽，杏花就给人产生了鲜活美丽的印象。"只隔粉墙相见"说明词人是在园外看到了初开的杏花。

杏花本是寻常物，但在北宋社稷倾覆、二帝被掳北去途中，徽宗含着血泪赋《燕山亭·北行见杏花》，极为凄苦悲凉，这就使杏花与亡国之痛联系在一起。因此下阕作者便也从一般性地歌咏杏花转到故国之情上。南方已暖，北地犹寒，莺燕一类的春鸟要到春风吹遍、桃花盛开时才能飞回。那时花间小径上已是翠绿一片，而千点红杏则是落英满地，"零落成泥碾作尘"了。因此词人非常伤感地叹道"桃李春风已晚"，这仍是寄托其故国之思。

春来杏花发，本来是很平常的景观，但词人巧妙地融入历史血泪，使咏物别有寄托，引人动情，引人深思。

 # 江城子

高观国

绿丛篱菊点娇黄，过重阳，转愁伤。风急天高，归雁不成行。此去郎边知近远，秋水阔，碧天长。

郎心如妾妾如郎，两离肠，一思量。春到春愁，秋色亦凄凉。近得新词知怨妾，无处诉，泣兰房。

【赏析】

这首"代作"词，以闺妇的口吻抒发对游子的思恋。

思妇的目光落在篱边，一丛细竹犹是翠绿，初绽的菊花被衬托得非常娇美。季节已到暮秋，菊花又能开放多久？敏感的女主人公心情不免"转愁伤"。她抬头仰望，却见"风急天高，归雁不成行"。传说可以把书信系在雁足上传给远方亲人，李清照就有"云中谁寄锦书来？雁字回时，月满西楼"的词句。当时交通不发达，书信往来很费时间，人们便以为是"秋水阔，碧天长"，路途遥远之故。上阕最后一韵由晏殊《蝶恋花》"欲寄彩笺兼尺素，山长水阔知何处"变来，只是语气更急促直率。

外有旷夫，内有怨女，他们的离愁别恨相同，因此下阕便说："郎心如妾妾如郎，两离肠，一思量。"晋代作家江淹曾说："黯然销魂者，惟别而已矣！"恨别之情最易产生，也最强烈。闺妇的感觉正是这样，她"春到春愁，秋色亦凄凉"。等了很久，终于收到了丈夫的书信，里面却是责怪她，她的委屈无处诉说，只有去花房对兰低泣，让幽雅高洁的兰花做证了。

这首词模拟思妇的口吻，抒情朴直诚挚，成功地写出了闺妇对丈夫的强烈思念以及有苦难言的委屈心情。

 西江月

卢祖皋

燕掠晴丝袅袅[1]，鱼吹水叶粼粼。禁街微雨洒香尘，寒食清明相近。

漫著宫罗试暖，闲呼社酒酬春。晚风帘幕悄无人，二十四番花讯[2]。

【注释】

〔1〕晴丝：虫类所吐的丝，常飞扬空中，通称游丝，也叫晴丝。

〔2〕二十四番花讯：由小寒到谷雨共八个节气，一百二十日，每五日为一候，计二十四候，每一候应一花讯。

【赏析】

春寒已经消退，人们出去踏春。满目春色，词人却只描绘了两样："燕掠晴丝袅袅，鱼吹水叶粼粼。"多么富有生机和情趣！这两句对仗工整，从中也可见出词人观察之细致。春天空气干燥，风吹过，人马踏过，都会扬起尘土，又因空气中弥漫着花香，尘土也有了香味，所以词人称为"香尘"。一阵微雨轻洒落，空气又变得非常清爽，马上就要到清明了，词人的欣喜之情便可想而知。

下阕转而写春天里人们的欢快。女人们翻出了在箱箧中放了一年的轻罗衫，男人们则呼朋唤友去饮酒酬春。"漫著"和"闲呼"两句白描，抓住了特征，准确生动地写出春来后人们的特有举动，而快乐从中流溢出来。第三句说傍晚"悄无人"，原来是人们出去游玩，流连忘返。只有吹面不寒的杨柳风轻轻拂动帘幕。词人立即补白一句：这不是风，而是报告二十四番花开的花讯呢！结句巧妙，有着丰富的潜台词。一般词人都感叹春天短暂易逝，这里用"二十四番花讯"便给人以春天很长的感觉，而且一番花落，又有一番花开，词人的欢快便很自然地表现出来。

乌夜啼

卢祖皋

柳色津头泫绿，桃花渡口啼红。一春又负西湖醉，离恨雨声中。
客袂迢迢西塞，余寒翦翦东风。谁家拂水飞来燕，惆怅小楼空。

【赏析】

这首词写游子的惆怅。

津头、渡口，寄托了人的多少希望，又给人带来多少感伤？春来，柳树翠绿欲滴，桃树上红花灼灼。开头两句对仗工整，描绘了一幅渡头春色图。由眼前所见，词人联想到西湖。那里的春景更好，而自己却不能游赏其间，他感到自己"一春又负西湖"，因此他满怀感伤，便饮酒大醉了。词人的愁绪本来就剪不断、理还乱，窗外淅沥的春雨更让人心烦。

下阕首句"客袂迢迢西塞"说自己客居异乡，又用"迢迢"二字给人造成路途极为遥远的感觉，同时暗示自己难以回家。一阵阵东风拂过，满心喜悦的人会感觉到"吹面不寒"，但敏感而伤情的词人却仍觉得寒意很浓。这和他心底的忧郁是合拍的。词人想象着在故乡，燕子飞越万水千山而回，但它们却为小楼空寂而惆怅了。小楼何以空？男主人（也就是词人自己）远游异地，那么女主人呢？"空"字暗示出她已经不在了，也许就是天人永隔。燕本无心，词人说它们"惆怅小楼空"，其实是他自己在惆怅。他把自己的情感推广到燕子身上，足见其惆怅之深且难以排遣。

括满江红

林正大

　　为忆当时，沉醉里、青楼弄月。闲想象、绣帏珠箔，魂飞心折。羞向姮娥谈旧事，几经三五盈还缺。望翠眉、蝉鬓一天涯，伤离别。

　　寻作梦，巫云结[1]。流别泪，湘江咽[2]。对花深两岸，忽添悲切。试与含愁弹绿绮[3]，知音不遇弦空绝[4]。忽窗前，一夜寄相思，梅花发。

【注释】

　　[1]巫云：《文选》中有宋玉《高唐赋》记楚王梦与神女欢会，神女辞别时说："妾在巫山之阳，高丘之阴。旦为朝云，暮为行雨。"后来以此指男女欢会。

　　[2]湘江咽：晋张华《博物志·史考》："尧之二女，舜之二妃，曰湘夫人。舜崩，二妃啼，以涕挥竹，竹尽斑。"又明王象晋《群芳谱》说："世传二妃将沉湘水，望苍梧而泣。"

　　[3]绿绮：琴名。

　　[4]知音：《吕氏春秋》记载，俞伯牙善鼓琴，钟子期善听琴，钟子期死，伯牙破琴绝弦，终生不复鼓琴。后世因谓知己为知音。

【赏析】

　　这首词是对玉川子《有所思》的改写，抒发别后对美人的热切思念。

　　上阕是对过去爱情的回忆和别后难聚的感伤。又见一轮满月，流落异地的文人不禁回想起当日饮酒半酣，二人并立窗前赏月的情景。他们在一起的日子多么快活！因此一想到她居室的美丽装饰，他便"魂飞心折"了。明月几回圆缺，而今他一人独对，都有些怕提旧事。往日的欢爱只会使人倍觉现在的孤凄难忍。明月满天，远方的人会与自己"千里共婵娟"吗？他不清楚，充满心中的只有离愁别恨。

　　下阕写自己的深愁无以排遣。不能回到爱人身边，就只好寻求梦里相会，但巫山云雨梦难成。心痛泪落，连那曾目睹娥皇、

女英之哭的湘江也为他呜咽。由这夸张之语可见他爱恋之深。两岸江花红胜火，一片勃勃生机，非但未使他愉快起来，反倒增添了他的悲切。想效仿司马相如弹琴，弦都弹断了还是遇不到知音，他的悲愁简直无法排遣了。到此为止，述说的一直是自己的深切思恋。她是不是也在思念自己，他不知道。一夜辗转无眠，到清晨有一股暗香袭来，抬头却见一枝梅花正窗前开。他又惊又疑：这便是她吗？结尾一句，笔法、情感都陡转，有柳暗花明的效果。

南乡子

洪咨夔

风雨过芳晨，多少愁红恨紫尘。两点眉尖凝远碧，纷纷，又被杨花误一春。

金凤压娇云，睡起纱窗背欠伸。心事欲言言不尽，沉沉，乳燕雏莺触拨人。

【赏析】

暮春时节，一夜的风雨，清晨起来会有多少花朵零落在泥泞里！风雨落花是自然界里很平常的现象，但在一个独守空闺的敏感少妇眼中，萎落的不是花，而是自己美丽的青春！这怎能不使她触目惊心？因而她认为落花满怀忧愁，怨恨自己委弃尘土的命运。这种感觉正是她移情于花的结果。凝眸远眺，花纷纷飘落。这里用"纷纷"二字，写出了落花的繁多。闺妇的复杂心理活动略而不说，给人留下想象的余地。她心中千头万绪，一声长叹脱口而出："又被杨花误一春。"表面上是抱怨杨花，实际上却是责怪那杨花一般薄情的郎君。青春一去不会回来，他竟然忍心让自己光阴虚度，整日里茕茕孑立，形影相吊。

下阕写她起床梳洗，她装束得很美，金凤钗插在娇云一样的柔发上。女为悦己者容，她打扮又是为谁呢？心中烦忧，夜里频醒，因此到天明她仍然慵倦不堪。开头两句纯用白描，但人物心理却分明可感。接下来说她"心事欲言言不尽"，为什么呢？"沉沉"，也就是心事太多太深，反倒无从说起。更难堪的是窗外乳燕双飞，雏莺偕翔，怎不让人倍觉孤凄呢？

这首词以白描见长，用语简练而蕴藉，有韵外之致。

眼儿媚

洪咨夔

平沙芳草渡头村，绿遍去年痕。游丝下上，流莺来往，无限销魂。

绮窗深静人归晚，金鸭水沉温[1]。海棠影下，子规声里，立尽黄昏。

【注释】

〔1〕金鸭：金属制的鸭形香炉。

【赏析】

这首词写闺妇思念不归之人，写得含蓄蕴藉。

上阕一开始即点出地点是"渡头村"。既是渡口，则丈夫远行是从这里上船，回家也必是从这里登岸。人们说"春草绿而王孙归"，但现在正经春深，河边一片平沙上，芳草也"绿遍去年痕"了。满怀期待的女主人公望眼欲穿，却看不到丈夫的身影，只见空中游丝轻拂，成双成对的黄莺上下翻飞欢鸣。这种欢乐景象不仅没有给她带来欢乐，反而更让她心中难受。

下阕开头一句"绮窗深静人归晚"，暗示女主人公在渡头翘首等待了一天，直到暮色苍茫，她才满心失望地回到那幽深寂静的屋中。她点起几支香烛，插在鸭子形状的香炉里。香烟袅袅，鸭形香炉在眼前渐渐幻成真的鸭子。苏东坡诗说"春江水暖鸭先知"，自己所思念的人难道没有发现春回大地了吗？走出屋，她要在"海棠影下，子规声里，立尽黄昏"。连理海棠是永不分离的爱情的象征，子规不断地呼叫着"行不得也，哥哥"，她不怕心情更难受吗？全词到此顿然收笔，留下了一幅鲜明的图画，令人回味无穷。

少年游

方千里

东风无力扬轻丝，芳草雨余姿。浅绿还池，轻黄归柳，老去愿春迟。

栏干凭暖慵回首，闲把小花枝。怯酒情怀，恼人天气，消瘦有谁知？

【赏析】

上阕一开始就描写常见的游丝："东风无力扬轻丝"。"东风无力"是说春风非常轻柔和煦，似乎连细细的游丝也不能吹动，一场春雨后，芳草萌出绿芽，只见"浅绿还池，

轻黄归柳"，大有绿满天涯之势。词人用了"还"和"归"两个动词，似乎绿色是出远门的人，又回到家来。到此为止，词中一直洋溢着一股轻快的情绪。随后词人却出人意料地以"老去愿春迟"一句结束上阕，不免让人诧异。细想一下，春天或已回归，而人的年华却如流水一去永不回头，因此他的心情便可以理解了，而且"还"和"归"二字也为这种感情陡转做好了铺垫。

下阕写词人的情怀。他凭依栏杆，想让春阳驱走寒意。他说自己"慵回首"，其实是怕回首。回首前事，只会增加伤感，不回首不过是想逃避心中的伤感。"闲把小花枝"表面上看很幽雅闲适，其实更多的是一种无可奈何。精神的委顿使他见酒生怯，从今日的怯酒可以想见他往昔的豪饮。春天里阴晴无定的天气也让他恼恨，而当年可能是对此全不在意的。更难堪的是日见消瘦，又有谁知晓呢？词人的孤苦凄凉由此可见。

这首词先描写了生机盎然的春天的景象，随后一句陡转将幻影戳破，让人知道词人的真正感受。在下阕对今日情状的描绘中又暗寓了今昔对比，非常含蓄。

满江红

岳　珂

　　小院深深，悄镇日、阴晴无据。春未足，闺愁难寄，琴心谁与[1]？曲径穿花寻蛱蝶，虚阑傍日教鹦鹉。笑十三杨柳女儿腰，东风舞。

　　云外月，风前絮。情与恨，长如许。想绮窗今夜，为谁凝伫？洛浦梦回留佩客[2]，秦楼声断吹箫侣[3]。正黄昏时候杏花寒，帘纤雨。

【注释】

〔1〕琴心：西汉司马相如用弹琴传达心意，向卓文君求爱，世称"琴心"。后以此指表达爱情。

〔2〕洛浦梦回留佩客：曹植在《洛神赋》中备述洛水女神之美，说"余情悦其淑美兮"，"解玉佩以要之"。

〔3〕秦楼声断吹箫侣：古代传说萧史善吹箫，能以箫作鸾凤之音。秦穆公女弄玉，也好吹箫，穆公将她嫁给萧史，并筑凤台给他们住。数年后，弄玉乘凤，萧史乘龙，升天而去。

【赏析】

这首词写闺妇幽居无依的怨情。

上阕写思妇愁思难遣。她住在深深的庭院中，整天静悄悄的。这是通过环境描写来表现她的孤寂。她的心情则如初春的天气一样阴晴无定，这个比喻非常形象地表现出了思妇的心境。春意未浓，大雁不归，自己的一片深情寄托给谁呢？又表现了她的百无聊赖。于是她只好去花间小径上追捕蝴蝶，或者在栏杆边教那鹦鹉说话来打破这死一般的静寂。因此当她看到柔弱的杨柳在风中摇曳生姿，婀娜得就像十三岁少女的细腰，不禁有些哑然失笑：你们初解风情，满怀热望，到头来也会和我一样有苦难言了。在一刹那的直觉里，思妇把杨柳与少女两种形象合而为一了。以上通过对动作、表情的描画把闺妇的复杂心情写了出来。

下阕是词人对此的感慨与评论。他先干练地推出两个意象："云外月，风前絮"。这是写景吗？词人紧接说："情与恨，长如许。"云后的月亮，时隐时出；风中的柳絮，有时飘然若飞，有时又被游丝纠缠。爱与恨不也常常如此吗？有时恨，有时爱；爱愈深，恨愈深，反之亦然。两相交织，真是剪不断，理还乱。这是词人油然而生的感叹。接下来他推想：今夜里，她辗转无眠，起来伫立窗前望月，却是为谁呢？随后他自己答道：是梦想那如留玉佩给洛神的曹子建般深情的郎君吧，是梦想着有朝一日夫妻团圆，便如那吹箫的仙侣萧史、弄玉一样快活吧。梦想使人神驰，但现在的孤寂却要一分一秒地挨。在那幽深的小院，这时候正是黄昏，暮寒笼罩着娇弱的杏花，细雨飘洒在帘栊上，全词到此戛然而止，干净利落。而这最后的意象却造成了新的开始，引人进一步去想象、体味。

菩萨蛮

许玠

西风又转芦花雪，故人犹隔关山月。金雁一声悲[1]，玉腮双泪垂。
绣衾寒不暖，愁远天无岸。夜夜卜灯花，几时郎到家。

【注释】

〔1〕金雁：即秋雁。在五行之中，金在方位上对应于西，在季节上对应于秋，故有金天、金风、金秋、金雁等词。

【赏析】

一般说来，词里写思妇多选择春季，这首词却将时令放到秋天。

上阕描写秋风、秋雁引起了思妇的伤感。秋风瑟瑟，本来已使人顿生凉意，而雪白的芦花在风中飞舞，初看还让人以为是飘雪了呢。"西风又转芦花雪"写出了由秋风初起

到芦花满天的变化，也就是风力渐劲。一个"雪"字形容了芦花之洁白和飘逸，又让人联想到真的雪，也寓含了一年光阴又将尽之意。时间流逝如此迅速，而故人（丈夫）仍然远隔千山万水，这就难怪闺中少妇听到秋雁的一声悲鸣而泪落两腮了。

下阕写她的愁怨和期望。夜里寒气逼人，她孤弱的身体怎么也不能把被窝暖热，这就使她更加感到自己的孤独与凄凉。"愁远天无岸"，她的忧愁就像天空一样无边无际。本来人们说愁如水，像海一样浩渺，但海还是有尽头的。于是由天、海颜色的相似而把天想象成无边的大海。的确，还有什么比天更能形容愁苦的广大呢？这个推演过程被省略，词人只用五个字就说明了。虽然满怀愁怨，思妇并未放弃希望，她"夜夜卜灯花"，想知道"几时郎到家"。

菩萨蛮

黄 机

相思绕遍天涯路，相思不识行人处。多病怕逢春，那堪春正深。
日高梳洗懒，鸾镜香尘掩。双鬓绿蓬松，一帘花信风。

【赏析】

上阕一开始便是一声强烈的喟叹："相思绕遍天涯路"，情感是那么浓烈，抒情又是那么直率，让人不免讶异。相思这种抽象的心理活动，似乎变成了有情的青鸟，急速地飞遍天涯异路，却始终找不到远行人今在何处。人多愁也就多病，多病更添烦忧。这种心情是怕见春光的。令人难堪的是现在春花正盛，而自己却是青春空度，怎能不让人惆怅？

上阕一声声深沉的感慨，使人感动不已。下阕幕布徐徐拉开，闺妇终于出台亮相。太阳已经升高，她却无心梳洗打扮，那明洁的铜镜也因为不常擦拭而落满细尘，平日她精心收拾的头发也是蓬乱着，这些既是对思妇形态的描绘，又是对上阕心理描写的补充。一阵风吹过，花香透过竹帘弥漫屋中，传达了花开的消息。花且有信，人呢？

这首词虽然短小，艺术上却相当讲究。上阕是直接的呼告，以声动人；下阕则是情态的描绘，以形动人，而深情却流溢于字里行间。上阕几乎把话说尽，不留余地，下阕纯用白描，让人仔细品味。

临江仙

黄　机

寒食清明都过了，客中无计留春。东风吹雨更愁人。系船芳草岸，始信是官身。

怅望故园烟水阔，几时匹马骎骎[1]？别肠何止似车轮。殢天天不管[2]，转作两眉颦。

【注释】

〔1〕骎骎（qīn）：形容马跑得很快的样子。

〔2〕殢（tì）：烦扰。

【赏析】

这首词是词人在异地任职时，因春来而思念故园时所作。

上阕开头便指出了时间，"寒食清明都过了"，春天很快就要归去。下一句说"客中"道出了他身在异乡。从"无计留春"可以知道，词人千方百计想留住春归的脚步，却只能无可奈何地眼看着春天一步步远去，词人的惜春之情可以想见。东风吹雨，枝头上花落得更多，春天也就去得更快，因此风雨更给词人添愁。他多想追上春天的脚步，一只行舟就系在岸边，待到要解缆绳时才想到自己竟是"官身"，身不由己，随后而来的更加失望和伤感，词人没有说，留待读者想象。

下阕写词人思归而不得。异地和故园之间山阔水长，目力难及，词人仍然怅望不已。他多盼望有朝一日能快马加鞭返回故乡！闺中少妇不解游子苦衷，抱怨他们心硬情薄，其实不然，古诗云："愁肠如车轮，一日千百转。"词人说自己"别肠何止似车轮"，意思更进一步。欲归不能，他只好求助于天，但"天意从来高难问"，根本不管这样的事，这时，须眉男儿不禁也要"转作两眉颦"了。

这首词写出了游子思归而不得的无奈与伤感，着意突出了内心愿望与外界环境的矛盾，使人产生同情。

清平乐

赠陈参议师文侍儿

刘克庄

宫腰束素，只怕能轻举。好筑避风台获取[1]，莫遣惊鸿飞去[2]。

一团香玉温柔，笑颦俱有风流[3]。贪与萧郎眉语[4]，不知舞错伊州[5]。

【注释】

〔1〕避风台：汉成帝为宠妃赵飞燕建筑的七宝避风台。宋代乐史《杨太真外传》："汉成帝获飞燕，身轻欲不胜风，恐其飘蓥，帝为造水晶盘，令宫人掌之而歌舞。又制七宝避风台，间以诸香安于上，恐其四肢不禁也。"

〔2〕惊鸿：受惊而飞起的鸿雁。曹植《洛神赋》："其（洛神）形也，翩若惊鸿，婉若游龙。"后因以比喻美人的体态轻盈，或代称美人。

〔3〕笑颦：《庄子·天运》成玄英疏："西施，越之美女也，貌极妍丽，既病心痛，颦眉苦之，而端正之人，体多宜便，因其颦蹙，更益其美。"颦，同"蓥"，皱眉头。

〔4〕萧郎：原指称帝以前的梁武帝萧衍，后在诗词中常指女子的恋人。如唐代崔郊《赠去婢》："侯门一入深如海，从此萧郎是路人。"

〔5〕伊州：唐代州名，辖境相当于今新疆哈密地区。隋唐时西域音乐在中原盛行，天宝以后乐曲常以地方为名。在这里即是指伊州传来的乐舞。

【赏析】

这首词写给一个妖媚的侍女，赞扬她的体态之轻盈，情态之可爱。

上阕先说她有一个让女子们艳羡的细腰，又穿着素洁的衣裙，走起路来轻飘飘的，自然让人想到那个身轻似可随风飘动的著名美女赵飞燕来。词人继续发挥说：对这样轻不胜风的女子，真应该像汉成帝为赵飞燕那样筑一个七宝避风台来安置，以免她像受惊的鸿雁一样飞走。"惊鸿"是曹植《洛神赋》中写洛神的词句，这里借用来夸赞侍女的体态轻盈。

下阕词人着力描绘她情态之娇媚。词人说她面如一团玉，而且有香气，因而充

满了温柔。她与西施一样无论启颜轻笑或皱眉不乐都让人觉得可爱。这里他又把待女比作西施。接下来写此女美而多情，在跳舞时还不断地与情郎以眉眼传情，舞步渐渐赶不上乐曲，可她还不知道呢。"贪与萧郎眉语，不知舞错伊州"，将一个多情的美女活灵活现地展示在读者面前，到此完成了对其形象的刻画。

生查子

元夕戏陈敬叟[1]

刘克庄

繁灯夺霁华[2]，戏鼓侵明发[3]。物色旧时同，情味中年别。
浅画镜中眉，深拜楼西月。人散市声收，渐入愁时节。

【注释】

〔1〕陈敬叟：陈以庄，号月溪，建安人。刘克庄诗文之友。

〔2〕霁华：明月。

〔3〕明发：天发明，即天亮。

【赏析】

这是一首游戏之作，因陈敬叟与词人很熟悉，他自然不会把戏语当真。

写词的时间是元夕，即元宵。旧俗此夜张灯为戏，满城人皆上街游玩，非常热闹。

词人一开始先描绘了元夕的纷繁热闹。三五月圆，可是辉煌灿烂的灯火却使明亮的月光黯然失色，也就是"花市灯如昼"，那时缓时急的戏鼓直到清晨还在不停地敲打着，可见市人游赏了一个通宵。这种情景年年都有，今年与以往一样，也就是"物色旧时同"，而"情味中年别"，不同的却是年岁渐长，已到中年，感受自然不比少年。

是谁在发这样的感慨？下阕把人渐渐推出：她对镜浅浅地画了眉，又对着已经偏西的月亮深拜了几下，希望它下落得慢一些。月亮终于西沉，观灯看戏的人散去，街市上也渐渐静寂下来。忧愁却从女主人公心头慢慢生发出来。她是担心这一年里再难见情人，还是想到从此又要在寂寞深闺中度日？

刘克庄向以豪语见长，这首词却写得清隽婉曲，绘景写情，比较成功。

南柯子

严 仁

柳陌通云径，琼梳启翠楼。桃花纸薄渍水油[1]。记得年时诗句、为君留。

晓绿千层出，春红一半休。门前溪水泛花流。流到西州犹是[2]、故家愁。

【注释】

〔1〕桃花纸：纸名。一用以糊窗，涂以水油，透明度较好。一作笺纸。这里当用前意。

〔2〕西州：地名。因其在台城西，故称。这里指丈夫远行的地方。

【赏析】

这首词写闺愁，着重于思念之情。

上阕一开始便是远景描写：垂柳依依的田间小径与大路相连，大路又向前延伸，无穷无尽，似乎直通向天边的云中去。"云径"一词充分写出了道路的杳渺漫长。是谁的眼睛看到这般景象？原来是一个美丽的女子站在绿树掩映的楼上，当窗梳妆。窗用桃花纸糊，并且涂以水油，因此很透明。清晨她随着第一缕晨曦醒来，每当她梳洗打扮时，很自然地想起爱她、欣赏她的丈夫来。他已经离家多年，自己有很多离情别恨要对他说。一首首诗就是自己深情的记录，等到有朝一日丈夫归来，她要让他细细地读，让他知道自己有多么爱他，多么想他。

一场春雨过后，绿叶更加纷繁，红花却落了不少。"晓绿千层出，春红一半休"，对仗工整却不板滞，恰切地描绘出了春雨后"绿肥红瘦"的自然界变化。春雨虽然不大，却使门前的溪水上涨，万千落花在水中漂浮。思妇会因之叹息自己青春的流逝吗？词人没有说。一去不回头的小溪要流向何处？它要流到西州，那是她心上人所在的地方。从这故乡春水，他定然可以感受到妻子的柔情、忧愁和盼归之心。

像大部分的闺愁作品一样，这首词也是从思妇的角度写的，但它没有一味地渲染愁怨，而是通过闺愁写出夫妻二人之深情，可以说是别开生面。

 # 醉桃源

春 景

严 仁

拍堤春水蘸垂杨，水流花片香。弄花嚼柳小鸳鸯[1]，一双随一双。
帘半卷，露新妆，春衫是柳黄。倚阑看处背斜阳，风流暗断肠。

【注释】

〔1〕嚼（zǎn）：叮，咬。

【赏析】

词人自注说这是描绘春景之作。

上阕写的是春水，描写了几个画面。画面一：春江水涨，水拍堤岸，垂柳的婆娑长枝又在微风中轻击水面。画面二：落花随水漂流，水似乎透出了花香。"水流花片"几个字，似乎是要表达伤感之情，但一个"香"字一下改变了词意的走向，减弱了伤感情绪。画面三：在水中嬉戏的鸳鸯。鸳鸯本来就给人以成双成对的感觉，词人还要强调说它们是"一双随一双"，它们很悠然地"弄花嚼柳"，构成了愉悦淡雅的春水鸳鸯图。

写景是为了更好地写人，下阕便出现了春景的主体：思妇。从"帘半卷"可知，上面的一切都是她站在窗前看到的，而且我们也可感到她的情绪不高。只见她"露新妆，春衫是柳黄"，这却是词人的眼睛看到的。从新妆可以想到她年轻、爱美，柳黄色春衫说明她是生气勃勃的，表现出她对生活的热爱。词人只字未提她的丈夫，但她独守空闺却是毫无疑问的。"帘半卷"对她的心境做了一点暗示，"倚阑看处背斜阳"进一步描写。这句话包含了两层意思：一是表示时间的变化，表明她站了很久；二是夕阳西下，使人伤感，所以她不敢看，也不愿看，要"背斜阳"。最后以"风流暗断肠"一句轻轻作结，其中的心理活动略去不写。这是因为词人已经造成了人与自然的对比：鸳鸯成双与人之孤单，鸳鸯怡然自得与人之心绪烦乱。这些对比已经为最后的结语做好了铺垫。

这首词意象鲜明，心理活动从中隐现，从而构成了一幅恬淡的伤春图。

减字木兰花

淮上女

淮山隐隐，千里云峰千里恨。淮水悠悠，万顷烟波万顷愁。

山长水远，遮断行人东望眼。恨旧愁新，有泪无言对晚春。

【赏析】

这首词借春思抒写词人的家国之恨。

北宋王朝庞大的官僚机构并没有造成强大的军事实力，相反，一直在几个兴盛的少数民族的军事压力下被动挨打，终于亡国。南宋王朝偏安江南一隅，只求苟且，并不想收复失地。北方少数民族便不断南侵，战乱频繁，受害的却是普通人民，淮上女便是其中之一。

上阕开头一句"淮山隐隐"，点明她和其他人被驱北去，不断地走，离故乡越来越远了，也可见她是一步一回头，对故园留恋不舍，她心头的痛苦不言自明。恨满心头，再也不能自己，所以"千里云峰千里恨"一句便脱口而出。脚下宽阔的淮水悠悠东去，流水本无情，但在这个满腹愁恨的女子眼里，却是"万顷烟波万顷愁"！

下阕"山长水远"四字，意味着又走了很久，连隐隐淮山和悠悠淮水也从视野中消失了。"遮住行人东望眼"，她还想翘首回顾家园，视线却被遮住，她心中的最后一点安慰也没有了。"行人"通常指在外面奔波的男子，现在她也成了"行人"，却是被迫的，而且，她的命运比"行人"更惨：他们有朝一日还可以回家，自己呢，恐怕是永远难归了。境况如此，她更多地忧虑未来的命运，所以说"恨旧愁新"，眼前是一片晚春的衰败景象，自己的命运只会比雨打风吹萎弃于地的落花更坏。想到此，眼泪不禁流下来，但她却一句话也说不出。

这首词交织着一个年轻女子的血和泪。一个弱不禁风的女子，却承受了两个民族的厮杀所造成的灾难，其命运令人为之动容。

菩萨蛮

曾原一

淡黄斜日留汀草，檐低半露遥岑小^[1]。病眼不禁愁，阑干无数秋。

雁声何处落？旧梦还惊觉。风重葛衣单，深山吹笛寒。

【注释】

〔1〕岑：小而高的山。

【赏析】

这是一个秋天的傍晚，夕阳西下，故称"斜日"。太阳早已失去了它在夏日的威力，又加上不是正午，因此它淡黄的颜色无论如何也唤不起温暖的感觉来。衰草连天，淡黄的斜日把余晖涂抹其上，更增添了衰败景象。词人凭栏远眺，屋檐低矮，暮烟四合，远处小山便有些模糊。从"病眼"我们知道词人是久病初登高，"不禁愁"是说自己本来就因病而心绪不佳，身体再也经不起心灵的沉重压力。但事与愿违，从栏杆上看到的却是秋天荒凉的景象。

就在词人低头沉思往事的时候，南飞雁的一声悲鸣将他惊醒。"雁声何处落？旧梦还惊觉"，这两句表明词人已在栏杆边站立很久，而且由眼前秋景想起了春天，想到了年轻时候，多少往事涌上心头，他沉浸在回忆之中。一声雁叫使他确切无疑地知道了现在是秋天，他这才感到了西北风的强劲，自己的葛衣单薄难以抵御寒气。同时，风还将远山的笛声吹送到耳边，这黄昏时候幽怨的笛声更叫人感到寒意森森。

这首词写出了一个久病尚未痊愈的词人对秋的体会过程，由观到闻，再到感知。通篇都是具体的描绘，而词人的愁却处处可感。

 青玉案

吴 潜

黄昏先自无情绪，更几阵、风和雨。闲把楼头更点数。挑残灯烬，装成香缕，此际凭谁诉？

新词旧曲歌还住，欲说相思渺无处。围定寒炉人不语。暗蛩啾唧，征鸿嘹唳，憔悴都如许。

【赏析】

这首词写相思。

情人远别，自己意兴萧索，到傍晚时情绪更坏。李商隐诗云"向晚意不适"，这首词第一句为"黄昏先自无情绪"，两者含义有差异。他说自己本来就情绪低落，并不是黄昏时才产生，但黄昏无疑加深了他的不愉快情绪，更不用说还有几阵凄风、几阵苦雨了。不能去散心，只好点数视野中的幢幢高楼。一个"闲"字把词人的无聊心情刻画出来。已到夜深人静，自己却是辗转难眠，一遍遍地挑灯花。从"挑残灯烬，装成香缕"中可以看出他的一往情深。这种深情"此际凭谁诉"呢？这正是他无情绪的原因。

新词旧曲有那么多曾经喜欢的，但现在想咏歌又打不起精神，因为这些词曲尽是诉说相思之情，而自己所思念的人却杳渺难见。自己虽有满怀情思，对方却难以知晓。相思太苦！夜阑寒生，自己围在小炉旁一句话也不想说。躲在屋角的秋虫有气无力地鸣叫着，尚未南飞的大雁声音清亮而凄切。作者说，它们与我一样，"憔悴都如许"！因为自己满腹忧愁，便说一切事物都与自己一样含愁，这既是"物皆著我之色彩"，也可以从中看出词人的忧愁之深。

 南柯子

吴 潜

池水凝新碧，阑花驻老红。有人独立画桥东，手把一枝杨柳、系春风。
鹊绊游丝坠，蜂拈落蕊空。秋千庭院小帘栊，多少闲情闲绪、雨声中。

【赏析】

这首词给我们描绘了一幅美丽的春图。

词人首先把视线对着庭园里的一池春水。因为空气折射和周围绿草萌发的关系，池水呈现深绿色。词人用"新碧"来形容："碧"已使人领略了春色，"新"字更使人产生天地焕然一新的感觉。动词"凝"字则好像水已固结为碧绿的温玉或翡翠，从中可见出春意之浓。

接着转向对栏杆边的红花的观察。栏杆是漆成深红色的，所以称为"老红"。旁边的几树红花的映衬，使得在日晒雨淋下颜色逐渐暗淡的栏杆又似乎鲜亮起来。从"阑花驻老红"可以看出词人观察之细微。我们随着作者的目光，便看见"有人独立画桥东"。女主人公在干什么呢？词人慢慢说道："她手把一枝杨柳、系春风。"春风如何能系？她又为何要系春风？她的这一举动引起了我们的猜测。

词人并不直接回答，而是一笔荡开，写道："鹊绊游丝坠，蜂拈落蕊空。"游丝之细居然可以把喜鹊绊倒，这是夸张，写游丝之多而韧。蜜蜂满怀希望去采花，却扑了个空，可见又到了春意阑珊时。这样，我们就对系春风的原因知道了一点。词人又指给我们看，秋千随着风轻拂，并无人游戏；帘栊不开，似乎无人。最后他轻轻地告诉我们："多少闲情闲绪、雨声中。"看来她终于没有能系住春风。"闲情"其实不闲。是叹息青春又逝？是愁怨离人不归？词人让我们去想象。

这首词淡雅婉妙，句子大多是具体描绘，意象鲜明生动，非常富于诗情画意。

谒金门

赵崇嶓

春意薄，江上晚来风恶。帘外海棠花半落，睡深浑未觉。

梦想当年行乐，新恨暗添金鹊。写就金笺无处托，去鸿天一角。

【赏析】

海棠花开时，春意方浓，芳草遍地，无处不飞花，这种景象本应使人感到愉悦。词人的感受却是"春意薄"，而且"江上晚来风恶"，一切景语皆情语。人们在观物时往往把自己的情感投射上去，使客观外物都涂上了自己的主观色彩。因此，从这两句词我们可以体会到词人的心绪是恶劣的。苏东坡深爱海棠，"只恐夜深花睡去，故烧高烛照红妆"，词人却听任"帘外海棠花半落"，自己居然"睡深浑未觉"。是什么事使他变得意兴全无呢？

原来词人"睡深"是为了"梦想当年行乐"。当年行乐，乐则乐矣，只是已成往事，

重要的是现实。只有丧失了行动的能力或机会的人，才需要靠回忆来逃避现在的凄凉。"梦想"一句把词人目前孤独寂寞的境况表露出来。喜鹊香炉里的袅袅香烟又把一阵阵愁恨添上他心头。"新恨暗添金鹊"是倒装句，为了突出"新恨"。愁恨之情讲出来也可以减轻自己的痛苦，事实上，他也已经"写就金笺"。古人说托鸿雁可以传书，眼前就有"去鸿天一角"，捎信是不成问题的，可是捎给谁呢？"无处托"三字便使这种做法不可能实施。词人心头的悲凉不言而喻。

读完下阕我们重新回到上阕去，可以更好地理解其意。春来花开，睹花思人，只会增加词人的忧愁，因此他不敢看，任由它花开花落，自己只能寻求回忆来弥补现实的缺憾。这首词妙就妙在这种结构设计上。

清平乐

怀 人

赵崇嶓

莺歌蝶舞，池馆春多处。满架花云留不住，散作一川香雨。

相思夜夜情悰[1]，青衫泪满啼红。料想故园桃李，也应怨月愁风。

【注释】

〔1〕悰（cóng）：欢乐。

【赏析】

季节正是春天，最让人赏心悦目的便是莺声婉妙、蝶舞蹁跹的景象。上阕开头一句，词人便从听觉和视觉两个方面让我们对眼前的春意纷繁有一个真切具体的感知。随后词人补充说："池馆春多处"，意味着春色满人间。这就由具体描绘推广到一般概括，也即是虚实相生。一树树繁花，就像一朵朵美丽的云。春云本来就美，花云岂不更美？词人说："满架花云留不住，"似乎他很感伤，但"散作一川香雨"却打消了我们的疑虑。有云不一定下雨，但下雨之前却一定有云。词人把繁花比作云，便很自然地让人联想到雨，他把迷蒙的雨看作花的结局。这样的构思精巧而别致。词人自注说这是为怀人而作。我们当然很想知晓他怀念何人，为何怀念。上阕写景为下阕写情做了铺垫。他说自己"相思夜夜情悰"，我们急于弄清楚他怀念的对象，他却沉吟不语。最后才吐露："料想故园桃李，也应怨月愁风。"从"故园"我们知道他客居异地，有家难归。字面上说桃李怨月愁风，其实应是家中妻子抱怨自己久久不归。我们终于知道了他怀念何人，又何以那样动情。从上面的分析中我们可以看到这首词善于铺垫，又善于制造悬念，引起读者的阅读兴趣。

蝶恋花

赵崇嶓

一剪微寒禁翠袂。花下重开，旧燕添新垒。风旋落红香匝地。海棠枝上莺飞起。

薄雾笼春天欲醉。碧草澄波，的的情如水。料想红楼挑锦字。轻云淡月人憔悴。

【赏析】

这首词写闺妇春愁。

上阕说春意渐浓。春天初来时，寒气没有退尽，因此还不能换上绿罗衫。词人简练地用"一剪微寒禁翠袂"加以概括。等到一树树花朵绽放，旧时燕子已经飞回来，并且筑好了新巢。"花下重开，旧燕添新垒"表示了时间的变化。接下来只见"风旋落红香匝地，海棠枝上莺飞起"。这是两幅动感很强的画面。"风旋落红"一句表达了三层紧密衔接的意思：先是风吹；由于风吹而有落红；落红又使地上有了香气。这一句使我们的视线随落红渐渐下到地上，"海棠枝上莺飞起"又引我们从下往上观察。这就使词意思灵动，写景不凝滞。

薄雾为自然界的一切事物罩上了一层朦胧的轻纱。连天也似乎陶醉了。这是仰视所见，烘托出春景之美。低头看，碧草澄波，令人赏心悦目。"的的情如水"，用加强的语气肯定春天之情思。一般作品都是以水寓情，由情到水，这首词却正好相反，由水联想到情，也就是反用比喻。进而他展开想象：独居红楼的闺妇，眼看着春将暮却不见丈夫的归来，她不免要想丈夫是不是变心了，于是像苏蕙那样织回文诗。轻云淡月是春天的美景，而她愁情满怀，日渐憔悴，恐怕是无心看景的。

这首词很自然地运用了颜色组合，如"翠袂""旧燕"（黑色）"落红""黄莺""碧草澄波""红楼""锦字""轻云淡月"等，织成一幅格调淡雅却意象鲜明的春景图。在这个背景上出现的闺人愁怨，也就被淡化了，不会让人心理上产生重压。

水龙吟

和朱行父海棠

方 岳

昼长庭院深深，春柔一枕流霞醉[1]。蒙松欲醒，娇羞还困，锦屏围翠。豆蔻初肥，樱桃微绽，玉阑同倚。记华清浴起，渭流波暖，红涨腻、弃脂水。

燕子来时天气，尽韶风、与诗为地。芳丛雨歇，露痕日酽，英英仙意。莫恨无香，最怜有韵，天然情致。待问春能几，五更犹是，拌今宵睡。

【注释】

〔1〕流霞：泛指美酒。

【赏析】

这是一首吟咏海棠的词。

上阕写海棠初开时的娇羞之态。先说它生长的时间和环境。仲春时，白天渐渐变长，故曰"昼长"。海棠开放在深深的庭院，在开放之前就像一个醉酒酣眠的女子。第二韵写海棠初绽时的娇态："蒙松欲醒，娇羞还困，锦屏围翠。"词人将海棠人化，比起直接描画来既省力又传神，而且海棠似乎具有了鲜活的生命力。海棠是孤单的吗？不，词人说"豆蔻初肥，樱桃微绽"。这些如同美女的花儿与海棠"玉阑同倚"，物以类聚，人以群

分。词人通过对海棠友伴的叙述从侧面烘托出它的品质高洁。词人想起了那个著名的美女杨贵妃来。唐明皇把醉酒的杨贵妃称作"海棠花未醒"，词人运用这个典故，便把海棠花推到艳盖群芳的地位。

下阕写词人的挚爱之情。海棠开时，正值燕子南来。东风送暖，人心头春光荡漾，满腹诗情，怎能不使人喜爱它呢？一阵春雨消歇，花枝上水珠盈盈，海棠真像一个绰约的仙子，又怎能不让人爱它呢？有人以为海棠美而无香，终是憾事，但偏爱它的词人辩驳说："莫恨无香，最怜有韵，天然情致。"真是情人眼里出西施，连海棠的不

足也成为词人爱它的一个理由。词人的深情于此可见一斑。他言犹未尽，"春宵一刻值千金"，而"海棠"却能与人共度良宵。凡此种种，怎能不使人爱它呢？

这首词咏物而能将其态度、神韵摹出，又时时渗透了词人的情感，是一首成功的咏海棠之作。

一剪梅

客中新雪

方 岳

谁剪轻琼做物华[1]？春绕天涯，水绕天涯。园林晓树恁横斜[2]。道是梅花，不是梅花。

宿鹭联拳倚断槎。昨夜寒些，今夜寒些。孤舟蓑笠钓烟沙。待不思家，怎不思家？

【注释】

〔1〕琼：美玉，泛指精美的东西。

〔2〕恁（nèn）：这么，这样。

【赏析】

这是词人有感而作的一首词。

上阕写他看见新雪时的惊喜之情。清早起来，推窗远眺，外面的景象却令人诧异：远近的树上都白花花一片，"千树万树梨花开"，真让人不可思议。他脱口而出："谁剪轻琼做物华？"表示自己的疑问。他用"轻琼"比喻雪，既写出了雪的轻洁，也写出了自己的喜悦。花开了，春天也来了吧。因此他接下去说："春绕天涯，水绕天涯。"但定睛细看，"园林晓树恁横斜"，不像开花时的样子。再看枝头，"道是梅花"，却"不是梅花"，因为"梅须逊雪三分白，雪却输梅一段香"。

下阕写词人因清寒太甚而思归。看到江边无人的木筏上一对鹭鸶在寒风中瑟缩着，他自己也感觉"昨夜寒些，今夜寒些"。远处有一只小舟在漫天风雪中孤独地漂泊，那舟人披蓑戴笠。上面落满了白雪，从远处看有些茫然莫辨。他手持钓竿，在薄雾笼罩的江上垂钓。这形象是多么的幽凄孤寂。"孤舟蓑笠钓烟沙"一句源出柳宗元《江雪》："千山鸟飞绝，万径人踪灭。孤舟蓑笠翁，独钓寒江雪。"这种萧索荒寒景象怎不令人想回到那温暖的家呢？思归之情一下子控制了他："待不思家，怎不思家？"

这首词触景生情，由喜到忧，层次非常清晰。在语言运用上也很有特色。"谁剪轻琼做物华""园林晓树恁横斜"，简练而有口语的自然。"宿鹭联拳倚断槎""孤舟蓑笠钓

"烟沙"却精工而精练。"春绕天涯，水绕天涯"等四句既重复又有变化，前后或相承，或相悖，诗情曲折有致。

风人松

吴文英

听风听雨过清明，愁草瘗花铭[1]。楼前绿暗分携路，一丝柳、一寸柔情。料峭春寒中酒，交加晓梦啼莺。

西园日日扫亭林，依旧赏新晴。黄蜂频扑秋千索，有当时、纤手香凝。惆怅双鸳不到[2]，幽阶一夜苔生。

【注释】

〔1〕瘗（yì）：埋葬。庾信有《瘗花铭》。此以葬花寓别恨。

〔2〕双鸳：鸳鸯履，指女鞋。此指行迹，兼指女子本人。

【赏析】

本词一题作"春晚感怀"。吴文英曾纳苏、杭二妾，一遣一死，他有很多词都是咏二妾之作。

上阕说自己独过清明，百无聊赖，只好借酒消愁。清明本是去郊外游春赏花的日子，但现在风雨并作，且词人又一人独居，全无意趣，于是就躺在床上听风听雨。想有多少娇艳的花朵被打落在地，更添愁闷，便像庾信那样草成一篇《瘗花铭》，表达自己的惋惜和惆怅。由落花想到离人，楼前分别的路上已是绿柳成荫，寸寸柳丝都仿佛是寸寸柔情，真让人愁肠寸断！满腹忧愁只好消之以酒，在麻醉中沉沉睡去，但黄莺争鸣，惊醒晓梦，终于不能成寐。词人为情所困，百般无奈，由此也可见他情之真、深。

下阕说自己日日望归，而离人终于不回。"西园日日扫亭林，依旧赏新晴"，是依旧吗？非也。过去两人共赏，而今一人独观。词人说得若无其事，好像很达观，却更反衬出了他的思念之深切。他看到"黄蜂频扑秋千索"，便认为是"有当时、纤手香凝"。最后以"惆怅双鸳不到，幽阶一夜苔生"作结。"双鸳不到"，犹望其到；"一夜苔

生"，踪迹全无，则唯日日惆怅而已，从中可见词人思念之急切。

陈廷焯《白雨斋词话》赞此词说："情深而语极纯雅，词中高境也。"

西江月

赋瑶圃青梅枝上晚花

吴文英

枝袅一痕雪在，叶藏几豆春浓。玉奴最晚嫁东风[1]，来结梨花幽梦。
香力添熏罗被，瘦肌犹怯冰绡。绿阴青子老溪桥，羞见东邻娇小。

【注释】

〔1〕玉奴：古代常称女子为玉奴。南齐东昏侯潘妃小字玉儿，东昏侯败，潘妃与其同死。此指梅花。

【赏析】

这首词是赋晚梅之作。

上阕说梅花晚开。一般梅花开在寒冬腊月，这时白雪飘飘，而梅雪争艳。晚梅开在初春，枝头上仅有"一痕雪在"，树叶已呈翠绿，从中可以看出春意方浓。经过词人的垂炼，"枝袅"和"叶藏"两句用字精警而对仗工整。对于晚开的梅花，词人把它看作晚嫁的女子，说"玉奴最晚嫁东风"，因此梅花也就变得可爱起来。至于梅花晚嫁的缘由，在他看来是为了"来结梨花幽梦"。这样便把梅花晚开这样一个平常事实写得婉曲幽雅。

下阕写晚梅之娇娆。这是写梅花本身，但词人并没有直接去赋写。他把花朵看作梅的罗被，说梅花为它添香。接着说梅花的娇弱，"瘦肌犹怯冰绡"，仍是把梅花拟人化。冰绡指枝头残雪。晚梅开时，早梅已结子，故曰"青子老"。在词人想象中，老梅子应该是羞见新梅花，因此说它"羞见东邻娇小"。

咏物词难就难在不容易把所咏之物的本身特质写出来。有些词由物及事，实际上是托物言志，写物只是一种抒情手段，严格说来，算不上咏物词。这首词则前后一贯，叙写梅花，运用想象、拟人，较好地完成了对梅花的勾画。

声声慢

吴文英

陪幕中饯孙无怀于郭希道池亭，闰重九前一日。

檀栾金碧[1]，婀娜蓬莱[2]，游云不蘸芳洲。露柳霜莲，十分点缀成秋。新弯画眉未稳，似含羞，低护墙头。愁送远，驻西台车马[3]，共惜临流。

知道池亭多宴，掩庭花、长是惊落秦讴[4]。腻粉阑干，犹闻凭袖香留。输他翠涟拍甃[5]，瞰新妆、时浸明眸。帘半卷，带黄花，人在小楼。

【注释】

〔1〕檀栾：秀美状，多形容竹。

〔2〕蓬莱：蓬蒿草莱，隐者所处。

〔3〕西台：一为中书省的别称，一为御史台的简称。唐和北宋都有东都、西京，皆置御史台。唐以在长安者为西台，宋则以在西京洛阳者为西台。

〔4〕秦讴：《列子·汤问》："薛谭学讴于秦青，未穷青之技，自谓尽之，遂辞归。秦青弗止，饯于郊衢，抚节悲歌，声振林木，响遏行云。薛谭乃谢求反，终身不敢言归。"

〔5〕甃（zhòu）：用砖砌的井或池子。

【赏析】

这首词是记一次饯别的情景。

上阕写饯别的环境和气氛。地点是郭希道家的池亭。这里修竹碧绿夺目，花草婀娜多姿，天高云淡，笼盖不住水中小洲。吴文英字斟句酌，在第一句中他用了"檀栾""蓬莱"（指草）这样较为生僻的词语，又用"蘸"字来写云。前者不免有些过求深雅，后者却真正能显其功力。这一天是闰重九前一日，自然十分具有秋意，但词人却说："露柳霜莲，十分点缀成秋"，则婉曲有致。一勾新月"低护墙头"，他力避直接描写，而将其看作一个娇羞的女子，她"新弯画眉未稳，似含羞"。环境、气氛都写完，最后才说大家含愁送远。

下阕写郭希道家歌女的可爱，因她亦与饯别有关。他称郭家歌女为"掩庭花"，说她"知道池亭多宴"，就唱起别离歌来，她的歌声，美妙动听，因此词人说她"长是惊落秦讴"。敏感的词人从她依凭过的栏杆上仍能嗅出她衣袖留下的淡香。池中绿波拍打着岸壁，她以水为镜，为了看自己的新妆，不时地俯瞰。最后是词人远观，看见"帘半卷，带黄花，人在小楼"。

 # 惜秋华

重 九

吴文英

细响残蛩，傍灯前，似说深秋怀抱。怕上翠微[1]，伤心乱烟残照。西湖镜掩尘沙[2]，翳晓影、秦鬟云扰。新鸿，唤凄凉，渐入红萸乌帽[3]。

江上故人老。视东篱秀色，依然娟好。晚梦趁、邻杵断，乍将愁到。秋娘泪湿黄昏[4]，又满城风轻雨小。闲了，看芙蓉、画般多少。

【注释】

〔1〕翠微：轻淡青葱的山色。

〔2〕"西湖镜"句：据传秦宫有方镜，广四尺，高五尺九寸，表里有明。人直来照之，影则倒见；以手扪心而来，则见肠胃五脏。这里以西湖比秦镜。

〔3〕红萸：即茱萸。古代风俗，阴历九月九日佩戴茱萸，以祛邪避灾。

〔4〕秋娘：即杜秋娘。《唐诗三百首》卷八有杜秋娘诗《金缕衣》："劝君莫惜金缕衣，劝君惜取少年时。花开堪折直须折，莫待无花空折枝。"此指年长色衰的美女。

【赏析】

这首词是吴文英重阳日感怀之作，是其自度曲，调名"惜秋华"与抒情内容相吻合。

上阕写秋色凄凉。词人通过耳闻目见的四种景物表现。先是在家中，残存无几的蟋蟀声息衰竭，他用"细响"来形容。这残蛩的细响在他听来就"似说深秋怀抱"。走出门去，按重九风俗登高，却又看到一幅"乱烟残照"的伤心景象。原本明洁的西湖被烟霭笼罩，就好像那可照人肝胆的秦镜蒙上尘沙，宫中美女清晨梳妆时连头发都看得清楚。杭州以西湖知名，现在西湖如同"镜掩尘沙"，如何不使人伤怀？正在词人睹物生愁时，又有几声凄凉的雁叫传入耳鼓。词人没有直说耳朵，用插了"红萸"的"乌帽"代指。而"红萸"与"乌帽"又造成颜色上的对比。

下阕叹息年华老去。一年风景老于秋，触景生情，自然就会联想到自己的韶光已逝。到这时，一向忌讳直说的词人也不禁脱口而出："江上故人老。"古人云："耳畔频闻故人死，眼前但见少年多。"词人看到东邻女子，虽到深秋，却仍旧那么娟好，怎不倍感自己之衰朽？到晚间，邻女捣衣声阵阵传来，让人无法入睡。而杵声一旦停止，梦却带愁而来，真是睡也烦，不睡也烦。但词人发现，伤老的不只是他一人。你看那年长色衰的秋娘（代称美女）比我还痛苦，虽然是"满城风轻雨小"，天气不错，她却泪洒黄昏。算了算了，还是看湖中往来如梭的游船吧。"闲了"句说得轻松，其实看别人欢乐又怎能安慰自己的忧愁呢？下阕写了自己和秋娘的衰老，又对比了东邻秀色的娟好，别人游乐，自己却只能闲看，则词人的伤愁让人可感可闻。

唐多令

惜 别

吴文英

何处合成愁？离人心上秋[1]。纵芭蕉、不雨也飕飕。都道晚凉天气好，有明月，怕登楼。

年事梦中休，花空烟水流。燕辞归、客尚淹留[2]。垂柳不萦裙带住[3]，漫长是、系行舟。

【注释】

〔1〕心上秋："愁"字由"心"和"秋"合成。

〔2〕淹留：迟延、滞留。

〔3〕裙带：女子衣饰，此代指离去的女子。

【赏析】

这首词写与情人分别后的惆怅。

上阕说自己愁绪满怀。情人们总希望长相厮守。一旦不得不分开，就不禁"忧从中来"，"不可断绝"。愁闷难遣的词人就自言自语起来："何处合成愁？"然后他认真

地想了想，回答自己："离人心上秋。"作者巧妙地用了拆字法，因"愁"是合成字，由"心、秋"两字组成。而"秋"在文学传统中一直是与忧愁悲怨等情绪联系在一起的。从词人的固执强调中我们也可看出他的情之深挚。他说虽未下雨，可芭蕉叶嗖嗖地颤抖不已似乎也满含忧愁，芭蕉也打上了他的感情色彩。虽然人们"都道晚凉天气好"，但今晚却"有明月"，月圆人缺，因此他"怕登楼"。

下阕说自己淹滞难归。词人感叹自己"年事梦中休",而现在已是深秋,枝头花空,河中烟水东流,益发感到孤独。抬头望见一群群的燕子正飞回南方温暖的故乡,而自己仍滞留异地,怎不更添愁伤?看到在风中飘动的柳枝,不禁充满了愁怨:"垂柳如丝,你却不牵着她的裙带留住她;我现在希望归去,你却偏偏系住了我的行舟!"真是该留的不留,想走的却不让走。

思佳客

吴文英

迷蝶无踪晓梦沉[1],寒香深闭小庭心。欲知湖上春多少,但看楼前柳浅深。

愁自遣,酒孤斟。一帘芳景燕同吟。杏花宜带斜阳看,几阵东风晚又阴。

【注释】

〔1〕迷蝶:迷失的蝴蝶,《庄子·齐物论》:"昔者庄周梦为胡蝶,栩栩然胡蝶也。自喻适志与,不知周也,俄然觉,则蘧蘧然周也。"

【赏析】

这首词写的是春愁。

上阕写词人困居家中,春天却不知不觉地来了。他为沉沉的忧思所苦,多么希望能像庄周那样化蝶,翩翩飞舞,忘掉一切不快,即使是在梦中,能得到片刻的解脱也好。但"迷蝶无踪",即使是梦,也那么沉重!待他起床后,看到清寒中几朵花在这小门紧闭的院子里开放了,不禁有些惊喜:噢,春天回来了。湖山春早。他不禁想西湖里该有了多少春色?看着楼前柳树正是"眉眼盈盈绿",他就明白了。一般人都盼望春天早点儿到来,词人却在春色渐浓时才注意到,可见其忧愁满怀,无心他顾。

下阕写自己孤愁难遣,无心赏春。春浓愁亦浓,词人身边没有一个知己,他只能"愁自遣,酒孤斟",怎不倍感凄凉!美景让人产生诗兴,却只有初归的燕子叽叽喳喳地应和自己,谁还有心去吟诗呢?杏花枝上

夕阳的光彩最好看，而现在几阵风吹过，阴云早遮蔽了天空，怎能不使人兴致顿消！

词人在借这首词写自己的孤独愁闷，除了"愁自遣，酒孤斟"一句外，在别的地方都是侧面去写，但却给人造成满纸忧愁的感觉，这种手法写情含蓄而又深沉。

扫花游

送春古江村

吴文英

水园沁碧，骤夜雨飘红，竟空林岛。艳春过了，有尘香坠钿，尚遗芳草。步绕新阴，渐觉交枝径小。醉深窈。爱绿叶翠圆，胜看花好。

芳架雪未归，怪翠被佳人，困迷清晓。柳丝系棹，问阊门自古[1]，送春多少？倦蝶慵飞，故扑簪花破帽。酹残照。掩重城，暮钟不到。

【注释】

〔1〕阊门：苏州城西门。

【赏析】

这首词是暮春时节，词人为送春而作。

日月如流。似乎刚迎得春来，却又见匆匆春归去。"绿肥红瘦"之景让多少人触目神伤！梦窗寓居苏州城外古江村，在这里他饱赏春色，而今春天要去了，多情的词人为之送行。他看到池水泛碧，昨夜的一场骤雨使水中漂满落花，池中小岛上的花朵也全凋谢了。词人用了"沁碧"与"飘红"这样凝练而又对仗的词语来写景色，可见其匠心。"艳春过了"，尘埃因落花而有香，游春之人遗落的钗钿在草中也时常可见。词人漫步在树荫下，两边枝条交接，路也显得窄小了。他饮酒酣畅，心中愉快，虽然是送春，却并不感伤，他觉得"绿叶翠圆"，比花更可爱，词句中流露出一种练达之气。

下阕是词人由送春生发出来的观感。他看到一树雪一样的白花还没有败落，不免感到奇怪，想那披翠佳人一样的绿叶是不是因为春困而尚未苏醒过来。河边泊着行舟，岸上细柳如丝。此时，词人想到人生有尽，而岁月悠悠。就不禁要"问阊门自古，送春多少"？谁又能解答呢？再看眼前，蝴蝶因倦于飞来飞去追逐春色，就扑到破帽上插的花上面。蝶"扑簪花破帽"，是写实，而"倦蝶慵飞"纯是词人的主观判断，实际上是词人内心情感的表现，浮想联翩，词人的心也沉重起来。一日又将结束，对着渐渐沉落的夕阳，诗人洒酒以祭。隔了重重城墙，寺院里沉闷的暮钟也听不到。不然，又让人添一番惆怅了。

这首词写出了词人情感的不断转变，由开朗而愁伤，层次非常清晰。

极相思

题陈藏一水月梅扇

吴文英

玉纤风透秋痕，凉与素怀分。乘鸾归后，生绡净蒻[1]，一片冰云。

心事孤山春梦在[2]，到思量，犹断诗魂。水清月冷，香消影瘦，人立黄昏。

【注释】

〔1〕绡：生丝织成的绸子。

〔2〕孤山：在杭州西湖边。北宋初，诗人林逋（和靖）在此结庐隐居。人称他"梅妻鹤子"。

【赏析】

这首词为题扇而作，因扇画水、月、梅，词也就围绕这三样事物来写。

炎夏中一扇在手，人便会像吹了一阵秋风似的凉爽，词人却巧妙地说是"风透秋痕"。接下来他说这种爽快的产生是凉气和素怀各占一半。"素怀"犹言纯洁的心胸，这当然是赞扬陈藏一了。词人又想到这把扇子就像仙人乘鸾升天后，用绸子剪成的一片白云。"冰云"也就是白云，用"冰"字，既称其洁白，又可使人顿生凉意。

下阕围绕扇上所画水、月、梅来写。说起梅，人们便会很自然地想到那位隐居孤山、"梅妻鹤子"的林和靖先生。词人一生除短时间供职苏州仓幕外，布衣终身，他们二人可以说是声气相通。因此词人说："心事孤山春梦在，到思量，犹断诗魂。"梅花开时，正值严冬季节，水清月冷，梅花也是疏影横斜，暗香浮动，词人用了"香消影瘦"四字来概括。梅花孤零零地开吗？不，有"人立黄昏"，他有着隐者的高标。"水清月冷，香消影瘦，人立黄昏"构成了一个清逸的境界，简直可以和林逋写梅的名句"疏影横斜水清浅，暗香浮动月黄昏"相媲美。"人立黄昏"如画龙点睛，由梅写人，表现出了隐者的高洁品质。

题扇词在写作时受的限制较大。词人要把扇画、自己和对方都写到，容易流于板滞，而这首词却写得神思飞动，摇曳生姿，不愧为大家手笔。

珍珠帘

吴文英

春日客龟溪[1]，过贵人家，隔墙闻箫鼓声，疑是按舞，伫立久之。

蜜沉烬暖萸烟袅[2]。层帘卷、伫立行人官道。麟带压愁香，听舞箫云渺。恨缕情丝春絮远，怅梦隔、银屏难到。寒峭。有东风嫩柳，学得腰小。

还近绿水清明，叹孤身如燕，将花频绕。细雨湿黄昏，半醉归怀抱。蠹损歌纨人去久[3]，漫泪沾、香兰如笑。书杳。念客枕幽单，看看春老。

【注释】

〔1〕龟溪：《德清县志》："龟溪古名孔愉泽，即余不溪之上流。昔孔愉见渔者得白龟于溪上，买而放之。"

〔2〕蜜：即蜜香，又叫沉香。晋嵇含《南方草木状》："交趾有蜜香树，干似柜柳，其花白而繁，其叶如橘。……木心与节坚黑，沉水者为沉香。"

〔3〕纨：很细的丝织品，细绢。

【赏析】

这首词是词人春日闻某贵人家传出箫鼓声，心有所感而作。

上阕说自己隔墙听舞。初春的一天，客居龟溪的词人正在散步，突然路旁边的深宅大院中传来一阵阵箫鼓之声，他本是精通音律的人，自然就被吸引住了。久久地伫立在墙外，他想象里面定然是燃着沉香，香烟袅袅，层层帘幕都被卷起，那观舞的贵人官服上的麟带也有香味，而自己却只能"伫立行人官道"上"听舞"，连箫声也缥缈得似从云外传来。他不禁怅恨自己的情丝像柳絮一样飞得很远，却被银屏遮挡，连梦也不能到大墙里边。想到这里，不免心寒。"寒峭"既是对初春天气，也是对词人心情的写照。春风中一株细柳婀娜生姿，这并非纯是实写，也包含着对墙内舞女娇娆之态的推测。

下阕叹惜春老身孤。快到清明节了，人们将结伴赏春，临流作乐，自己却像一只孤燕，"将花频绕"。细雨飘洒的黄昏，孤愁难遣，只好借酒浇愁，常常喝得醉醺醺的。由此可见词人孤愁之深。越孤独，越思念自己所爱的人，但她离去太久了，以致她歌舞时穿的绢衣都被虫蛀坏了，怎能不让人伤心落泪呢？伤心无人诉，只好对兰花说，可是"香兰如笑"，又令人更加忧伤！到如今，心中的她一点消息也没有，词人的期盼、焦虑可想而知。客居他乡，又是一个人，又眼看着春天一天天老去。说"春老"其实是指自己一春又是虚度，而韶华还能有多少？

下阕所言数事，并非词人听舞时所做，而是词人思前想后的结果，用孤愁的情绪贯穿起来，联系相当紧密。而且，上阕想象中贵人家的欢乐亦更增加了下阕词人的孤独凄凉之感。

宴清都

连理海棠

吴文英

绣幄鸳鸯柱[1]，红情密、腻云低护秦树[2]。芳根兼倚，花梢钿合[3]，锦屏人妒。东风睡足交枝[4]，正梦枕瑶钗燕股[5]。障滟蜡、满照欢丛，嫠蟾冷落羞度[6]。

人间万感幽单，华清惯浴，春盎风露。连鬟并暖[7]，同心共结，向承恩处。凭谁为歌长恨？暗殿锁、秋灯夜语。叙旧期，不负春盟，红朝翠暮。

【注释】

〔1〕绣幄：指锦绣的帷帐。

〔2〕秦树：相传古代秦地（今陕西）有双株海棠。

〔3〕钿合：钿盒，有上下两扇。

〔4〕睡足：唐玄宗召杨贵妃同宴，她醉酒未醒，玄宗说，海棠睡未足。

〔5〕燕股：钗有两股如燕尾。

〔6〕嫠（lí）蟾：指月中嫦娥无夫，故称。

〔7〕连鬟：女子所梳双髻，名同心结。

【赏析】

这首词是歌咏连理海棠之作。

上阕写海棠初开时的娇美之态。海棠未开时，如美人春睡未醒，因而词人用鸳鸯柱撑起绣幕为之遮寒。绣幕饱含深情，像一团红云低低地笼罩着海棠，可以看出词人爱海棠之深和痴。终于等到花开，取掉绣幕，只见连理海棠"芳根兼倚，花梢钿合"，枝柯相交，好像一对情人"正梦枕瑶钗燕股"，在东风中酣眠。苏东坡"只恐夜深花睡去，故烧高烛照红妆"（《海棠》），吴梦窗也"障滟蜡，满照欢丛"，烛光明亮，使得月华也黯然失色，形影相吊的嫦娥也羞于看到这紧相偎依的连理海棠。

下阕写与连理海棠密切相关的杨贵妃、唐玄宗（明皇）故事。词人由海棠枝连而嫦娥

孤单发出感叹："人间万感幽单"，这同时也是唐明皇遇杨贵妃前的心境写照。而"一朝选在君王侧"，杨贵妃便"华清惯浴，春盎风露。连鬟并暖，同心共结，向承恩处"，唐明皇尽日看不足，将三千宠爱加之一身，"从此君王不早朝"。但"渔阳鼙鼓动地来"，贵妃宛转马前死，演出了一场凄惨的爱情悲剧。白居易作《长恨歌》，咏叹此事，极动人。但词人却反问："凭谁为歌《长恨》？"天宝十年七夕，明皇、贵妃"感牛女事，密相誓心，愿世世为夫妇，且结后缘"。词中"暗殿锁，秋灯夜语"即说此。白居易又有"在天愿为比翼鸟，在地愿为连理枝"的诗句，因此词人便将连理海棠看成这一对痴情人"叙旧期，不负春盟，红朝翠暮"，依然热烈地相爱。连理海棠有这样一番故事，焉能不使人深相爱护？这就呼应了上阕。

澡兰香

淮安重午

吴文英

盘丝系腕[1]，巧篆垂簪[2]，玉隐绀纱睡觉[3]。银瓶露井[4]，彩箑云窗[5]，往事少年依约。为当时、曾写榴裙[6]，伤心红绡褪萼。黍梦光阴[7]，渐老汀洲烟蒻[8]。

莫唱江南古调，怨抑难招，楚江沉魄。薰风燕乳，暗雨槐黄，午镜澡兰帘幕[9]。念秦楼、也拟人归，应剪菖蒲自酌[10]。但怅望一缕新蟾[11]，随人天角。

【注释】

〔1〕盘丝系腕：腕上系五色丝线。

〔2〕巧篆垂簪：簪上插精巧纸花。

〔3〕"玉隐"句：玉人隐在天青色纱帐里睡觉刚醒。绀，稍微带红的黑色。

〔4〕银瓶：代指饮酒。

〔5〕彩箑(shà)：彩扇，指歌舞。箑，扇子。

〔6〕写榴裙：典出《宋书·羊欣传》：羊欣着白练裙昼寝，王献之见之，书其裙数幅而去。榴裙即大红裙。

〔7〕黍梦：即黄粱梦。唐沈既济的小说《枕中记》写卢生在邯郸客店遇道士授枕入梦，时客店主人方蒸黄粱。卢生梦中尽享富贵荣华，醒后却发现主人蒸黄粱尚未熟，因有所悟。

〔8〕蒻（ruò）：香蒲嫩者称蒻。

〔9〕澡兰：五月五日，蓄兰沐浴。

〔10〕菖蒲：端午以菖蒲一寸九节者泛酒，以避瘟气。

〔11〕新蟾：新月。古代传说月亮上有三条腿的蟾蜍，因此诗文中常以之代称月亮。

【赏析】

这首词是词人在淮安过端午节时有感而作。

吴文英乃是深情之人，离家之后自然念念不忘。独居异地，却逢佳节，怎不倍思亲人？

上阕先用"盘丝系腕，巧篆垂簪"来写妇女们此日的装饰，因为"因人天气日初长"，所以"玉隐绀纱睡觉"。在露井边用银瓶饮酒，从云窗里不时闪过她歌舞时挥动的彩扇。这几句所描述的时态不明显，直到"往事少年依约"，才表明词人在回忆。接着想起"曾写榴裙"，不禁"伤心红绡褪萼"了。从那时到现在日月匆匆，他叹息光阴像黄粱梦一样短暂，自己也在渐渐老去。

词人深感幽独，家人也是望其早归。但下阕突起一句："莫唱江南古调"（指《招魂》），不免让人吃惊。词人解释说："怨抑难招，楚江沉魄"，用宋玉为屈原招魂事，说自己知道家人心情，却难以归去。家乡也该是"薰风燕乳，暗雨槐黄"的初夏时节了，家人按风俗以兰汤沐浴，盼他归而不得，也只好"剪菖蒲自酌"，真是"一种相思，两处闲愁"，在孤独中又过去一天，一勾新月初升，词人满怀惆怅地望着它，想着也只有它能随人走到天涯海角。

六 丑

壬寅岁吴门元夕风雨

吴文英

渐新鹅映柳，茂苑锁、东风初掣。馆娃旧游，罗襦香未灭[1]，玉夜花节。记向留连处，看街临晚，放小帘低揭。星河潋滟春云热，笑靥欹梅[2]，仙衣舞缬，澄澄素娥宫阙。醉西楼十二，铜漏催彻。

红消翠歇。叹霜簪练发，过眼年光，旧情尽别。泥深厌听啼鴂[3]，恨愁霏润沁，陌头尘袜。青鸾杳[4]，钿车音绝。却因甚，不把欢期，付与少年华月？残梅瘦，飞趁风雪。向夜永，更说长安梦，灯华正结。

【注释】

〔1〕罗襦（rú）：用质地稀疏的丝做成的短衣。

〔2〕厣（yè）：酒窝。

〔3〕啼鴂：鶗鴂（tí jué），即杜鹃。《临海异物志》："鶗鴂，一名杜鹃，至三月鸣，昼夜不止，夏末乃止。"

〔4〕青鸾：即青鸟。《汉武故事》："七月七日，忽见有青鸟来集殿前……是夜漏七刻，王母至，有二青鸟如乌，夹侍母旁。"后人因此称女子传信使者为青鸟。

【赏析】

这首词是壬寅岁（1242年）吴文英在苏州，因元宵风雨有感而作。

元夕，都市里张灯结彩，平时深居闺中的女子们也得以走出家门，多情的青年男女一见而铭心刻骨，终生难忘。这首词即写此。

斗转星移，天地间又是冬去春归。东风送暖，柳树上一片鹅黄色新绿，这是元夕前的自然景观。在这"玉夜花节"的元夕，馆娃娇女纷纷出游，她们衣服上的香气至今依然可闻。罗襦再香，留下的气味也不会经年不灭。多情的词人流连于女子的宝马香车旁边。"小帘低揭"，她"笑厣欹梅，仙衣舞缬"，自己不禁春心荡漾，甚至觉得"星河潋滟春云热"，这是处于热烈的恋爱中的人特有的感觉。月华如练，通宵朗照，自己兴奋得饮酒大醉，计时的铜漏报告着夜阑将晓，时间过得这么快！上阕的回忆中有掩抑不住的欢快。

下阕开头"红消翠歇"，语气陡转。他感叹自己韶华已逝，旧情尽别。他"厌听"杜鹃啼声，事实上是怕听，因它凄厉的啼声只会勾起自己的无限伤感。元夕过了，到清明时人们出城游春，也许还有可能再见。但可恨的春雨却落下来，自己去郊外，打湿了鞋袜，也没有等来传递消息的青鸟，从此再也没有看见她的钿车。这几句接上阕继续回忆，补叙了那一面之缘的结局。惆怅不已的词人质问自己："却因甚，不把欢期，付与少年华月？"以致到今日还是憾恨难平。又逢元夕，"残梅瘦，飞趁风雪"，这既是写实，也暗喻自己所余无多的岁月仍在凄风苦雨中度过。词人心情之苍凉于此可见。街上无灯，只好用回忆梦一般的少年时代来打发这漫漫长夜。灯光渐暗，抬头才发觉"灯华正结"。现在的觉"夜永"和当年的不觉间"铜漏催彻"，构成今昔对比。灯花结而无人剪，从中也可见诗人的孤愁无绪。

这首词忆昔叹今，和其他此类词写法相同，前述往昔之欢乐，后叙今日之孤愁。但对往日情事讲得非常清楚，而情感也或喜或悲，写得从容有度。

玉漏迟

赵闻礼

絮花寒食路，晴丝胃日[1]，绿阴吹雾。客帽欺风，愁满画船烟浦。彩柱秋千散后，恨尘锁、燕帘莺户。从间阻，梦云无准，鬓霜如许。

夜永绣阁藏娇，记掩扇传歌，剪灯留语。月约星期[2]，细把花须频数。弹指一襟幽恨，漫空倩，啼鹃声诉。深院宇，黄昏杏花微雨。

【注释】

〔1〕胃（juàn）：挂。

〔2〕星期：指农历七月七日。民间传说牵牛、织女这一天在鹊桥相会。

【赏析】

这首词写春来时词人对亡妻的忆念。

寒食节时，柳絮满路飞舞，游丝在日光里摇荡，树木青翠欲滴，远看如一团绿雾。春光何其好，词人却感到"客帽欺（于）风，愁满画船烟浦"。为什么如此不快乐呢？原来是在"彩柱秋千"上玩耍的人不在了，她的"莺帘燕户"也被尘封，自己空留余恨。无奈天人永隔，连梦里相会都不容易，怎能不让人愁白头发？从这些描述中可以看出词人对亡妻的爱恋之深。

下阕回忆共同度过的美好日子，抒发其永无尽期的幽恨。虽然已经过去了许多年，可是那一段生活却历历在目。他分明记得在漫长的冬夜，在绣阁里，她为他持扇歌舞。两人说了许多甜蜜的话，灯花频剪，却无倦意。"藏娇"用汉武帝典故，可见他爱妻之深。"剪灯"源于李商隐的《夜雨寄北》，描写夫妻感情之好。七夕，一般妇女乞巧，她却"细把花须频数"。正沉浸在回忆间，"弹指"猛然回到现实，同时也惊叹时间流逝之速。如今自己空留一腔幽恨，想说却无从说起，只好让杜鹃替自己凄号不已。想那留下了两人多少欢笑的深院里，"黄昏杏花微雨"，却死寂寂的，有谁再欣赏呢？

洞仙歌

次韵苏子瞻

陈 著

冰肌玉骨，自清凉无汗。午梦醒来盼娇满。扇轻抬又放，浅炷兰薰，微笑处、吹着烟丝散乱。

凉亭还独步，曾是凭阑，携手心盟指云汉。碧云斜阳外，信有如今，音书杳，寸肠千转。漫伫立、无言对荷花，看转眼秋风，翠移红换。

【赏析】

这首词步苏轼（子瞻）同调词所用韵而写。据苏轼说，蜀主孟昶曾与花蕊夫人纳凉池上，作一词。他少时从一老尼处听过，后来仅记其头两句，疑为《洞仙歌》，便为之补足。本词则写闺妇。

一般写闺愁多把季节放在春、秋，这首词则是在夏天。上阕用暑热来反衬闺妇的清丽娇娆。

"冰肌玉骨，自清凉无汗"，袭用东坡词中原句。确实，再也难以找出比这更恰切的语句来描绘女性的冰清玉洁了。一般人都是"日长睡起无情思"，她"午梦醒来"却顾盼生娇。词人的描写没有仅停于此。他通过"轻抬又放，浅炷兰薰，微笑处、吹着烟丝散乱"几个不经意的动作，把她的轻柔娇媚写出来。上阕静动结合，塑造了一个娇丽的闺妇形象。

下阕则继续描写她的动作和心理。她走出屋来，独步于凉亭之上。在这里他们夫妻曾经一起凭阑，又曾经携手对天发誓永不相忘。现在他远行"碧云斜阳外"，一点音信也无，使自己"寸肠千转"。言犹在耳，誓言和行为之间反差如此之大，她怎能不痛苦愁怨？愁绪满怀，反倒一句话也说不出，只能"漫伫立、无言对荷花"。池塘里荷花开得正盛，但转眼间秋风起，还不落个"翠移红换"的结局？她惜花，更惜自己青春的虚度。言外之意，可想而知。

上阕写表情，下阕深入心理。上阕喜，下阕愁，使人物栩栩如生。谁忍心让这样美丽可爱的女子独守空闺，忧愁度日？作者对薄情郎的谴责和对闺妇的同情都分明可感。

点绛唇

送李琴泉

吴大有

江上旗亭[1]，送君还是逢君处。酒阑呼渡，云压沙鸥暮。

漠漠萧萧，香冻梨花雨。添愁绪。断肠柔橹，相逐寒潮去。

【注释】

〔1〕旗亭：酒楼。

【赏析】

这是为友人送别之词。

起句点明送行地点，是在当年初次相识之地，这一特定地点，不禁引起人们对往昔初会时的欢乐浮想联翩。今与昔，哀与乐，形成鲜明对比，离别的感伤更添几分。两人畅饮无绪，正是"劝君更尽一杯酒，西出阳关无故人"。酒阑辞行之时，正是重云低垂、寒鸥数点的苍茫景象，就如词人此刻凄黯的心境。似乎天解人意，这时，又漫天飘起潇潇细雨，似为远行之人掬一把惜别之泪。雨打梨花分外娇，清幽的香气若有若无，绵延缭绕。至清则生凄凉，这清丽中透出落寞之感的景色，使词人平添愁绪。"断肠柔橹，相逐寒潮去"，因离别而寸断之柔肠，似与那一声声单调而重复的划桨声相逐着寒潮，去向远方。结句情景交融，将词人的深挚友情表达得深致婉曲，感人肺腑。

 唐多令

秋暮有感

陈允平

休去采芙蓉，秋江烟水空。带斜阳、一片征鸿。欲顿闲愁无顿处，都著在两眉峰。

心事寄题红[1]，画桥流水东。断肠人，无奈秋浓。回首层楼归去懒，早新月、挂梧桐。

【注释】

〔1〕题红：指红叶题诗故事。唐宣宗时，卢渥赴京应举，偶临御沟，拾得红叶，上题诗云："流水何太急，深宫尽日闲；殷勤谢红叶，好去到人间。"后宣宗放出部分宫女，许从百官司吏，渥得一人，即题诗红叶上者。

【赏析】

"休去采芙蓉"起句突兀警人，既领起下文，留下发挥余地，又含有象征喻义。芙蓉为莲的别名。南朝民歌中有《青阳度》："青荷盖绿水，芙蓉披红鲜。下有并根藕，上生并目莲。"原来词人是怕怀远之女子触物伤情之意。次句写秋暮景色：秋江空阔，秋水漫漫，斜阳余晖中，远飞的大雁排列成行，唳鸣而翔。此时此景，最易触发人感时怀远之情，故有闲愁顿生。"欲顿闲愁无顿处，都著在两眉峰"，既将闲愁化无形为有形，又淡笔写出怀远的佳人秀眉微颦、楚楚动人之态。

下阕进一步言明女子心事。"心事寄题红"句，用的是"红叶题诗"的典故。这里的女主人公虽非深宫寂寞，但因情人远别，相思之苦，令人断肠；更何况适逢"秋风萧瑟天气凉，草木摇落露为霜"的深秋季节。"回首"句写出主人公慵懒的动作和神态，与王维的诗句"心怯空房不忍归"有异曲同工之妙。"早新月、挂梧桐"，以景结情，空灵剔透，清幽中透出凄凉况味。

江城子

春 兴

刘辰翁

一年春事几何空，杏花红，海棠红。看取枝头，无语怨天公。幸自一晴晴太暖，三日雨，五更风。

山中长自忆城中，到城中，望水东。说尽闲情，无日不匆匆。昨日也同花下饮，终有恨，不曾浓。

【赏析】

此词题为春兴，实借节序之变迁，抒写岁月流逝、人生沧桑之悲凉感慨。

上阕写春之易逝。首句一个"空"字，为全词意旨所在。南宋灭亡以后，刘辰翁隐居山中，空度岁月，往事不堪回首，故国的繁华荣盛，已化为无边的空寂悲凉。这一个"空"字，不但道出了自然界的变迁无常，更包蕴着词人的种种故国之思，人生沧桑之感，国家兴亡之慨，似有千钧分量，使人有无限沉郁苍凉之感。接下来具体描写春的离去。曾经满目春色，百花怒放，争奇斗艳，但经不住几番风雨的凌虐，看那枝头，已不见了春的芳踪，于是产生了无限怨意，怨天公之无情。

下阕则由春事成空联想到自己的人生遭遇。宋亡后词人不仕，隐居于故乡庐陵山中，词人于寂寞中，以劫后余生之身，常常怀念起沦亡的故都，然而来到城中，那物是人非之感，却又触动词人的内心。想要超尘脱俗，遗世独立，却又难以忘却世事，岁月就在这"闲情"中匆匆流逝。昨日曾与友人于花下畅饮，如今已旧梦难再。但词人已饱经沧桑，在隐居生活中，已修得超脱、淡泊之心性，因此，"终有恨，不曾浓"。词到此戛然而止，但那轻愁淡恨，却似余音袅袅，不绝如缕。

此词怨而不怒，悲而不凄，感情几曲几折，幽咽往复，欲说还休，别具情致。

唐多令

癸未上元午晴

刘辰翁

春雨满江城，汀洲春水生[1]。更悲久雨似春醒[2]。犹有一般天富贵，夜来雨，早来晴。

年少总看灯，老来犹故情。便无灯，也自盈盈[3]。说着春情谁不爱，今夜月，有人行。

【注释】

〔1〕汀洲：水中小洲。《楚辞》屈原《九歌·湘夫人》："搴汀洲兮杜若，将以遗兮远者。"

〔2〕醒（chéng）：酒醒后所感觉的困惫如病状态。《诗·小雅·节南山》："忧心如醒，谁秉国成？"

〔3〕盈盈：清澈的样子。《文选·古诗十九首》之《迢迢牵牛星》："盈盈一水间，脉脉不得语。"

【赏析】

　　这是一首即兴抒写春情的词。

　　上阕写春雨潇潇，连绵不断，遍洒江城，春水漫过了城外河中的小洲，描绘出了一幅烟雨迷蒙、充满动感的春日雨景，"满"与"生"字写出了春雨飘飘洒洒、春水不断上涨的活泼的动态。下句写下久了的春雨给人一种慵倦的感觉，仿佛喝了太多的春酒。但令人欣喜的是，昨夜下了一场雨后，今晨却是个好天气。

　　下阕抒发词人对生活的热情：年少时喜欢赏灯游玩，老来旧情不变。在雨后初露霁月的春夜，即便没有灯火辉照，但那盈盈月光、如水一般清澈的光辉，却也令人陶醉神往。词人怀着愉悦的心情，想象今夜定会有人趁着皎皎月光进行一番月下畅游。

　　全词一改词人平日凄切悲凉之风格，字里行间跳跃着一种对生活热烈的爱恋，情调明快活泼。

谒金门

惜　春

朱子厚

　　风又雨，春事自无多许。欲待柳花团作絮，柳花冰未吐。

　　翠袖不禁春误[1]，沉却绿烟红雾。将谓花寒留得住，一晴春又暮。

【注释】

　　〔1〕翠袖：翠色的衣袖。在此代指佳人。

【赏析】

　　此词名为惜春，实叹美人迟暮。

　　上阕写风雨肆虐，春意阑珊。在一片萧条凄凉的环境中，词人心中怀抱着希望，盼望那杨柳枝条飘飞、柳花漫洒的美丽景象，

然而柳花却似被春寒冻结住了，迟迟不肯吐絮扬花。词人那怅然若失之情尽染词篇。

下阕首句点明题旨，惜佳人青春虚度，韶华逝去。一个"误"字道出无限惋惜之意。风雨朦胧之中，绿树红花，幻化作一片迷蒙的绿烟红雾，就在这凄迷的情境中，美丽的青春悄然逝去，纵有千种风情，诉与谁人听呢？"将谓"句是写词人只说天寒春光迟，然而待到雨过天晴之时，却已是春的尾声了。

此词妙在写出了情感的起伏跌宕。"欲待"和"将谓"写词人于万般无奈情形中对未来的隐约希望，而紧接着下面一句，却是这希望的破灭。一个"未"字和一个"又"字，包含了无限惋惜哀叹，怅然若失之意。

浣溪沙

春日即事

刘辰翁

远远游蜂不记家，数行新柳自啼鸦。寻思旧事即天涯。

睡起有情和画卷[1]，燕归无语傍人斜。晚风吹落小瓶花。

【注释】

〔1〕和：连。

【赏析】

这是一首描写春日思乡的词。

上阕以优美蕴藉的笔法，勾勒出一幅春意缱绻的雅致图画，并点明词人思乡之题旨。无论是写游蜂渐去渐远，不知回巢，还是"新柳""啼鸦"的意象，都暗示着词人的思乡情怀，因柳与鸦在古诗词中均是离愁别绪的象征物。这番景象，在词人心中引起往事恍若天涯相隔的惆怅之情。

下阕首句紧承上阕，"情"即指上句旧事不堪回首之意。刚刚从睡梦中醒来，许多哀愁又涌上心头。词人无心赏画，遂将画卷起。这里"有情和画卷"，是说词人希望把这愁思忘却，像卷画一样，暂且收起。古诗词中常以蕉心喻

人情怀，谓"蕉心可卷"，似乎情是可以卷起来的。最后两句是这首词最精妙之处，在词人眼中，燕子与花似乎都为有情之物，燕归无语傍人，对人似有无限依恋之情，晚风习习中，瓶花片片凋零，又似有许多的无奈与感伤。这里，词人把主观感情色彩涂抹于客体事物之上，于纯粹写景中，点染出词人心中淡淡的落寞情愫，词中有画，画中有情。

宝鼎现

春 月

刘辰翁

红妆春骑，踏月影、竿旗穿市。望不尽、楼台歌舞，习习香尘莲步底[1]。箫声断，约彩鸾归去[2]，未怕金吾呵醉[3]。甚辇路[4]、喧阗且止[5]。听得念奴歌起[6]。

父老犹记宣和事[7]。抱铜仙[8]、清泪如水，还转盼、沙河多丽[9]。涴漾明光连邸第。帘影冻，散红光成绮[10]。月浸葡萄十里[11]。看往来、神仙才子[12]，肯把菱花扑碎[13]。

肠断竹马儿童[14]，空见说、三千乐指[15]。等多时春不归来，到春时欲睡。又说向、灯前拥髻[16]。暗滴鲛珠坠[17]。便当日、亲见霓裳[18]，天上人间梦里。

【注释】

〔1〕习习香尘：指尘土微扬。习习，形容微风。

〔2〕彩鸾：林坤《诚斋杂记》："钟陵西山有游帷观，每至中秋，车马喧阗。大和末，有书生文箫往观，睹一姝（即吴彩鸾）甚妙，生意其神仙，植足不去，姝亦相盼……乃与生下山归钟陵为夫妇。"这里彩鸾指游春之女。

〔3〕金吾：官名，掌管京城的守卫防务。韦述《西都杂记》："西都京城街衢，有金吾晓暝传呼，以禁夜行，惟正月十五日夜敕许金吾弛禁。"呵醉：指西汉将军李广夜饮回家，被霸陵一喝醉的尉官呵责扣留。见《史记·李将军列传》。

〔4〕甚：为什么。辇路：皇帝车马经过的道路。

〔5〕喧阗（tián）：人声喧闹。

〔6〕念奴：唐玄宗天宝年间名歌伎，善歌。

〔7〕宣和：宋徽宗年号。

〔8〕铜仙：金铜仙人。李贺《金铜仙人辞汉歌》："空将汉月出宫门，忆君清泪如铅水。"

〔9〕沙河：即沙河塘，在杭州南五里。田汝成《西湖游览志余》载："沙河宋时居民甚盛，碧瓦红檐，歌管不绝。"

〔10〕绮：光色。晋张景阳《七命》："流绮星连，浮彩艳发"。

〔11〕葡萄：这里比喻水深色碧。

〔12〕神仙：借指美女。《武林旧事》："靓妆笑语，望之如神仙。"

〔13〕菱花：镜子。用陈亡后乐昌公主和其夫徐德言将镜扑碎，各分其半，作为分离后互相探访的凭信的典故。

〔14〕竹马：以竹杖当马骑。李白《长干行》："郎骑竹马来，绕床弄青梅。"

〔15〕三千乐指：三百人的乐队。

〔16〕灯前拥髻：《飞燕外传·伶玄自叙》："通德（伶玄妾）占袖顾视烛影，以手拥髻，凄然泪下，不胜其悲。"

〔17〕鲛珠：即"鲛人泣珠"。鲛人为神话传说中的人鱼。晋张华《博物志》："鲛人从水出，寓人家，积日卖绡。将去，从主人索一器，泣而成珠满盘，以与主人。"后以鲛珠形容哭泣时流出的眼泪。

〔18〕霓裳：唐代乐曲名，即《霓裳羽衣曲》。

【赏析】

这首词是刘辰翁晚年的名作，写于宋亡之后，通过对昔日宋代元宵节的热闹和今日之惨淡萧条的对比，抒发词人无比深沉的亡国之痛。词分三阕，分别描写了北宋、南宋和词人作此词之时的灯节景象。

上阕通过对声、色、形的铺写，将北宋元宵节的繁华热闹表现得绘声绘色、淋漓尽致。浓妆的仕女们乘着香车宝马，纷纷出游；歌台舞榭上，歌妓舞女们轻移莲步，婆娑多姿；这里箫声刚歇，那里歌声又起。在这喜庆气氛中，青春男女，相邀结伴，自由欢乐。上阕以铺叙手法，浓墨重彩，道不尽的繁华富贵。

中阕首句点明时间，转入南宋，借用金铜仙人辞汉落泪的典故，寓亡国之痛。此时南宋王朝虽然偏安一隅，然亦有承平景象，词人通过对光、影、水色的描写，写出了元宵时沙河塘一带灯月交辉之美。末句"肯把"二字，则流露出词人刻骨铭心的亡国之痛。中阕首末两句巧妙用典故，铜仙坠泪、菱花扑碎两个意象的推出，使人深感在一片承平欢乐的表象下有着无尽的凄凉与辛酸。

下阕由上两阕对往事的回忆中，回到词人作词之时的现实。"肠断"句是写往日的繁华，儿

时的玩伴再也无法见到，只能从老人们的叙述中去凭空想象了。今日的元宵节，不复有当日的盛况美景，人们只能枯坐灯前，回首往事，黯然神伤，不禁泪坠。即便是当日亲见霓裳羽衣舞的老人们，也恍觉与那时似天上人间相隔遥远，宛如一场春梦一般。结句化用李煜语，再加上"梦里"二字，倍觉沉痛。

此词通过铺叙、对比手法的运用，极写景与情的前后变化之大，给人以往事不堪回首之感。

兰陵王

丙子送春[1]

刘辰翁

送春去，春去人间无路。秋千外，芳草连天，谁遣风沙暗南浦[2]。依依甚意绪。漫忆海门飞絮[3]，乱鸦过，斗转城荒，不见来时试灯处[4]。

春去，最谁苦？但箭雁沉边[5]，梁燕无主[6]。杜鹃声里长门暮[7]。想玉树凋土[8]，泪盘如露[9]。咸阳送客屡回顾[10]，斜日未能度。

春去，尚来否？正江令恨别[11]，庾信愁赋[12]。二人皆北去。苏堤尽日风和雨。叹神游故国，花记前度[13]。人生流落，顾孺子[14]，共夜语。

【注释】

〔1〕丙子：宋恭帝德祐二年（1276年），即元兵攻入南宋都城之年。

〔2〕南浦：泛指送别之地。这里借指江南水乡。

〔3〕海门飞絮：指逃往海滨的南宋君臣。海门，海边。

〔4〕试灯：正月十五日灯节前之预赏灯节。

〔5〕箭雁：被箭射中受伤的雁，指被俘的南宋君臣。

〔6〕梁燕：梁上的燕子，指留在临安等地散落无主的士大夫。

〔7〕长门：汉武帝时的长门宫，是陈皇后被贬时的冷宫。

〔8〕玉树凋土：《晋书·庾亮传》："亮将葬，何充（会之）叹曰：'埋玉树于土中，使人情何能已！'"借指为国牺牲的人们。

〔9〕泪盘如露：指汉武帝在建章宫前命造神明台，上有铜人手托盛露铜盘。魏明帝命人把铜人由长安搬到洛阳，宫官拆盘，铜人临载之时，由眼中流下泪来。

〔10〕咸阳送客：李贺《金铜仙人辞汉歌》："衰兰送客咸阳道，天若有情天亦老。"

〔11〕江令：即江淹，著有《别赋》。

〔12〕庾信：梁庾信出使北周，被留，著有《愁赋》。

〔13〕花记前度：刘禹锡《再游玄都诗》："种桃道士归何处，前度刘郎今又来。"

〔14〕孺子：指词人的儿子。

【赏析】

陈廷焯在《白雨斋诗话》中说："题是送春，词是悲宋。曲折说来，有多少眼泪。"此词以春喻国，借送春、惜春、怀春，抒写词人对灭亡的宋朝的无限哀思。这首词为长调，共分三阕，均以"春去"为中心，围绕这一主题进行描写和抒情。

上阕写临安失陷后的凄凉景象。"芳草"在古诗词中常用来表示离别之情。这里"芳草连天"的凄迷景色，似写春天依依惜别，实暗喻词人送别宋朝的绵绵离恨。"风沙暗南浦，"风沙暗喻元军，由于元军的侵占和破坏，临安昏暗无日。"海门飞絮"则象征着孤苦无助、流落天涯的南宋君臣。"乱鸦过"句写失陷后的临安，乱鸦盘旋，城池荒凉，昔日灯火辉煌的景象已荡然无存。

中阕写人。"箭雁"指被掳北去的君臣，"梁燕"比喻亡国后流散落泊的南宋臣民，"玉树"比喻那些为国捐躯的勇士。"泪盘如露""咸阳送客"，俱是化用金铜仙人辞汉落泪的典故，暗喻被迫北去的南宋君臣对故国的眷恋之情。

下阕抒情。首句以设问起，将词人对故国的一片痴恋表达得感人至深。江令、庾信二人均是北去不得归的人，均经亡国恨事，作赋达情，而词人心境正与二人同。再看今日苏堤，于风雨飘摇中，那一片凄楚迷离，更增词人愁绪。唯有神游故国，以暂时忘却触目痛心的现实，然那种人生流落、飘零无依的感觉却总是挥之不去。正是，春可再来，国亡不复。

此词成功地运用象征手法，通过种种艺术形象寄托词人悲国之情。此词多处设问，使感情的表达层层深入，曲折动人。特别是中阕、下阕均以设问句起，问得惊心动魄，问得似痴似绝，词人那悲愤之状似历历在目。卓人月在《古今词统》中说："'送春去'二句悲绝；'春去，最谁苦'四句凄清，何减夜猿；下片则悠扬悱恻，即以为《小雅》、楚骚可也。"

 # 踏莎行

雨中观海棠

刘辰翁

命薄佳人，情钟我辈。海棠开后心如碎。斜风细雨不曾晴，倚阑滴尽胭脂泪。

恨不能开，开时又背，春寒只了房栊闭。待他晴后得君来，无言掩帐羞憔悴。

【赏析】

此词为词人雨中观海棠有感而作。

上阕开篇即以"命薄佳人"切中题旨，似不止咏物，概由赏花而引起同类联想，慨叹"自古红颜多薄命"，亦为佳人之不幸而唏嘘惋惜。"情钟"是情之所聚之意。花与人，皆娇美而脆弱，令词人不胜爱怜和护惜。然而二者的命运却实堪悲惨，使词人观之"心碎"，因那"斜风细雨"严相逼，尽日备受摧残，流不尽的眼泪，伴随了她那短暂的一生。

下阕进一步叙写花儿不幸的命运。花开不逢时，开时正值"斜风细雨不曾晴"，春寒料峭，人们都回到了屋中，将房门紧闭，花儿孤苦寂寞，承受着风雨的肆虐。待到雨过天晴，赏花人来时，它早已失去了盛时的风采，花容失色，变得憔悴不堪。

此词咏海棠，处处将之拟人化，读来"似花还似非花"，花与人，已浑然莫辨，花的命运与人的命运交织在一起，双重的慨叹与悲哀，使此词意蕴深远，耐人寻味。

 浣溪沙

感 别

刘辰翁

点点疏林欲雪天，竹篱斜闭自清妍。为伊憔悴得人怜。欲与那人携素手，粉香和泪落君前。相逢恨恨总无言。

【赏析】

多情自古伤离别，情人间的离别最为伤情。刘辰翁此词将常为文人所咏叹的这一永恒题材，以清丽流转、淡雅简洁之笔表现出来，别具艺术魅力。

上阕首先交代了两人离别的场所，是在那郊外乡野之处。正是寒冬天气，雪欲下未下，天色昏黄，四周有疏疏落落的树林环抱，屋前竹篱斜闭，景色自是清丽，却不管此时此地正有两个伤心人依依不舍，因即将来临的离别而自苦呢。而后又描写故事里的男女主人公，女子因离别悲伤不已，美丽的面容变得憔悴不堪，也因此而更加得到情人的怜爱。

"欲与那人携素手"，写女子希望能与自己所爱的人携手并肩，共游天涯，共度人生，表现了女子对爱情的坚贞不移。然而这愿望却非现实所允许，万般的失望，内心的痛苦，迫在眼前的分离之苦，于是都化作串串珠泪落于情人面前。在这最后别离的时候，满腔愁绪，无以说起，故"恨恨总无言"。恨为爱的极致，无声胜似有声，词写到这里，将离别的悲伤气氛推至高潮。

此词以女子口吻徐徐道来，写得既温雅含蓄，又哀婉动人、缠绵悱恻，细腻地表现了恋爱中的女子在别离时刻复杂而微妙的心理，一位美丽多情的女子形象跃然于纸上。

法曲献仙音

官圃赋梅，继草窗韵

李彭老

云木槎枒[1]，水潢摇落，瘦影半临清浅。翠羽迷空[2]，粉容羞晓，年华柱弦频换。甚何逊、风流在，相逢共寒晚。

总依黯。念当时、看花游冶，曾锦揽移舟，宝筝随辇。池苑锁荒凉，嗟事逐、鸿飞天远。香径无人，甚苍藓，黄尘自满。听鸦啼春寂，暗雨萧萧吹怨。

【注释】

〔1〕槎枒：错杂不齐貌。
〔2〕翠羽：喻翠色的树叶。

【赏析】

此词为李彭老和周密词，周密原词题作"吊雪香亭梅"。雪香亭在杭州清波门外聚景园内。此园为宋孝宗建，供退位的高宗闲暇时游幸。雪香亭旁广植梅花，多古梅。宋亡后，亭园荒芜。草窗词作于宋亡以后，名为吊梅，实为悼宋，李彭老此词意同。

上阕起句写眼前之景，古梅苍老的枝桠错杂参差，池塘中的水潢随波漂浮，梅花清秀的姿容倒映水面，梅奇水清，相映成趣。"瘦影半临清浅"，出自林逋诗句"疏影横斜水清浅"。"翠羽"句表明词人将视线移向梅亭四周，翠绿色的树叶层层叠叠，遮住了太阳的光芒，使树丛显得迷离深幽；花朵的娇颜也已委顿憔悴，给人残败之感。这荒凉景色，顿使词人心生岁月飞逝之叹，更兼故国兴亡之悲，不胜唏嘘。"柱弦频换"是以弹拨弦索之急速比喻时光之速。"甚何逊"句慨叹当年风流词友，今日相逢，却已是"市朝轻换"，国不复存亡时。

下阕将聚景园今昔对比，回想当年帝王乘坐着锦舟宝车，看花冶游，无限风光。如今池苑荒芜，昔日盛况，已如飞鸿远逝，不复可见。人迹罕至的小径上，苔痕斑驳，已落满了积年的尘土。此不只是写景，还有词人对故国无限追悼，怀念之情蕴含其中。结尾两句将这凄怨之情推向极致：荒无人迹的园亭中万籁俱寂，只有偶尔几声凄厉的鸦啼打破了这寂静，黄昏时刻又下起了潇潇暗雨，似是那历经荣衰的梅园之怨魂在为亡去的宋朝哭泣。此种意境，将情与景完美结合，具有强烈的悲剧感染力，千载之下，仍令人为之低回不已。

这首词以高超的艺术形式，深刻婉曲地表达了深怀禾黍之悲的亡国之民的悲恸之情。

祝英台近

李彭老

杏花初，梅花过，时节又春半。帘影飞梭，轻阴小庭院。旧时月底秋千，吟香醉玉，曾细听、歌珠一串。

忍重见。描金小字题情，生绡合欢扇[1]。老了刘郎[2]，天远玉箫伴。几番莺外斜阳，阑干倚遍，恨杨柳、遮愁不断。

【注释】

〔1〕生绡：没有漂煮过的丝织品。古以生绡作画，故也借指画卷。合欢扇：团扇。《文选》汉班婕妤《怨歌行》："裁为合欢扇，团团似明月。"

〔2〕刘郎：南朝宋刘义庆《幽明录》记东汉永平年间，刘晨、阮肇在天台桃源洞遇仙。太康年间，刘重到天台寻觅仙侣不遇。

【赏析】

此词怀念旧欢，情、景、物相映相衬，虚实相生，言情细腻入微，生动别致。

上阕首句写时节物候，于疏疏写景中，生发出时光飞逝之感慨。"帘影"句则由自然之背景落笔到人物所处的具体环境上来。"帘影""轻阴"，营造出了一种幽暗、清寂的氛围，透露出词人寂寞的情愫。"旧时"句以下，则写词人对往日欢乐的回忆，词人以"香""玉""珠"等字，来形容旧时情侣的美丽容颜和动听歌喉，表现了词人一往情深的依依恋情。

下阕首句写词人睹物思人，不胜其悲。"忍重见"，实为"怎忍重见"或"不忍重见"之意。"老了刘郎"句用刘晨重入天台访仙不遇的故事，喻自己年华老去，形影相吊之悲。结句以景结情，情思邈远，哀婉深沉。在娇莺啼声中，斜阳余晖里，词人久久伫立、倚栏望远的身影，显得格外孤单。那杨柳在晚风中摇曳，更勾起词人满怀的离愁别恨，故曰"遮愁不断"。

 # 鹧鸪天

暮 春

黄 升

沉水香销梦半醒[1]，斜阳恰照竹间亭。戏临小草书团扇[2]，自拣残花插净瓶。

莺宛转，燕丁宁。晴波不动晚山青。玉人只怨春归去，不道槐云绿满庭。

【注释】

〔1〕沉水：沉香的别名。宋胡宿有诗曰："彩霞按曲青岑醴，沉水薰衣白壁堂。"

〔2〕小草：书体名。草书的一种，笔势似行书。

【赏析】

这首词以流丽清新的笔触描写了女子暮春伤怀的感情。

上阕首句点明了时间、地点，确定了全词的基调：女主人公春眠初醒之时，已是斜阳余晖之际，沉香缭绕蜿蜒，恰如女主人公寂寞、惆怅的情思绵绵。"戏临"句摹写了女主人公闺中生活中的两个片段，写得清新有致。临草书扇，表现了女主人公的聪颖敏慧和高雅情趣，残花插瓶，为怜花，亦为自怜，韵味深长。这里，拣为"自拣"，瓶为"净瓶"，表现了女主人公对花的一片爱怜深情。

下阕通过景色描写，衬托女主人公的寂寞情怀。这里，词人对景物的描写抓取了声与色的特点，酿得自然天成之妙句，既富声音之美，又具鲜明之色调：空中不时传来动听的莺歌，呢喃燕语，清亮悦耳；湖蓝色的水波似凝不动，暮色中的青山愈加青翠。自然界的一切如诗如画，祥和无比，但又怎能消除女主人公心中无限的伤感呢？结句似怨玉人怨春之无理，实叹美人迟暮之可怜。虽然自然界四季流转，各有佳妙之处，永远令人感觉新鲜可喜，然而时光却在悄悄流逝，人的青春也在一天天老去，难怪玉人要"怨春归去"了。

鹊桥仙

春 情

黄 升

青林雨歇，珠帘风细，人在绿阴庭院。夜来能有几多寒？已瘦了、梨花一半。

宝钗无据，玉琴难托，合造一襟幽怨。云窗雾阁事茫茫，试与问、杏梁双燕。

【赏析】

此词写伤春之情。

上阕写雨歇风细，青林幽翠，珠帘低垂，绿荫深深。女主人公闲步庭院，惊见梨花如雪零落满地，于是忧从中来，由伤春而及伤己，有无限感慨，故此引来下阕女主人的思绪，过渡自然。"无据""难托"，均言无人与伴的寂寞生涯，使女主人无心装扮，无人与诉。这一切日积月累，造成了一腔难以排遣的幽怨心情。

"云窗"句写女主人回首往事，已如云遮雾隔，难以追寻。也许只有那曾在房梁上筑巢的燕儿还记得吧？想当初，也曾是伉俪情深，合欢无限，如今燕儿依旧成双成对，人儿却已是形单影只，这凄凉滋味，尽在这一句问双燕之中。

声声慢

李 演

轻辖绣谷[1]，柔扊烟堤[2]，六年遗赏新续。小舫重来，惟有寒沙鸥熟。徘徊旧情易冷，但溶溶、翠波如縠[3]。愁望远，甚云销月老，暮山自绿。

颦笑人生悲乐[4]，且听我樽前[5]，渔歌樵曲。旧阁尘封，长得树阴如屋。凄凉五桥归路，载寒秀，一枝疏玉。翠袖薄，晚无言，空倚修竹。

【注释】

〔1〕鞯（jiān）：马鞍子下面的垫子。

〔2〕屐（jī）：鞋。

〔3〕縠（hú）：有皱纹的纱，多用以比喻水的波纹。

〔4〕颦（pín）：皱眉。

〔5〕樽：泛称一切酒器。

【赏析】

这首词是怀念旧情之作。

上阕写词人时隔六载，重访与情侣一起畅游过的旧地。"绣谷"指树木茂密的山谷；"烟堤"指杨柳成行，枝条飘扬的堤岸。"惟有寒沙鸥熟"，写无人相慰、只有鸥做伴的孤独凄凉境况。触景生情，此刻的孤单更令词人怀想起旧日的情侣，不禁感叹炽热的感情竟轻易地就变得冷漠起来。"但溶溶"句，写词人极力从痛苦的感情旋涡中挣脱出来，于是注目远眺，碧如翡翠的湖面泛起细细的涟漪，如轻纱起皱，似有无限温柔。词人的愁思如湖水漫漫，难以消除。"甚云销"句，实乃"为什么"之意，这里词人用云朵消散、月亮残缺的景象来比喻自己因失去爱人的内心痛苦，而以"自绿"的"暮山"比喻背叛了的情人。

"颦笑人生"句，写词人试图挣脱痛苦的羁绊，以潇洒、超脱的态度去对待这一切，迎接人生的悲悲喜喜，开怀畅饮，纵情高歌，唱的是"渔歌樵曲"，而非文人雅士所欣赏的阳春白雪，表现了词人欲与自然贴近，以山水渔樵为知音，在粗犷豪放的山歌水调中获得一种充满生命力的感觉。这里，词人似乎表现出了一种飘然欲仙之意，但仍掩盖不住内心的伤痛，"笑"贯之以"颦"，就透露了词人的这种隐痛，以洒脱之面目表现出来，婉转曲折。顺之而下，故有"旧阁尘封""树阴如屋"的沉痛之语。"凄凉"句写归乡路上，景色凄清，唯有一枝独花，于寒风中傲放，秀色喜人。这一意象给全词灰暗的色调上添抹了一层亮色。全词以美人无言倚修竹的优美画面作结，词情凄美，内似含有劝人顿悟之禅意，"空"字约略点明了词人意旨所在。

此词写得波澜有致，感情跌宕起伏，顿挫开合，曲尽其情，并蕴含人生哲理于其中，无论从艺术上还是从思想上看，都是佳作。

好事近

拟东泽

周 密

新雨洗花尘，扑扑小庭香湿。早是垂杨烟老，渐嫩黄成碧。

晚帘都卷看青山，山外更山色。一色梨花新月，伴夜窗吹笛。

【赏析】

此词妙在其至清至纯之意境，笔下一片纯净、清丽的世界，折射出宁静、安详、超尘脱俗之心境。似纯为写景，并抒写心绪，但全词尽显词人旷达、淡泊之气，可谓冰心玉壶，表里澄澈。

上阕写一番新雨之后的景象，一个"洗"字尽得风流，绘出一幅清景，"香湿"二字写出小庭经细雨润泽后，花香更为沁人心脾。时已是初夏时分。杨柳垂垂，已渐由嫩黄的颜色变得碧绿。

如果说上阕意象已是清丽可人，那么下阕则如轩窗洞开，清风徐徐，演画出一个人间少有的超凡脱俗的艺术境界，并在这番景象中凸显出词人的形象。一个"卷"字和一个"吹"字，增添了动感和声音，令整个画面活了起来。词人卷起窗帘，雨后的青山更加黛绿，如水月光之下，梨花洁白如雪，恍若仙境，主人公斜倚夜窗，吹奏横笛，悠扬的笛声打破了夜色的寂静。

此词淡墨白描，只是寥寥几笔，却勾勒出韵味无穷的意境，一个与世无争、不求名利、清旷淡泊的词人风范尽在眼前，大有"采菊东篱下，悠然见南山"的闲云野鹤之意趣。

江城子

拟蒲江

周 密

罗窗晓色透花明。艳瑶笙[1]，按瑶筝[2]。试讯东风，能有几分春。二十四阑凭玉暖[3]，杨柳月，海棠阴。

依依愁翠沁双颦[4]。爱莺声，怕鹃声。人自多情，春去自无情。把酒问花花不语，花外梦，梦中云。

【注释】

〔1〕艳（qìng）：唐韩愈《东都遇春》中曰："川原晓服鲜，桃李晨妆艳。"

〔2〕瑶笙、瑶筝：用玉装饰的笙筝。瑶：美玉。

〔3〕二十四栏：江苏扬州市境内有二十四桥，为古代名胜。

〔4〕依依：隐约。晋陶渊明《归园田居》中曰："暧暧远人村，依依墟里烟。"

【赏析】

此词刻画了一位于春日美景之中惜春、叹春的女性形象，通过对其动作、神态及心理的一系列细腻描绘，使人物形象跃然于纸上。

上阕写在一个清新明朗的早晨，女主人公透过那雕饰成花纹状的窗扉向外望去，阳光将屋外盛开的花朵照耀得分外娇艳欲滴。女主人公抱来华美的用玉装饰的琴筝，纤纤玉手弹奏出了婉转动听的乐声，似在询问东风：春在人间，能留几时？下面几个意象的叠加，更写出了春的美好。二十四桥上石质的栏杆，在暖暖春晖的照射下如玉石一样温润滑爽，河边杨柳垂垂，水面月光涟涟，海棠花鲜红的色彩在暗处如火焰般闪闪烁烁。

下阕首句设置悬念：处在这醉人的春日美景中，女主人公眉宇之间却有隐约的忧愁闪现，这是为什么呢？"爱莺声、怕鹃声"句则更增加了人们的疑惑。"人自多情"句则回答了这一问题，也点明了全词的意旨：多情人怕春去无情。"把酒问花"句化用李清照的"泪眼问花花不语"。"花外梦，梦中云"是写女主人公身处于这春日美丽的景色之中，却怀疑这眼前的一切只不过是一场短暂的梦幻，如梦中云一般虚无缥缈，生动地刻画出女主人公担心这艳美如花的春日会如梦一般消失，难以寻觅的心理。梦云是无法捉摸、空灵缥缈之意象，以此作比，形象地写出了春去不可觅的伤春之意。此句如神来之笔，清雅可赏。

此词上阕写景绵密雅丽，细腻入微。下阕写情则如神龙穿云，有绵渺之思，情与景疏密相生，别具丰姿。

甘 州

灯夕书寄二隐

周 密

渐萋萋、芳草绿江南[1]，轻晖弄春容[2]。记少年游处，箫声巷陌，灯影帘栊。月暖烘炉戏鼓，十里步香红。倚枕听新雨，往事朦胧。

还是江春梦晓，怕等闲愁见，雁影西东。喜故人好在，水驿寄诗筒[3]。数芳程、渐催花信。送归帆、知第几番风[4]。空吟想，梅花千树，人在其中。

【注释】

〔1〕萋萋：草茂盛的样子。

〔2〕晖：阳光。

〔3〕驿：驿站。

〔4〕第几番风：指花信风，应花期而来的风。江南自春至初夏，自小寒至谷雨，五日一番风候。梅花风最早，楝花风最后，共二十四番。

【赏析】

此词抒写了词人于灯夕之夜回首往事如梦，却盼春风来的复杂心情。

上阕首句写江南初春、春光明媚的景象，然而这芳草连天、春晖轻弄的美丽景色，却勾起了词人心中的隐痛。回忆少年时灯节繁华热闹的景象，实寄托着词人的故国之思。接下来笔锋轻转，由对往昔的回忆回到现实，繁华与孤寂两相对照，凄楚之情自不待言。词人将浓情淡写，更觉愁苦逼人。

"还是江春梦晓"，抒写了词人"国破山河在，城春草木深"的哀痛之情。眼前春色依旧，但故国盛情却如梦中幻影，早已烟消云散，空余梦醒后的悲哀。值得安慰的是故友还在，可以寄诗传情，共叙旧事。"数芳程"句以下，文情陡转，写词人对春的盼望。此处实以自然之春喻人事之春，寄托了词人盼望国家复兴、盛世重逢的心情。结句"梅花千树，人在其中"，虚写词人想象中随着二十四番花信风中第一番梅花风而来，梅花盛开，花团锦簇的美好景象。这里的梅花成为故国盛情的象征。而一个"空"字，则寄寓了词人深深的悲哀感，道出希望之渺茫，失意、无望、惆怅之情尽在其中。

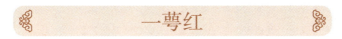

一萼红

登蓬莱阁有感[1]

周 密

步深幽，正云黄天淡，雪意未全休。鉴曲寒沙[2]，茂林烟草[3]，俯仰千古悠悠[4]。岁华晚，漂零渐远，谁念我，同载五湖舟[5]。磴古松斜[6]，崖阴苔老[7]，一片清愁。

回首天涯归梦，几魂飞西浦，泪洒东州。故国山川，故园心眼，还似王粲登楼[8]。最怜他、秦鬟妆镜[9]，好江山，何事此时游。为唤狂吟老监[10]，共赋消忧。

【注释】

〔1〕蓬莱阁：旧址在浙江绍兴卧龙山下，因唐元稹《以州宅夸于乐天诗》"谪居犹得近蓬莱"得名。

〔2〕鉴曲：鉴湖一曲。《新唐书·贺知章传》"有诏赐镜湖剡川一曲"，镜湖即鉴湖。

〔3〕茂林：指兰亭。王羲之《兰亭序》："此地有崇山峻岭，茂林修竹。"

〔4〕俯仰：《兰亭序》："俯仰之间，以为陈迹。"

〔5〕"同载"句：为春秋时范蠡事。见《国语·越语》：及至五湖，范蠡辞于王曰："君王勉之，臣不复入越国矣。"五湖即今太湖。唐陆广微《吴地记》引《越绝书》逸文云："西施亡吴国后，复归范蠡，同泛五湖而去。"

〔6〕磴：通"蹬"，指山路，石阶。

〔7〕厓：即崖，山石或高地的陡立的侧面。

〔8〕王粲：东汉末人，著有《登楼赋》，赋云："虽信美而非吾土兮，曾何足以少留。"

〔9〕秦鬟：指绍兴的秦望山，秦始皇曾登临。因山形像妇人的鬟髻，故称。

〔10〕狂吟老监：指唐代诗人贺知章。《旧唐书·贺知章传》："知章晚年尤加纵诞，无复规检，自号四明狂客，又称秘书外监，遨游里巷，醉后属词，动成卷轴，文不加点，咸有可观。"

【赏析】

此词写于元军入侵、宋室灭亡之年的冬季，词人登高怀古，抒发亡国之痛，故国之思，凄楚哀绝，被推为草窗词中压卷之作。

上阕着力于写景。凄凉幽寂的景色，衬托出形单影只的词人的"一片清愁"。"步深幽"以下几句将人带入了一个"千山鸟飞绝，万径人踪灭"的境界中。下句进一步加以描写，点明时节是冬季，正是一派灰暗寂寥的景象。贺知章曾经畅游过的鉴湖，王羲之曾为之作赋的兰亭，如今却是满目荒凉，一片沙寒草衰的愁惨气象。睹物思人，词人心中不禁生发出"前不见古人，后不见来者，念天地之悠悠，独怆然而涕下"的孤独寂寞之感慨。回顾身世，岁月流逝，而自己孤身一人，漂泊无依，要想同范蠡当年一样泛舟湖上，却无人与伴。再看眼前破败的石阶、歪斜的老松、斑驳的青苔，凄清苍凉的景物，让词人的心中更增了一分清愁。

下阕细叙离怀。首句写词人对故国深切的思念。"几"，几度，言其频繁。"西浦""东州"，均在被词人视为第二故乡的绍兴，"魂飞""泪洒"，道出词人对故乡的深厚恋情。今日重返故地，却已物是人非，词人忧慨无限。"最怜他"句写出了词人对故国山川的无限热爱，"秦鬟妆镜"，极写山川之娇美，愈发反衬出词人亡国之痛之深。"何事此时游"，以反诘的语气，道出词人满腔悲愤。结句是说词人要唤来"狂吟老监"与他一起赋诗消愁，道出了词人一腔悲苦无以宣泄的沉痛之情。

 # 长相思

越上寄雪江

汪元量

吴山深[1]，越山深[2]。空谷佳人金玉音，有谁知此心。

夜沉沉，漏沉沉。闲却梅花一曲琴，月高松竹林。

【注释】

〔1〕吴山：山名，在浙江杭州市西湖东南。南宋初金主完颜亮南侵，扬言欲立马吴山，即指此。

〔2〕越山：泛指越地即会稽，今浙江绍兴。

【赏析】

此词似作于汪元量南返之后，抒写了他对于羁留燕京的知己王昭仪清惠的思念之情。汪元量与王清惠关系甚密，二人皆随三宫被俘至燕京，后汪被放归，做了道士。

长相思为词牌双叠中最短的，全词三十六字，前后阕开头二句，多用叠韵。此词上阕开头"深"字的重叠，营造出了笼罩全篇的深山空寂的氛围，在这种凄凉的环境中，词人不由得想起佳人金玉般美妙婉转的歌声，相思难抑，却无人与诉，更觉其苦。

下阕首句写暗夜深沉，万籁俱寂，唯有漏壶单调的滴答声不绝于耳，给这夜色平添了一份凄凉之感。"闲却"句写词人无心弹琴，琴瑟蒙尘，实是说词人因知音远隔天涯，再美妙的琴声又弹给谁人听？最后以景结情，给人留下联想余地，显得空疏灵动。

此词言情真切，自然生动，颇具乐府民歌之神采。

一剪梅

怀 旧

汪元量

十年愁眼泪巴巴，今日思家，明日思家。一团燕月照窗纱，楼上胡笳，塞上胡笳。

玉人劝我酌流霞，急捻琵琶[1]，缓捻琵琶。一从别后各天涯，欲寄梅花，莫寄梅花。

【注释】

〔1〕捻（niǎn）：琵琶弹奏指法的一种，用左手按弦在柱上左右撚动。白居易《琵琶行》："轻拢慢捻抹复挑，初为霓裳后六幺。"

【赏析】

此词作于词人南返之后。

上阕抒写词人被俘至燕京后对故乡的思念之情。上半段直抒胸臆，下半段景中寓情。新月团圆，而以离人之眼观之，却勾起无限兴亡之叹，月团圆而破碎的山河难复，使圆月也染上了凄清的色彩，更不用说异族胡笳那悲凉之声不绝于耳，似在不断提醒着词人国破家亡、流离失所的不幸遭遇。

下阕追述词人南归之时后宫嫔妃设宴送别的情景，玉人殷勤劝酒，"流霞"代指美酒。"急捻""缓捻"弹奏出繁音促节，掩抑悠扬的乐曲，传达出弹奏者内心细腻的感情。"欲寄""莫寄"则写别后相思之苦。欲寄梅传情，又恐更加勾起对方愁思，故欲寄又止，回旋往复，更见情深。

文章贵在真情，此词情真意切，用笔朴素无华，虽较直白浅露，却自有动人心处。

应天长

王沂孙

疏帘蝶粉，幽径燕泥，花间小雨初足。又是禁城寒食，轻舟泛晴渌。寻芳地，来去熟。尚仿佛、大堤南北。望杨柳、一片阴阴，摇曳新绿。

重访艳歌人，听取春声，犹是杜郎曲。荡漾去年春色，深深杏花屋。东风曾共宿。记小刻、近窗新竹。旧游远，沉醉归来，满院银烛。

【赏析】

这是一首感怀旧游之作。

上阕描绘了清明寒食时的景色。"蝶粉""燕泥"，表明春天已经来临，已有彩蝶翩飞，采集花粉；燕子们也飞来飞去，忙着筑造新巢。毛毛春雨潇潇洒洒，滋润着刚刚张开花瓣的花朵，一切都是新鲜的，充满了生机。词人泛一叶轻舟，去向那水光山色间寻访春之精魂。大堤南北，杨柳成荫，新绿喜人，在风中摇曳生姿。

下阕"重访艳歌人"，"重"字点明了词人为故地重游。远处隐隐传来歌声，仍是当年听过的曲子，眼前的春色与往年也没有不同。下阕一连用了"犹是""去年""曾"几个词，表示一切似乎都不曾有什么改变，然细想一下，这不变之中掩藏着变化，自然界的一切循环往复，周而复始，春色年年依旧，而人却一天天老去，逝去的时光再也追不回来，故此，在满篇怡人春色的描绘中，实深深隐含着词人的伤感，只不过表现得极为含蓄深婉。结句"沉醉归来，满院银烛"，似为灯火辉煌之景象，实以乐景写哀，倍增其哀。

齐天乐

蝉

王沂孙

绿槐千树西窗悄，厌厌昼眠惊起。饮露身轻，吟风翅薄，半剪冰笺谁寄。凄凉倦耳。漫重拂琴丝，怕寻冠珥[1]。短梦深宫，向人犹自诉憔悴。

残虹收尽过雨，晚来频断续，都是秋意。病叶难留，纤柯易老，空忆斜阳身世。窗明月碎，甚已绝余音，尚遗枯蜕。鬓影参差，断魂青镜里。

【注释】

〔1〕冠珥：即日珥。太阳表面上火焰状的炽热气体。

【赏析】

王沂孙工于体物，这首咏蝉词，借蝉的短暂的一生托出词人的身世之慨，于蝉的意象中，包容了深厚的现实感和浓郁的人生悲剧感。

上阕起句写蝉、人共处的环境。"悄"与"惊"相对，突出蝉之哀鸣骤起，令词人心惊，自然将词人的主观感受融入对蝉的客观意象的描写中。下面铺写蝉的形貌习性，蝉餐风饮露，过着清高自洁的生活，然而一片冰心，无人可解。而词人似有着与蝉相似的命运，故此蝉鸣在词人听来特别地凄凉，不忍卒听。接下来写蝉栖身于深宫般的浓荫中，哀鸣声声，如丝缕琴声，向人们诉说着短暂如梦的不幸。

下阕接着写雨过天晴，天边一弯残虹斜挂，在这暮色黄昏中，蝉声断断续续，秋意渐浓。曾经是"绿槐千树"的茂盛景象，如今时过境迁，已是满目凄凉。蝉所赖以生存的树枝树叶也已飘零凋残，摇摇欲坠，蝉的生命也将伴随着这秋风落叶而结束了。断肠斜阳里，寒蝉的声声哀鸣就像是在替自己、替生命唱着一曲永恒的挽歌，哀悼和怀念着逝去的美好时光。到明月升起之时，蝉悲哀微弱的余音也已听不见了，这里"碎"字的运用，幽美无比，形容点点月光透过树枝树叶的缝隙，在地面形成了斑驳陆离的图画，更将一种被残损的悲剧美感糅入整个画面之中，可谓幽柔怨抑，扣人心弦。最后将蝉拟人化，用"齐后忿而死，尸为蝉"的传说，揣想齐女辞世之际，形容憔悴，独对青镜而幽恨绵绵的情形。这一幽冥意象的运用，将整首词的悲剧气氛推向高潮，写得惊心动魄，摄人心魂。至此，与前阕起首之"惊"遥遥呼应，回环往复，戛然而止。

此词"赋物能将人景情思一齐融入"，融合无间，深化无痕，可谓是一首艺术完美的咏物诗词。

水龙吟

海 棠

王沂孙

世间无此娉婷[1]，玉环未破东风睡[2]。将开半敛，似红还白，余花怎比。偏占年华，禁烟才过[3]，夹衣初试。叹黄州一梦，燕宫绝笔，无人解，看花意。

犹记花阴同醉。小阑干，月高人起。千枝媚色，一庭芳景，清寒似水。银烛延娇，绿房留艳，夜深花底。怕明朝、小雨濛濛，便化作燕支泪[4]。

【注释】

〔1〕娉婷：姿态美好的样子。

〔2〕玉环：指月亮。唐白居易《和栉沐寄道友》："高星灿金粟，落月沉玉环。"

〔3〕禁烟：寒食节。古人在这天禁烟火，只吃冷食。

〔4〕燕支：胭脂。

【赏析】

海棠花艳丽夺人，开花又早，独占年华，但花时短暂，早早凋零，令人为之叹惜，古来词人多有吟咏海棠之作。王沂孙工于咏物，这首海棠词摹写物象，得其形神，不黏不滞，全篇并无一海棠字样，却尽得其风流神韵。

上阕起句赞美海棠的绰约风姿，"玉环未破东风睡"，既描绘了淡淡月辉下海棠的妩媚娇态，如玉人酣睡，同时又隐指玄宗、贵妃之情事。《明皇杂录》中载：一次玄宗登沉香亭召贵妃，贵妃酒醉未醒，高力士从侍儿扶之而来。玄宗笑曰："岂是妃子醉耶？海棠睡未足也。"此处"玉环"兼两重含意，既指贵妃，又代指月轮。海棠与贵妃，人的娇姿与花的娇容相映生辉。"将开半敛，似红还白"，形容花欲开未开时的娇美形态和颜色。"偏占"句写海棠开放于清寒未消之际，占群花之先，然而海棠开得早，败得也早，故此引来下句"叹黄州一梦，燕宫绝笔"，似暗指贵妃惨死马嵬坡之事，人与花有着相同的不幸命运，故词人之赏花，不独是爱花怜花，更有无限人生感慨于其中。

下阕进一步写词人的一片护花惜花之深情。当日落月升之时，那千朵万枝海棠花在明月清光的映照下，分外艳丽，媚色动人，使满庭生辉。词人爱花心切，不顾夜深清寒似水，秉烛赏花。"银烛延娇"源自苏轼诗"只恐夜深花睡去，故烧高烛照红妆"。"延娇""留艳"均表现了词人希望将花留住的一片痴心。结句"怕明朝，小雨蒙蒙，便化作燕支泪"，以佳人落泪的凄美形象形容雨中海棠之风神，写得凄楚动人。

 # 高阳台

和周草窗寄越中诸友韵

王沂孙

残雪庭阴，轻寒帘影，霏霏玉管春葭[1]。小帖金泥[2]，不知春在谁家。相思一夜窗前梦，奈个人、水隔天遮。但凄然、满树幽香，满地横斜。

江南自是离愁苦，况游骢古道[3]，归雁平沙[4]。怎得银笺，殷勤说与年华。如今处处生芳草，纵凭高、不见天涯。更消他，几度东风，几度飞花。

【注释】

〔1〕霏霏：纷飞的样子。《诗·小雅·采薇》："今我来思，雨雪霏霏。"春葭：春天的芦苇。古时为预测天气，以浮灰塞入律管，节候至则灰飞管通。

〔2〕金泥：以水银和金粉以为泥，用以封印玉牒、玉检、诏书等。古有风俗："立春之日，悉剪彩为燕戴之，帖'宜春'二字。"

〔3〕骢：毛色青白相间的马。

〔4〕平沙：广漠的沙原。

【赏析】

此词为王沂孙答和周草窗（密）之作，表达了对友人的深切的思念。

上阕写虽是轻寒薄罩，但春葭霏霏，已传来了春的讯息，"残"与"轻"细腻而准确地描绘出了寒意尚未退尽的冬末春初景象。"小帖金泥"句则由自然景物转入人事，写在这春天来临，万物复苏、欣欣向荣的时日里，客游在外的词人心头却为离愁别恨所占据，那"良辰美景"似与词人无关，"赏心乐事"也只是属于那些春风得意的人们，一腔离骚，因春更浓，故言"不知春在谁家"。下面紧接着写词人在这种幽幽的心境中，思念着远方的友人，然而一夜相思成梦，醒来无奈还是与那人水隔天遮，不能相见。这愁情，使窗前那"满树幽香，满地横斜"的美景在词人眼中也充满了凄然悲凉的味道。

下阕词人替人说愁，设想那西风瘦马，空见雁归的北国游子心头有离愁万千。"怎得银笺"句说想细诉别后光阴，却苦于没有精美信笺，意思是说那无边的愁思难以用语言表达。"如今"句写词人登高望远，盼望友人归来，然而山隔水阻，梦魂难觅，只见芳草迷离，铺向天边。此实是以那一川烟草暗喻词人满怀离愁别恨。结句"几度东风，几度飞花"，写得既空灵摇曳，又味醇意厚。

和词既需押原来韵字，又需与原作意思衔接而不雷同，而此词苦心经营，出以自然天成，写得清丽流转，沉郁哀婉，足见词人经验之丰富，词学之高超。

醉落魄

王沂孙

小窗银烛，轻鬟半拥钗横玉。数声春调清真曲。拂拂朱帘，残影乱红扑。

垂杨学画蛾眉绿，年年芳草迷金谷。如今休把佳期卜。一掬春情，斜月杏花屋。

【赏析】

这首词叙写女子暮春怀人之春情。

"小窗银烛"，交代了女主人公所处的环境，温馨中透出淡淡的寂寞。"轻鬟"句描摹美人不作修饰的慵态。所谓"女为悦己者容"，如今情郎远走，留下她，眉为谁描，

鬟为谁梳？故此句看似轻和婉转，实已暗含凄楚之情。"数声春调清真曲"，在这寂寞的夜晚，远远传来几声春曲小调，更勾起了女主人公对情人的思念。"拂拂朱帘，残影乱红扑"，写微风轻袭，朱帘兀自于风中飘来荡去，落红乱扑，却已有春残之凄凉意。虽为写景，却字字关情，"拂拂""残""乱""扑"几个字的运用，已将那淡淡温馨之感尽卷而去，只觉孤寂凄楚之感扑面而来。

下阕写时序、景物的变迁，垂杨渐绿，芳草迷离，已是初夏景色，而意中人仍不见踪影，女主人公满腔的相思与期待已渐渐变成了绝望和怨恨，"休把佳期卜"，"休"字道出了女主人公心中的万般失望和哀伤。

"一掬春情，斜月杏花屋"，"一掬"可谓妙语天工，好像春情是有形之物，可用手捧之。此句写女主人公的款款深情，却只有空付与眼前那冷照之斜月，独放的杏花。此景语淡淡，怨情幽幽，给人留下丰富的联想空间，女主人公枉度年华的惆怅之情溢于言表。

一剪梅

舟过吴江

蒋 捷

一片春愁待酒浇，江上舟摇，楼上帘招。秋娘渡与泰娘桥[1]，风又飘飘，雨又萧萧。

何日归家洗客袍，银字笙调，心字香烧[2]。流光容易把人抛，红了樱桃，绿了芭蕉。

【注释】

〔1〕秋娘、泰娘：都是唐代著名歌女的名字。秋娘渡与泰娘桥均为吴江的两个地名。

〔2〕心字香：明杨慎《词品》："所谓心字香者，以香末萦篆成心字也。"

【赏析】

这首词是倦游思归之作。

上阕写实景，词人乘船路经吴江，一路风雨潇潇，一派烟雨迷离景象，故引起词人思乡愁绪绵绵不断，令词人渴望借酒消愁，一醉方休。"风又飘飘，雨又萧萧"，"又"字的重复使用，表现了词人不堪愁之重负的无奈情绪。

下阕写虚景，展现的是词人的想象。通过几个生活小细节的叠加铺写，烘托出远游归家后家中的温馨与舒适。"银字笙调，心字香烧"，即调弄起镶有银字的笙，点燃心字形的篆香。"流光"句与"何日"句互为因果关系。"何日归家洗客袍"，"何日"的疑问语气，表达了词人归心似箭的急切心情，这是因为"流光容易把人抛"。"红了樱桃，绿了芭蕉"，词人巧妙地选取自然界色彩的缤纷变幻，将无形时光的流逝化为可见之具体物象，形象而生动，是脍炙人口的名句。

此词铿锵悦耳，富于节奏感和音乐美，朗朗上口。

南乡子

蒋 捷

泊雁小汀洲，冷淡湔裙水漫秋[1]。裙上唾花无觅处，重游。隔柳惟存月半钩。

准拟架层楼，望得伊家见始休。还怕粉云天未起，悠悠。化作相思一片愁。

【注释】

〔1〕湔（jiān）：书面语，洗。

【赏析】

这是一首描写情人相思的词。

全词以"泊雁小汀洲"起兴，"雁"在古诗文中常作为相思之情的象征，这里，既描绘了一幅淡远静美的泊雁图，又点明了全词抒写相思之情的意旨。"冷淡湔裙水漫秋"，此句为男主人公的回忆，那日曾在河边遇见一位浣衣女郎，美丽而矜持，令他一见倾心。接下来写他耐不住相思之情，又来到小河边希望能再见到那位丽人，然而女郎的倩影就如同裙上洗去的残痕一样无处可见。"隔柳惟存月半钩"，写满心失望的男主人公眼中见到的景色，隔着稀疏摇曳的几枝柳条，一弯月儿，恰似银钩，洒下淡淡的清辉。"惟"，字道出男主人公心中的失望。

"准拟架层楼"，写热恋中的男主人公的奇妙的想象，要架起一座高楼，望得见女郎的家方才罢休。"还怕"句为这位男子心理活动的继续，又一层曲折，担心天边的彩云遮住了视线，望不见心上人的倩影。"化作相思一片愁"，以痴情人之眼观世上万象万物，莫不为一"情"字，莫不是相思之愁的结晶。

此词上阕写景、叙事、抒情浑然一体，凝练简洁；下阕着力刻画苦恋中的男子的细腻的心理活动，将他那番痴情痴意，写得淋漓尽致，幽默风趣，情调轻松活泼、健康。

梅花引

荆溪阻雪

蒋　捷

　　白鸥问我泊孤舟，是身留，是心留？心若留时，何事锁眉头？风拍小帘灯晕舞，对闲影，冷清清，忆旧游。

　　旧游旧游今在否？花外楼，柳下舟。梦也梦也，梦不到，寒水空流，漠漠黄云，湿透木棉裘。都道无人愁似我，今夜雪，有梅花，似我愁。

【赏析】

　　此词写于词人归家途中，先借白鸥发问，巧妙地由侧面写出作者满怀心事、愁眉不展的神态，以白鸥的闲逸反衬出词人的愁闷，语气俏皮诙谐，微含自嘲意。"风拍"句写孤舟在风雪之中，帘儿被风频频掀起，灯光也被吹得闪烁不定，忽明忽暗的凄冷景象。"冷清清"之中，词人不由得怀念起旧日畅游时的快乐情景。

　　下阕紧承上句，衔接自然，以问句表达词人的内心独白，使人如闻其声，如坠入回忆的恍惚神态。"花外楼，柳下舟"，以艳丽之景反衬今日"寒水空流"的凄凉。"梦也梦也，梦不到"之语，更道出好景不再、佳梦难成的沉痛之情。词人久伫船头，凝望天际漠漠黄云，任凭那纷飞的雪花将身上的裘衣湿透。"都道无人愁似我，今夜雪，有梅花，似我愁"，此句构思新奇，如神来之笔，言梅花"似我愁"，似也不胜这凄清和寒冷。这让词人为自己在这荒无人迹之地，找到了一个同病相怜的知音。有高洁美丽的梅花为伴，似乎其愁又可略解了吧？故凄楚之中又显出洒脱诙谐，见其超逸情怀。

　　此词将白鸥、梅花等无情之物拟人化，作为反衬铺垫，旁敲侧击，巧为运用，表现了词人丰富的想象力和精巧的布局构思能力。

齐天乐

客长安赋

王易简

官烟晓散春如雾，参差护晴窗户。柳色初分，饧香未冷[1]，正是清明百五[2]。临流笑语，映十二阑干，翠嚬红妒。短帽轻鞍，倦游曾遍断桥路。

东风为谁媚妩？岁华频感慨，双鬓何许！前度刘郎[3]，三生杜牧[4]，赢得征衫尘土。心期暗数，总寂寞当年，酒筹花谱[5]。付与春愁，小楼今夜雨。

【注释】

〔1〕饧：饴糖，寒食节食品。

〔2〕百五：指寒食节。《荆楚岁时记》记载："去冬节一百五日，即有疾风甚雨，谓之寒食，禁火三日。"

〔3〕前度刘郎：刘禹锡《再游玄都观》诗曰："种桃道士归何处？前度刘郎今又来。"

〔4〕三生杜牧：黄庭坚诗："春风十里珠帘卷，仿佛三生杜牧之。"

〔5〕酒筹花谱：酒筹，喝酒时用以计数的筹子。花谱，指记载四时花卉的书籍。

【赏析】

此词为词人晚年之作。上阕写寒食节前后的春景，景中有人，如一幅美丽的春日图。"短帽轻鞍，倦游曾遍断桥路"，"曾"字点明以上所写均为回忆，是词人年轻时游玩过的地方。

下阕"东风为谁媚妩"？以问句道出了词人心中的辛酸：岁华如水，如今已是两鬓斑白，春风之情已与己无关了。"前度刘郎"句是写自己如刘郎、杜牧，故地重游之时，空送走了许多的时月，只留下了征衫上的些许尘土。此中有不尽的人生感慨：世上万事总成空，美好的事物更是短暂易逝，时光给人们留下的不过是些辛酸和凄楚的滋味罢了。"心期暗数，总寂寞当年，酒筹花谱"，天下没有不散的筵席，当年游玩时用的酒筹花谱，如今已被寂寞地闲置一旁，实写旧友难逢、好景不再的痛苦。此处妙在词人不直言自己的寂寞，而是说"酒筹花谱"，使人体会其寂寞。结句"付与春愁，小楼今夜雨"，写愁苦之情，就如今夜小楼外那潇潇洒洒、无休无止的春雨一样绵绵不断。

词人在对往昔风月冶游的惆怅回忆中，寄寓了深沉的人生感慨，"临流笑语""短帽轻鞍"，含有无限悲凉，写得含蓄蕴藉，沉郁哀婉。

甘 州

寄李筠房

张 炎

望涓涓、一水隐芙蓉，几被暮云遮。正凭高送目，西风断雁，残月平沙。未觉丹枫尽老，摇落已堪嗟。无避秋声处，愁满天涯。

一自盟鸥别后，甚酒瓢诗锦，轻误年华。料荷衣初暖，不忍负烟霞。记前度蒻灯一笑，再相逢，知在那人家？空山远，白云休赠，只赠梅花。

【赏析】

李筠房即李彭老，宋亡不仕，隐居龟溪（今浙江境内）。李、张二人曾聚首西湖，诗酒相酬，一别之后，世事巨变，江山易主，词人作了这首词，遥寄远方老友，寄托他的思念和身世盛衰之感。

"望涓涓、一水隐芙蓉，几被暮云遮"，描绘了一幅暮云遮天光、芙蓉减红妆的惆怅景象。芙蓉象征着友人亲切的面容，即便登高远望，因水阻云遮，也难以见到了。"暮云"暗喻元朝的统治压迫。词人以登高远望起兴，所谓"长歌可以当哭，远望可以当归"，寄托了对友人深深的思念之情。起句以景寄情，虚实相生，容量极大。"正凭高送目，西风断雁，残月平沙"，"正"字把叙写的焦点由对友人的思念，转到自身的处境和心境上来。淡墨白描，疏疏几笔，勾勒出一幅西风飒飒、孤雁失群、残月冷照、平沙漠漠的充满凄凉萧疏意味的水墨画。此乃远望所见。再看四周，艳丽的红叶已尽皆老去，在西风的吹打下纷纷坠落。"未觉"，不知不觉。"堪嗟"，既是在叹惜红叶的早衰，也是在自叹身世、国事的不幸。"无避秋声处，愁满天涯"，无论是秋声、秋色，尽皆为词人之愁所笼罩，故天地间愁无处不在，无可躲避。

上阕以景写情，下阕直抒情怀。首句写与友人别后，日夜于诗酒中度日，致使年华

轻抛的怅惘悔恨心情。如今国破山河残，再也不能回到过去的好时光了，这才是更令词人悔恨的原因。"料荷衣初暖，不忍负烟霞"，笔锋回转，再写友人。"荷衣"取自《离骚》："制芰荷以为衣兮，集芙蓉以为裳"；"烟霞"源于孔稚珪《北山移文》"使我高霞孤映，明月独举；青松落阴，白云谁侣"，均为高洁品格的象征。实指李彭老入元不仕，隐居龟溪之事。"记前度"句回首往事，思量未来，伤心无限。"空山远，白云休赠，只赠梅花"，白云乃飘忽不定物，梅花自古以来为清高圣洁之象征，以梅相赠，大有深意，表达了词人与友人以梅之贞洁互相勉励、共葆岁寒之贞的志向。

此词景情相生，用典、设喻自然贴切，想象、暗示丰富生动，于蕴藉中透出清空，含蓄中显出幽峭。

阮郎归

有怀北游

张 炎

钿车骄马锦相连[1]，香尘逐管弦。瞥然飞过水秋千[2]，清明寒食天。
花贴贴，柳悬悬，莺房几醉眠。醉中不信有啼鹃，江南二十年。

【注释】

〔1〕钿车：饰以金花的轻便小车。骄马：骏马。

〔2〕水秋千：指在秋千架上翻筋斗跳水的游戏。北方旧俗，寒食节以秋千为戏。

【赏析】

张炎曾应元廷征召入京、缮写金字藏经，在京大约半年。此词写于他离京二十年后，对那段生活的追忆。

上阕描绘了一幅幅闪烁着华光异彩的生活画面，将一个个片段并连在一起，构成了充满动态、多彩多姿的清明寒食图。

下阕对花与柳的描写，实是一段缠绵恋情的象征。据传词中隐身女郎实有其人，为词人故交杭妓沈梅娇，张炎在大都时曾与她相遇，为其赋《国香》一词。"醉中不信有啼鹃"，"啼鹃"在古诗文中为悲苦、离别之象征；此句写词人沉醉于恋情中，不信会有分别之日。言外之意仍终难免一别。"江南二十年"，点明了上述均为二十年前的旧事，蕴含了光阴无情，流年似水，回首往事，恍若隔世的身世之叹。

此首小词自然流畅，写景写事，娓娓道来，至结尾处，方点明时间，亮出心曲，无限情思感慨，至此方骤然涌现，豁然开朗。真可谓从容不迫，举重若轻。词人的才情笔力，于此小词中亦可略窥一斑。

南　浦

春　水

张　炎

波暖绿粼粼，燕飞来，好是苏堤才晓。鱼没浪痕圆，流红去，翻笑东风难扫。荒桥断浦，柳阴撑出扁舟小。回首池塘青欲遍，绝似梦中芳草。

和云流出空山，甚年年净洗，花香不了？新绿乍生时，孤村路，犹忆那回曾到。余情渺渺，茂林觞咏如今悄[1]。前度刘郎归去后，溪上碧桃多少。

【注释】

〔1〕茂林觞咏：晋代王羲之曾与谢安、孙绰等四十一人游山阴之兰亭，并作《兰亭序》，有云："此地有崇山峻岭，茂林修竹"，"一觞一咏，亦足以畅叙幽情"。

【赏析】

张炎以这首《春水》词驰名词坛，并被人美称为"张春水"。此词作于宋亡前，题旨不深，以状物、用词胜。

上阕紧紧扣住春水来写，周密评说"赋春水入画"，画为静，而此词更以动取胜：写波贯之以"粼粼"，顿生波光闪烁、激滟生辉之感；次则有"燕飞""鱼没""流红"和撑出柳阴的"扁舟"；便写春草，云之"欲遍"，将芳草不停地、悄悄地生长的动态写出，这样就抓住了春天万物复苏、生长，充满生机与活力的特征。词人不但善于抓取特点，言辞优美，下字亦极其工巧，如"鱼没波痕圆"，可谓"争价一句之奇"。

上阕似已将春水可言可状之物道完，但词人笔锋一转，又翻出新意，写"和云、空山、花香"，将这泓碧绿可爱的湖水环绕簇拥，如"彩云托月"，更见其美。"新绿"句以下，则写词人见"新绿"，思旧情，追忆往年"茂林觞咏"的风流盛事，"悄"字漾出几许寂寞之感。结句以问句进一步作盛时不再的慨叹，乃由刘禹锡诗句"玄都观里桃千树，尽是刘郎去后栽"化出。

邓牧评此词曰："《春水》一词，绝唱千古。"

解连环

孤 雁

张 炎

楚江空晚，恨离群万里，恍然惊散。自顾影、却下寒塘，正沙净草枯，水平天远。写不成书，只寄得、相思一点。料因循误了，残毡拥雪[1]，故人心眼。

谁怜旅愁荏苒？漫长门夜悄，锦筝弹怨。想伴侣、犹宿芦花，也曾念春前，去程应转。暮雨相呼，怕蓦地、玉关重见。未羞他、双燕归来，画帘半卷。

【注释】

〔1〕残毡拥雪：指西汉苏武的故事。苏武出使匈奴被扣，不肯降，被置大窖中，不与饮食，"武卧啮雪，与毡毛并咽之。数日不死。"

【赏析】

此词以离群孤雁的艺术形象曲折深婉地表达了词人故国沦丧、个人落拓失意的黯然心境。

"楚江空晚"，开头以空阔昏冥的背景衬托孤雁的落寞孤单和弱小。"恨离群"以下两句，写孤雁失去了伙伴，无比怅惘，在长途飞行中，只有池塘中倒映出的自己的影子做伴，"却下寒塘"，找一个暂时休栖之地，却只见荒沙漠漠，草衰水寒。"写不成书"句，从字面意思来看，是说孤单单一只雁儿，排不成雁阵，无法在天空上书写上一个大大的"人"字。古来素有"鸿雁传书"之说，言大雁替相思的人们互递信息，故又言"只寄得、相思一点"。"一点"写孤雁的形，"相思"则赋其神，此句形神兼备，且出语浑然天成，张炎亦由此而得了"张孤雁"的美称（见孔齐《至正直记》）。"料因循误了"句暗用苏武雁足传书的典故，这里词人通过苏武威武不屈的爱国者形象，表达了他对爱国英雄的崇敬心情。

"谁怜旅愁"句写漫漫长路中的孤雁不胜哀愁，而无人怜念。"漫长门"句则以长门幽怨比喻孤雁离群失偶的悲痛心情。"想伴侣"句，写孤雁于孤独中不禁想念起伙伴们，料想它们还停宿于芦花丛中，心中默默祈念着春回大地之前会与它们重逢。"暮雨相呼"句写孤雁想象着有一天在暮雨迷蒙中，大雁发出清亮的唳鸣声互相呼唤，在即将相逢之际又怕相见的矛盾心情。这里深藏着故国沦亡以后词人孤苦一人，思念友人又怕相见的深痛心情，只因今非昔比，物是人非之感，已使词人不堪其哀。结句以留恋于雕梁画栋间的双燕比喻投降卖国、贪求荣华富贵的失节者，"未羞他"表现了词人对他们的鄙夷。结句以双燕反衬孤雁高洁坚贞的情操，较显明地点出题旨。

此词托意深刻，已非当年的"承平贵公子"笔下泛泛咏物、"鼓吹春声于繁华世界"之词，而是倾注了国破家亡、飘零失落的沉痛悲哀，词情"苍凉激楚……备写其身世盛衰之感，非徒以剪红刻翠为工"。

青玉案

黄公绍

年年社日停针线[1]，怎忍见，双飞燕？今日江城春已半，一身犹在、乱山深处，寂寞溪桥畔。

春衫著破谁针线，点点行行泪痕满。落日解鞍芳草岸，花无人戴，酒无人劝，醉也无人管。

【注释】

〔1〕社日：古时祭祀土地神的日子，分春社与秋社。《统天万年历》："立春后五戊为春社，立秋后五戊为秋社。"《墨庄漫录》云："唐宋妇人社日不用针线，谓之忌作。"

【赏析】

此词在《阳春白雪》《翰墨大全》等书中皆列为无名氏之作，在《历代诗余》《词林万选》中题作黄公绍。这是一首游人思归之作，充满离愁相思之情，写得深情缠绵，催人泪下。

上阕以社日停针线的习俗为引子，虚写远方的爱妻于社日来临之际的孤独寂寞、忧伤无比的情形，针线为贯串全词的一个线索，与下阕起句遥相呼应。唐代张籍有诗云："今朝社日停针线，起向朱樱树下行。"词人选取热闹的社日为背景，是为了以众人之欢乐衬托一己之悲愁，更见其悲。"怎忍见，双飞燕"，则进一步用自然界燕子成双飞翔的景象来反衬离妇形单影只的悲凉。下面笔锋回转，写词人自己，"一身犹在、乱山深处，寂寞溪桥畔"。其意象沉重而凄凉，实是词人离愁象征载体。

下阕仍以针线为起兴，"春衫著破"而无人缝补，一写离别时间之长，二写游子只身客旅的凄苦之状。"点点行行泪痕满"，写破衫上尽洒离人眼泪，直状情事，真切而不矫饰。"落日"以下四句，写游子于落日溶溶、暮色初暝之时解鞍于长满芳草的岸边，狂欢大醉的情形，形似放纵不羁，但一连三个"无人"将游子的沉痛、孤苦、哀伤表达得淋漓尽致。正如陈廷焯所说："不是风流放荡，只是一腔血泪耳。"此处以细节写情，生动自然，"语淡而情浓，事浅而言深"。

沁园春

王炎午

又是年时，杏红欲脸，柳绿初芽。奈寻春步远，马嘶湖曲；卖花声过，人唱窗纱。暖日晴烟，轻衣罗扇，看遍王孙七宝车。谁知道，十年魂梦，风雨天涯。

休休何必伤嗟。谩赢得，青青两鬓华！且不知门外，桃花何代；不知江左，燕子谁家。世事无情，天公有意，岁岁东风岁岁花。拼一笑，且醒来杯酒，醉后杯茶。

【赏析】

此词作于宋亡之后，抒写亡国之痛。

上阕铺写春景，时间由春意初生到春意浓浓，既写了杏红柳绿、暖日晴烟的春色，又写了人们香车宝马寻春赏花的游乐活动。"又是年时"句，已暗含世事沧桑，而年年春色依旧之意，至"谁知道，十年魂梦，风雨无涯"，满腔悲愁喷发而出，将全词意旨点明，这年年依旧的春光，似已将亡国之耻之痛轻轻掩去，为人们所遗忘，然而在词人心中，这创痛却是如此之深。升平欢乐的春日游乐图与词人内心的极度悲痛构成了强烈鲜明的对比。

下阕紧承"谁知道"三句，"休休何必伤嗟"，乃词人强抑内心悲痛，自我劝慰之语。"休"是罢了的意思。"谩赢得"句写词人历经十年风雨，鬓发已由乌黑变得雪白。此句与起句联连，形成了"欲说还休、欲休还说"的回环往复的跌宕。"且不知"句，以自然界景物的变化象征世事的巨大变迁。"燕子谁家"化用刘禹锡"旧时王谢堂前燕，飞入寻常百姓家"句意。"世事无情，天公有意，岁岁东风岁岁花"照应上阕，由无尽的回忆与感慨中回到眼前现实中来。"天公"将自拟人化，写他不问人事，年年岁岁笑东风。

"拼一笑",写词人也试图将伤心之事忘却,笑迎东风,然而"拼"字却同时道出了他的勉强与无力,其内心创痛之深,即便用尽全力也难以平抚。"醒来杯酒,醉后杯茶",写词人的生活坠入醒复醉、醉复醒的绝望放纵中,要想真正忘却,只有在酒乡里寻找。

小冲山

宋丰之

花样妖娆柳样柔,眼波流不断、满眶秋。窥人佯整玉搔头[1],娇无力,舞罢却成羞。

无计与迟留,满怀禁不得、许多愁。一溪春水送行舟。无情月,偏照水东楼。

【注释】

〔1〕玉搔头:以玉簪搔头。《西京杂记》中记载:"(汉)武帝过李夫人,就取玉簪搔头,自此后宫人搔头皆用玉,玉价倍贵焉。"

【赏析】

这首词展示了一名舞伎的内心世界及其不幸的遭遇。

上阕极尽笔力描写舞女姣好的容颜、外貌。以美丽的花朵形容她容貌的艳丽夺人;以娇柔的柳枝形容她身体的柔软轻盈,舞姿的飘逸动人;更以盈盈的秋水形容她脉脉含情的美目流盼。"窥人"句以下则着力写她含娇带羞的模样,说明这是一位尚未被风尘掩去内心洁白的女子,还带着些少女的天真和纯洁,也暗示了她对情人的暗恋之情。

下阕则写舞女与情人无可奈何的离别。"无计与迟留,满怀禁不得、许多愁",道出了女子满心的失望与伤悲,表现出对情人的一往情深。"一溪春水送行舟。无情月,偏照水东楼",一溪春水送走了行舟,也带走了女子的一颗心。抬头望月,月亮还是那么明亮,似乎全不解女郎心中的悲伤,故此说月无情。"水东楼",也许即是情人两情缱绻的地方,如今人去楼空,在明月的照耀下,更生出一种凄凉,愈发引起

女郎的伤心怨恨。

此词语言清丽流畅，有乐府民歌之风。

鹧鸪天

无名氏

山色晴岚景物佳[1]，暖烘回雁起平沙。东郊渐觉花供眼，南陌依稀草吐芽。

堤上柳，未藏鸦，寻芳趁步到山家。陇头几树红梅落，红杏枝头未著花。

【注释】

〔1〕岚：山林中的雾气。

【赏析】

此词描写初春景象，笔调明快，情趣盎然。

"山色晴岚景物佳"，写在晴朗的蓝天之下，山色青翠可人，山峰间时有乳白色的云雾飘浮而过，如一幅绝佳的风景画。"暖烘回雁起平沙"，天气转暖，南飞的大雁也回来了，在沙洲上时飞时泊，撒欢嬉戏；"东郊渐觉花供眼，南陌依稀草吐芽"，这里"东郊""南陌"是泛指，写春天刚刚来临，到处吐露着春的讯息。"渐觉""依稀"，用词准确，突出了初春的特点，既不似仲春繁花似锦，也不似暮春草木茂盛，而是绿草刚刚萌芽，花朵方欲吐蕊的景象。

词人寻春的脚步把人带到了堤上垄头。词人以敏锐的眼光、细腻的感觉，捕捉住最富有物候特征的几个画面："柳未藏鸦"，说明柳树还不太茂密；红梅已落，杏花未开，为初春之特定景色。这情景看似萧疏，实蕴藏着无限生机与活力。

此词笔致淡雅，尽洗铅华，却有一种欢欣之情跳跃于字里行间，可谓平淡而入妙。

眼儿媚

王 雱

杨柳丝丝弄轻柔，烟缕织成愁。海棠未雨，梨花先雪，一半春休。

而今往事难重省，旧梦绕秦楼。相思只在，丁香枝上，豆蔻梢头。

【赏析】

此词抒写少男少女之间的相思之情。

上阕写柳条摇曳，轻柔飘忽，撩拨着人的情思，在为相思而苦的人儿眼里，似有无限怨愁。海棠未雨，梨花又开，艳红的如火，洁白的如雪，红白相映，好一幅色彩艳丽的图画。然而所爱的人不在身旁，便把良辰美景空度，不觉得欢欣快乐，却平添时光易逝的悲哀。

下阕写明知往事难再，但一缕相思情魂却在梦中飞往情人所在的地方，久久盘旋，不肯离去，可见其爱得执着。结句"相思只在：丁香枝上，豆蔻梢头"，以丁香和豆蔻两种植物来象征相思之情。丁香其形如结，其色淡紫，词人常用它来比喻忧郁的情怀，冯延巳《鹊踏枝》即有"愁肠学尽丁香结"之语；再如李璟的《浣溪沙》云："青鸟不传云中信，丁香空结雨中愁。"即以丁香比喻相思之愁。豆蔻则常被诗人用以比喻未嫁女，所谓"豆蔻年华"，即言其年少而美丽。唐杜牧的《赠别》诗云："娉娉袅袅十三余，豆蔻梢头二月初。"

综观此词，点明题旨的只有"相思"二字，但全篇通过种种物象，赋予其象征意义，织成了情丝恨网，萦绕回旋，语少而意多，露少而藏多，以实言虚，给人留下很大的联想空间，使人得到美的享受。

豪放词

生查子

敦煌曲子词

三尺龙泉剑[1]，匣里无人见。一张落雁弓[2]，百只金花箭。
为国竭忠贞，苦处曾征战。先望立功勋，后见君王面。

【注释】

〔1〕龙泉剑：宝剑名。《晋书·张华传》载：张华见斗、牛二星间有紫气，因使人在丰城（今属江西）掘地得双剑，一名"龙泉"，一名"太阿"。

〔2〕落雁弓：指良弓。语出《国语·魏语》："更赢侍魏王，见一雁过，曰：'臣能遥弓而落雁。'乃弯弓向雁，雁即落。"

【赏析】

敦煌曲子词是二十世纪初在甘肃敦煌莫高窟发现并经过整理刻印的敦煌写本歌词，其中绝大部分为民间作品，语言晓畅明白，风格清新质朴。这首词表现了守边战士不畏艰苦，忠心报国的豪情壮志。匣藏宝剑，腰挎弓箭，驰骋边疆，为国效力，建功立业。令人振奋的昂扬斗志和深厚的爱国主义情感充溢其间，具有强烈的艺术感染力。

结袜子[1]

李　白

燕南壮士吴门豪[2]，筑中置铅鱼隐刀[3]。感君恩重许君命，泰山一掷轻鸿毛[4]。

【注释】

〔1〕结袜子：乐府旧题。

〔2〕吴门豪：春秋时吴人专诸。

〔3〕筑中置铅：高渐离善击筑（一种乐器），与荆轲友善。荆轲刺秦失败被杀身亡，高渐离改名换姓，为人佣保。秦王喜欢听他击筑，找到他，弄瞎他的眼睛，让他为自己击筑。高渐离便暗将铅块藏于筑中，乘机向秦王掷去，可惜没有击中，被秦王杀死。鱼隐刀：吴公子光（阖间）阴谋篡夺吴王僚的王位，暗蓄武士专诸，在一次筵席上，令专诸将匕首藏入鱼腹，献给王僚，乘机杀死王僚，专诸亦为卫士所杀，阖间遂自立为吴王。

〔4〕泰山一掷轻鸿毛：司马迁《报任安书》"人固有一死，或重于泰山，或轻于鸿毛"，此用其意。

【赏析】

本词只有短短四句，但观点明确，慷慨激昂。前两句列举了古代两位有名的刺客高渐离、专诸的事迹，然后赞扬了他们的豪壮义气：为了报答知遇之恩而献出了自己宝贵的生命。第四句阐明了这些壮士的，也是作者自己的生死观，用司马迁的话，说明为知己而死，死得其所。因此本词不一定为李白所作，姑存备考。

渔歌子

张志和

西塞山前白鹭飞[1]，桃花流水鳜鱼肥[2]。青箬笠[3]，绿蓑衣，斜风细雨不须归。

【注释】

〔1〕西塞山：在今浙江湖州市西。

〔2〕鳜鱼：有的地区叫花鲫鱼。

〔3〕箬笠：用箬竹叶制作的斗笠。

【赏析】

青山、绿水、桃花、鳜鱼和江湖渔父，好一幅美丽的江南渔歌图！这也是词人生活的真实写照。词人曾因获罪遭贬而归隐太湖，自号"烟波钓徒"，每日沉浸于垂钓之中，但"每垂钓，不设饵，志不在鱼也"，只是在自然中寻求慰藉并陶醉其中。开篇两句融情于景，自然风景生动活泼，色彩鲜亮。而后渔父形象的介入为之添彩，人情味渐浓。末句

"斜风细雨不须归"寓意深刻，委婉表达作者避世以自得的生活愿望，成为全篇的主旨。本词境界高远，格调清新，韵律和畅，情思淡泊，为豪放词中的佳作。

 渔歌子

张志和

钓台渔父褐为裘[1]，两两三三舴艋舟[2]。能纵棹[3]，惯乘流，长江白浪不曾忧。

【注释】

〔1〕褐为裘：指渔父穿的是布衣。

〔2〕舴艋（zé měng）：一种形似蚱蜢的小船。

〔3〕棹（zhào）：摇船的用具，也指船。

【赏析】

此篇从渔父身穿布衣写起，再写渔父在江上纵棹乘流，赞扬了渔父敢于与波浪搏击的勇敢精神。

 渔歌子

张志和

雪溪湾里钓鱼翁[1]，舴艋为家西复东。江上雪，浦边风[2]，笑著荷衣不叹穷[3]。

【注释】

〔1〕雪（zhà）溪：水名，在浙江省。

〔2〕浦：水边。

〔3〕荷衣：用荷叶做的衣服，比喻高雅。

【赏析】

此篇写渔翁居无定所，风里来，雨里去，生活艰苦，但他胸怀高洁，不以穷为意。

 渔歌子

张志和

松江蟹舍主人欢[1]，菰饭莼羹亦共餐[2]。枫叶落，荻花干，即使醉宿渔舟不觉寒。

【注释】

〔1〕蟹舍：指房舍很小很简陋。

〔2〕菰饭莼羹：菰米做的饭与莼菜做的羹。

【赏析】

此篇写渔父虽住陋室，粗食淡饭，但生活在枫落荻干的大自然中，心情舒畅，即使喝醉了睡在船上也不觉寒冷。

 渔歌子

张志和

青草湖中月正圆，巴陵渔父棹歌连[1]。钓车子，橛头船，乐在风波不用仙。

【注释】

〔1〕棹歌：打鱼摇船时唱的歌。

【赏析】

此篇写渔父潇洒快乐的生活，胜过神仙。中唐时期，由于社会动荡，"隐逸"之思难免在一些文人心头泛起。张词表现的生活情趣，正是这种社会心理的

反映。其词色彩鲜明，音节流畅，既有文人诗笔之清丽淡雅，又保持了民间渔歌的通俗清新，是文人作词而获成功的佳作。特别是第一首，对后代影响很大。后传到日本，嵯峨天皇和一些宫廷贵族和者甚多，遂开日本词学之端。同时代人亦有和词，宋代苏轼、黄庭坚等人亦用其原句增写为《浣溪沙》《鹧鸪》，都说明张志和的《渔歌子》在词史上的作用。它一方面开后代山水隐逸词之先河，另一方面对于吸引文人学写小令，也起到了示范和推动作用。

调笑令

韦应物

胡马[1]，胡马，远放燕支山下[2]。跑沙跑雪独嘶[3]，东望西望路迷。迷路，迷路，边草无穷日暮。

【注释】

〔1〕胡马：西北少数民族地区所产良马。

〔2〕燕支山：又名焉支山、胭脂山，位于甘肃北部，为古代边防要塞。

〔3〕跑（páo）：兽、畜用爪或蹄刨地。

【赏析】

天苍苍，野茫茫。高大的燕支山下，一匹失群的骏马在草原上孤独地东奔西突、左顾右盼，它时而引颈长嘶，时而焦躁地扬起四蹄，猛刨一阵沙、雪。然而边草连天，暮色苍茫，哪里才是它要寻找的路呢？词表面上是写马，实际上寄寓了词人对人生悲剧的深刻体味与慨叹。词人运用复沓的手法，反复吟咏，回荡着悠悠的悲怆情怀。

杨柳枝

刘禹锡

炀帝行宫汴水滨，数株残柳不胜春。晚来风起花如雪，飞入宫墙不见人。

【赏析】

这是一首咏史短歌。隋炀帝荒淫无道，国亡身丧。他留下的汴水之滨的行宫，残柳数株，枝条柔弱，好像忍受不了春风的摇荡。"不胜春"三字，是残柳的写照，是行宫之衰景。晚来风起，柳花如雪，飞入宫墙。但宫内冷落，早已无人。出语平淡，但行宫离黍之思，兴亡浮沉之感，亡国荒凉之态，齐现于笔端。咏史点到为止，留不尽之意在言外，言有尽而意无穷。

浪淘沙

刘禹锡

九曲黄河万里沙[1]，浪淘风簸自天涯，如今直上银河去[2]，同到牵牛织女家。

【注释】

〔1〕九曲黄河：据说黄河有九曲十八弯，此非实指，极言其多也。因此人们常称黄河为"九曲黄河"。

〔2〕直上银河去：据《荆楚岁时记》载，汉武帝曾派张骞出使大夏（我国西部少数民族），寻找黄河源头，乘槎（木筏）一月有余，直到银河，见到了牵牛、织女。

【赏析】

起句先写九曲十八弯的黄河，挟带大量泥沙滚滚而来，它那汹涌澎湃的滔天巨浪，都是来自遥远的天边。次句破题，点明"浪淘沙"。再用"自天涯"三字过渡，激起人们的想象。接着用张骞寻找黄河源头遇牛郎织女的故事，又从黄河写到银河，从人间写到天上。词人是在借题抒发心中的不平，以黄河的风狂浪激和泥沙万里暗喻朝廷的黑暗腐败。以"银河"和"牛郎织女"喻政治清明的理想境界，而以"浪淘风簸"喻自己屡遭贬谪的坎坷生涯，把人间与天上、混浊与光明、险恶与平静巧妙地交织在一起，构成两个意境截然不同的画面，形成极大的反差，曲折地表达了他希望实现自己政治理想的愿望。本词想象丰富，构思奇特，比喻巧妙，含意深刻，气魄宏大。

浪淘沙

刘禹锡

八月涛声吼地来[1]，头高数丈触山回[2]。须臾却入海门去，卷起沙堆似雪堆。

【注释】

〔1〕八月涛声：指钱塘潮。

〔2〕触山回：波浪碰着了高山，又折了回来。山，指钱塘江口两岸的龛（kān）山、赭山。

【赏析】

这是一首描写钱塘潮的短歌。首句先以一个"吼"字极为生动形象地描写了钱塘潮到来时咆哮之势，然后词人便推出了一个惊心动魄的特写镜头：钱塘江潮头凌空而起，高达数丈，雄奇壮观，令人叹为观止。由于开头两句起得较高，三、四句必须缓缓落下，否则难以为继，所以词人用"须臾却入海门去"进行转折。片刻间，潮退水落，风平浪静，只留下雪白的沙滩。词人以景喻理，暗示人间事物瞬息万变。

 忆江南

白居易

江南好，风景旧曾谙[1]。日出江花红胜火，春来江水绿如蓝[2]。能不忆江南？

【注释】

〔1〕旧曾谙（ān）：从前很熟悉。

〔2〕蓝：可制蓝色染料的一种草。

【赏析】

《忆江南》三首写于唐文宗开成三年（838年），六十七岁的白居易已饱经宦海风波，十分不满朝廷内部的朋党纷争、宦竖擅权，以太子太傅身份分司东都。他青年时期就曾漫游江南。旅居苏杭，后来任杭州、苏州刺史，风景秀丽的江南风光给他留下了美好的印象，使他终生难忘，于是写下了《忆江南》三首。此是第一首。

此首写春景，先写江南的总体印象。一上来便赞道：江南好！紧接着就说明这种印象是自己亲身经历所得，并非道听途说，增加了这种赞美的可信程度。之后两句转入对江南风景的具体描绘：春天来临，百花开放，春水粼粼，在阳光的照射下，江边的鲜花如火如荼，浩浩荡荡的江水澄碧湛蓝。"火""蓝"二字，浓淡相映，使江花更红、江水更蓝。阳光、江花、江水、火焰、蓝叶，交织成一幅美丽壮观的图画，色彩绚丽，耀人眼目，发人联想。最后用一句"能不忆江南？"表达了词人对于江南由衷的喜爱之情。

杨白花[1]

柳宗元

杨白花，风吹渡江水[2]。坐令宫树无颜色[3]，摇荡春光千万里。茫茫晓日下长秋[4]，哀歌未断城鸦起。

【注释】

〔1〕杨白花：北魏杂歌谣辞旧题。南北朝的北魏有个胡太后，爱上一位勇武强壮、容貌雄伟的年轻将军杨白花，逼他私通。事后杨白花惧祸，带领部队投奔了南方的梁朝，改名杨华。胡太后思念不已，便写了一首《杨白花》歌，教宫女连臂踏足歌唱，声调凄婉。

〔2〕"风吹渡江水"句：化用胡太后歌词中"春风一夜入闺闼，杨花飘落落南家"。

〔3〕坐：立刻。

〔4〕茫茫：不明的样子。

【赏析】

这首词是模拟北魏胡太后《杨白花歌》而作。起首"杨白花"三字一语双关，既是胡太后情人之名，又说明时间正是杨树的白色花朵飘坠的季节，这是一声深情的呼唤。"风吹"句，写杨白花被无情的风吹到江那边去了。这两句表现了胡太后对情人深深的思念和对无情的"风"深深的怨恨。"坐令"二句，说自从他走了之后，宫中的千树万花，立刻都黯然失色，那美好的春光都随他一起消失在千万里之外了。"宫树无颜色"形象生动地表达了胡太后对情人的眷恋。"茫茫"两句，言"我只能独自守在那孤寂的长秋宫中（太后居处），无情无趣地打发日子，唱着我的哀歌，从清晨直到暮鸦归飞"。

封建社会的女子，即使地位尊贵，如果一旦有了私情，就为礼法所不容，为世人所不齿。以致胡太后的情人也不得不惧祸远走他方。词人显然把同情心倾注在胡太后的身上，并代她立言。这首词为她抒发了爱情的失望、痛苦和悲哀，情真意切，凄婉动人。柳词基本上保持了胡太后原作的风格，直率、大胆、执着，运用比喻和寄托的修辞手法，动人心扉，余音袅袅。

江南春

杜 牧

千里莺啼绿映红，水村山郭酒旗风。南朝四百八十寺，多少楼台烟雨中。

【赏析】

这首词可以说是词中的小品，常被誉为"尺幅千里"之作。开头二句，如同电影镜头迅速移动，掠过春色笼罩的千里江南，展现了一幅江南春景的长卷，笔触生动，色彩鲜明，令人仿佛置身于无边的春色之中，处处柳绿花红，莺歌燕舞。临水有村庄，依山有城郭，酒旗在望，迎风招展，使人心旷神怡。特别是"千里"二字，高度地概括了江南春景，把铺展于江南大地上的千里繁丽锦绣凝练概括在尺幅之中。这两句，红绿对应，山水并举，村庄城郭映照，动静互相搭配，使人眼花缭乱，应接不暇，言少意多，读之如饮醇酒，其味无穷。这是江南的晴朗天气，如遇天雨，江南景色更加使人着迷。"南朝"二句，又把镜头转向金碧辉煌、壮丽宏伟的佛寺。庄严的佛寺，笼罩在迷蒙的烟雨之中。"南朝"二字，给画面增加了悠远的历史色彩，再用"四百八十寺"，强调数量之多，也

使画面的包容量更大更广。最后以"多少楼台烟雨中"的感叹，使这些寺庙的崇楼杰阁，若隐若现地矗立在朦胧的烟雨之中，更增添无限风光。

全词仅二十八个字，既写了江南春景的丰富多彩，也写出了江南的广阔迷离和深邃。词人从大处落笔，视野开阔，大气旋转，词风豪迈。

清平乐

温庭筠

洛阳愁绝，杨柳花飘雪。终日行人恣攀折，桥下水流呜咽。
上马争劝离觞，南浦莺声断肠[1]。愁杀平原年少[2]，回首挥泪千行。

【注释】

〔1〕南浦莺声断肠：江淹《别赋》有句："送君南浦，伤如之何？"南浦是地名，在福建省，这里借指送别之处。

〔2〕平原年少：出自"我本平原儿，少年事远行"，这里指远行的人。

【赏析】

这是一首送别词。上阕写桥上送别，起首二句，点出送别地点是在洛阳，时间是阳春时节。"洛阳愁绝，杨柳花飘雪"，洛阳城里柳絮纷飞，如同雪花飘扬，离别给人带来了忧伤、带来了惆怅，正如这满天的飞絮。愁云笼罩在洛阳桥头，用"愁绝"二字，极写离别的伤感气氛。"终日行人"二句，古人习俗，送别要折柳相赠，取"柳"（留）之音，以示依依之情。洛阳桥头，整天都有人折柳送别，执手呜咽。桥上送别者的呜咽声和桥下流水的呜咽声交织在一起，更增加了离人的愁情。

下阕具体写离别情景，行人上马就要起程，友人们还要争着再劝他更进一杯离别酒。挥手就要离去，忽然又听到令人断肠的莺啼，更增伤感。送别的人牵肠挂肚，举手挥别；远行的人离愁万种，回首洒泪。双方都是那样情真意切，难分难舍。送别之情在词人笔下情致深婉，悲壮而有风骨，和其他送别之词风格迥异。词人虽为花间鼻祖，也有颇具风骨之作，本词即为其一。

 ## 杨柳枝

温庭筠

馆娃宫外邺城西[1]，远映征帆近拂堤。系得王孙归意切，不同芳草绿萋萋。

【注释】

〔1〕馆娃宫：吴王夫差为西施修建的宫殿。

【赏析】

这是一首咏物词。起句先点杨柳生长的地方。馆娃宫和邺城的杨柳很多。"远映"

句，杨柳多姿，长条依依，近看在堤岸上轻拂，远望与江中船帆相映衬，旖旎可爱。这一句具体写杨柳的浓密茂盛和依依之状。"系得王孙"二句，推开青草，为杨柳立门户。古人见春草而思王孙，而本篇偏偏写能"系得"王孙归意的不是萋萋绿草，而是依依垂柳。内容含蓄不尽，奇意奇调，不落俗套，特别是一个"系"字，使杨柳无情之物化为有情之物，让人顿觉全篇神采飞动。

菩萨蛮

韦 庄

洛阳城里春光好，洛阳才子他乡老[1]。柳暗魏王堤[2]，此时心转迷。桃花春水渌，水上鸳鸯浴。凝恨对残晖，忆君君不知。

【注释】

〔1〕洛阳才子：作者自称。因为他居住在洛阳的时间比较长。

〔2〕魏王堤：洛阳的一大盛景。

【赏析】

这是作者回忆洛阳时，写乡思的五组词中的最后一首。开篇直唤"洛阳"，将思乡心切表露无遗。战乱的频繁和朝代的更迭，让当时为数不少的人们流离失所。有家不得归，有亲不得认，这种漂泊的切肤之痛也让词人备受煎熬。"春光好"的具体描绘正是词人对故国和家园的美好回忆，"心转迷"又显现了他内心的矛盾和苦闷。"君"既指远方的爱人又指遥远的故国，一唱一吟，无限深情尽在其中。全词用语直白遒劲，意境悠远，独树一帜，充分反映了作者"似直而纡，似达而郁"的特点。

喜迁莺

韦 庄

街鼓动，禁城开[1]，天上探人回[2]。凤衔金榜出云来[3]，平地一声雷。

莺已迁[4]，龙已化[5]，一夜满城车马。家家楼上簇神仙，争看鹤冲天[6]。

【注释】

〔1〕禁城：代指帝王的宫殿。

〔2〕天上：朝廷。

〔3〕金榜：科举应试考中者的名单。

〔4〕莺已迁：迁居的颂词。

〔5〕龙已化：飞龙上天，比喻得志或升官。

〔6〕鹤冲天：比喻一举得中之人。

【赏析】

词人善于写以游子思妇为主题、以白描为主要手法的诗词。这首词主要描写词人进士及第后风发得意的心情。词人从年轻时开始考进士，但屡次不中，直到唐昭宗乾宁年间才得以应举。可是这时他已经五十九岁了，晚年得官，怎能不欣喜若狂！所以在词中浓墨重彩地描述了发榜时的热闹场面：街鼓雷动、宫门大开、车马满城、神仙簇拥。几十年的寒窗苦读终于修成正果，步入仕途，如黄莺腾飞，如化龙升天。字里行间处处透露着词人踌躇满志、飘飘欲仙的激动心情。本词想象丰富，气氛热烈，语调活泼。

乌夜啼

李 煜

林花谢了春红[1]，太匆匆。无奈朝来寒雨、晚来风。

胭脂泪，相留醉，几时重。自是人生长恨、水长东。

【注释】

〔1〕林花：众多的花。

【赏析】

这首词借用落花来感叹人生。上阕三句，首句叙其事，次句一断、夹议，三句追溯缘由。春天盛开的名花都匆匆凋谢了，让人联想到人世间的悲惨之事，蕴含古今，寓意深刻。下阕紧承上阕，写宫中令人纸醉金迷的享乐生活，但好景并不长，今后也很难再和美人重逢，进而发出痛彻心扉的呼唤，表现了词人哀痛的心情。"无奈朝来寒雨、晚来风"一语双关，既指真的风雨，又指政治上的风雨。"自是人生长恨、水长东"一句成为千古绝唱。全词深入浅出，感情奔放，淋漓尽致，可与太白诗篇相比。

破阵子

李 煜

四十年来家国，三千里地山河。凤阁龙楼连霄汉，玉树琼枝作烟萝。几曾识干戈？

一旦归为臣虏，沈腰潘鬓消磨[1]。最是仓皇辞庙日，教坊犹奏别离歌。垂泪对宫娥。

【注释】

〔1〕沈腰：代指人消瘦。潘鬓：用西晋潘岳的典故，指鬓发斑白。

【赏析】

后主李煜亡国后的哀痛使他成了"词中之帝"。这首即是他被俘北上后的追赋之词。上阕感慨国事，追念亡国之前盛况。词人从远处着想、大处落墨，举重若轻，出语超群。

"几曾识"三字，是发自内心的真情话。下阕转写被掳后之凄凉与憔悴。一旦失去故国，其生活上的痛苦、精神上的烦恼就可想而知了。末尾三句写被俘后最觉难堪的事——太庙辞别。哀乐声、悲歌声、哭声合成一片，与开篇所写的山河壮丽、宫苑富丽的皇家气派形成鲜明的对照。本词背景广阔，气象宏大，气势跌宕，感慨深切，自然真率，感人至深。

阳关引

寇 准

塞草烟光阔[1]，渭水波声咽。春朝雨霁轻尘歇。征鞍发。指青青杨柳，又是轻攀折。动黯然，知有后甚时节。

更尽一杯酒，歌一阕[2]。叹人生，最好难欢聚易离别。且莫辞沉醉，听取阳关彻。念故人，千里自此共明月。

【注释】

〔1〕烟光：指辽远迷蒙的景色。

〔2〕阕：此指歌曲。

【赏析】

送别是词中最常见的题材。本词中离情别绪味虽浓，但仍反映出词人广阔的胸襟、豁达大度的态度。"念故人，千里自此共明月"，既表达了他和友人心有灵犀的深厚情谊，更道明了两人今后联系的方式方法，听来让人多了几分宽慰，几分蕴藉，几分欢欣。该词成功地化用了王维的诗，然而词意在原诗基础上开掘更深，词的境界也开拓更深。既包含了王勃诗"海内存知己，天涯若比邻"所表述的宽广胸怀，又涵盖了苏轼词"但愿人长久，千里共婵娟"所表达的美好愿望。

传花枝

柳 永

平生自负，风流才调。口儿里、道知张陈赵[1]。唱新词，改难令[2]，总知颠倒。解刷扮[3]，能哄嗽[4]，表里都峭[5]。每遇著、饮席歌筵，人人尽道。可惜许老了。

阎罗大伯曾教来[6]，道人生、但不须烦恼。遇良辰，当美景，追欢买笑。剩活取百十年[7]，只恁厮好[8]。若限满[9]、鬼使来追，待倩个[10]、掩通著到[11]。

【注释】

〔1〕道：指"拆白道字"，是宋元时盛行的一种用拆字法说话表意的文字游戏。

〔2〕令：指曲调。

〔3〕刷扮：涂刷、打扮。犹今之修饰打扮。古代男性修整仪容发鬓髭须皆有梳刷涂抹的办法，故言刷。

〔4〕哄嗽：指吐出和吸入，语出《西京杂记》，是谈养生的术语。宋人盛行修炼延年之方，哄嗽是其中主要的功夫之一，实际上就是今天所说的气功。

〔5〕峭：峻峭，陡直。

〔6〕阎罗：即阎罗王，佛书中管地狱之主。

〔7〕剩：尽，多。

〔8〕恁（nèn）：这样。

〔9〕限：大限。指人生寿命的期限。

〔10〕倩（qìng）：请求别人做事叫"倩"。

〔11〕掩通著到：掩，捕。此指捕者。通，到达。这句话意为捕捉时应当到达。

【赏析】

本词和《鹤冲天》为姊妹篇。柳永精于音律，善为歌词，因而被召入禁中。但由于他不善阿谀，这些创作反而造成了他仕途的坎坷。

词的上阕写浪子生涯的自得情怀。落笔"平生自负，风流才调"，写他一贯为自己的英俊杰出又倜傥不羁而自恃、自赞、自赏。八个字分量极重，无疑是叛逆的宣言，定下了全词的基调。下阕紧承上阕，公然站在对立面上，向世俗挑战。"阎罗大伯曾教来"，突兀而来，是词意的陡转。宋人敬畏阎罗，柳永称阎罗为大伯，诙谐之中含有蔑视一切的无畏。此句领起下阕，接着便倾倒出阎罗的教诲和对他的鼓励。

这首词以狂放的笔调，表明自己对人生的看法，起句高亢，铺叙酣畅淋漓尽致，气势浑灏，乐观奔放，豪迈不羁。

 # 满江红

柳 永

暮雨初收，长川静、征帆夜落。临岛屿、蓼烟疏淡，苇风萧索。几许渔人飞短艇，尽载灯火归村落。遣行客、当此念回程，伤漂泊。

桐江好[1]，烟漠漠。波似染，山如削。绕严陵滩畔[2]，鹭飞鱼跃。游宦区区成底事[3]，平生况有云泉约[4]。归去来[5]、一曲仲宣吟，从军乐[6]。

【注释】

〔1〕桐江：在今浙江桐庐县北，即钱塘江中游，又名富春江。

〔2〕严陵滩：在桐江畔。

〔3〕底事：何事。

〔4〕云泉约：谓归隐山林。

〔5〕归去来：谓去官归耕，语出陶渊明《归去来辞》。

〔6〕"一曲"二句：仲宣，三国时王粲的字，初依荆州刘表，未被重用，后为曹操侍中，从曹操西征张鲁，作《从军诗》五首，主要抒发行役之苦和思妇之情。

【赏析】

词人初仕睦州推官，心中充满抑塞无聊之感。他仕途蹭蹬，已届五十，及第已老，游

宦已倦，自然产生了归隐的想法，这首词就是他归隐想法的流露。这种想法在柳永词中是不多见的，且中国词史上《满江红》的调名也自此词始。

上阕一开始，"暮雨"三句，雨歇川静，日暮舟泊，即以凄清的气氛笼罩全篇。"临岛屿"二句，写船傍岛而停，岸上蓼苇，清烟疏淡，秋风瑟瑟。景色的凄凉与词人心境的凄凉是一样的，含有无限哀情。至"几许"以下，词人笔调突然一扬，写渔人飞艇，灯火归林，一幅动态的画面呈现在眼前，日暮归家，温暖、动人的生机腾然而起，但同时又从反面引出"遣行客""伤漂泊"二句，渔人双桨如飞，回家团聚，而自己却远行在外，单栖独宿，怎不触动归思？于是前几句之情，与这几句之景，妙合无垠，构成了浑成的意境。

换头再以景起，上阕是夜泊，下阕是早行。"桐江好"六句，一气呵成，先写江山之美。美好的河山扫尽了昨夜的忧愁，桐江上空，晨雾浓密，碧波似染，峰峦如削，白鹭飞翔，鱼虾跳跃，生动美丽的景色使词人心情欢娱。从感情线索上看，这里又是一扬。但因为词人情绪总的基调是愁苦的，欢娱极为短暂，所以又很快进入低谷。"严陵滩"三字已埋下伏笔，这里以乐景写哀，江山美好，鱼鸟自由，渔人团聚，而自己一年到头忙些什么？四海为家，宦游羁旅，于是"游宦区区成底事"之叹自然从肺腑流出。词人得出的结论是不值得，不如及早归隐，享受大自然和家庭的天伦之乐。"云泉约"三字收束上文，同时也启发下文，具有开合之力，所以结语痛快地说出"归去来、一曲仲宣吟，从军乐"，用王粲《从军乐》曲意，表明自己再不想忍受行役之苦了。

本词表现了柳永想要弃官归隐的思想，写景抒情上下贯之，因景生情，情景交融，于抑扬有致的节奏中表现出激越的情感和悲壮的情怀。这首词当时就在睦州民间广为流传，深受百姓喜爱。

望海潮

柳　永

东南形胜[1]，三吴都会[2]，钱塘自古繁华[3]。烟柳画桥，风帘翠幕，参差十万人家。云树绕堤沙。怒涛卷霜雪，天堑无涯[4]。市列珠玑，户盈罗绮，竞豪奢。

重湖叠巘清嘉。有三秋桂子，十里荷花。羌管弄晴，菱歌泛夜，嬉嬉钓叟莲娃。千骑拥高牙[5]。乘醉听箫鼓，吟赏烟霞。异日图将好景，归去凤池夸[6]。

【注释】

〔1〕形胜：地势优越。

〔2〕三吴都会：指杭州。

〔3〕钱塘：今杭州。

〔4〕天堑：指钱塘江。

〔5〕千骑拥高牙：形容高官出行的排场。

〔6〕凤池：凤凰池，代指中书省。此指朝廷。

【赏析】

这首词是柳永从家乡崇安去往汴京应试，路过杭州，为拜谒世谊前辈两浙转运使孙何而作的赠献之词。

词中生动形象地描绘了钱塘江大潮的壮观、西湖景色的秀丽以及杭州的富庶繁华。采用赋体，层层铺叙，曲直疏密，流转自如，能"状难状之景，达难达之情，而出之自然"（冯煦《蒿庵论词》）。从城内到郊外，从"市列""户盈"到江堤、怒涛，从秋色到夏景，从湖上到山中，从容铺陈，层次分明，把杭州的内景外观、西湖的日夜阴晴写得有声有色，令人目不暇接。语言清丽，格调明快，境界阔大，融优美与壮美于一体，组成了一幅气势磅礴的杭州风情图。

《望海潮》词调首见于《乐章集》，为柳永所创新声。作为脍炙人口的名篇，这首词的影响非常广泛。据罗大经《鹤林玉露》载："此词流播，金主亮闻歌，欣然有慕于'三秋桂子，十里荷花'，遂起投鞭渡江之志。"把金人侵宋归因于两句词，自然不足为信，但也从另一个侧面说明了此词的艺术性之高和影响力之大。

渔家傲[1]

范仲淹

塞下秋来风景异[2]，衡阳雁去无留意[3]。四面边声连角起[4]。千嶂里[5]，长烟落日孤城闭。

浊酒一杯家万里[6]，燕然未勒归无计[7]。羌管悠悠霜满地[8]。人不寐，将军白发征夫泪。

【注释】

〔1〕渔家傲：词牌名。唐、五代未见，北宋时始见流行。

〔2〕塞下：边地的关口，这里指西北边疆。

〔3〕"衡阳"句：衡阳雁：指南归之雁。衡阳，地名，在今湖北省，相传衡阳旧城南有回雁峰，北雁南飞到此即止。

〔4〕边声：李陵《答苏武书》："边声四起。晨坐听之，不觉泪下。"这里指边境各种令人心惊的风沙声、马鸣声、胡笳声。

〔5〕千嶂：指重叠连绵的山峰。

〔6〕浊酒：杜甫《登高》："潦倒新停浊酒杯。"浊酒，古人以米酿酒，乳白色，故称为"浊酒"。

〔7〕燕然：山名，即今蒙古人民共和国境内的杭爱山。《后汉书·窦融列传》记载，窦宪追击北匈奴至此，刻石记功而还。

〔8〕羌管悠悠：声音悠扬的羌人之笛。

【赏析】

此词别本题作"秋思"。范仲淹于宋仁宗康定元年（1040年），任陕西经略副使兼知延州（治所在今陕西延安市），守边四年。

本词上阕从听觉、视觉两方面写足了边地秋天景象，"千嶂里，长烟落日孤城闭"与王维《使至塞上》诗："大漠孤烟直，长河落日圆"意境相类而情调迥异，王诗壮阔高远，范句则寥廓荒寒。

下阕抒情，表达了边地将士破敌立功的决心与思念家乡的矛

盾心情，苍凉激切。"羌管悠悠霜满地"，描绘军中月夜之景，景中含情，极富典型意义。

此篇词境开阔，格调悲壮，给宋初充满吟风弄月、男欢女爱的词坛，吹来一股清劲的雄风，对以后的词风革新产生了积极影响，是一首难得的佳作。

苏幕遮

范仲淹

碧云天，黄叶地，秋色连波，波上寒烟翠。山映斜阳天接水。芳草无情，更在斜阳外。

黯乡魂[1]，追旅思[2]。夜夜除非，好梦留人睡。明月楼高休独倚，酒入愁肠，化作相思泪。

【注释】

〔1〕黯乡魂：黯，沮丧愁苦，黯乡魂指思乡之愁苦令人黯然销魂。

〔2〕追旅思：追，追缠不休。旅思，羁旅的愁思。

【赏析】

这首词别本作《别恨》或《怀旧》，抒写作者秋天思乡怀人的感情。上阕用多彩的画笔绘出绚丽、高远的秋景，意境开阔。"碧云天，黄叶地"为传诵名句。下阕表达客思乡愁带给词人的困扰，极其缠绵婉曲。

采桑子

欧阳修

轻舟短棹西湖好[1]，绿水逶迤[2]。芳草长堤。隐隐笙歌处处随[3]。

无风水面琉璃滑[4]，不觉船移。微动涟漪。惊起沙禽掠岸飞[5]。

【注释】

〔1〕棹：划船的桨板。

〔2〕逶迤：形容绵延曲折的样子。

〔3〕笙歌：音乐演奏与歌唱的声音。

〔4〕琉璃：天然的发光宝石。此处用以形容平滑如镜的水面。

〔5〕沙禽：沙滩上的水鸟。

【赏析】

欧阳修早年曾被贬知颍州（今安徽阜阳），晚年又归隐于此，对这里的山山水水情有独钟。此地有一个天然水泊，亦称西湖，作者常游于此，并写了十首《采桑子》词，依次描写颍州西湖四季的不同景色。本词是组词中的第一首，描写了风光宜人的西湖景色，抒发了春日乘舟游湖的惬意情趣。"轻舟"句总摄全篇，点明题意，直抒赞美之情，用轻快的笔触，把人带进一个春色怡人的境界。着墨不多而有声有色，声情并茂。下阕着重写泛舟湖上，"不觉船移"四字，贴切地描绘了舟行的情景。最后两句写小船荡开水波，出现了"动"的点染，静中有动，以动衬静。语言清新自然，表现了词人轻松的心境；色彩清新淡雅，情调流畅欢快，充满了沁人心脾的诗情画意，"不著一字，尽得风流"，属山水词中的珍品。

玉楼春

欧阳修

尊前拟把归期说[1]，未语春容先惨咽。人生自是有情痴，此恨不关风与月。

离歌且莫翻新阕。一曲能教肠寸结。直须看尽洛城花，始共春风容易别。

【注释】

〔1〕尊前：即樽前，饯行的酒席前。

【赏析】

这是欧阳修离开洛阳时所写的惜别词。上阕落笔即写离别的凄怆情怀。"尊前"二句：在酒宴前，本为告别，却先谈归期，正要对朋友们说出心中所想，但话还没说，本来舒展的面容，立刻愁云笼罩，声音哽咽。词人把酒宴的欢乐与离别的痛苦，离别与归来，春容与惨咽，几种事物对举，多次进行了感情的转换。在这种转变和对比中，令人感受到对美好事物的追求和对人生无常的悲叹，把词人与友人之间深厚的友谊、彼此的依恋等复杂丰富的情感全部包容进去。词人没有按作词时一般写景抒情的格局，而是侧重抒写离别时的内心活动。"人生"二句：是从人生哲理的高度来看这种惜别的感情。离别之所以如此痛苦，并非留恋风月繁华，而是感情的执着、真诚和美好。即将到来的"失去"，使他陷入痛苦，这种痛苦不是春花秋月这种外物所能给人带来的感情变化，而是心灵的默契，是痴情的写照。

下阕"离歌"二句，劝止那些唱离歌的人不要再换新的曲子了，仅只一曲离歌，就使人肝肠寸断。"且莫"二字，叮咛得如此恳切，目的是反衬后句"肠寸结"的哀痛伤心。至此，词人对离别无常之悲哀感慨、低回婉转已至极限。惜别之情，俱已说完。结尾"直须"二句笔锋一转，抛开一切悲哀伤感，要去"看尽洛阳花"，然后再同洛阳告别，表现出一种豪宕的意兴，当然豪宕之中也隐含着沉重的悲慨。王国维曾评此几句说："于豪放之中有沉着之致，所以尤高。"

朝中措

送刘原甫出守维扬[1]

欧阳修

平山阑槛倚晴空[2]。山色有无中。手种堂前垂柳，别来几度春风。

文章太守，挥毫万字，一饮千钟。行乐直须年少，樽前看取衰翁。

【注释】

〔1〕刘原甫：刘敞，字原甫。史载刘敞博学多识，气度不凡。

〔2〕平山：即平山堂，在扬州西北蜀冈上，欧阳修庆历八年（1048年）为郡守时建。叶梦得《避暑录话》说："欧阳文忠公在扬州作平山堂，壮丽为淮南第一，上据蜀冈，下临江南数百里，真、润、金陵三州。公每暑时，辄凌晨携客往游。"

【赏析】

这是一首送别词。欧阳修于庆历八年（1048年）被任命为扬州太守，一年后又去颍州为太守。他在扬州修建了平山堂，并手植杨柳。本词因为是送刘敞出维扬，所以就从追忆扬州平山堂景色写起。上阕"平山"二句，写登上凌空耸立的平山堂，凭阑远眺，被烟云笼罩的青山若隐若现，迷离朦胧，这是远眺。近

观，则又想到自己手植之柳自别后又经几度春风，景中带情，蕴含着词人对平山堂的深切思念，也充满对自己在扬州政绩的自豪。当地人把他手植之柳称为"欧公柳"，足见百姓对他的热爱。

下阕则由昔及今，回到送别刘敞题旨。"文章"三句，栩栩如生地刻画了刘敞才思敏捷、气度豪迈的形象。刘敞身为太守又有文才，故说文章太守。此二句表达了作者对刘的钦佩之情。和刘相比，词人感到自己已年老力衰，自称为衰翁。最后两句即从自己衰老劝勉刘敞要及时行乐，其中不无调侃，主要还是寄托着词人的人生感慨。

本词写得清旷豪放，别具一格，深受苏轼喜爱。

浪淘沙

欧阳修

把酒祝东风[1]，且共从容。垂杨紫陌洛城东[2]。总是当时携手处，游遍芳丛。

聚散苦匆匆，此恨无穷。今年花胜去年红。可惜明年花更好，知与谁同？

【注释】

〔1〕把酒：端着酒杯。

〔2〕紫陌：指洛阳。洛阳曾为东周、东汉的首都，当时都用紫色土铺路，故云。

【赏析】

欧阳修早年处于逆境，仕途坎坷。他一生都在忧念积贫积弱的国家，关心它盛衰兴亡的命运，也结交了不少志同道合的革新派朋友，如尹师鲁、梅圣俞等，他们一起议论国事，锐意革新，少年意气，倜傥风流。在陪都洛阳，到处都留下了他们感事抒怀、偃仰啸歌的足迹，这首词就是追忆昔日在洛阳与友人欢聚的赏心乐事。起首"把酒"二句，写词人持酒祷祝，希望东风暂且与人从容留连，千万不要匆匆离去，这是他此刻的希望，紧接着便转入回忆。"垂杨"一句，点明当年欢聚的时间地点是春天的洛阳。当时他们如词人在诗句中所说："相将日无事，上马若鸿翩。出门尽垂柳，信步即名园。""寻尽水与竹，忽去嵩峰巅。"那是何等的欢乐！何等的潇洒！故本词接着回忆道："总是当年携手处，游遍芳丛。"没想到，事过境迁，聚散匆匆，当年携手共游之地竟变成了今日梦魂萦绕的相思之处了。

下阕写与友人分别后的怅恨。"庆历新政"失败了，革新派一一被免职、贬谪，各奔东西，"洛阳旧友一时分散，十年会合无二三。"现在面对眼前的春色他十分怀念旧时的挚友。"聚散"二句，写离别的憾恨。"今年"以下三句，着重写词人满怀愁绪感叹今年的好花，无人共赏，又不胜惋惜地预料明年花将更好，担心仍无人共赏。此处怀念旧友，黯然神伤，是含义之一。重要的是还有更深一层的含义：词人怀抱壮志，锐意除弊，新政夭折了，他的幻想也随之破灭了。什么时候能与革新派友人再聚政坛，一展抱负呢？这种渴望心情尽在不言之中。

本词在写景抒情时，情绪转化大开大合，意境逐层深化、拓宽。语言朴素自然，感情饱满浓烈，风格洒脱清新。余音袅袅，耐人寻味。

浪淘沙令

王安石

伊吕两衰翁[1]，历遍穷通[2]，一为钓叟一耕佣[3]。若使当时身不遇，老了英雄。

汤武偶相逢[4]，风虎云龙[5]，兴王只在谈笑中。直至如今千载后，谁与争功？

【注释】

〔1〕伊吕：指伊尹和吕尚二人。

〔2〕穷通：处境的困窘与顺利。

〔3〕钓叟：此指吕尚。耕佣：此指伊尹。

〔4〕汤武：汤即成汤，亦称天乙，商王朝的建立者。武即周武王，周朝的建立者。

〔5〕风虎云龙：比喻君主得到贤臣，臣子遇到明主的情况。

【赏析】

这首词借咏史抒发词人在政治上的抱负，流露出他的自负。上阕主要写伊、吕的前半

生，即所谓的"穷"。下阕写伊、吕的后半生，即所谓的"通"。由"穷"变"通"的转折点当是机遇。这说明没有时势，也就难以造就英雄。若得遇明主，则可如风从虎，如云从龙，建立奇功，青史留名。词人表面上是咏史，实则借古喻今，以伊、吕自况，抒发自己秉国政、行新法、建功立业的政治抱负，表达了词人强烈的自信心和自豪感，并流露出自负之情。本词题材开阔，意境宏大，风力刚健，是豪放词早期的力作。

水调歌头

黄州快哉亭赠张偓佺[1]

苏 轼

　　落日绣帘卷，亭下水连空。知君为我新作，窗户湿青红[2]。长记平山堂上，欹枕江南烟雨，渺渺没孤鸿。认得醉翁语，山色有无中[3]。

　　一千顷，都镜净，倒碧峰[4]。忽然浪起，掀舞一叶白头翁[5]。堪笑兰台公子[6]，未解庄生天籁[7]，刚道有雌雄[8]。一点浩然气[9]，千里快哉风。

【注释】

　　〔1〕快哉亭：元丰六年（1083年），作者友人张偓佺谪居黄州，在其住宅西南筑亭，苏轼命名为快哉亭。此词当作于其时。

　　〔2〕湿青红：涂上青油红漆。

　　〔3〕"长记"五句：参见前欧阳修《朝中措》（平山阑槛倚晴空）阕。此以平山堂比快哉亭。醉翁：欧阳修之号。

　　〔4〕"一千顷"三句：谓水面明净如镜，倒映碧峰。

　　〔5〕一叶：指小舟。白头翁：指老渔夫。

　　〔6〕兰台公子：指宋玉。宋玉曾陪楚襄王游兰台之宫，故云。兰台：在今湖北钟祥。

　　〔7〕未解：不懂。庄生：指庄周。天籁：自然界的声响。《庄子·齐物论》："汝闻地籁，而未闻天籁。"

　　〔8〕刚道：偏说，硬说。雌雄：宋玉《风赋》中说襄王在兰台之宫，披襟当风，说"快哉此风！寡人所与庶人共者耶？"宋玉回答说：风有雌雄之分，吹给大王的风是雄风，吹给百姓的风是雌风。

　　〔9〕浩然气：指人胸中之浩然坦荡的正气。

【赏析】

　　这首词上阕描写快哉亭下及其周围远近胜景；下阕描绘了亭前广阔江面波涛汹涌、风云开阔、惊心动魄的壮观景象，进而表现了词人的浩然气概和坦荡胸怀。

念奴娇

赤壁怀古[1]

苏　轼

大江东去，浪淘尽、千古风流人物。故垒西边，人道是、三国周郎[2]赤壁。乱石穿空，惊涛拍岸，卷起千堆雪。江山如画，一时多少豪杰。

遥想公瑾当年[3]，小乔初嫁了[4]，雄姿英发。羽扇纶巾，谈笑间、樯橹灰飞烟灭。故国神游，多情应笑我，早生华发。人生如梦，一樽还酹江月。

【注释】

〔1〕赤壁：赤壁之说不一，实际上三国时周瑜击败曹操大军的赤壁是在湖北蒲圻县西北、长江南岸。

〔2〕周郎：即周瑜。

〔3〕公瑾：周瑜字公瑾。

〔4〕小乔：周瑜妻。

【赏析】

这首词是苏词豪放风格的代表作。他以赤壁怀古为主题，将奔腾浩荡的大江波涛、波澜壮阔的历史风云和千古而来的风流人物，酣畅淋漓地泼墨挥写于大笔之下，抒发了词人宏伟的政治抱负和豪迈的英雄气概。词中也流露着壮志未酬的感慨和人生如梦、岁月流逝

的遗憾，但这种感慨和遗憾并非失望和颓废。它向人们揭示：千古风流人物身名俱灭，但江山长在，江月长留，当举酒相酹。

永遇乐

苏 轼

彭城夜宿燕子楼，梦盼盼，因作此词。

明月如霜，好风如水，清景无限[1]。曲港跳鱼[2]，圆荷泻露，寂寞无人见。紞如三鼓[3]，铿然一叶[4]，黯黯梦云惊断。夜茫茫、重寻无处，觉来小园行遍。

天涯倦客，山中归路，望断故园心眼。燕子楼空，佳人何在？空锁楼中燕。古今如梦，何曾梦觉？但有旧欢新怨。异时对、黄楼夜景，为余浩叹。

【注释】

〔1〕清景：清光。

〔2〕曲港：湖隈。

〔3〕紞如：鼓声沉闷的样子。

〔4〕铿（kēng）然：形容声音响亮有力。

【赏析】

这首词，上阕描写明月清风，鱼翻露泻的清冷夜景。此时词人从梦中醒来，独自徘徊小园，更显寂寞。下阕联想佳人已去，眼前楼空，因而感叹人生如梦，转眼皆为虚无，反映了词人失意时思念故乡的伤感心情。全词写景景如图画，抒情情思缠绵；叙事得纲领，用典不泥涩；语言精练，意境清丽优美，很有艺术魅力。"燕子楼空"三句，尤其为人所称道。

青玉案

送伯固归吴中

苏 轼

三年枕上吴中路，遣黄犬[1]、随君去。若到松江呼小渡，莫惊鸳鹭，四桥尽是、老子经行处。

辋川图上看春暮^[2]，常记高人右丞句。作个归期天定许，春衫犹是，小蛮针线^[3]，曾湿西湖雨。

【注释】

〔1〕黄犬：狗名。

〔2〕辋川图：唐王维于蓝田清凉寺壁上曾画《辋川图》。

〔3〕小蛮：歌妓名。

【赏析】

上阕抒写词人对苏坚归吴的羡慕和自己对吴中旧游的系念之情。下阕使用虚笔，以王维诗画赞美吴中山水，抒发自己欲归不得的惋惜，间接地表现了词人对宦海仕途的厌倦。本词委婉清丽，令人爱不忍释。

临江仙

夜归临皋

苏 轼

夜饮东坡醒复醉，归来仿佛三更。家童鼻息已雷鸣。敲门都不应，倚杖听江声。

长恨此身非我有，何时忘却营营^[1]。夜阑风静縠纹平^[2]，小舟从此逝，江海寄余生。

【注释】

〔1〕营营：纷扰貌，形容为利禄奔忙、钻营。

〔2〕夜阑：夜尽。

【赏析】

词的上阕着意渲染其醉态，下阕写酒醒时的思想活动。这首词做到了情、景、理的巧妙结合。

定风波

苏　轼

三月三日沙湖道中遇雨，雨具先去，同行皆狼狈，余独不觉。已而遂晴，故作此。

莫听穿林打叶声，何妨吟啸且徐行。竹杖芒鞋轻胜马[1]，谁怕？一蓑烟雨任平生[2]。

料峭春风吹酒醒[3]，微冷，山头斜照却相迎。回首向来萧瑟处，归去，也无风雨也无晴。

【注释】

〔1〕芒鞋：草鞋。

〔2〕蓑（suō）：蓑衣，用棕制成的雨披。

〔3〕料峭：微寒。

【赏析】

这首词写词人途中遇大雨仍吟啸徐行的经历和感受，表现了词人任凭政治风云变幻，屡遭挫折也无所畏惧的倔强性格。这实际上也是苏轼政治上不得志后追求精神上的自我解脱与安宁，也是其对现实社会不满的一种思想反抗。

 江城子

乙卯正月二十日夜记梦[1]

苏　轼

十年生死两茫茫[2]，不思量，自难忘。千里孤坟[3]，无处话凄凉。纵使相逢应不识，尘满面、鬓如霜。

夜来幽梦忽还乡，小轩窗，正梳妆。相顾无言，惟有泪千行。料得年年肠断处，明月夜、短松冈。

【注释】

〔1〕乙卯：宋神宗熙宁八年（公元1075年）。

〔2〕十年：苏轼妻王氏去世十年。

〔3〕千里孤坟：王氏去世后葬在四川。

【赏析】

用词写悼亡，是苏轼的首创。这首悼亡词运用分合顿挫、虚实结合以及叙述白描等多种艺术方法，来表达怀念亡妻的感情。在对亡妻的哀思中又糅进自己的身世感慨，因而将夫妻之间的感情表达得深婉而执着。

 # 满江红

寄鄂州朱使君寿昌[1]

苏 轼

江汉西来[2]，高楼下[3]、蒲萄深碧[4]。犹自带、岷峨雪浪[5]，锦江春色[6]。君是南山遗爱守[7]，我为剑外思归客[8]。对此间、风物岂无情，殷勤说。

江表传[9]，君休读。狂处士[10]，真堪惜。空洲对鹦鹉，苇花萧瑟[11]。不独笑书生争底事[12]，曹公黄祖俱飘忽[13]。愿使君、还赋谪仙诗[14]，追黄鹤[15]。

【注释】

〔1〕本词当作于元丰四年（1081年），词人在黄州时。朱寿昌，字康叔，时为鄂州知州。使君，汉时对州郡长官之称。

〔2〕江汉：长江和汉水。

〔3〕高楼：指武昌黄鹤楼。

〔4〕蒲萄：同"葡萄"，喻江水之澄清。李白《襄阳歌》："遥看汉水鸭头绿，恰似葡萄初酦醅。"

〔5〕"岷峨"句：岷山和峨眉山融

化的雪水浪花。

〔6〕锦江：在四川成都南，一称濯锦江，相传其水濯锦，特别鲜丽，故称。杜甫《登楼》："锦江春色来天地。"

〔7〕南山：终南山，在陕西，朱寿昌曾任陕州通判，故称。遗爱，指有惠爱之政引起人们怀念。《左传·昭公二十年》载孔子闻郑子产卒时"出涕曰：'古之遗爱也。'"

〔8〕剑外：四川剑门山以南。苏轼家乡四川眉山，故自称剑外来客。

〔9〕《江表传》：晋虞溥著，其中记述三国时江左吴国时事及人物言行，已佚，《三国志》裴松之注中多引之。

〔10〕狂处士：指三国时祢衡。他有才学但行为狂放，曾触犯曹操，曹操顾忌他才名而未杀。后为江夏太守黄祖所杀。不出仕之士称处士。

〔11〕"空洲"两句：鹦鹉洲，在长江中，后与陆地相连，在今湖北汉阳。黄祖长子黄射在洲大会宾客，有人献鹦鹉，祢衡当即作《鹦鹉赋》，故以为洲名。唐崔颢《黄鹤楼》诗曰："芳草萋萋鹦鹉洲。"李白《赠江夏韦太守》诗："顾惭祢处士，虚对鹦鹉洲。"为此词用语所本。

〔12〕不：据《全宋词》补。

〔13〕"曹公"句：权势人物如曹操与黄祖也都已一闪过去。

〔14〕谪仙：指李白。

〔15〕追黄鹤：赶上崔颢的《黄鹤楼》诗。相传李白登黄鹤楼说："眼前有景道不得，崔颢题诗在上头。"无作而去（见《唐才子传》）。后李白作《登金陵凤凰台》，即有意追赶崔诗。

【赏析】

这是词人游黄鹤楼时所作。词的上阕描写登楼远望长江、汉水的壮丽景色，抒发了词人思乡之情；下阕借祢衡被杀之事抒发自己的忧怨，表达自己将寄情于诗酒的情怀。

 # 满江红

怀子由作

苏 轼

清颖东流，愁目断、孤帆明灭[1]。宦游处、青山白浪，万重千叠。孤负当年林下意，对床夜雨听萧瑟[2]。恨此生、长向别离中，添华发[3]。

一尊酒，黄河侧[4]。无限事，从头说。相看恍如昨，许多年月[5]。衣上旧痕余苦泪，眉间喜气添黄色[6]。便与君、池上觅残春，花如雪[7]。

【注释】

〔1〕颍：颍河，源出河南登封嵩山西南，东流经周口市纳沙河、贾鲁河，至安徽寿县正阳关入淮河。寿县在颍州东。明灭：时隐时现。

〔2〕孤负：同"辜负"。林下意：指仁宗嘉祐六年（1061年）两人应举制策而寓居怀远驿，一个秋雨之夜，两人对床而眠，相约一起早日退隐山林。萧瑟：雨声。

〔3〕添：一作雕，凋落，萎谢。华发：花白头发。

〔4〕"一尊"二句：意即希望能在汴京相会。汴京紧靠黄河。

〔5〕"相看"二句：兄弟相见仿佛是昨天的事，但已过了许多年月。

〔6〕黄色：古人以黄色为喜色，词人以此兆兄弟将相聚。化用韩愈《郾城晚饮奉赠副使马侍郎及冯、李二员外》诗："城上赤云呈胜气，眉间黄色见归期。"

〔7〕池：指汴京金明池。花：柳絮。

【赏析】

这首词作于元祐七年（1092年）苏东坡任颍州太守期间。当时子由在汴京。在东坡的诗词中，怀念子由的占很多。两人在文坛史上可谓一对情深意厚的兄弟。他们政治见解、命运几乎都相同。词的上阕追忆过去相聚及共谈理想、追求的情景，感叹彼此长别离的不幸；下阕由过去的聚散表达希望今后能回到京师与兄弟长聚的愿望。

念奴娇

中 秋[1]

苏 轼

凭高眺远，见长空万里，云无留迹。桂魄飞来光射处[2]，冷浸一天秋碧。玉宇琼楼[3]，乘鸾来去[4]，人在清凉国[5]。江山如画，望中烟树历历[6]。

我醉拍手狂歌，举杯邀月，对影成三客。起舞徘徊风露下[7]，今夕不知何夕。便欲乘风，翻然归去，何用骑鹏翼[8]。水晶宫里，一声吹断横笛[9]。

【注释】

〔1〕元丰五年（1082年）八月十五日在黄州作。

〔2〕桂魄：古人称月体为魄，又传月中有桂树，故称。

〔3〕玉宇琼楼：形容月中宫殿的精美。

〔4〕乘鸾：《异闻录》记载："开元中，明皇与申天师游月中，见素娥十余人，皓

衣乘白鸾，笑舞于广庭大桂树下。"

〔5〕清凉国：唐陆龟蒙诗残句："溪山自是清凉国。"

〔6〕烟树历历：唐崔颢《黄鹤楼》诗："晴川历历汉阳树。"

〔7〕"举杯"三句：李白《月下独酌》："举酒邀明月，对影成三人……我歌月徘徊，我舞影零乱。"

〔8〕"便欲"三句：化用《庄子·逍遥游》："有鸟焉，其名为鹏，背若泰山，翼若垂天之云，抟扶摇羊角而上者九万里。"

〔9〕"水晶"二句：李肇《唐国史补》卷下：李舟以笛遗李牟，"牟吹笛天下第一，月夜泛江，维舟吹之……甚为精壮，山河可裂……及入破，呼吸盘擗，其笛应声粉碎"。李牟，或作李谟。此喻胸中豪气喷薄而出。

【赏析】

这首词与上首作于同年同地。词的上阕以浪漫主义手法描绘了天国景象，反映出词人在贬谪困苦生活中寻求自我解脱的心情；下阕描写自己拍手狂歌、邀月共饮情形，表达了词人希望摆脱困境到天国过自由自在生活的愿望。

鹊桥仙

七 夕[1]

苏 轼

缑山仙子，高情云渺，不学痴牛骏女[2]。风箫声断月明中，举手谢、时人欲去[3]。

客槎曾犯[4]，银河微浪，尚带天风海雨。相逢一醉是前缘，风雨散、飘然何处。

【注释】

〔1〕此词是写与友人陈令举七夕夜分别之事。

〔2〕缑山：即缑氏山、缑岭。在今河南偃师县。仙人王子乔曾降于缑山与家人相望。

缑山仙子：指会吹笙的仙人王子乔。痴牛騃女：指牛郎织女。

〔3〕"举手"句：《后汉书·王乔传》李贤注引刘向《列仙传》说王子乔降于缑山，后"举手谢时人而去"。谢：辞别。

〔4〕客槎：晋张华《博物志》载：有人于八月在海边乘槎（木筏）至银河，见到牛郎织女。问是何处，答云还蜀郡问严君平则知之。此人回来后果然去问严君平，严说其日有客星犯牵牛宿。

【赏析】

这首词一题作《七夕送陈令举》。陈令举，即陈舜俞，乌程（今浙江湖州市）人，原为山阴县令，因反对青苗法遭贬居家。苏轼跟他交往颇深，多次以诗词相赠。这首词是熙宁七年（1074年）七月初七所作。以七夕为题的诗词，一般都咏男女欢会，苏轼却一变习俗，用来赠别。词的上阕借仙人王子乔典故表达对朋友的怀念；下阕写朋友聚散均是前缘，表达了词人旷达的胸怀。

水调歌头

游 览

黄庭坚

瑶草一何碧[1]，春入武陵溪[2]。溪上桃花无数，枝上有黄鹂。我欲穿花寻路，直入白云深处，浩气展虹霓[3]。只恐花深里，红露湿人衣。

坐玉石，倚玉枕，拂金徽[4]。谪仙何处[5]？无人伴我白螺杯[6]。我为灵芝仙草，不为朱唇丹脸[7]，长啸亦何为？醉舞下山去，明月逐人归[8]。

【注释】

〔1〕瑶草：古人想象中的仙草，也泛指芳草。

〔2〕武陵：今湖南常德市。陶渊明《桃花源记》："晋太元中，武陵人捕鱼为业，缘溪行，忘路之远近，忽逢桃花林。夹岸数百步，中无杂树，芳草鲜美，落英缤纷，渔人甚异之。"

〔3〕"浩气"句：说满腔浩然之气，化为天上的虹霓。

〔4〕金徽：琴的美称。徽，系弦之绳。

〔5〕谪仙：指唐诗人李白。

〔6〕白螺杯：白色螺形的酒杯。这里是指饮酒。

〔7〕朱唇丹脸：指红色的桃花，亦暗喻长生不老。

〔8〕逐：追随。

【赏析】

这首词描写词人"神游'桃花源'的情景，反映了他对污浊的现实社会的不满以及不愿媚世求荣、与世俗同流合污的品德"（《唐宋词鉴赏辞典》）。

 定风波

次高左藏使君韵[1]

黄庭坚

万里黔中一漏天[2]，屋居终日似乘船。及至重阳天也霁，催醉，鬼门关外蜀江前[3]。

莫笑老翁犹气岸[4]，君看，几人黄菊上华颠[5]？戏马台南追两谢[6]，驰射，风流犹拍古人肩[7]。

【注释】

〔1〕高左藏：其人未详，作者贬谪黔州时认识的友人。使君：古代对州郡长官的尊称。

〔2〕漏天：形容阴雨连绵，如天漏了一样。白居易《多雨春空过》诗："浸淫似漏天。"

〔3〕鬼门关：即石门关，形势险要。古时亦称道路僻远险阻之地为"鬼门关"。蜀江：这里是指流经黔州的乌江。

〔4〕气岸：气概傲岸。

〔5〕华颠：犹白头，谓老年。颠，头顶。

〔6〕戏马台：位于彭城（在今江苏境内）。两谢：指谢瞻和谢灵运。二人曾各赋诗一首，述戏马台事。

〔7〕拍古人肩：表示追随古人，要与古人同游。郭璞《游仙诗》："左把浮丘袖，右拍洪崖肩。"洪崖为古代传说中的仙人。

【赏析】

此词为词人贬谪黔州时所作。词的上阕描写黔州重阳前后阴雨连绵、变化无常的气候和词人所处的恶劣环境。下阕叙述词人重九登高，簪菊驰射，表现出其风流慷慨、老当益壮的豪迈性格。词语疏宕，意境开阔，显示了词人虽身处逆境，却不甘消沉的精神风貌。

望海潮

晁端礼

高阳方面，河间都会[1]，三关地最称雄[2]。粉堞万层，金城百雉[3]，楼横一带长虹。烟素敛晴空。正望迷平野，目断飞鸿。易水风烟[4]，范阳山色有无中[5]。

安边暂倚元戎。看纶巾对酒，羽扇摇风。金勒少年[6]，吴钩壮士[7]，宁论卫霍前功[8]。乃眷在清夷。恐凤池虚久[9]，归去匆匆。幸有佳人锦瑟，玉笋且轻拢。

【注释】

〔1〕高阳：县名，在今河北保定东南。河间：府、路名。北宋大观二年（1108年）升瀛州置府，治所在河间（今属河北）。

〔2〕三关：古代三个关口的总称。有几种不同说法，这里是指河北境内的淤口关（或说为草桥关）、益津关、瓦桥关。五代周显德六年（959年）世宗北取瀛、莫等州，以三关与契丹分界。

〔3〕金城：坚固的城墙。金城汤池的略语。雉：古代计算城墙面积的单位，长三丈、高一丈为一雉。

〔4〕易水：在河北省西部，大清河上源支流。

〔5〕范阳：古县名。唐以后治所在今河北涿州。

〔6〕金勒：代指宝马。勒，套在马头上带嚼口的笼头。

〔7〕吴钩：相传产于吴地的一种弯头宝刀。

〔8〕卫霍：指西汉名将卫青、霍去病。

〔9〕凤池：即凤凰池，为宋代中书省的所在地，代指朝廷。

【赏析】

这首词作于瀛州（今河北河间市）边帅府席上。上阕描绘边关雄奇险峻的地理形势和苍茫辽阔的山光水色；下阕赞扬主帅安边有策，战士少年英俊，勉励他们为国建立功勋（《全宋词精华》）。

满庭芳

晁端礼

绿绕群峰，红摇千柄[1]，夜来暑雨初收。共君乘兴，轻舸信悠悠[2]。且尽一尊别酒，荷香里、满酌轻讴[3]。明朝去，征帆夜落，何处好汀洲？

风流，吾小阮，朝辞东观，夕向南州[4]。况圣时、争教贾傅淹留[5]。若过浔阳亭上[6]，琵琶泪、莫洒清秋。堤边柳，从今爱惜，留待系归舟[7]。

【注释】

〔1〕"绿绕"二句：写家乡巨野泽（当时梁山泊的一部分）的山光水色。红摇千柄，形容荷花盛开情态。

〔2〕轻舸：轻便的小船。舸，大船。

〔3〕酌：饮酒。轻讴：低声歌唱或吟咏。

〔4〕小阮：晋阮咸。晋竹林七贤中有阮籍、阮咸叔侄，人称为"大小阮"。这里把小阮喻晁补之，也暗中把自己比阮籍。东观：东汉洛阳宫中的藏书之府，后因以称国修撰之所或宫中藏书之所。属秘书省。晁补之曾任秘书省丞，故说他"辞东观"。南州：即信州。

〔5〕圣时：圣明时代，指哲宗时。争：怎。贾傅：贾谊，西汉政论家、文学家，洛阳人，少时博学能文，文帝初召为博士，迁太中大夫，好议国家大事，为大臣排挤贬为长沙王太傅，在长沙三年。这里喻晁补之。作者勉励补之在此圣明之时不会让他在信州久居。

〔6〕浔阳亭：指白居易"琵琶亭"。在今江西九江。

〔7〕"留待"句：词人盼望晁补之归来。

【赏析】

　　这首词是哲宗元符二年（1099年）六月为其堂侄晁补之送别时作。晁补之赴信州（今江西上饶）监盐酒税，有《满庭芳》留别。上阕写送别时山光水色及祥和气氛，下阕赞美晁补之的才华，对晁补之予以劝慰和勉励。

水调歌头

中　秋

米　芾

　　砧声送风急[1]，蟠蟀思高秋。我来对景，不学宋玉解悲秋[2]。收拾凄凉兴况[3]，分付尊中醽醁[4]，倍觉不胜幽。自有多情处，明月挂南楼。

　　怅襟怀，横玉笛，韵悠悠。清时良夜，借我此地倒金瓯[5]。可爱一天风物，遍倚阑干十二，宇宙若萍浮。醉困不知醒，欹枕卧江流。

【注释】

　　〔1〕砧（zhēn）声：捣衣之声。砧，捣衣石。

　　〔2〕宋玉：战国楚辞赋家，后于屈原，曾事顷襄王。所作《九辩》云："悲哉秋之为气也，萧瑟兮草木摇落而变衰。"

　　〔3〕兴况：兴致况味。

　　〔4〕醽醁（líng lù）：美酒。

　　〔5〕金瓯：盛酒器。

【赏析】

　　这首词写词人面对中秋夜，借赏月之机抒写自己高洁的情怀、幽雅的兴致。

减字木兰花

涟水登楼寄赵伯山[1]

米　芾

　　云间皓月，光照银淮来万折[2]。海岱楼中[3]，拂袖雄披楚岸风[4]。

　　醉余清夜，羽扇纶巾人入画。江远淮长，举首宗英醒更狂[5]。

【注释】

〔1〕涟水：地处江苏北部淮河北岸，介于东海和泰山之间。

〔2〕银淮：月光照射下的淮水，银光闪闪，故称银淮。

〔3〕海岱：海，指东海。岱，指泰山，泰山古称"岱"。此指东海与泰山之间。

〔4〕楚岸风：宋玉《风赋》把风分为"大王之雄风"和"庶人之雌风"，涟水，古属楚地，故称楚岸风。

〔5〕宗英：即赵伯山，因他姓赵，与皇帝同姓，故称宗英，是英杰之意。

【赏析】

上阕首先描写了长淮的夜晚，从天空到江面。先写云间的皓月，明亮的月光透过云层，洒落淮水，江面银光闪闪，波纹粼粼，雄浑粗放，气象开阔。词人登上海岱间涟水岸边的高楼之上，拂袖迎风，雄姿勃发，心情十分舒畅。下阕转入怀人。紧承上阕，开头先写词人的自我形象，在这如诗如画的夜晚，手执羽扇，头戴丝巾，临江望月，酒意浓浓。当词人独自享受这良辰美景时，不由得想起了远方的友人赵伯山，于是即景抒情，让这绵长的淮河，带去对远在异地的赵伯山的思念吧！词人称赵伯山为"宗英"，而自己又因举止狂放被时人称为"米颠"，故二人相知甚深，息息相通。"举首宗英醒更狂"，是说在思念赵伯山的同时，他酒醒了，人也醒了，直言不讳地说自己酒醉狂放，酒醒更为狂放。这位才华盖世的词人兼书画家一生并不得意，所以他不满现实，内心苦闷，行为狂放不羁，放浪形骸，这种性格使他的词作充满了豪放之气。

 六州歌头

贺 铸

少年侠气，交结五都雄[1]。肝胆洞，毛发耸[2]。立谈中，死生同。一诺千金重[3]。推翘勇，矜豪纵[4]。轻盖拥，联飞鞚，斗城东[5]。轰饮酒垆，春色浮寒瓮，吸海垂虹[6]。闲呼鹰嗾犬，白羽摘雕弓，狡穴俄空[7]。乐匆匆。

似黄粱梦，辞丹凤。明月共，漾孤蓬[8]。官冗从[9]，怀倥偬[10]；落尘笼，簿书丛[11]。鹖弁如云众，供粗用，忽奇功[12]。笳鼓动，渔阳弄[13]，思悲翁。不请长缨，系取天骄种，剑吼西风[14]。恨登山临水，手寄七弦桐，目遂归鸿[15]。

【注释】

〔1〕少年侠气，交结五都雄：化用李白"结发未识事，所交尽豪雄"及李益"侠气五都少"诗句。"五都"泛指北宋的各大城市。

〔2〕肝胆洞，毛发耸：待人真诚，肝胆相照，遇到不平之事，便会怒发冲冠，具有强烈的正义感。

〔3〕一诺千金：喻一言既出，驷马难追，诺言极为可靠。语出《史记·季布列传》引楚人谚曰："得黄金百斤，不如得季布一诺。"

〔4〕推翘勇，矜豪纵：推崇的是出众的勇敢，狂放不羁傲视他人。

〔5〕"轻盖拥"三句：轻车簇拥联镳驰逐，出游京郊。盖，车盖，代指车。鞚，有嚼口的马络头。飞鞚，飞驰的马。斗城，汉长安故城，这里借指汴京。

〔6〕"轰饮酒垆"三句：在酒店里豪饮，酒坛浮现出诱人的春色，侠少们像长鲸和垂虹那样饮酒，顷刻即干。

〔7〕"间呼鹰嗾犬"三句：他们间或带着鹰犬去打猎，刹那间便荡平了狡兔的巢穴。嗾（sǒu），指使犬的声音。

〔8〕漾孤蓬：驾孤舟漂流于水中。

〔9〕冗从：散职侍从官。

〔10〕倥偬（kǒng zǒng）：事多、繁忙。

〔11〕落尘笼，簿书丛：陷入了污浊的官场仕途，担任了繁重的文书工作。

〔12〕"鹖（hé）弁如云"三句：像自己这样成千上万的武官，都被支派到地方上去打杂，劳碌于文书案牍，不能杀敌疆场、建功立业。鹖弁，插有鹖毛的武士帽子，指武官。

〔13〕笳鼓动，渔阳弄：笳鼓敲响了，渔阳之兵乱起来了，战争爆发了。笳和鼓都是军队的乐器。渔阳，安禄山起兵叛乱之地。此指侵扰北宋的少数民族发动了战争。

〔14〕"不请长缨"三句：（我）请缨无路，不能为国御敌，生擒西夏酋帅，就连随身的宝剑也在秋风中发出愤怒的吼声。

〔15〕"恨登山临水"三句：怅恨自己极不得志，只能满怀惆怅游山玩水，抚瑟寄情，目送归鸿。七弦桐，即七弦琴。

【赏析】

写本词时正值西夏屡犯边界，词人以侍卫武官之阶出任和州管界巡检，目睹朝廷对西夏所抱的屈辱态度，十分不满，但他人微言轻，不可能铮铮于朝廷之上，只能将一股抑塞悲愤之气发之为声，写下这首《六州歌头》。上阕落笔先从追忆自己在东京度过的六七年倜傥逸群的侠少生活写起。"少年侠气，交结五都雄"，以"侠""雄"二字总摄下文，从"肝胆洞"至"矜豪纵"写豪侠们的"侠""雄"的品格，勇敢正义，慷慨豪爽。"轻盖拥"至"狡穴俄空"九句，写豪侠们"侠""雄"的具体行藏，驰逐、射猎、豪饮，过着快乐的生活。上阕有点有染，虚实相间地展示了一幅弓刀武侠的生动画卷。"他们雄姿壮彩，不可一世"（夏敬观语），这在唐诗中屡见不鲜的游侠壮士在宋词中则是前所未有的。

下阕紧承"乐匆匆"三字，用"似黄粱梦"四字转折文意、变换情绪，那一切都如梦似幻地过去了，自己和豪友们被迫离开了京城到外地供职，劳碌于案牍文书，不能驰骋疆场，满腔悲思郁愤如决口之堤喷发而出。锋芒直指埋没扼杀人才的封建统治阶级。词人激愤的情绪愈益高昂，词的主题亦随之深化。"筋鼓动"以下六句，是全词的高潮，极写报国无门的悲愤，爱国之情，感人至深。最后三句，变激烈为凄凉，写理想破灭的悲哀，自己既不得志，只能满怀怅恨寄情山水抚瑟送客以为宣泄了。本词第一次出现了一个欲报国而请缨无路的"奇男子"形象，是宋词中最早出现的真正称得上抨击投降派、歌颂杀敌将士的爱国诗篇，起到了上继苏词、下启南宋爱国词的过渡作用，叙事、议论、抒情结合紧密，全词风格苍凉悲壮。

将进酒

贺　铸

城下路，凄风露，今人犁田古人墓。岸头沙，带蒹葭，漫漫昔时流水今人家[1]。黄埃赤日长安道，倦客无浆马无草。开函关[2]，掩函关，千古如何不见一人闲？

六国扰，三秦扫，初谓商山遗四老[3]。驰单车，致缄书，裂荷焚芰[4]接武曳长裾。高流[5]端得酒中趣，深入醉乡安稳处。生忘形，死忘名。谁论二豪初不数刘伶？

【注释】

〔1〕"城下路"六句：借用顾况《悲歌》"边城路，今人犁田昔人墓；岸上沙，昔日江水今人家"，略加增改。蒹葭，没有长穗的芦苇。

〔2〕函关：即函谷关，是中原进入长安的必经之路。

〔3〕商山遗四老：商山留下四位隐士。此指商山四皓，汉刘邦时的隐士，隐居商山，张良用计请其出山，扶持太子刘盈。

〔4〕裂荷焚芰：南齐周彦伦隐居钟山，后应诏出来做官，孔稚珪作《北山移文》来讥讽他，中有"焚芰制而裂荷衣，抗尘容而走俗状"之句。其中"焚芰制而裂荷衣"是说他烧掉了用菱叶和荷叶做成的标榜清高的衣服，出来做官。

〔5〕高流：指阮籍、陶渊明、刘伶、王绩等。

【赏析】

本词通过吟咏、议论、评价历史上的一些史实来抒发感慨，表现自己超然物外的情怀。

"高流"以下，揭示本篇主题，人要像"高流"一样到酒中寻找寄托，寻找乐趣。饮酒能让人置生死于度外，忘名利于世间，谁也不去计较开始反对刘伶的二位公子处士了。词人以愤慨、嘲讽的口吻描写了历史上那些热衷于追求权势和名利的各式各样的人物。厌恶和鄙弃使他只能逃避到醉乡中。这种态度是消极的，但从坚决不与统治者合作这一点看，仍有一定的进步意义。词中那居高临下的对历史的俯瞰，超然物外的潇洒情怀，以及物转斗移、沧海桑田、人事变更的悲壮情调，都使这首词涂上了一层豪壮的色彩。

水调歌头

台城游[1]

贺　铸

南国本潇洒，六代浸豪奢[2]。台城游冶，襞笺能赋属宫娃[3]。云观登临清夏，璧月留连长夜[4]，吟醉送年华。回首飞鸳瓦，却羡井中蛙[5]。

访乌衣[6]，成白社[7]，不容车。旧时王谢，堂前双燕过谁家[8]？楼外河横斗挂[9]，淮上潮平霜下，樯影落寒沙。商女篷窗罅，犹唱后庭花[10]。

【注释】

〔1〕台城：本系东吴后苑城，东晋成帝时改建为新宫，遂成宫城，历宋、齐、梁、陈，皆为台省（中央政府）及宫殿所在地，故名台城。故地在今南京鸡鸣山前、干河沿北。

〔2〕浸：渐进。

〔3〕襞（bì）笺能赋属宫娃：陈后主沉湎酒色，在宫中宴会，常先令八妇人襞彩笺作诗，十客赓和，文思稍慢，便要罚酒，群臣酣饮，常常通宵达旦。

〔4〕"璧月"句：陈后主选择宠姬、狎客赋艳诗，配乐歌唱，其中有"璧月夜夜满，琼树朝朝新"之句，多为描写张、孔二妃的美丽姿色。

〔5〕"回首"二句：写陈朝灭亡，隋将破城，陈宫门被毁。"飞鸳瓦"喻陈宫门被毁。鸳瓦，华丽建筑物上覆瓦的美称。井中蛙，陈宫城破后，后主偕二妃躲入井中，隋军窥井，扬言欲下石，后主惊叫，于是隋军用绳索把他们拉出井外。这里用来讽刺后主穷途末路，欲为井蛙亦不可得。

〔6〕乌衣：即乌衣巷，在秦淮河南，东吴时是乌衣营驻地，故名。晋南渡后，王、谢等名家豪居于此。

〔7〕白社：洛阳地名，晋高士董京常宿于白社，乞讨度日。这里作为贫民区的代名词。

〔8〕"旧时"句：化用刘禹锡《乌衣巷》诗："旧时王谢堂前燕，飞入寻常百姓家。"

〔9〕河横斗挂：秋夜星空，银河自东南至西北横斜于天，北斗之柄指北，下垂若挂。

〔10〕"商女"二句：用杜牧《夜泊秦淮》："商女不知亡国恨，隔江犹唱后庭花！"后庭花即陈后主所制《玉树后庭花》，为靡靡之音，时人以为陈亡国的预兆。

【赏析】

这首词，通过对六朝旧都金陵的咏怀，抒发了词人对宋朝廷奢侈腐化的不满情绪。

 八声甘州

寿阳楼八公山作[1]

叶梦得

故都迷岸草，望长淮、依然绕孤城。想乌衣年少[2]，芝兰秀发，戈戟云横。坐看骄兵南渡，沸浪骇奔鲸。转盻东流水，一顾功成。

千载八公山下，尚断崖草木，遥拥峥嵘。漫云涛吞吐，无处问豪英。信劳生、空成今古，笑我来、何事怆遗情。东山老[3]，可堪岁晚，独听桓筝[4]。

【注释】

〔1〕寿阳：今安徽寿县。八公山：在寿县北。淝水之战，东晋谢石、谢玄在此大败前秦苻坚。

〔2〕乌衣年少：指东晋贵族王、谢两家子弟。乌衣：指乌衣巷，在江苏南京，王、谢

旧居地。

　　〔3〕东山老：指谢安，因其曾隐居东山，故称。

　　〔4〕桓筝：典出《晋书·桓伊传》：谢安晚年遭孝武帝忌，桓伊抚筝而歌《怨歌》为之鸣不平。

【赏析】

　　这首词约作于绍兴三年（1133年）前后，时叶梦得因主战而受到主和派的排挤，出任江东安抚制置使、兼知建康府并寿春等六州宣抚使，登临八公山，面对淝水之战故址，缅怀东晋谢安功绩，怀古抒志，表达自己壮志难酬的感慨，慷慨苍凉，声情激烈。

　　上阕怀古，描写八公山地形，追述淝水之战。公元383年，前秦苻坚率百万大军大举南侵，东晋谢安派谢石、谢玄率八万精兵迎敌，在八公山大败秦军，挽救了东晋的半壁江山。淝水之战也成为历史上有名的以少胜多的战例。"想乌衣年少，芝兰秀发，戈戟云横"勾画出了谢氏子弟少年英武的形象以及东晋军队的威武雄姿。"沸浪骇奔鲸"形容前秦轰然崩溃，如洪汇鲸奔。下阕由古思今，用笔曲折深妙，逸出常境。八公山下，断崖荒草，云涛吞吐，历史上的英豪一去不返，再也无处寻觅了。既表达了对英雄的仰慕，又婉转地表示了对主和派的不满。接着又正话反说，以否定谢氏叔侄、否定自己，来诉说心中强烈的愤懑之情。结拍三句，以谢安自况，写出了词人空怀抱负，却受到猜忌，不被重用的痛苦境遇。

喜迁莺

晋师胜淝上

李　纲

　　长江千里，限南北[1]、雪浪云涛无际。天险难逾，人谋克壮[2]，索虏岂能吞噬[3]！阿坚百万南牧[4]，倏忽长驱吾地[5]。破强敌，在谢公处画[6]，丛容颐指[7]。

　　奇伟！淝水上，八千戈甲[8]，结阵当蛇豕[9]。鞭弭周旋[10]，旌旗麾动，坐却北军风靡[11]。夜闻数声鸣鹤，尽道王师将至[12]。延晋祚[13]，庇烝民[14]，周雅何曾专美[15]。

【注释】

　　〔1〕限：阻隔。

　　〔2〕克壮：克服强敌。壮，强壮，这里指强敌前秦。一作克敌。

　　〔3〕索虏：南北朝时南朝对北朝的蔑称。索，指发辫，古代北方民族多有发辫，故

称。这里指前秦，也借指金兵。

〔4〕阿坚：前秦主符坚。南牧：南侵。

〔5〕倏忽：转眼之间。

〔6〕谢公：谢安。处画：处置筹划。

〔7〕颐指：谓以下巴的动向示意而指挥人，常指指挥人的傲慢态度，亦形容指挥若定。这里用后者意。

〔8〕八千戈甲：指谢石、谢玄率八万晋军大破前秦军队。八千戈指东晋精兵。

〔9〕当：阻挡。蛇豕：长蛇封豕的简称，比喻贪财害人者，这里指符坚。

〔10〕鞭弭（mǐ）：马鞭和弓。此指指挥军队。

〔11〕却：退却，指败逃。北军：符坚军。

〔12〕"夜闻"二句：即风声鹤唳、草木皆兵。

〔13〕延晋祚：延长了晋朝的国运和年代。祚（zuò），国运、年岁。

〔14〕烝民：百姓。

〔15〕周雅：指《诗经·小雅》中的《六月》《采芑》等赞颂周宣王讨伐猃狁、蛮荆取得胜利的篇章。专美：独得赞美之词。

【赏析】

李纲以历代重大事件，特别是著名的战争为题材，创作了一组（共八首，其一为残句）咏史词，借以表达他的历史观和对待现实斗争的态度，这首反映秦晋淝水之战的《喜迁莺》便是其中的一篇。东晋孝武帝太元八年（383年），前秦符坚率数十万军队，大举南下，企图一举灭晋。晋相谢安派谢玄率兵迎战，结果在淝水大败秦军，取得了以弱敌强、以少胜多的巨大胜利。词人歌颂淝水之战的胜利，目的在于以古喻今，激励南宋君臣不畏强敌，坚持抗金，为光复失地、统一国土而战。此词叙事简明，语言精练，章法严谨，层次井然，风格雄健，是咏史词中的一篇力作。

苏武令

李 纲

塞上风高，渔阳秋早[1]，惆怅翠华音杳[2]。驿使空驰，征鸿归尽，不寄双龙消耗[3]。念白衣、金殿除恩[4]，归黄阁、未成图报。

谁信我、致主丹衷[5]，伤时多故，未作救民方召[6]。调鼎为霖[7]，登坛作将，燕然即须平扫[8]。拥精兵十万，横行沙漠，奉迎天表[9]。

【注释】

〔1〕渔阳：古郡名，战国时燕国设。这里借指边地。

〔2〕翠华：皇帝仪仗中用翠鸟羽毛装饰的旗帜。这里代指徽、钦二帝被俘后音讯全无。

〔3〕双龙消耗：即指二帝消息。消耗，音信，声息。一作音耗。

〔4〕白衣：指无官职的人。词人自称考中进士前的身份。除恩：拜官、授职。黄阁：汉代丞相、太尉和汉以后三公官署厅门涂黄色，以区别于天子。李纲在南宋初曾任宰相，故有此说。

〔5〕丹衷：赤诚之心。

〔6〕方召，亦作方邵，西周时助周宣王中兴的方叔、召虎合称。后借指国之重臣。

〔7〕调鼎：喻任宰相治理国家。霖：甘雨，及时雨。喻解决百姓所需求。

〔8〕燕然：燕然山，即今杭爱山，在今蒙古人民共和国境内。东汉永元元年（89年），窦宪与耿秉击败北匈奴，登燕然山勒石纪功而还。这里指扫平金人，收复中原国土，建功立业。

〔9〕天表：天子的仪容，指徽钦二帝。

【赏析】

这首词作于靖康之难后南宋初年，词中借苏武出使匈奴十九年坚贞不屈为名，表明自己忠贞爱国的胸怀和济世救民的抱负。上阕写靖康之难二帝蒙尘，自己蒙君恩却未有图报；下阕表明自己希望能登坛为将，拥兵十万，横行沙漠，奉迎天表。

 # 渔家傲

李清照

天接云涛连晓雾，星河欲转千帆舞。仿佛梦魂归帝所。闻天语[1]，殷勤问我归何处。

我报路长嗟日暮[2]，学诗漫有惊人句。九万里风鹏正举。风休住，蓬舟吹取三山去[3]。

【注释】

〔1〕天语：语出李白《飞龙引》："造天关，闻天语。"

〔2〕路长、日暮：本于《史记·伍子胥列传》："吾日暮途远。"又隐括屈原《离骚》："路漫漫其修远兮，吾将上下而求索。"

〔3〕三山：即蓬莱、方丈、瀛洲，为传说中东海三座神山。

【赏析】

此词以超凌一切的神来之笔，勾勒出一个神奇的梦境，表达了词人对自由理想的积极追求。本词气魄宏大，格调雄奇，意境豪迈，极富浪漫色彩。拂晓时分，海天辽阔，云雾迷茫，银河波涛翻卷，船接帆舞，词人神思恍惚，身轻如飞，一缕梦魂仿佛来到了天帝的宫殿。想象驰骋，情调浪漫。天帝的殷勤垂询，引出词人悲痛的感喟：知音难遇，欲诉无门；日暮路长，孤独无依。"九万里风鹏正举"，词笔轻宕，由实转虚，借用《庄子·逍遥游》中扶摇而上九万里的大鹏，乘风破浪，直到三山。豪迈的胸襟，凌云的气概，奇异的情思，相比苏轼、辛弃疾的词也毫不逊色。

贺新郎

寄李伯纪丞相[1]

张元幹

曳杖危楼去[2]。斗垂天[3]，沧波万顷，月流烟渚[4]。扫尽浮云风不定，未放扁舟夜渡[5]。宿雁落、寒芦深处。怅望关河空吊影[6]，正人间、鼻息鸣鼍鼓[7]。谁伴我，醉中舞？

十年一梦扬州路[8]。倚高寒、愁生故国，气吞骄虏[9]。要斩楼兰三尺剑[10]，遗恨琵琶旧语[11]。谩暗涩、铜华尘土[12]。唤取谪仙平章看[13]，过苕溪、尚许垂纶否[14]？风浩荡，欲飞举。

【注释】

〔1〕李伯纪：李纲，字伯纪。建炎元年（1127年）曾出任宰相。

〔2〕曳（yè）杖：拖着手杖。危楼：高楼。

〔3〕斗垂天：北斗星悬挂在天空。

〔4〕月流烟渚（zhǔ）：月光洒在烟水迷茫的沙洲上。

〔5〕"未放"句：是说风急浪大，不能乘船来和你会面。

〔6〕吊影：形影相吊，表示孤独无依。

〔7〕鼻息鸣鼍（tuó）鼓：鼻息如雷的意思。鼍，即扬子鳄。鼍皮可以做鼓。

〔8〕"十年"句：十年前，即建炎元年（1127年）。这年宋高宗在南京（今河南商丘）称帝，用李纲为相。李纲后被投降派排斥罢职。金兵大举南侵，扬州被焚，高宗匆匆南逃。

〔9〕倚高寒：在高楼上凭栏眺望，感到寒气袭人。骄虏：指骄横的金兵。

〔10〕要斩：即腰斩。楼兰：汉西域国名。汉傅介子出使西域，设计刺死为匈奴作间谍的楼兰王。傅介子因功封侯。

〔11〕"遗恨"句：用王昭君出塞事。汉元帝时以王昭君出嫁匈奴单于，表示汉朝与匈奴和好。相传昭君在途中弹着琵琶，匈奴使者唱胡语歌曲安慰她。

〔12〕谩：徒然。暗涩：形容铜上生锈，黯然无光。涩，一作"拭"。华，同"花"，剑上的锈痕像花一样。

〔13〕谪仙：唐人称李白为天上谪仙人。李纲有"李白乃吾祖"之句。这里是以李白借指李纲。平章：评论。

〔14〕苕溪：在浙江省境内，是南宋文人学士隐居、游赏的风景区。纶：钓鱼用的丝线。

【赏析】

此词约作于绍兴八年（1138年）前后。当时在投降派秦桧等人的策划下，宋金和议已成定局，朝廷中主张抗战、反对投降的人纷纷上书对秦桧及其同伙加以揭露和谴责。枢密副使王庶、监察御史张戒、礼部侍郎曾开等交章陈辞，要求罢免秦桧，将抗金斗争进行到底。此时李纲虽已被排斥出朝廷，但当他了解到这一严重的事态后，仍毅然上书朝廷，表明自己反对议和的态度。结果当权者不但没有听取他的意见，反而将他罢归福建长乐。张元幹闻知此事后，满怀义愤，写了这首词对李纲表示敬仰和支持，鼓励他继续为反对"骄虏"、光复"故国"而斗争。词的上阕写景，描绘月夜登楼所见，境界壮阔，情调悲凉，暗喻局势艰难动荡，当权者醉生梦死，爱国志士孤立无援，国家已经处于危急存亡之秋。下阕融情入景，对朝廷执行妥协投降政策，排斥抗战派，英雄无用武之地，表示无比悲愤。结尾处振悲起兴，希望李纲不要消极隐退，应当满怀豪情壮志，气冲霄汉，去夺取反侵略、反投降斗争的最后胜利。此词意境阔大，慷慨悲壮，大义凛然，标志着词从酒筵歌席、啼香怨粉的樊篱中挣脱出来，开始进入政治斗争的舞台，这是由于时代生活的巨变在文学创作领域里所引起的必然反响。

贺新郎

送胡邦衡待制赴新州[1]

张元幹

梦绕神州路[2]。怅秋风、连营画角[3]，故宫离黍[4]。底事昆仑倾砥柱[5]，九地黄流乱注[6]，聚万落千村狐兔[7]。天意从来高难问[8]，况人情、老易悲难诉[9]。更南浦[10]，送君去。

凉生岸柳催残暑，耿斜河[11]，疏星淡月，断云微度[12]。万里江山知何处？回首对床夜语[13]。雁不到，书成谁与[14]？目尽青天怀今古，肯儿曹恩怨相尔汝[15]。举大白听金缕[16]。

【注释】

〔1〕胡邦衡：胡铨，字邦衡，号澹庵，庐陵（今江西吉安市）人。新州：今广东新兴县。

〔2〕神州：古代称中国为赤县神州，这里指中原沦陷区。

〔3〕画角：古代军中的号角，因饰有彩绘，故称"画角"。

〔4〕故宫：指北宋都城汴京（今河南开封市）的皇宫。离黍：《诗经·王风·黍离》首句曰："彼黍离离。"黍，小米；离离，繁茂貌。旧说周室东迁后，周大夫行役经过故都，见宫廷废墟上长满离离的禾黍，于是写此诗哀悼周王朝的衰落。后人常以"黍离"或

"离黍"比喻乱世。

〔5〕底事：何事，为什么。昆仑倾砥柱：据《神异经》载，古代传说昆仑山上有一根铜柱，高入云天，称为天柱。《淮南子·天文训》说，共工与颛顼争帝位，怒触不周周山，使天柱折断，造成天倾地陷的大难。又据《水经注·河水》载，黄河中流有山名砥柱。这里是合用昆仑天柱与黄河砥柱的倾折，比喻北宋王朝的覆亡。

〔6〕九地：九州之地，遍地的意思。黄流乱注：黄河之水到处乱流，泛滥成灾，比喻金兵入侵给国家和人民造成的灾祸。

〔7〕狐兔：比喻金兵。

〔8〕天意：上天的旨意，暗指皇帝的意图。难问：难测，不可理解。

〔9〕人情老易悲难诉：谓人到老年，容易产生悲凉之感，难以向人倾诉。以上两句用杜甫《暮春江陵送马大卿公恩命追赴阙下》诗："天意高难问，人情老易悲。"

〔10〕南浦：泛指送别的地方。浦，水边。屈原《九歌·河伯》："送美人兮南浦。"江淹《别赋》："送君南浦，伤如之何？"

〔11〕耿：明亮。斜河：银河斜转，表示夜深。

〔12〕断云：片云。微度：慢慢地飘过。

〔13〕对床夜语：同宿夜话。白居易《雨中招张司业宿》："能来同宿否？听雨对床眠。"

〔14〕雁不到：大雁飞不到的地方。相传雁能传书，但到衡阳回雁峰便不再往南飞了。胡铨被贬广东新州，在衡阳以南，所以说是雁飞不到的地方。谁与：托谁给你呢？

〔15〕儿曹：儿辈。相尔汝：形容彼此你我相称，非常亲昵的样子。韩愈《听颖师弹琴》诗："昵昵儿女语，恩怨相尔汝。"

〔16〕金缕：《金缕曲》，《贺新郎》的别名。

【赏析】

宋高宗绍兴八年（1138年），枢密院编修官胡铨上书反对朝廷议和投降，要求将秦桧等投降派斩首示众，以表示抗金的决心。结果反而被贬昭州，后因舆论反对，改监广州盐仓。绍兴十二年（1142年）胡铨再次被贬新州。这时词人正寓居福州，当他听到这一消息后，满怀义愤，特意备酒为胡铨送别，并赋此词进行鼓励，以壮行色。

这是一首送别词，但不是表现男女之间的离愁别恨，也不是抒写一般的朋友情谊。全篇关合时事，表达了词人对国事的关切和对投降派的愤恨，是一首慷慨悲壮的政治抒情词。词的上阕，通过梦游中原，反映金兵入侵给祖国大地所带来的深重灾难。下阕集中抒写临别时的依依难舍之情，勉励友人振作精神，继续和投降派进行斗争。词的时代气息很浓，反映了南宋初年小朝廷内部爱国和投降两种势力的激烈斗争，爱憎十分鲜明。在秦桧专权误国的时代，张元幹敢于开风气之先，用长短句来抒发爱国激情，揭露和谴责投降派，这对促进南宋词风的变化无疑起了积极作用。

满江红

自豫章阻风吴城山作

张元幹

春水迷天，桃花浪、几番风恶[1]。云乍起、远山遮尽，晚风还作。绿卷芳洲生杜若[2]，数帆带雨烟中落。傍向来、沙觜共停桡[3]，伤飘泊。

寒犹在，衾偏薄。肠欲断，愁难著。倚篷窗无寐[4]，引杯孤酌。寒食清明都过却，最怜轻负年时约[5]。想小楼、终日望归舟，人如削[6]。

【注释】

〔1〕桃花浪：亦称桃花水。旧历二三月春水涨，正值桃花开，故称。杜甫《春水》诗有"三月桃花浪，江流复旧痕"句。

〔2〕"绿卷"句：出自《楚辞·湘君》："采芳洲兮杜若。"杜若，一香草名。绿卷，一作绿遍。

〔3〕沙觜：一端连陆地，一端伸入水中的带状沙滩。桡：桨，代指船。

〔4〕篷窗：船窗。

〔5〕年时约：指与家中约定春天返家。

〔6〕削：形容消瘦。

【赏析】

这首词写羁旅春晚思归。上阕写晚春景色；下阕以寒在、衾薄、肠断表现羁旅愁怀，结句以家人思念自己明确表示思归心切。豫章：今江西南昌市。吴城山：地名，在南昌县东一百八十里处，临大江。船行至此常为风浪所阻。张孝祥《吴城阻风》诗有"吴城山头三日风，白浪如屋云埋空"，可见风浪之险。

 石州慢

己酉秋，吴兴舟中作[1]

张元幹

雨急云飞，惊散暮鸦，微弄凉月。谁家疏柳低迷[2]，几点流萤明灭。夜帆风驶，满湖烟水苍茫，菰蒲零乱秋声咽[3]。梦断酒醒时，倚危樯清绝[4]。

心折[5]。长庚光怒[6]，群盗纵横，逆胡猖獗。欲挽天河[7]，一洗中原膏血。两宫何处[8]？塞垣祇隔长江[9]，唾壶空击悲歌缺[10]。万里想龙沙[11]，泣孤臣吴越[12]。

【注释】

〔1〕己酉：指宋高宗建炎三年（1129年）。吴兴：今浙江湖州市。

〔2〕低迷：模糊的样子。

〔3〕菰（gū）蒲：均为浅水植物。菰，嫩茎可食，俗称茭白。蒲，即水杨，嫩蒲亦可食。

〔4〕危樯：很高的桅杆。

〔5〕心折：心碎，内心极为悲痛。

〔6〕长庚：即金星。我国古代把早晨出现于东方天空的金星叫作启明星，黄昏出现于西方天空的金星叫作长庚星。《史记·天官书》："长庚如一匹布著天，见则兵起。"

〔7〕天河：即银河。杜甫《洗兵马》："安得壮士挽天河，净洗甲兵长不用。"

〔8〕两宫：指宋徽宗赵佶和宋钦宗赵桓，二人被金兵掳至北方。

〔9〕塞垣：边界。

〔10〕唾壶：承唾液的器具。刘义庆《世说新语》："王处仲（敦）每酒后，辄咏'老骥伏枥，志在千里，烈士暮年，壮心不已'，以铁如意打唾壶，壶口尽缺。"

〔11〕龙沙：白龙堆沙漠，在今甘肃和新疆之间。这里指徽钦二帝被囚禁的塞外之地。

〔12〕孤臣：孤立无助的臣子，作者自谓。吴越：古代的吴国和越国，今江苏、浙江一带。

【赏析】

建炎三年（1129年）春天，金兵南侵，江北地区完全失守，高宗从扬州仓皇渡江南逃。秋天，词人避难南逃途经湖州，作此词。词的上阕描写舟行途中所见秋夜凄迷残败的景色；下阕写金人南侵，群盗纵横，中原沦陷，如今塞垣只隔长江，抒发了词人激烈深沉的爱国之情。

醉落魄

辛未九月望和答庆符[1]

胡 铨

百年强半[2]，高秋犹在天南畔[3]。幽怀已被黄花乱。更恨银蟾[4]，故向愁人满。

招呼诗酒颠狂伴[5]，羽觞到手判无算[6]。浩歌箕踞巾聊岸[7]。酒欲醒时，兴在卢仝碗[8]。

【注释】

〔1〕辛未：宋高宗绍兴二十一年（1151年）。望：旧历每月十五日。庆符：张伯麟字。

〔2〕"百年"句：作者当时四十九岁，故如此称。百年，此指人的一生。强半，大半，过半。

〔3〕天南畔：指在海南。

〔4〕银蟾：月亮。满：旧历十五满月。以月圆对比人不圆。词人编管海南，与家人两别，故云。

〔5〕颠狂伴：指爱国志士们，也包括张伯麟在内。

〔6〕羽觞：古代一种酒器，作鸟雀状，左右形如两翼。一说插鸟翼于觞，促人速饮。判无算：意即大家酣饮无数。

〔7〕箕踞：随意张开两腿坐着，形似簸箕，一种轻慢、不拘礼节的坐姿。这正是前面所写"颠狂伴"的行为。但这里的表现实是内心忧愁极深的外在行为。聊：姑且。这里有随意之意。岸：将头巾冠帽上推，露出前额。

〔8〕卢仝碗：指饮茶。卢仝自号玉川子，喜茶，曾写《走笔谢孟谏议寄新茶》，与陆羽的《茶经》齐名。

【赏析】

当时秦桧主和，签订和议，向金国称臣，排挤迫害爱国志士。张伯麟愤而在斋壁上题字："夫差，尔（你）忘勾践之杀尔父乎？"元夕，张过中贵人（宦官）白谔门，见张灯结彩，取笔题上述字。秦桧即下张于狱，捶楚无全肤，后流吉阳军。胡铨当时正编管于此，即作此词。上阕抒发对国事艰危的忧愤和不满，下阕抒写与仁人志士们只能借酒茶暂解忧愁的情怀。

好事近

胡 铨

富贵本无心，何事故乡轻别？空使猿惊鹤怨[1]，误薜萝秋月[2]。

囊锥刚要出头来，不道甚时节[3]。欲驾巾车归去[4]，有豺狼当辙[5]。

【注释】

〔1〕猿惊鹤怨：指山中猿鹤都怪怨主人离去。孔稚珪《北山移文》："蕙帐空兮夜鹤怨，山人去兮晓猿惊。"

〔2〕薜（bì）萝：薜荔、女萝，两种植物名。古代隐士以为服饰。《楚辞·山鬼》："若有人兮山之阿，披薜荔兮带女萝。"

〔3〕囊锥：口袋里藏锥子。比喻有才能的人终将显露头角。这两句说，自己正准备像毛遂自荐那样出来用世，不料看错了时机，现在投降派当权，有志之士不能尽展其才。

〔4〕巾车：有帷幔的车子。

〔5〕豺狼当辙：即豺狼当道。暗指秦桧等人当权误国，迫害爱国志士。

【赏析】

此词是作者因上书反对秦桧议和投降而被贬新州时所作。据王明清《挥尘后录》载："（胡）邦衡在新兴，尝赋词云：（即本篇）郡守张棣缴上之，以谓讪谤。秦（桧）愈怒，移送吉阳军编管。"词中怒斥豺狼当道，奸臣误国，朝廷黑暗，表达了对爱国志士遭受打击和迫害的无比愤慨，是南宋初期反对以秦桧为代表的投降派的一曲慷慨激昂的战歌，洋溢着大义凛然，富贵不能淫、威武不能屈的斗争精神。

满江红

岳 飞

怒发冲冠，凭阑处、潇潇雨歇。抬望眼，仰天长啸，壮怀激烈。三十功名尘与土，八千里路云和月。莫等闲、白了少年头，空悲切。

靖康耻[1]，犹未雪。臣子恨，何时灭。驾长车、踏破贺兰山缺[2]。壮志饥餐胡虏肉，笑谈渴饮匈奴血。待从头、收拾旧山河，朝天阙[3]。

【注释】

〔1〕靖康耻：指钦宗靖康二年（1127年）京师和中原沦落，徽钦二宗被掳往金国的奇耻大辱。

〔2〕贺兰山：在宁夏与内蒙古交界处。这里借指金国的核心地。

〔3〕天阙：皇宫，朝廷。

【赏析】

这是被千古传诵的爱国名篇。可以说，在我国古代诗歌中，没有一首像本词那样有这么深远的社会影响，也从来没有像本词那样具有激奋人心、鼓舞将士上战场杀敌的力量。

上阕抒发词人为国立功满腔忠义奋发的豪气。起句突兀，一个"怒"字气壮山河，奠定全词昂扬的基调。"抬望眼"承"雨歇"而来，词人俯仰天地，一腔热血激荡浩气迸发，全从"长啸"中见。"三十"二句写自己的宏誓和决心。"莫等闲"二语已"为千古箴铭"，自勉勉人，爱国之情溢于言表。

下阕抒写了词人重整山河的决心和报效君王的耿耿忠心。开头四个短句，三字一顿，一锤一声，裂石崩云，这种以天下为己任的崇高胸怀，令人扼腕。"驾长车"一句豪气直冲霄汉。在那山河破碎、士气低沉的时代，这是一种惊天地、泣鬼神的激励力量。"饥餐""渴饮"虽然夸张，却表现了词人足以震慑敌人的民族的英雄主义气概。结句语调陡转平和，表达了词人报效朝廷的一片赤诚之心。肝胆沥沥，感人至深。全词如江河直泻，曲折回荡，激发处铿然作金石声。

 # 定风波

进贤道上见梅赠王伯寿

陆 游

欹帽垂鞭送客回[1]，小桥流水一枝梅。衰病逢春都不记，谁谓，幽香却解逐人来。

安得身闲频置酒，携手，与君看到十分开。少壮相从今雪鬓，因甚，流年羁恨两相催[2]。

【注释】

〔1〕欹帽：斜戴着帽子。

〔2〕雪鬓：头发斑白。流年羁恨：岁月和漂泊无成积聚的愤恨。

【赏析】

这首词是写词人在送客的归途中，眼见满园春色而引发的对大自然的向往和爱恋，并表达出词人厌恶官场不愿与别人同流合污的愤懑之情。

水龙吟

春日游摩诃池[1]

陆 游

摩诃池上追游路，红绿参差春晚。韶光妍媚，海棠如醉，桃花欲暖。挑菜初闲[2]，禁烟将近[3]，一城丝管。看金鞍争道，香车飞盖，争先占，新亭馆。

惆怅年华暗换[4]，黯销魂、雨收云散。镜奁掩月，钗梁拆凤，秦筝斜雁[5]。身在天涯，乱山孤垒，危楼飞观。叹春来只有，杨花和恨，向东风满。

【注释】

〔1〕摩诃池：在成都蜀王宫中。

〔2〕挑菜：宋人以二月二日为挑菜节。

〔3〕禁烟：指寒食节，其日禁止烟火。

〔4〕年华暗换：岁月渐渐流逝。苏轼《洞仙歌》："又不道、流年暗中偷换。"

〔5〕秦筝斜雁：筝传为秦时蒙恬所制，故称秦筝。筝有十三弦，每弦用一柱支撑，排列有序，如雁斜飞。

【赏析】

此词是词人被迫离开南郑前线，来到成都以后写的。词人春日游览摩诃池，触物生情，对景感怀，挥笔写下了这首寄意遥深的感时抚事之作。上阕叙述游园所见，下阕抒写壮志难酬，含蓄深沉，情景交融，富有艺术感染力。

水调歌头

范成大

细数十年事，十处过中秋[1]。今年新梦，忽到黄鹤旧山头[2]。老子个中不浅，此会天教重见，今古一南楼[3]。星汉淡无色，玉镜独空浮[4]。

敛秦烟，收楚雾，熨江流[5]。关河离合[6]、南北依旧照清愁。想见姮娥冷眼，应笑归来霜鬓，空敝黑貂裘[7]。酾酒问蟾兔，肯去伴沧洲[8]？

【注释】

〔1〕十处过中秋：范成大在《吴船录》卷下记此次中秋："十二年间十处过中秋……今年又忽至此，通计十三年间，十一处见中秋，亦可以谓之游子……坐中亦作乐府一篇，俾鄂人传之。"其中"乐府一篇"即指这首《水调歌头》。

〔2〕黄鹤旧山头：即黄鹤山，在今湖北武昌西。传说仙人王子安曾乘黄鹤过此地。

〔3〕老子：即老夫，古人年长者常以此自称。个中：此中。南楼：古楼名，故址在武昌黄鹤山上。今不存。

〔4〕星汉：银河。玉镜：月亮。

〔5〕秦：泛指今陕西一带，词人从四川陕西前线来。楚：湖南湖北一带，这里指武昌。熨（yùn）：烫平。江：指长江。

〔6〕关河离合：指天下河山南北分裂。离合，这里偏指分裂。

〔7〕姮娥：嫦娥。空敝黑貂裘：语出《战国策·秦策一·苏秦始将连横》："书十上而说不行，黑貂之裘敝……去秦而归。"形容奔走连年，潦倒困苦，事业无成。

〔8〕酾（shī）酒：斟酒。蟾兔：这里指月亮。古代传说月中有蟾蜍、玉兔。沧洲：隐者所居之地。

【赏析】

这是一首中秋望月抒怀之词，写于淳熙四年（1177年）中秋。这年五月词人因病离四川制置使任，乘舟东归。旧历八月十四日至鄂州（今湖北武昌），十五日晚赴知州刘邦翰设于黄鹤山上南楼的赏月宴会。这首词紧扣中秋赏月，抒写了词人对国家分裂、山河破碎的悲愁和归隐田园的快慰。

念奴娇

过洞庭

张孝祥

洞庭青草，近中秋、更无一点风色。玉鉴琼田三万顷，著我扁舟一叶。素月分辉，明河共影，表里俱澄澈。悠然心会，妙处难与君说。

应念岭表经年[1]，孤光自照，肝胆皆冰雪。短发萧骚襟袖冷，稳泛沧溟空阔。尽挹西江[2]，细斟北斗，万象为宾客。扣舷独啸，不知今夕何夕。

【注释】

〔1〕岭海：指两广，其北有五岭，南有南海，故称。
〔2〕挹（yì）：舀。西江：指长江，长江自西来，故称。

【赏析】

词人曾于乾道元年（1165年）任广南西路经略安抚使，"治有声绩"。次年，"被谗言落职"，由桂林北归，经洞庭湖时写了这首词。词人描写了月下洞庭空明澄澈、旷远清净的美妙景象，表现出了自己虽遭打击却胸怀坦荡、泰然自若的处世态度。上阕写洞庭月色的空明澄澈。首三句交代洞庭（连青草湖）中秋月夜，"无一点风色"，便更见水月辉映的明朗。"玉鉴"一句在空明中更见坦荡寥廓；一叶扁舟置其间，不为显示渺小、而要映衬洞庭的"胸怀"。"素月"三句写天光水色通明澄澈的清奇壮美，妙在"表里俱澄澈"一句。这里不仅水天俱清，更有词人的表里俱清，审美的主体与客体浑然一体。这样坦荡的人生、玉洁冰清的人格，三万顷似的宽广胸襟也便上升到一个极纯净的境界。末句点明"妙处难与君说"的其中奥妙，是一种最理智的人

生真谛。下阕写自己心似洞庭般澄澈。"应念"二句概括了这段遭遇，和"肝胆皆冰雪"的心志，比"一片冰心在玉壶"有更多的孤傲和自恃。"短发"一句写受打击后的落魄，"稳泛"句表现了词人宠辱皆忘、超然物外的豁达人生。"尽挹"三句，有李白似的超脱和豪放。最后化用苏轼文句回应中秋开头，以深沉的设问给人以无限回味。

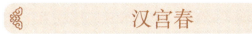

汉宫春

立　春

辛弃疾

　　春已归来，看美人头上，袅袅春幡。无端风雨，未肯收尽余寒。年时燕子，料今宵，梦到西园[1]。浑未办、黄柑荐酒，更传青韭堆盘。

　　却笑东风从此，便熏梅染柳，更没些闲。闲时又来镜里，转变朱颜。清愁不断，问何人，会解连环？生怕见，花开花落，朝来塞雁先还。

【注释】

　　〔1〕西园：原是汉上林苑的别称，这里借指京都园林。

【赏析】

　　这首词从内容上看，当作于南渡之后及词人对朝廷失望之后。辛词常在竭力描摹物象抒发情感的同时，还蕴含着另一种与之相似的境界和情思，似有两重主题。这首写立春情景和自己感怀的词很有代表性。词人写惜春、恋春。抒发春怨的同时，借以抒发功业无成的苦闷和对北方故国的思念，同时也隐晦地表示了对统治者苟安江南的不满。上阕写立春的景象和今不如昔的感慨。开头三句点题，立春很欢乐。次二句"无端"递转，"未肯"似在说，别忘了余寒未收，借讽偏安再妙不过了。"年时"二句更以燕子的遭遇，指明汴京陷落的现实。末二句从立春的无心绪和凄苦生活角度，抒发春怨的两重主题。下阕再推进一层，"都笑东风"忙于梅柳，讥讽更加形象而明朗。"清愁"则是写自己报国无门的悲哀。最后为大雁先我回归北方而自叹。感情凄怆沉咽，激烈情怀却描述婉曲，更加感人肺腑。

木兰花慢

滁州送范倅

辛弃疾

老来情味减，对别酒，怯流年。况屈指中秋，十分好月，不照人圆。无情水都不管，共西风、只管送归船。秋晚莼鲈江上，夜深儿女灯前。

征衫，便好去朝天，玉殿正思贤。想夜半承明[1]，留教视草[2]，却遣筹边。长安故人问我：道愁肠殢酒只依然[3]。目断秋霄落雁，醉来时响空弦。

【注释】

〔1〕承明：汉代官中有承明庐，用侍臣轮流值班时住宿的地方。

〔2〕视草：为皇帝拟制诏书之稿。

〔3〕殢酒：沉溺于酒。

【赏析】

这首词是词人于乾道八年（1172年）滁州（今属安徽）任上，为送他的同事范昂赴京城临安而作。辛弃疾南归后多年辗转后方州县，始终不得重用，内心非常悲愤。于是在送别好友的时候，表达了自己有志难伸的感伤。上阕写惜别之情和流光虚度之叹。起句"老来"突兀，须知此时他才三十三岁，但一想南归至今正好十年，抗金复国之志一直不得伸展，往日之愿如此遥远，"老"的感觉也便自然了。"怯流年"也是这个意思。下面"况"字一转，又回到送别，表达依依之情，并为范倅能叙天伦之乐而高兴。下阕寄托自己感慨之情。先以想象抒怀，羡慕范倅能到朝廷辅佐君王、做许多实事，是寄托也是勉励。"长安"句看似自谦，却是现实境况。最后用典故收笔，出人意料，更令人心酸。全词运用对比的手法寄托情怀，从"怯"开始，到"况"一进，再"只管"一恨，到下阕"便好"到"问我"到"醉来"，层层相催，逼人唏嘘叹惋。即使抒离情也气势豪放。

满江红

题冷泉亭

辛弃疾

直节堂堂[1]，看夹道、冠缨拱立[2]。渐翠谷、群仙东下，珮环声急[3]。谁信天峰飞堕地，傍湖千丈开青壁[4]。是当年、玉斧削方壶，无人识[5]。

山木润，琅玕湿[6]；秋露下，琼珠滴。向危亭横跨，玉渊澄碧[7]。醉舞且摇鸾凤影，浩歌莫遣鱼龙泣[8]。恨此中、风物本吾家，今为客[9]。

【注释】

〔1〕直节堂堂：形容松竹劲直挺拔。

〔2〕冠缨：帽带，借指官吏。

〔3〕珮环：古人衣装上的饰物。

〔4〕天峰：指飞来峰。传说东晋时中天竺国（今印度）僧人慧理来到这里，说此峰是中天竺国灵鹫山的小岭，不知何时飞来此处。飞来峰由此得名。青壁：青色的石壁，指飞来峰。

〔5〕方壶：神话传说中的海上仙山。

〔6〕琅玕（láng gān）：一种像玉一样美丽的石头。也用来代指竹子。

〔7〕危亭：高亭，指冷泉亭。玉渊：指冷泉积水形成的深潭。

〔8〕鸾凤：传说中两种美丽的神鸟，古人常用来比喻贤俊之士。

〔9〕风物：风光、景物。

【赏析】

本词作于宋孝宗乾道六、七年间（1170—1171），辛弃疾在杭州任司农寺主簿时。上阕用拟人手法描写西湖灵隐寺一带景物，形象生动逼真。"谁信天峰飞堕地"以下四句，否定了关于飞来峰的旧说，表现了词人热爱祖国山河的自豪感。下阕寓情于景，写登上冷泉亭后的见闻和感想。结拍两句"恨此中、风物本吾家，今为客"，点明题旨，寓意很深，寄托了词人要求收复中原、统一国土、重返故乡的爱国之情。

满江红

辛弃疾

江行，简杨济翁、周显先[1]。

过眼溪山[2]，怪都似、旧时曾识。还记得、梦中行遍，江南江北。佳处径须携杖去[3]，能消几缋纳平生屐[4]？笑尘劳、三十九年非，长为客。

吴楚地[5]，东南坼[6]；英雄事，曹刘敌[7]。被西风吹尽，了无尘迹[8]。楼观才成人已去[9]，旌旗未卷 头先白[10]。叹人间、哀乐转相寻[11]，今犹昔。

【注释】

〔1〕简：书信。这里是寄的意思。

〔2〕过眼：从眼前掠过。

〔3〕佳处：风景优美的地方。径须：直须。

〔4〕几缋：几双。屐（jī）：一种有齿的木鞋，古人登山时所穿。

〔5〕吴楚地：指春秋时吴国和楚国的地方，大约在今江苏、浙江、安徽、江西、湖北、湖南一带。

〔6〕坼（chè）：分开。杜甫《登岳阳楼》诗："吴楚东南坼，乾坤日夜浮。"

〔7〕曹刘：曹操和刘备。敌：匹敌、对手。

〔8〕了无：毫无。尘迹：遗迹。

〔9〕楼观：楼台亭阁。甫成：才成。苏轼《送郑户曹》诗："楼成君已去，人事固多乖。"

〔10〕旌旗未卷：旗帜尚未收成，指战事还没有完结。

〔11〕转相寻：互相转换代替。

【赏析】

淳熙五年（1178年）春，辛弃疾由南昌调往杭州，任大理少卿，同年秋，又被派往武昌任湖北转运副使。途中他曾在扬州会晤杨济翁和周显先，并写词互相唱和。离开扬州后，词人在船上写成此词，寄给杨、周二位友人。自淳熙三年（1176年）以来，在两年多的时间里，辛弃疾先后五次调动职务，来去匆匆，很难有所建树，内心十分苦闷。这首词即景生情，抒发了词人仕途坎坷、壮志难酬的忧愤。上阕慨叹人到中年，岁月蹉跎，行踪不定，倦于宦游，不如归卧溪山，落得清闲自在。下阕缅怀古代英雄，感叹自己得不到信任和重用，难以为国建功立业。"楼观甫成人已去，旌旗未卷头先白"，表达了对南宋统治集团压抑和扼杀爱国志士的愤慨。

霜天晓角

赤 壁

辛弃疾

雪堂迁客[1]，不得文章力[2]。赋写曹刘兴废，千古事，泯陈迹[3]。
望中矶岸赤[4]，直下江涛白。半夜一声长啸，悲天地，为予窄。

【注释】

〔1〕雪堂：苏轼贬居黄州时所建，又名两赋堂。迁客：被贬谪之人，指苏轼。

〔2〕不得文章力：文章虽然写得好，却无济于事。刘禹锡诗："一生不得文章力，百口空为饱暖家。"

〔3〕泯（mǐn）：消灭。

〔4〕矶：水边突出的岩石。这里是指赤鼻矶。

【赏析】

赤壁原名赤鼻，亦称赤鼻矶，在黄州（今湖北黄冈）城西门外。苏轼贬居黄州时常游此地，写下了前、后《赤壁赋》和《念奴娇·赤壁怀古》等名篇。这首词是辛弃疾在湖北任职期间写的。词人游览赤壁，缅怀苏轼，抒发了壮志难酬的悲愤。辛弃疾和苏轼都有远大的抱负却不得施展，他们所处的时代虽然不同，但境遇相似，思想感情也有很多相通之处。结句"半夜一声长啸，悲天地，为予窄"与李白的"大道如青天，我独不得出"一样，表达了对封建社会有理想、有才能的志士受压抑、遭

排斥的不平之情。

 # 水调歌头

盟 鸥

辛弃疾

带湖吾甚爱[1]，千丈翠奁开[2]。先生杖屦无事[3]，一日走千回。凡我同盟鸥鹭，今日既盟之后，来往莫相猜[4]。白鹤在何处？尝试与偕来[5]。

破青萍，排翠藻，立苍苔[6]。窥鱼笑汝痴计，不解举吾杯。废沼荒丘畴昔[7]，明月清风此夜，人世几欢哀？东岸绿阴少，杨柳更须栽。

【注释】

〔1〕带湖：一个形如长带的小湖，在今江西上饶市北郊灵山下。淳熙八年（1181年），辛弃疾在这里建了一座住宅，取名"稼轩"，被罢官后长期闲居于此。

〔2〕翠奁：用翡翠镶嵌的镜匣。

〔3〕杖屦（jù）：手杖和麻鞋，古人出游登山的用具。

〔4〕"凡我"三句：大意为凡是和我订立盟约的沙鸥、白鹭，今天我们既然结为盟友，以后来往时就不要互相猜疑了。《左传》中记载：鲁僖公九年，"齐侯盟诸侯于葵丘曰：'凡我同盟之人，既盟之后，言归于好'"。

〔5〕偕来：同来。

〔6〕青萍：浮萍的一种，叶面与背面均为绿色。翠藻：即绿藻，隐花植物藻类的一种，生于水中或潮湿地带。苍苔：即青苔。

〔7〕废沼荒丘：废弃的池塘、荒芜的山丘。畴昔：从前，过去。

【赏析】

"盟鸥"，谓与鸥鸟订盟，同住水云乡里，指退隐而言。此词大约作于淳熙九年（1182年）。淳熙八年（1181年）十二月，辛弃疾被弹劾罢官，不久即由南昌来到上饶带湖新居，开始退隐生活。词人的隐居并非出于自愿，他和那些忘情于世、回避

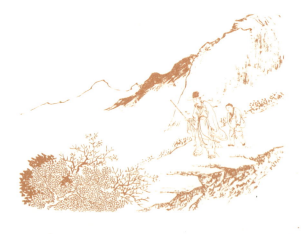

现实的隐士不同，内心充满了矛盾和苦闷。这首词所表现的正是这种复杂的思想感情。词人一方面以悠闲的笔调，描述归隐带湖的生活；另一方面又情不自禁地流露出难以言状的寂寞与悲哀。他有心与鸥鹭结盟，但鸥鹭却只知"窥鱼"，毫不理解自己；他本想有所作为，可如今却只能闲着两手，到带湖东边去栽杨柳。凡此种种无不曲折地表现出英雄无用武之地的抑郁和愤懑。

 # 满江红

辛弃疾

倦客新丰，貂裘敝、征尘满目[1]。弹短铗、青蛇三尺，浩歌谁续[2]？不念英雄江左老，用之可以尊中国[3]。叹诗书、万卷致君人，番沉陆[4]。

休感叹，年华促[5]。人易老，欢难足。有玉人怜我，为簪黄菊[6]。且置请缨封万户，竟须卖剑酬黄犊[7]。叹当年、寂寞贾长沙[8]，伤时哭。

【注释】

〔1〕倦客：指倦于宦游，在宦途中不得志的人。新丰：旧县名，今陕西境内。此指马周。据《新唐书·马周传》载：马周早年不得志，生活贫困潦倒，曾客居新丰。后因代人呈事，得太宗赏识，任监察御史，后至中书令。貂裘敝：指苏秦以连横游说秦王不成之事。《战国策·秦策》：苏秦始将连横，"说秦王书十上而说不行，黑貂之裘敝，黄金百斤尽，资用乏绝，去秦而归。"敝，破旧。

〔2〕弹短铗（jiá）：弹剑。用冯谖事。冯谖到孟尝君门下做客不被重视，曾三次倚柱弹剑高歌"长铗归来兮，食无鱼……"以表不满，后得到重用。青蛇，此喻剑。

〔3〕江左老：老死江南。江左，长江自芜湖至南京段由南向北流，故长江中下游一带称江东，也称江左。此指南宋偏安的江南地区。尊中国：使中国国强位尊，免受凌辱。尊，使动用法。

〔4〕致君人：辅助君王，为君王出谋献策。番：反而。沉陆：即陆沉。指无水而沉，隐居。此以东方朔陆沉金马门之事，指人才被埋没。

〔5〕年华：时光、年岁。促：时间紧迫。

〔6〕玉人：代指歌姬。化用苏轼《千秋岁·湖州暂来徐州重阳作》："美人怜我老，玉手簪黄菊。"

〔7〕请缨：主动请求杀敌立功。《汉书》载：南越王与汉和亲，遣终军使南越，说其王，欲令入朝，同内诸侯。军自请："愿受长缨，必羁南越王而致之阙下。"万户：即万户侯。酬黄犊：出自《汉书·龚遂传》。指龚遂见齐人奢侈，劝儿卖剑买牛，卖刀买犊务农桑。酬，偿付。意指解甲归田。

〔8〕贾长沙：贾谊。

【赏析】

这是一首借友人之事，浇己胸中块垒的忧时感事之词。创作时间一般认为是闲居时期。全词连用典故，巧妙浓缩前人诗文，抒写壮志难酬的悲愤；又故作旷达，长歌当哭，表达了词人对南宋统治者埋没、压抑人才的愤怒，抒发了爱国主义思想感情。

满江红

暮 春

辛弃疾

家住江南，又过了、清明寒食[1]。花径里、一番风雨，一番狼藉[2]。红粉暗随流水去[3]，园林渐觉清阴密。算年年、落尽刺桐花[4]，寒无力[5]。

庭院静，空相忆。无说处，闲愁极。怕流莺乳燕，得知消息[6]。尺素如今何处也[7]，彩云依旧无踪迹[8]。谩教人、羞去上层楼[9]，平芜碧[10]。

【注释】

〔1〕寒食：节令名，清明前一天（一说前两天）。相传起于晋文公悼念介之推事。因介之推有功于文公而未受封，躲进深山，文公寻之不得，本想放火烧山逼他出来，介之推却抱树被烧死。文公就定于是日禁火，官民俱吃冷熟食，故曰寒食。

〔2〕狼藉：纵横散乱，指落花。

〔3〕红粉：指落花。

〔4〕刺桐：落叶乔木，原产于印度和马来西亚，我国广东、福建等地有栽植。早春开花。叶与梧桐相似而枝干带刺，故而得名。另刺桐亦是福建泉州市别称，因五代时于城周环植刺桐而得名。

〔5〕寒无力：天气逐渐转暖，春寒渐渐减退。

〔6〕得知消息：窥破心事。

〔7〕尺素：一尺长的绢帛，指书信。

〔8〕彩云：行云，指所思之人。出自晏几道《临江仙》："当时明月在，曾照彩云归。"此表示所思之人如行云般踪迹不定。

〔9〕谩：同"漫"，空泛。

〔10〕平芜：草木丛生的平旷的原野。

【赏析】

此为闺中怀远词。约作于绍熙三年（1192年）至五年（1194年）。当时词人在福建任提点刑狱、安抚使等官。邓广铭《稼轩词编年笺注》指此词为隐居带湖时作。上阕描写闺妇眼中的暮春景象，抒发春去人不归、岁月如梭、年华虚度的感慨；下阕即景抒情，写闺妇孤寂惶惑、哀怨无穷又欲诉无人、相思情深又怕莺燕窥知的矛盾苦闷心情。

 # 丑奴儿

书博山道中壁

辛弃疾

少年不识愁滋味[1]，爱上层楼。爱上层楼，为赋新词强说愁[2]。
而今识尽愁滋味，欲说还休[3]。欲说还休，却道天凉好个秋。

【注释】

〔1〕不识：不理解，不懂得。

〔2〕强说愁：本来无愁而硬说有愁。

〔3〕欲说还休：想说而又不说出来。

【赏析】

这首词描写人的早年和晚年两种不同的人生体验。上阕说少年时代涉世未深，不知人间甘苦，本无忧愁，却偏要在登楼赋诗时无病呻吟。下阕说如今饱经风霜，尝尽人生之苦，真正懂得了忧愁的滋味，却不愿说出来。这种"欲说还休"的矛盾心理，表明他胸中埋藏着深沉的忧愁，即使说出来也无人理解，不如干脆不说。两阕均用叠句转折，跌宕有致，含蓄深永，耐人寻味。

破阵子

为陈同甫赋壮词以寄之[1]

辛弃疾

醉里挑灯看剑，梦回吹角连营[2]。八百里分麾下炙[3]，五十弦翻塞外声[4]。沙场秋点兵[5]。

马作的卢飞快[6]，弓如霹雳弦惊[7]。了却君王天下事[8]，赢得生前身后名[9]。可怜白发生[10]！

【注释】

〔1〕陈同甫：即陈亮，字同甫。

〔2〕梦回：梦醒。吹角连营：各个营寨中吹起了阵阵军号声。

〔3〕八百里：指牛。《世说新语·汰侈》："王君夫（恺）有牛，名八百里驳。"麾下：部下。炙：烤肉。

〔4〕五十弦：指瑟。这里是泛指乐器。翻：演奏。塞外声：边塞音乐。

〔5〕点兵：检阅部队。

〔6〕的卢：一种烈性快马。

〔7〕霹雳：疾雷声。这里是形容射箭时弓弦发出的响声。

〔8〕了却：完成。天下事：指平定天下，收复中原，统一国土的事业。

〔9〕赢得：获取。

〔10〕可怜：可惜。

【赏析】

本篇是辛弃疾被弹劾罢官、闲居农村期间，为鼓舞爱国志士陈亮而写的。词中以词人早年的战斗生活为基础，融合梦境与幻觉，描绘了一幅驰骋沙场、雄伟壮阔的场面，表达了渴望杀敌报国的崇高理想。词的构思不同寻常，前九句以浪漫主义手法和奔腾的激情，刻画军容之盛和意气之豪，描绘出一位横戈跃马、神采飞扬的英雄战士的形象。末尾一句"可怜白发生"，翻腾陡转，顿作变调，表现了词人报国无门的忧愤之情，深刻揭示了现实和理想难以调和的矛盾。

 # 满江红

赤壁怀古

戴复古

赤壁矶头，一番过、一番怀古。想当时，周郎年少，气吞区宇[1]。万骑临江貔虎噪[2]，千艘列炬鱼龙怒。卷长波、一鼓困曹瞒[3]，今如许[4]？

江上渡，江边路；形胜地，兴亡处。览遗踪、胜读史书言语。几度东风吹世换，千年往事随潮去。问道旁、杨柳为谁春，摇金缕[5]。

【注释】

〔1〕区宇：疆域，区域，寰宇。

〔2〕貔虎：猛兽，代指军队。貔（pí），古籍中的一种猛兽，或曰似虎，或曰似熊，一名执夷，又名白狐。

〔3〕曹瞒：指曹操。

〔4〕今如许：如今又怎么样呢？

〔5〕金缕：指嫩黄色的柳条。

【赏析】

词人五十多岁时曾两次游览黄州赤壁。在一首《满庭芳》词中，他写道："赤壁矶头，临皋亭下，扁舟两度经过。"此词当作于第二次舟过赤壁矶头之时。词的上阕缅怀三国赤壁之战，盛赞周瑜"气吞区宇"、火烧曹兵的雄才大略。下阕寻访遗踪，感叹兴亡，抒发忧时伤世之情，表达了词人对时局的深深忧虑。词的风格豪健，语言朴素、自然，是怀古词中的一篇佳作。

减字木兰花

寄五羊钟子洪[1]

戴复古

天台狂客[2]，醉里不知秋鬓白。应接风光，忆在江亭醉几场。

吴姬劝酒[3]，唱得廉颇能饭否[4]。西雨东晴，人道无情又有情。

【注释】

〔1〕五羊：今广东广州市。钟子洪：生平无考。

〔2〕天台狂客：作者自称。天台：今属浙江天台县。

〔3〕吴姬：吴地歌姬，此泛指歌女。

〔4〕"唱得"句：指辛弃疾词《永遇乐》（千古江山）。其结拍云："凭谁问，廉颇老矣，尚能饭否？"

【赏析】

此词为寄赠远方友人之作。词中通过回忆当年纵游豪饮的浪漫生活，以表达与友人志趣相投的深厚情谊。值得注意的是，他们在酒楼点唱的不是偎红倚翠的一般流行词曲，而是爱国词人辛弃疾那首著名的悲壮苍凉、寄慨遥深的《永遇乐·京口北固亭怀古》。戴复古在一首《望江南》中曾说："歌词渐有稼轩风。"可见他对"慷慨纵横，有不可一世之概"的稼轩词是十分推重的。

满江红

刘克庄

夜雨凉甚，忽动从戎之兴。

金甲雕戈[1]，记当日、辕门初立[2]。磨盾鼻、一挥千纸[3]，龙蛇犹湿[4]。铁马晓嘶营壁冷[5]，楼船夜渡风涛急[6]。有谁怜、猿臂故将军[7]，无功级。

平戎策，从军什[8]；零落尽，慵收拾。把茶经香传[9]，时时温习。生怕客谈榆塞事[10]，且教儿诵花间集[11]。叹臣之壮也不如人，今何及[12]。

【注释】

〔1〕瑂戈：刻有花纹的戈矛。

〔2〕辕门：古代将帅的营门及督抚等官署的外门。

〔3〕磨盾鼻：在盾钮上磨墨，指军中作檄。据《北史·荀济传》，南北朝时，荀济得知萧衍将受禅为王，曾对人说："会于盾鼻上磨墨檄之。"

〔4〕龙蛇：指草书。陆游《汉宫春》："淋漓醉墨，看龙蛇飞落蛮笺。"

〔5〕铁马：披有铁甲的战马。

〔6〕楼船：高大的战舰。

〔7〕故将军：指西汉名将李广，被贬官后被称为"故李将军"。李广臂长如猿，故谓"猿臂"。

〔8〕从军什：从军时写的诗篇。

〔9〕茶经：唐陆羽有《茶经》，叙述有关茶叶的品种、制茶的器具以及烹饮的方法等。香传：宋丁谓有《天香传》，谈香料的品种、焚香的器具和方法等。

〔10〕榆塞：泛指边塞。古代北方边塞植榆树，故称为"榆塞"。

〔11〕花间集：五代蜀人赵崇祚所编的一部词集，多为流连歌酒、吟风赏月之作。

〔12〕"叹臣"两句：感叹自己年老，难以有所作为。《左传》中记载，僖公三十年，烛之武对郑文公说："臣之壮也，犹不如人；今老矣，无能为也已。"

【赏析】

宁宗嘉定十年（1217年）金兵南侵，次年词人投笔从戎，赴建康入江淮制置使李珏军幕任职，参加抗金战争。后因"江湖诗案"，被废置乡里十余年，但仍关心国事，希望能奔赴前线，实现杀敌报国的理想。此词上阕回忆当年军中生活，写得雄奇壮阔，豪情满怀；下阕抒发贬黜闲居、报国无门、壮志难酬的悲愤之情。前后对比鲜明，波澜起伏，正话反说，一腔忠愤，溢于言表，读之令人扼腕浩叹。

满江红

送宋惠父入江西幕

刘克庄

满腹诗书，余事到、穰苴兵法[1]。新受了、乌公书币，著鞭垂发[2]。黄纸红旗喧道路，黑风青草空巢穴[3]。向幼安、宣子顶头行，方奇特[4]。

溪峒事，听侬说[5]。龚遂外[6]，无长策。便献俘非勇，纳降非怯[7]。帐下健儿休尽锐，草间赤子俱求活[8]。到崆峒[9]、快寄凯歌来，宽离别。

【注释】

〔1〕余事到：诗书之余。穰苴兵法：春秋时齐国司马穰苴所著《司马穰苴兵法》。穰苴，齐国名将，善于用兵。

〔2〕乌公：借韩愈《送石处士序》中河阳节度使御史大夫乌重胤"撰书词，具马币"以迎石处士典，喻江西幕府主帅迎请宋惠父。著鞭：着手进行，开始做。垂发：即将出发。垂，即将。

〔3〕黄纸红旗：指官军的布告和旗帜。意即官军已到。黑风青草：叛军盘踞的巢穴。空：将很快平定。

〔4〕幼安：辛弃疾。曾平定江西以赖文政为首的茶商军。王佐：字宣子，曾在湖南扑灭陈峒为首的暴动队伍。顶头行、奇特：意指要超过他们。即不能像辛、王二人一样一味用镇压的办法。

〔5〕溪峒事：即峒人叛乱。侬：吴语称我。

〔6〕龚遂：这里借指以安抚为主，劝民从事农桑，以尽快平定叛乱。

〔7〕"便献俘"二句：意即应采取招安政策。献俘，用武力俘虏敌人献给朝廷。纳降，接受乱民投降。怯，胆小。

〔8〕休尽锐：不要尽情杀戮。锐，锐利，急速。引申指锐意屠杀。赤子：百姓，人民。求活：意为他们叛乱只是迫不得已，是为了求得生存；只要安抚他们，让他们能生存下去，自然就能平定叛乱。

〔9〕崆峒：山名，在江西赣州南六十里，即叛乱区。

【赏析】

这首词上阕盛赞朋友的文才武略，预祝其成功；下阕表达自己对平叛的见解，建议宜加安抚，不可大肆杀戮，并祝贺凯旋还朝。这些显示了词人的见识谋略过人。

 # 水龙吟

黄孝迈

闲情小院沈吟，草深柳密帘空翠。风檐夜响[1]，残灯慵剔，寒轻怯睡。店舍无烟，关山有月，梨花满地。二十年好梦，不曾圆合，而今老、都休矣。

谁共题诗秉烛，两厌厌、天涯别袂。柔肠一寸，七分是恨，三分是泪。芳信不来，玉箫尘染，粉衣香退。待问春，怎把千红换得，一池绿水。

【注释】

〔1〕风檐：悬于檐下的铁片，风吹则相击而发声。又称"铁马""檐马"。

【赏析】

此词为暮春客舍对景感怀之作。上阕由景入情，叙述数十年来奔走风尘，处处碰壁，碌碌无为，好梦破灭，如今老大无成，一生的追求和理想都已付之东流。下阕直抒胸臆，喟叹客中孤寂，遥想天涯佳人柔肠寸断，愁满胸怀，泪湿衣襟，也在含情脉脉地思念着远方的亲人。词中将身世之感和思亲之情糅合在一起写，情景相生，含蓄蕴藉，韵味极浓。

 # 满江红

文天祥

和王夫人《满江红》韵[1]，以庶几后山《妾薄命》之意[2]。

燕子楼中[3]，又捱过、几番秋色。相思处、青年如梦，乘鸾仙阙。肌玉暗消衣带缓[4]，泪珠斜透花钿侧[5]。最无端、蕉影上窗纱，青灯歇。

曲池合，高台灭。人间事，何堪说。向南阳阡上[6]，满襟清血。世态便如翻覆雨，妾身元是分明月。笑乐昌[7]、一段好风流，菱花缺[8]。

【注释】

〔1〕王夫人：即王清惠，宋末被选入宫。宋亡后，被俘往燕京。

〔2〕后山：即陈师道，字后山。有《妾薄命》二首。

〔3〕燕子楼：在今江苏徐州市。

〔4〕衣带缓：日见消瘦。

〔5〕花钿：妇女头上的一种装饰品。

〔6〕阡：指王清惠所葬墓地。

〔7〕乐昌：此用南朝乐昌公主与徐德言破镜重圆的故事。

〔8〕菱花：指镜。

【赏析】

本词词前小序云："和王夫人《满江红》韵，以庶几后山《妾薄命》之意。"《满江红》，指王清惠题于汴京夷山县驿壁上的《满江红·太液芙蓉》。王词抒写亡国之恨，在知识分子中流传甚广。文天祥在金陵读到这首词，认为末二句"问嫦娥于我肯从容，同圆缺"过于柔弱，于是另写两首，本词是其中的一首。本词仿陈师道《妾薄命》写法，借历来所谓用美人香草寄托君国大事的传统，表明自己忠于宋朝，义不仕元的爱国丹心。陈师道在《妾薄命》中表达一生崇拜曾巩的心迹。文天祥借来说明忠于宋朝决不仕元的决心。

 满江红

秋日经信陵君祠[1]

陈维崧

席帽聊萧[2]，偶经过、信陵祠下。正满目、荒台败叶，东京客舍[3]。九月惊风将落帽[4]，半廊细雨时飘瓦。柏初红[5]，偏向坏墙边，离披打。

今古事，堪悲诧。身世恨，从牵惹。倘君而尚在，定怜余也。我讵不如毛薛辈[6]，君宁甘与原尝亚[7]？叹侯嬴、老泪苦无多[8]，如铅泻[9]。

【注释】

〔1〕信陵君祠：在河南开封。信陵君：战国时魏昭王少子，名无忌，礼贤下士，为当时四公子之一。

〔2〕席帽：宋吴处厚《青箱杂记》载：宋初士子皆曳袍重戴，出则席帽自随。李巽累举不第，乡人曰："李秀才应举，空去空回，不知席帽甚时得离身？"后巽及第，遗乡人

诗："如今席帽已离身。"

〔3〕东京：今河南开封，战国时魏国都城。

〔4〕九月惊风将落帽：《晋书·孟嘉传》载："九月九日，（桓）温宴龙山，僚佐毕集。时佐吏并著戎服。有风至，吹嘉帽堕落，嘉不之觉。"

〔5〕柏（jiù）：乌桕树，种子红色，远望似梅花。

〔6〕毛薛：毛公、薛公，皆赵国人，毛公隐于博徒，薛公隐于卖浆家，信陵君与之交。

〔7〕原尝：指赵公子平原君、齐公子孟尝君，皆为当时四公子之一。

〔8〕侯嬴：魏都守门人，得信陵君厚遇，为信陵君谋救赵国。

〔9〕如铅泻：语出唐李贺《金铜仙人辞汉歌》："忆君清泪如铅水。"

【赏析】

　　词人四十四岁时赴京求仕，失意而归，客居中州，经信陵君祠，有感而发，遂赋此词。史称信陵君侠义好客，喜接岩穴隐者。词人以才识壮志自负，不得见用于世，遂发出世无信陵之叹。虽云吊古，实则感时不遇。愤世嫉俗之情溢于言表，亦寓有家国之恨。此词慷慨悲壮，颇有稼轩词风。清陈廷焯《白雨斋词话》卷三评此词下阕说："慨当以慷，不嫌自负。如此吊古，可谓神交冥漠。"

 永遇乐

京口渡江用辛稼轩韵[1]

陈维崧

　　如此江山，几人还记，旧争雄处？北府军兵[2]，南徐壁垒[3]，浪卷前朝去。惊帆蘸水，崩涛飐雪，不为愁人少住。叹永嘉，流人无数[4]，神伤只有卫虎[5]。

临风太息，髯奴狮子[6]，年少功名指顾。北拒曹丕，南连刘备，霸业开东路。而今何在，一江灯火，隐隐扬州更鼓。吾老矣，不知京口，酒堪饮否[7]？

【注释】

〔1〕京口：今江苏镇江。辛稼轩韵：指辛弃疾《永遇乐·京口北固亭怀古》词。

〔2〕北府军兵：《晋书·刘牢之传》载：谢玄镇守广陵，以刘牢之为参军，领精锐为前锋，号称"北府兵"。

〔3〕南徐：即今镇江。

〔4〕"叹永嘉"二句：晋怀帝永嘉年间（307—313），天下大乱，士民争往江东定居。

〔5〕卫虎：晋太子洗马卫玠，小字虎。《世说新语·言语》载："卫洗马初欲渡江，形神惨悴，语左右云：'见此茫茫，不觉百端交集。苟未免有情，亦复谁能遣此？'"

〔6〕髯奴狮子：指三国孙权，多髯，人称"紫髯将军"。联刘抗曹，开创江东基业。

〔7〕"不知"二句：《晋书·郗超传》载：桓温曰："京口酒可饮，兵可用。"

【赏析】

此为辛弃疾《永遇乐·京口北固亭怀古》词的和作。由眼前江山景物、历史陈迹联想到前代英雄人物及英雄事业，怀古吊古中，寓有现实感慨。词人亲历大明江山之覆亡，盛衰之感，切肤之痛，较辛弃疾更加深沉悲怆。词人感叹英雄安在？兵已不可用，回天乏术，悲凉心境，溢于言表。词由稼轩原词进一步展开议论，以词为史论，频繁用典，意蕴丰厚。慷慨沉郁而不颓放，更有情感力度。

 # 贺新郎

纤夫词

陈维崧

战舰排江口，正天边[1]、真王拜印，蛟螭蟠钮[2]。征发棹船郎十万，列郡风驰雨聚。叹闾左、骚然鸡狗[3]。里正前团催后保，尽累累、锁系空仓后。捽头去，敢摇手？

稻花恰趁霜天秀，有丁男、临歧诀绝，草间病妇。此去三江牵百丈[4]，雪浪排樯夜吼。背耐得、土牛鞭否[5]？好倚后园枫树下，向丛祠亟倩巫浇酒。神佑我，归田亩。

【注释】

〔1〕天边：指清代都城北京。

〔2〕蛟螭蟠钮：指帅印钮上雕刻着蟠龙。

〔3〕闾左：指贫民居住的地方。古代居闾里，富者居右，贫者居左。闾：里巷的大门，代指里巷。

〔4〕三江：泛指水路漫长。百丈：拉船用的篾缆。

〔5〕"背耐得"句：《魏书·甄琛传》："赵修小人，背如土牛，殊耐鞭杖。"土牛鞭：旧时风俗，立春日举行劝农仪式，用彩鞭鞭打土牛，叫作"打春"或"鞭春"。土牛：泥塑的牛，又叫春牛。

【赏析】

陈维崧被推为清初词家巨擘，以他为领袖的阳羡词派与以朱彝尊为首的浙西词派平分清初词坛天下。他负才名，意气横逸，豪放不羁。其词气魄宏大，骨力遒劲，沉雄俊爽，悲壮苍凉，逼近辛弃疾，得南宋爱国豪放词的真脉。

陈维崧少时，值家门鼎盛，不无声华裙屐之好，故其词多作旖旎语。迫及壮年，适逢明清易代，颠沛流离，饥驱四方，他接触了广阔的现实生活，了解到下层人民的疾苦，所以他的词增加了深刻的社会内容。这首词作于顺治十六年（1659年）。这年五月，南明大将郑成功与张煌言合兵北伐，攻克镇江，直抵江宁城下。清廷急于筹备江防，从长江下游地区抓来大批民夫给运送军粮的战船拉纤。词人目睹沿江人民遭受官兵骚扰的惨状，便满怀同情，创作了此词。

上阕总写抓丁事件。战舰排列江边，官兵浩荡开来，要征集十万壮丁为纤夫，于是各州县紧急行动起来，其势如"风驰雨骤"，闹得百姓鸡犬不宁。乡里的保长将抓来的大批民夫都捆绑起来，锁在空苍仓里。面对官府的淫威，许多人被揪着头发捉走了，岂敢摆手说个"不"字？官兵的肆虐，百姓的无奈，都被形象地描述出来。此处只客观记述，未加评论，但词人的爱憎已寄寓其中。下阕由总写转入特写，选取一男丁与病妇生死离别的典型场景加以细腻形象的刻画。稻花吐穗，将要收获的季节，男丁却被抓走。在岔路口，他

与患病的妻子含泪诀别。妻子担心丈夫此去拉纤，饱受风浪之苦，又要遭到鞭子抽打。"背耐得、土牛鞭否"，写出了纤夫所受的非人待遇，控诉了统治者的残暴行径。妻子忧心如焚，但又无可奈何。丈夫叮嘱妻子：快到后园枫树下，请女巫向神庙洒酒，让神保佑我能活着回来吧！无法掌握自

己的命运，无力反抗统治者的压迫，只得乞求神灵保佑，寄希望于渺茫中。这个诀别场面，凄惨悲伤，字字血，声声泪，令人肠断。全词即在这凄凄切切的气氛中结束。

此词正面反映了封建社会战争时期强征民夫，拆散家庭，破坏生产，给广大劳动人民带来深重灾难的严酷现实。在客观叙述中，有词人对现实的严肃思考，寓主观于客观，是此词写法上的最大特色。此词颇似杜甫的《石壕吏》《新安吏》。杜甫的诗被誉为"诗史"，此词亦可称作"词史"，是以词的形式写的形象化的真实历史，具有深刻的认识价值。这种题材，词中罕见，所以更值得珍视。

月华清

邓廷桢

中秋月夜，偕少穆、滋圃登沙角炮台绝顶晾楼[1]。西风冷然，玉轮涌上，海天一色，极其大观，辄成此解。

岛列千螺，舟横万鹢[2]，碧天朗照无际。不到珠瀛[3]，那识玉盘如此。划秋涛[4]，长剑催寒；倚峭壁，短箫吹醉。前事，似元规啸咏[5]，那时情思。

却料通明殿里[6]，怕下界云迷，蜃楼成市。诉与瑶闉[7]，今夕月华烟细。泛深怀，待喝蟾停[8]；鸣画角，巩惊蛟睡。秋霁，记三人对影[9]，不曾千里。

【注释】

〔1〕少穆：林则徐，字少穆。滋圃：关天培，字滋圃。沙角炮台：在广东虎门海口。

〔2〕鹢：水鸟，古时船头常以之饰。

〔3〕珠瀛：瀛海。

〔4〕玉盘：指月亮。

〔5〕元规：晋庾亮，字元规，驻守武昌，尝登临南楼。

〔6〕通明殿：传为玉皇宫殿。

〔7〕瑶闉：天门。

〔8〕蟾：指月亮。

〔9〕三人对影：李白《月下独酌》："举杯邀明月，对影成三人。"

【赏析】

此为赏月之作。时值词人与关天培、林则徐共同完成"虎门销烟"这一历史壮举，并击退英军进犯之际，故而格调畅快，逸兴纵横，一气呵成。

词人偕友夜登炮台，明月朗照，千岛万船，壁峭剑寒。醉吹短箫，英豪之气陡添。此时此境，不禁忆起东晋名将庾亮与僚属登临武昌南楼欢咏韵事，产生共鸣。至此，词人神思飞扬，遐想无边：今夜中秋月明，实乃天公体察，特意关照而为之。如

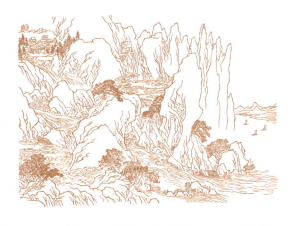

此良辰美景，怎忍辜负，且学李贺"酒酣喝月使倒行"（《秦王饮酒》），再来交错觞筹、吹鸣画角以尽欢吧。但转而顾念月明夜静，竟不忍扰之。词人意兴飞扬，思绪瞬息数转，可见心情之激越。词末反用谢庄《月赋》中的名句"美人迈兮音尘绝，隔千里兮共明月"，以表达三人欢饮之愉悦。"记三人对影，不曾千里"，流露出英雄志同之感和克敌制胜之信念，空谷绝响，余味无穷。通首壮阔恢宏，气势磅礴，语言明快畅朗，豪气自透。

邓廷桢词所存无多，其所托甚远。谭献《复堂日记》谓其"忠诚悱恻，咄昔乎骚人，徘徊乎变雅，将军白发之章，门掩黄昏之句，后有论世知人者，当以为欧（阳修）、范（仲淹）之亚也。"

高阳台

和嶰筠前辈韵[1]

林则徐

玉粟收余[2]，金丝种后[3]，蕃航别有蛮烟[4]。双管横陈，何人对拥无眠。不知呼吸成滋味，爱挑灯、夜永如年。最堪怜，是一泥丸，捐万缗钱[5]。

春雷欻破零丁穴[6]，笑蜃楼气尽[7]，无复灰然。沙角台高[8]，乱帆收向天边。浮槎漫许陪霓节[9]，看澄波、似镜长圆。更应传，绝岛重阳，取次回舷[10]。

【注释】

〔1〕嶰（xiè）筠：邓廷桢，号嶰筠。

〔2〕玉粟：作者自注，"罂粟，一名苍玉粟"，为制鸦片的原料。

〔3〕金丝：作者自注："吕宋烟草曰金丝醺。"

〔4〕蛮烟：外国贩卖的鸦片。

〔5〕万缗钱：即万贯钱，极言其多。缗，量词，用于成串的铜钱，每串一千文。

〔6〕欻（xū）：忽然。

〔7〕蜃（shèn）楼：《史记》："海旁蜃气象楼台，广野气成宫阙。"

〔8〕沙角：广东虎门海口外一山名。

〔9〕霓节：古代使臣所持符节，用以表示信用。

〔10〕取次回舷：依次返航。舷代船。

【赏析】

本词写禁烟运动。上阕痛陈英国贩卖鸦片给中国人造成的危害。英国人在印度种植罂粟，制造鸦片，运到中国，中国人染上毒瘾，摆起了烟枪、烟灯，沉溺到鸦片中，不分白天黑夜地吸了起来。令人可叹的是，人们不惜重金，为了一个泥丸似的烟头，就舍弃了万贯的银钱。短短的几句话，概括了英帝国主义处心积虑地用鸦片毒害我国人民，造成国民羸弱、国力空虚的严重危害，语极沉痛。

下阕写禁烟战后，海面风平浪静。禁烟的诏令如一声春雷，打破了零丁洋的沉寂，可笑那些海上来客发财的美梦如海市蜃楼，顿时烟消云散。他们气数已尽，不可能死灰复燃。现在人们高兴地看到那沙头角炮台高耸，运鸦片的敌舰向天边逃去。用一个"笑"字，表现了词人谈笑间破敌的风采和蔑视敌寇、大义凛然的英雄气概。雄健苍劲、豪气干云。同时又用"收向天边"写出英舰仓皇溃逃的狼狈情景。最后即事抒怀，慷慨陈词，他认为，只要保住海防，就可以使我国沿海保持一片"似镜长圆"的澄波，不必派使臣远渡重洋去和英国谈判，并告诫人们不可掉以轻心，要严阵以待来犯之敌。表现了他的雄才大略。

林则徐是中国高举反帝国主义旗帜的第一人，他痛感鸦片流毒中华，造成民穷兵弱银涸的严重后果。奉旨禁毒之后，成绩卓著。本词表现了禁烟取得胜利之后，他对这一爱国壮举所充满的自豪和所受到的鼓舞。

 台城路

龚自珍

赋秣陵卧钟[1]，在城北鸡笼山之麓[2]，其重万钧，不知何代物也。

山陬法物千年在，牧儿叩之声死。谁信当年，椎锤一发[3]，吼彻山河大地。幽光灵气，肯伺候梳妆，景阳宫里[4]？怕阅兴亡，何如移向草间置？

漫漫评尽今古，便汉家长乐[5]，难寄身世。也称人间，帝王宫殿，也

称斜阳萧寺[6]。鲸鱼逝矣[7]。竟一卧东南，万牛难起。笑煞铜仙，泪痕辞
灞水[8]。

【注释】

〔1〕秣陵：今江苏南京。
卧钟：今在南京鼓楼东北大钟
亭内。

〔2〕鸡笼山：即鸡鸣山，
在南京城北，有鸡鸣寺。

〔3〕椎锤：即犍槌。

〔4〕"肯伺侯"二句：
《南齐书·武穆裴皇后传》：
"上数游幸诸苑囿，载宫人从

后车。官内深隐，不闻端门鼓漏，置钟于景阳楼上。宫人闻钟声，早起装饰。"

〔5〕长乐：秦汉宫名。

〔6〕萧寺：李肇《国史补》载：梁武帝造寺，令萧子云飞白大书"萧寺"。

〔7〕鲸鱼：撞钟之杵。

〔8〕"笑煞"二句：李贺《金铜仙人辞汉歌》序云："魏明帝青龙元年八月，诏宫官
牵车西取汉孝武捧露盘仙人，欲立置前殿。宫官既拆盘，仙人临载，乃潸然泪下。"

【赏析】

此词借卧钟这一庞然大物寄寓感慨，是咏物词中别有寄托者，咏物而不滞于物。写钟，
即是自写，亦钟亦人。钟是一种象征，"椎锤一发，吼彻山河大地"，振聋发聩，是召唤九
州生气的风雷。不肯伺侯梳妆于景阳宫里，目无皇帝。"一卧东南，万牛难起"，是词人为
自己退隐东南，不能起来担负整顿乾坤的重任而自伤。末尾对铜仙铅泪中的王朝兴亡报以一
笑，是含泪的笑，深沉凝重，亦见骨力。全词表露出强烈的忧患意识，有现实感，风格沉
郁而不失豪放。此词作于词人逝世前一年，尚能有如此笔力，尤为难得。

 满江红

秋 瑾

小住京华[1]，早又是、中秋佳节。为篱下，黄花开遍，秋容如拭[2]。
四面歌残终破楚[3]，八年风味徒思浙[4]。苦将侬、强派作蛾眉[5]，殊
未屑[6]。

身不得，男儿列。心却比，男儿烈。算平生肝胆，因人常热。欲子胸襟谁识我？英雄末路当磨折。莽红尘、何处觅知音？青衫湿。

【注释】

〔1〕小住京华：光绪二十七年（1901年），王廷钧捐官户部主事，秋瑾亦随夫自湘潭迁居北京。本词作于两年后的秋天，故说"小住"。

〔2〕秋容如拭：意谓秋季天空晴朗明净。

〔3〕"四面"句：以楚霸王项羽兵败垓下来比喻庚子年八国联军攻破北京时的清政权。

〔4〕"八年"句：秋瑾于二十岁出嫁，到迁居京师恰为八年。婚后两人感情不睦，秋瑾十分想念家乡。

〔5〕蛾眉：这里代指女子。

〔6〕未屑：不屑，不重视。

【赏析】

上阕即景抒情，感叹身世。篱下菊花使秋天显得单调萧条，亦如词人的心情，郁闷寡欢，忧思重重。下阕抒写其身为女子的豪气与胸襟，坦率地表达了她的追求，字字金石，掷地有声。"算平生"二句，表明她是一个满腔热血的女中豪杰。作为女子，她有忧虑，深感自古英雄豪杰大多末路艰难，由此，她发出深沉的感叹：滚滚红尘之中，谁是我的知音呢？全词以景衬情，情景相融，波澜起伏，跌宕有致。

词人谱

李隆基

唐睿宗李旦之子，景云元年被立为皇太子，英武多才。即位后，开元之际，励精图治。天宝年后，宠幸杨贵妃，重用李林甫、杨国忠，最终导致安禄山叛乱，在位四十四年。其词已散佚，只存《好时光》一首。

李　白

字太白，号青莲居士，祖籍陇西成纪，生于安西都护府之碎叶城，五岁时随家迁至绵州昌隆青莲乡。二十五岁开始漫游各地。贺知章奇其才，荐于玄宗，天宝元年（742）应诏赴京，供奉翰林，不久即遭谗去职。安史之乱中，为永王李璘的幕僚，璘败，李白被流放夜郎，中途遇赦东还。晚年漂泊困苦，逝于当涂（今属安徽）。

李白为唐代著名诗人，有《李太白集》传世。词作不多，《尊前集》于李白名下录词十二首，其中《菩萨蛮》（平林漠漠）和《忆秦娥》（箫声咽）两首，宋人黄升誉之为"百代词曲之祖"。

韩　翃

生卒年不详。字君平，南阳（今属河南）人。天宝十三年（754）进士，大历十才子之一，有《韩君平诗集》。其爱姬柳氏于乱离中被番将所夺，翃作《章台柳》词咏赠，附于诗集。

王　建

字仲初，许州（今河南许昌）人。工乐府，与张籍齐名，有《王司马集》。其词存世不多，以《调笑令》流传最广。

刘禹锡

字梦得，洛阳人。贞元九年（793）进士，登博学宏词科。曾拜太子宾客，官至检校礼部尚书。世称刘宾客。为唐代著名诗人，与白居易齐名，有《刘梦得文集》。存词四十余首，仿民歌作词，富有民歌特色，与白居易酬唱颇多。

白居易

字乐天，晚号香山居士。祖籍太原，后迁居下邽（今陕西渭南北），早年家境贫困，颇历艰辛。贞元进士。授秘书省校书郎，历官苏州刺史、杭州刺史，以刑部尚书致仕。为唐代著名诗人，有《白氏长庆集》，今存词三十余首，风格平易近人，老妪能解，广为传诵。

冯延巳

一名延嗣,字正中,广陵(今江苏扬州)人。历事南唐二主,曾拜同平章事。有辞学,多伎艺,善作新词。

冯延巳为五代词人一大家,与温庭筠、韦庄分鼎三足。冯词较"花间词"派更多对人物内心世界的抒写,取材较丰富,境界较开阔,对北宋词人如晏殊、欧阳修等人影响很大。王国维评:"虽不失五代风格,而堂庑特大,开北宋一代风气。"词作有《阳春集》,存词一百余首。

李 煜

字重光,初名从嘉,号钟隐,南唐中主李璟之子。徐州人,纯真聪颖,好读书,精通音乐,善诗文、书画,尤工于词。

961年嗣位,史称南唐后主,在位十五年,降于宋。亡国后,日夕以泪洗面,词多悲愤悔恨,极言亡国之痛,故国之思。境界深远,感情真挚。王国维:"词至李后主而眼界始大,感慨遂深。"宋太平兴国三年(978)七夕,为宋太宗赐药毒死。有后人所辑《南唐二主词》。

韩 偓

字致尧,一作致光。小字冬郎,自号玉山樵人。京兆万年(今陕西西安)人。龙纪进士,官至兵部侍郎。后以不附朱全忠被贬斥,南依闽王王审知而卒。有《韩翰林集》。词风艳丽,素有香奁体之称。

韦 庄

字端己,杜陵(今陕西西安东南)人。乾宁进士,后入蜀投奔藩将王建。官至吏部侍郎兼平章事。韦庄词以情胜,疏淡秀雅,蕴藉风流,与温庭筠并称"温韦"。王国维《人间词话》评曰:"韦端己之词,骨秀也。"有《浣花集》。

牛 峤

生卒年不详,字松卿,一字延峰,陇西(今甘肃陇西)人。乾符五年(878)登进士第。

牛峤以词著名,风格虽类似于温庭筠,其词感情充沛,色调明朗,是典型的花间派的词人。

张 泌

生卒年及事迹不详,《花间集》列于牛峤、毛文锡之间,称为张舍人。

张泌词以《江城子》闻名。其词风格"介乎温韦之间而与韦最近",用字工炼，章法巧妙，描绘细腻。

毛文锡

字平珪，南阳（一说高阳）人。唐时登进士第，后仕前蜀为翰林学士，官至司徒，复仕后蜀。

毛文锡词率多平直，尤擅艳语，沈雄谓其"大致匀净"。

顾 夐

前蜀时官至茂州刺史，后复事后蜀，累官至太尉。

顾夐小词颇工，"浓淡疏密，一归于艳。五代艳词之上驷矣。""工致丽密，时复清疏。以艳之神与骨为清，其艳乃入神入骨。"

孟 昶

五代后蜀国国主，初名仁赞，字保元，孟知祥第三子。公元934—965年在位，奢侈无度，国亡降宋。

孟昶工乐府，"尝言不效王衍作轻薄小词，而其词自工"。所存仅《玉楼春》（又名《木兰花》）一阕，正所谓无意为词而词自工者。

欧阳炯

益州华阳（今四川成都）人。少事前蜀后主王衍，又仕后蜀，后随后蜀后主孟昶归宋，曾任翰林学士。

欧阳炯词婉约轻和，为时人称道。曾为《花间集》作序。

孙光宪

字孟文，自号葆光子，陵州贵平（今属四川）人。事南平三世，后归宋，官黄州刺史。

孙词以香艳秾缛见专，亦花间一派代表人物。陈廷焯谓"孙孟文词气骨甚遒，措语亦多警炼，然不及温韦处亦在此，坐少闲婉之致"。

范仲淹

北宋政治家、文学家。字希文，吴县（今江苏苏州）人。大中祥符进士。卒谥文正。工诗词文，所作《岳阳楼记》千古传诵。词风明健，多写边塞生活，有《范文正公集》。

宋 祁

北宋文学家、史学家。字子京，开封雍丘（今河南杞县）人。曾官史馆修撰、翰林学士等。与欧阳修等合修《新唐书》。善诗词，语言工整秀丽，因《玉楼春》词中"红杏枝头春意闹"一句，人称"红杏尚书"，一时传为美谈。卒谥景文，有《宋景文集》。

欧阳修

字永叔，号醉翁，又号六一居士，天圣进士。北宋古文运动的领袖，为唐宋八大家之一。其词多写缠绵悱恻，伤春怨别，风格深婉清丽，接近于晏殊，亦有豪迈之作。有《欧阳文忠集》《六一词》等。

张　先

北宋词人。字子野，乌程（今浙江湖州）人。宋仁宗天圣八年（1030）进士，官至都官郎中。张先早期作品多为小令，和晏殊、欧阳修并称；后写慢词，与柳永齐名。因词中多用"影"字，人称"张三影"。所作词含蓄工巧，富有情韵。今存《张子野词》。

晏　殊

北宋政治家、词人。字同叔，抚州临川（今江西抚州）人。官至同中书门下平章事兼枢密使。卒谥元献。范仲淹、富弼、欧阳修、张先等皆出于其门下。晏殊词受冯延巳影响，语言凝练、自然，风格和婉闲雅、裱丽多姿，内容多赋生活情趣及闲情逸致。有《珠玉词》及《晏元献遗文》。

柳　永

北宋词人，字耆卿，原名三变。崇安（今福建武夷山市）人。景祐进士，官至屯田员外郎。柳永仕途上坎坷，曾写过《鹤冲天》词，发泄怀才不遇，引起宋仁宗不满。由于失意无聊，流连坊曲，他的一生颠沛流离，凄凉而死。词多写城市生活和青楼偎翠倚红之境，也有不少描写逆旅情怀的词。柳词的离情别绪写得大胆、感情真挚。他精通音律，一生写了大量慢词，开创了慢词的先河。他的词形成了俚俗词和清雅词两种不同的风格。俚俗词迎合了市民生活趣味，受到广泛的欢迎，相传当时"凡有井水饮处，即能歌柳词"。而清雅词又受到文人学士的赞赏。

晏几道

字叔原，号小山。抚州临川（今江西抚州）人，晏殊之子。曾任乾宁军通判、开封府判官等。一生仕途失意，晚年家道中落。能文善词，与父齐名，时称"二晏"。词风近其父，多写四时景物、男女爱情，受五代艳词影响，又兼花间之长。较之其父，更工于言情，为后世喜工丽词语的文人所赞赏。有《小山词》。

贺 铸

字方回，生在卫州（今河南卫辉）。曾任泗州、太平州通判。为人豪侠尚气，喜论当世之事，渴望建功立业。才兼文武，秉性刚直，不阿权贵，因而一生屈居下僚。晚退居苏州，自号庆湖遗老。其词风格多样，题材丰富兼有豪放婉约之长。有《东山集》《贺方回词》传世。亦工诗文。

孔平仲

生卒年不详，字毅父。英宗治平二年（1065）进士。长于史学，工文词，与其兄文仲、武仲俱有文名，并称"三孔"。

林 逋

字君复，钱塘（今浙江杭州市）人。少孤力学，恬淡好古，不趋荣利，隐居西湖孤山上，二十年不到城市。未娶，以种梅养鹤自娱，故有"梅妻鹤子"之称。卒谥和靖先生。善行书，工于诗。其诗多描写隐居生活，能以疏淡之笔墨勾勒图画，尤长于咏梅，以《山园小梅》最负盛名。存词三首，清丽隽永。有《林和靖诗集》。

王安石

字介甫，号半山，抚州临川（今江西抚州）人，庆历进士，神宗立，为翰林学士兼侍讲，熙宁二年，为参知政事，创置三司条例司，推行新法。次年拜相。王安石是我国历史上著名的政治家，文学成就颇高，影响巨大，其文章有揭露时弊，反映社会矛盾之作，他的散文雄健峭拔，为"唐宋八大家"之一。诗歌刚劲清新。词虽不多，却风格高峻豪放，感慨深沉，别具一格。有《临川先生文集》《王文公文集》。

周邦彦

字美成，号清真居士，钱塘（今浙江杭州）人。少有才学，因献《汴都赋》，擢为太学正。及至旧党执政，迭遭贬谪。哲宗亲政，召为国子主簿。徽宗朝累官至徽猷阁待制，提举大晟府，后出知顺昌府，徙处州。其词作多写恋情，还有咏物、怀古伤今、表现羁旅行役的作品。格律严整，语言工丽，多用典故，形成了浑厚、典丽缜密的艺术风格，被称为婉约派的集大成者和格律派的创始人。但其词过分追求格律法度与形式，思想内容较贫乏，开了形式主义词风的先河。今存《片玉词》。

苏 轼

字子瞻，号东坡居士，眉州眉山（今属四川）人。嘉祐进士。神宗时，因反对王安石变法，出为杭州通判，知密州、徐州、湖州。元丰中，被指控讥刺新法而下狱，后贬居黄州。元祐中，迁翰林学士，曾出知杭州，改知颍州等，官至礼部尚书。后又贬谪惠州、儋州。徽宗立，赦还，卒于常州。苏轼才情奔放，是北宋中期的文坛领袖，一代文学巨匠，唐宋八大家之一。苏轼的散文、诗、词、书、画等均有很高的成就。其词在风格、体制上皆有创变，豪壮之作尤新人耳目。著述颇丰，词集有《东坡乐府》。

黄庭坚

字鲁直，号山谷道人，洪州分宁（今江西修水）人。治平进士。累官国子监教授、校书郎、《神宗实录》检讨官，迁著作佐郎。苏门四学士之一。其书法精妙，尤长于诗，为江西派宗主。早年近柳永，多写艳情；晚年近苏轼，深于感慨，风格豪放秀逸。为"宋四家"之一，有《山谷词》。

李清照

号易安居士。齐州章丘人。早年生活比较安定、富裕，词多写个人闲适生活。后期历经战乱，生活动荡不堪，词的内容有了较大的变化，表达了她的悲伤痛苦和怀念故土的感情。其词艺术造诣很高，语言清新，刻画细腻，感情浓烈，意境优美。有《漱玉词》。

陆 游

字务观，号放翁，南宋越州山阴（今浙江绍兴）人。南宋高宗绍兴年间应礼部试，因遭秦桧嫉恨，被黜免。光宗时以宝章阁待制告老还乡。陆游一生力主抗金，恢复中原，屡受主和派排挤。创作诗歌近万首，题材广泛，为南宋杰出的爱国诗人。散文成就亦高。

陆词的成就不及其诗，但其基调与诗一样，都贯穿着爱国主义的思想感情，而且以大手笔写小品，信手拈来，使得词作精当圆熟，婉转流利，声情并长，成就也高出同时代的一般词人，同时陆词的风格也呈多样化。有《剑南诗稿》《渭南文集》《老学庵笔记》等。

唐 琬

生卒年不详，陆游的原配夫人，唐闳之女。颇有才情，初嫁陆游时，夫妻唱和，如鱼得水，生活甚为美满。但终因陆游的母亲不喜欢她，被迫与陆游离异，后忧郁而死。仅传《钗头凤》词一首。

范成大

字致能，号石湖居士，吴县（今江苏苏州）人。宋高宗绍兴二十四年进士，曾奉命出使金国，慷慨陈词，坚强不屈，几被杀。累官至四川制置使、参知政事。有文名，工于诗，是南宋颇负盛名的词人之一。其词文字优美，音节谐婉，内容主要抒写自己的闲适生活，与婉约派一脉相承。作品有《石湖居士诗集》《石湖词》等。

张孝祥

字安国，号于湖居士，乌江（在今安徽和县东北）人。高宗绍兴年间中进士。官至荆南、湖北安抚使。曾因大力支持张浚的北伐计划而被主和派免职。文学成就很高，以词著称于世，著有《于湖词》。

其词极力追踪苏轼，声情激越，前人称其词为"自在如神之笔，迈往凌云之气"（陈应行《于湖先生雅词序》）。同时，一些词也写得清新秀丽，潇洒飘逸。值得注意的是，张孝祥的词中有时也流露出虚无、超世的消极思想。

辛弃疾

字幼安，号稼轩，历城（今属山东）人。少年时曾参加抗金起义军。不久投奔南宋，历任湖北、江西、湖南等地安抚使。曾上孝宗《美芹十论》，上宰相虞允文《九议》，陈述抗金良策，然终不被朝廷采用，且被主和派免职。长期闲居江西上饶、铅山一带，后被起用，但不久又被免职，不久抑郁而终。

辛弃疾是南宋伟大的爱国主义词人，其词笔力雄健、慷慨悲壮、沉郁悲凉，具有强烈的爱国主义精神和积极的社会意义，与苏轼并称"苏辛"。词集有《稼轩词》《稼轩长短句》两种刊本，存词六百余首。

刘 过

字改之，号龙洲道人，太和（今江西泰和）人，一说庐陵（今江西吉安）人。曾上书朝廷，提出恢复中原的方略，但未被采用。四次应举未中，长期流浪江湖，曾为辛弃疾所称赏。晚年居于昆山。其词整体上属辛派豪放词，但也有清秀俊逸之作。内容上多抒发恢复中原的爱国心志及怀才不遇的感慨。有《龙洲集》《龙洲词》。

姜 夔

字尧章，饶州鄱阳（今属江西）人，自号白石道人。姜夔布衣终身，为人狷洁清高，他与当时名重一时的诗人杨万里、范成大等结成翰墨友谊。

姜夔词风神潇洒，意度高远。言情体物，有刚劲峭拔之风；讲究律度，多自制曲，格高韵响，谐婉动听。张炎《词源》则用"清空"概括白石词风格，说"如野云孤飞，去留无迹"。姜夔写作态度严谨，注重艺术琢练，其词风很受南宋晚期的骚雅派和清代浙派词人推崇。有《白石道人诗集》《诗说》等。

史达祖

生卒年不详。字邦卿，号梅溪，汴京（今河南开封）人。曾为权臣韩侂胄门下堂吏，掌文书。不久，韩被杀，史也受黥刑。史达祖的词，过去常与周邦彦、姜夔并称。姜称史词："奇秀清逸，有李长吉之韵，盖能融情景于一家，会句意于两得。"他的咏物词善用白描，细腻工整，写得形神兼备，最为著名。有《梅溪词》。

刘克庄

字潜夫，号后村居士，福建莆田人。以荫入仕，淳祐初赐同进士出身，官至工部尚书兼侍读，以龙图阁学士致仕。

其词以爱国思想内容与豪放的艺术风格见称于当时，被认为"与放翁、稼轩，犹鼎三足"，但他也不乏清切婉丽之作。有《后村先生大全集》。

严 仁

生卒年不详。字次山，号樵溪，邵武人。他与严羽、严参并称为"邵武三严"。有《清江欸乃集》，今已失传。其词多写男女爱情，明艳工丽。黄升谓其词"极能道闺闱之趣"。

吴 潜

字毅夫，号履斋，宣州宁国（今属安徽）人，嘉定十年（1217）进士。淳祐十一年（1251）为参知政事，官至左丞相，后谪贬死于循州。有《履斋诗余》一卷。其词格调沉郁，感慨特深。学辛弃疾，颇能得其是处，又曾与姜夔相从，也受其影响。

吴文英

字君特，号梦窗，晚年又号觉翁。四明（今浙江宁波）人。本姓翁，出继吴氏，改姓。早年曾为吴潜浙东安抚使幕僚，长期以清客身份往来杭州、苏州、绍兴一带。

其词题材比较狭窄。他对词的主要贡献在艺术技巧方面。以讲究字面，烹炼词句，措意深雅，守律精严为基本特征；用笔幽邃而绵密，脉络井然，章法多变，情思婉转曲折；善于用不同的风格和手法来表现特定的内容。有些词境界雄阔高远，与豪放派并无二致。他精通音律，自度了许多腔调，如《古香慢》《霜花腴》等，其中《莺啼序》分四阕，有二百四十字，为词中最长的调。有词集《梦窗词》。

周　密

字公瑾，号草窗、蘋洲、四水潜夫等。原籍济南，流寓吴兴（今浙江湖州市）。宋末曾任义乌令。宋亡不仕，与王沂孙、张炎、唐珏等人共结词社。早期词多写优雅生活，讲究音律，文字优美。晚年身逢国难，多抒发思国怀乡之情，风格亦转为凄凉悲郁。词与吴文英（梦窗）齐名，与其并称"二窗"，能诗善画，著有诗集《草窗韵语》、词集《草窗词》（又名《蘋洲渔笛谱》）、笔记《武林旧事》《癸辛杂识》《云烟过眼录》《浩然斋雅谈》等，编纂《绝妙好词》。

汪元量

字大有，号水云，钱塘（今浙江杭州）人。原为南宋宫廷琴师，后元军攻陷临安，三宫被俘北去，汪随三宫留燕京，常往监中探视被囚的文天祥，以诗唱和，成为莫逆之交。后南归为道士，漫游各地，终于山水之间。有《水云集》《湖山类稿》。其词格调凄恻哀怨，浅显易懂，朗朗上口。

张　炎

字叔夏，号玉田，晚号乐笑翁。祖籍凤翔（今属陕西），寓居临安（今杭州）。宋亡家破，北游元都，失意南归，落魄而终。晚年在浙东、苏州一带漫游，与周密、王沂孙为词友。早年多写贵族公子的优游生活，词作多欢愉明快。宋亡后，多追怀往昔之作，格调转为悲凄婉转。其词意度高远，清空峭拔，典雅清丽。对词的音律、技巧、风格均有论述，著有《词源》，词集有《山中白云词》（又名《玉田词》）。

黄公绍

生卒年不详，字直翁，邵武（今属福建）人。宋咸淳进士，入元不仕，隐居樵溪。其词言浅意深，蕴藉自然。以《说文》为本著成《古今韵会》（已失传）。

王炎午

初名应梅，字鼎翁，别号梅边。庐陵（今江西吉安）人。元兵攻陷临安，文天祥被俘，炎午作生祭文勉励他坚持民族气节。著有《吾汶稿》。

张志和

本名龟龄，字子同。浙江金华人。十六岁游太学，以明经擢第。唐肃宗命待诏翰林，并赐名志和。后因事获罪贬南浦尉，遇赦放还，遂不复仕，浪迹江湖，自号烟波钓徒。博学能文，善书画诗词，《渔父》词当时曾传入日本，嵯峨天皇等人均有和作。有《玄真子》三卷。

韦应物

京兆万年（今陕西西安）人。天宝中为玄宗侍卫，后为滁州刺史，后迁江州刺史及左司郎中。终官苏州刺史，人称韦苏州。后世以其与柳宗元并称为"韦柳"。有《韦苏州集》。

柳宗元

字子厚，唐河东解（今山西运城西南）人，世称柳河东，贞元年间年登进士第。唐代杰出的散文家，为"唐宋八大家"之一，工诗，偶有词作。因参与革新，一再被贬。有《柳河东集》十五卷。

杜 牧

京兆万年（今陕西省西安）人，大和二年擢进士第，历任监察御史，黄、池、睦诸州刺史，官至中书舍人。诗与李商隐齐名，并称"小李杜"。其诗情致豪迈，有《樊川集》。

温庭筠

字飞卿，太原人，才思敏捷，诗词兼长，词更胜诗。《旧唐书》曰："能逐弦吹之音，为侧艳之词"，是第一个大量进行词创作的文人。其词风浓艳香软，辞藻华丽，为花间词之鼻祖，在词的发展史上有重要地位。宣宗大中年间，屡试不第。恃才傲物，讥刺权贵，生活浪漫，为当政者所不容，终生潦倒。后人辑有《温庭筠诗集》《金荃词》。

寇 准

字平仲，华州下邽（今陕西渭南北）人。太平兴国五年（980）进士。淳化五年（公元994年）为参加政事，景德元年（1004年）拜相，颇敢直谏。后为丁谓倾陷，贬为道州司马，后被贬至雷州（今属广东），卒于贬所。有《寇莱公集》。

晁端礼

一作元礼，字次膺。济州巨野（今属山东）人，一说先世澶州清丰（今河南清丰）人，后徙居彭门（今江苏徐州）。熙宁六年（1073）进士，曾两为县令，因忤上官被免职。后以承事郎为大晟府协律。能诗词，善创调。今存《闲斋琴趣外编》六卷。

李 纲

字伯纪，邵武（今属福建）人。政和二年（1112）进士，北宋末任太常少卿。靖康年间任兵部侍郎、尚书右丞兼亲征行营使，力主抗金，主持京师防务，迫使金人后撤。后被主和派排斥，遭贬。南宋初任宰相七十五天，因主战去职。后又出任湖广宣抚使、江西安抚使、荆湖南路安抚使，仍力主抗金，多次上书均未被采纳。著有《梁溪集》《靖康传信录》等。

张元幹

字仲宗，号真隐山人，又号芦川老隐、芦川居士。长乐（今属福建）人。靖康中曾为李纲行营属官。官至将作少监。绍兴六年因不满奸佞当朝，致仕。后因赠胡铨《贺新郎》词获罪除名。其词多写时事，感怀国事，为辛派词人先驱。有《芦川词》。

岳 飞

字鹏举，相州汤阴（今属河南）人。南宋名将。少年从军，屡建奇功，力主抗金恢复中原，反对秦桧和议投降，被秦桧以"莫须有"罪名杀害。孝宗时追谥武穆，宁宗时追封鄂王。其著作后人编辑有《岳忠武王文集》，词仅存三首，抒发抗金恢复之志，豪迈悲壮。

杨万里

字廷秀，号诚斋，吉水（今属江西）人。绍兴进士。曾任秘书监，主抗金。与陆游、范成大、尤袤并称为中兴四大诗人。词入《诚斋集》。

朱 熹

字元晦，一字仲晦，号晦庵，别号紫阳，祖籍徽州婺源（今属江西）。任秘阁修撰等职，主张抗金。历高宗、孝宗、光宗、宁宗四朝。为宋代著名的理学家。有《晦庵词》。

文天祥

本名云孙，字天祥，后改字宋瑞，一字履善，号文山。吉州庐陵（今江西省吉安）人。宝祐四年（1256）进士第一。德祐元年（1275）在赣州组织义军万人，保卫临安。次年任右丞相。坚持抗元，力图恢复，兵败被俘，威武不屈。元至元十九年（1283）十二月初九就义。

元好问

字裕之，号遗山。秀容（今山西忻州）人。兴定进士，曾任行尚书省左司员外郎等职。金亡后不仕，辑有《中州集》《中州乐府》，金人诗、词多赖以传。所作亦如实录，人以"诗史"目之。诗悲凉慷慨，词近苏、辛。有《遗山集》。

邓廷桢

字嶰筠。嘉庆进士，历任安徽巡抚、两广总督、闽浙总督等职，查禁鸦片，整顿海防。与林则徐同被革职，充军伊犁。后被释回，任陕西巡抚。著有《双砚斋诗抄》。

林则徐

字元抚，一字少穆，福建侯官（今福州市）人。嘉庆十六年（1811）进士，历任监察御史、道元、按察使、巡抚和总督。道光十八年（1838）被任命为钦差大臣，到广东查禁鸦片，是近代史高举反帝国主义旗帜第一人。由于投降派的陷害和清政府的卖国政策而被革职。1845年遇赦东归，先后被任用为陕西巡抚和云贵总督，病卒。

龚自珍

又名巩祚，字璱人，仁和（今浙江杭州）人。道光九年（1829）进士。官礼部主事。代表作有《尊隐》《明良论》《病梅馆记》《己亥杂诗》等。

秋 瑾

字璿卿，号竞雄，别署鉴湖女侠。浙江山阴（今绍兴）人。中国民主革命烈士。工诗词。有《秋瑾集》。